CELIA ANDERSON

Die kleinen Geheimnisse des Herzens

Über die Autorin:

Celia Anderson lebt mit ihrem Mann und einer unsozialen Katze im britischen Derbyshire, besucht aber ihre Töchter in Brighton so oft wie möglich, um am Meer zu sein. Bevor sie sich in Vollzeit dem Schreiben zuwandte, war die Autorin lange Zeit Lehrerin.

CELIA ANDERSON

DIE KLEINEN *Geheimnisse* DES *Herzens*

ROMAN

Aus dem Englischen von
Kerstin Ostendorf

lübbe

Dieser Titel ist auch E-Book erschienen

MIX
Papier aus verantwortungsvollen Quellen
FSC® C014496

Vollständige Taschenbuchausgabe
der bei Bastei Lübbe erschienenen Hardcoverausgabe

Titel der englischen Originalausgabe: »59, Memory Lane«
Originalverlag: Harper Collins, London
Published by arrangement with Harper Collins Publishers, London

Textredaktion: Ilse Wagner, München
Titelmotiv: © Helen Hotson – Adobestock
Umschlaggestaltung: Guter Punkt, München
Satz: hanseatenSatz-bremen, Bremen
Gesetzt aus der Adobe Garamond Pro
Druck und Verarbeitung: GGP Media GmbH, Pößneck
Printed in Germany
ISBN 978-3-404-18438-5

2 4 5 3 1

Sie finden uns im Internet unter:
luebbe.de
Bitte beachten Sie auch: lesejury.de

Für Ray, den Schöpfer meiner Erinnerungen.

Oh aufregende Süße, welch Wonne, Leben in Freiheit
Und alle Wege führen von der Weißdornzeit
Über singende Wiesen hinein in den Juni.

Siegfried Sassoon, *Memory*

Das höchste Wonnegefühl gewährt die Überzeugung, dass man geliebt um seiner selbst willen, ja besser gesagt, trotz seines Selbst geliebt wird.

Victor Hugo, *Die Elenden*

1

May Rosevere sitzt auf ihrer Terrasse in der Sonne und beobachtet, wie die Flut heranschleicht. Dieses Schauspiel sieht sie sich an den meisten Tagen an, sofern sie nichts anderes zu tun hat. Das Problem bei den Gezeiten ist allerdings, dass sie sich ständig verschieben. Wenn es kalt ist, legt sie sich ein uraltes Babytuch um die Schultern, bevor sie sich in ihren Schaukelstuhl setzt. Die Erinnerungen in der Wolle sind bereits verblasst, und das Baby, das es getragen hat, muss inzwischen dreißig Jahre alt sein, aber May fühlt sich trotzdem darin geborgen. Heute braucht sie das Tuch nicht. Sommer liegt in der Luft, und der Garten um ihr Granit-Cottage ist üppig grün.

Ein Mann mit einem gepflegten grauen Bart spaziert über den Strand. Tristram, denkt May und wedelt mit ihrem Taschentuch. Er bemerkt sie nicht – sein Hut ist bis über die Ohren gezogen, und er ist zu sehr damit beschäftigt, einen leuchtend roten Ball ins Meer zu werfen, um zu Mays Cottage heraufzuschauen. Der schwarze Labrador des Mannes blickt verächtlich zu dem Mann hoch und ignoriert den Ball. Tristrams kleinerer, biskuitfarbener Hund zeigt auch nicht mehr Begeisterung, da er konzentriert im Sand buddelt. Tristrams dröhnendes Gelächter wird in der unbewegten Luft bis zu ihr herangetragen. Er stapft auf die steinerne Anlegestelle zu, die die Bucht Pengelly Cove im Westen begrenzt. May nimmt das Tagebuch, das sie bei sich hat, schlägt die Seite für den ersten Juni auf und notiert sich etwas. Dieser Ball wird später wahrscheinlich angeschwemmt. Darin sind bestimmt eine Menge guter Erinnerungen verborgen. Dann holt die Wirklichkeit sie ein. Die Zeiten, in denen sie den Strand absuchen konnte, sind vorbei. Selbst wenn sie zufällig mitbekommen sollte, wie der Ball herantreibt, könnte sie nicht hinuntergehen und ihn holen.

Von Mays hinterer Terrasse bis zur Flutlinie sind es nur ein paar Hundert Meter, aber der Strand könnte genauso gut auf dem Mond sein. Mit einhundertzehn Jahren hat man für gewöhnlich eine eher eingeschränkte Umlaufbahn. Mays Schultern sacken herab. Sie steckt in einer Krise. Seit Wochen verliert sie immer mehr Lebenskraft, und sie weiß auch, warum. Ihr Vorrat an Erinnerungen ist vollkommen aufgebraucht.

May sieht auf den betagten Kater hinab, der zusammengerollt zu ihren Füßen liegt. »Na schön, Fossil, ich muss mir eben einfach was einfallen lassen«, erklärt sie ihm.

Der Kater kneift die gelben Augen zusammen und sagt nichts. May erwartet nicht wirklich eine Antwort. Auch wenn sie über gewisse Fähigkeiten verfügt, das Sprechen mit Tieren zählt nicht dazu.

»Ich brauche eine neue Erinnerungsquelle«, fährt sie fort. Fossil gähnt und streckt dabei die Zungenspitze heraus. »Kein Grund, unhöflich zu werden. Das hier ist ernst. Wenn ich keine Möglichkeit finde, mehr von meinen Schätzen zu … beschaffen, bin ich geliefert, wie Andy sagen würde.«

Andy ist Mays Nachbar. Sein Haus und seine Terrasse grenzen an ihr neues Zuhause. Mays solides einstöckiges Cottage aus Granit in der Memory Lane 59 wurde für die Ewigkeit gebaut. Bis vor einem Jahr war es ein Teeladen, im Lauf der Zeit wurde es ausgebaut, sodass es jetzt über fünf Räume, ein Badezimmer und einen langen Wintergarten mit einer beeindruckenden Aussicht auf die Bucht verfügt. Eigentlich ist es zu groß für May, aber da sie ihre Privatsphäre schätzt, gefällt es ihr hier gut. Es gibt endlos viele Plätze für ein Sonnenbad an Tagen, an denen es warm genug dafür ist, einen Rasen um das Haus herum, auf dem vorher die Holzbänke und -tische standen, und sogar einen kleinen Parkplatz, der bis zur Ufermauer verläuft.

May vermietet die Parkplätze an einige ausgewählte Dorfbewohner. Das Geld braucht sie nicht – durch den Verkauf ihres Hauses oben auf The Level ist sie ganz gut versorgt –, aber sie mag die freundlichen Plaudereien, wenn die Leute ihre Autos am Ende des Tages abstellen. Die Einsamkeit nach dem Umzug hat sie überrascht, da ist das Kommen und Gehen auf dem Parkplatz eine willkommene Ablenkung. Allein zu leben hat seine Vorteile, aber manchmal ist sie es leid, mit dem Kater zu sprechen. Als sie noch im Herzen des Dorfs wohnte, wusste May über alle Geschehnisse Bescheid und hielt sich über die Angelegenheiten ihrer Nachbarn immer auf dem Laufenden, indem sie unter einer Reihe von Vorwänden in ihren Häusern vorbeischaute und sich in der örtlichen Methodistenkirche engagierte. Man muss ja nicht an Gott glauben, um Lachssandwiches zu belegen und dünnen Tee auszuschenken.

Mays neues Zuhause hat dem Wetter gut standgehalten und sieht aus, als wäre es schon immer da gewesen. Die neueren Anbauten fügen sich nahtlos an das alte Gebäude, Efeu und Blauregen bedecken die Verbindungsstellen, und dichte Sträucher schmiegen sich an die Wände. Auf den Dachziegeln wächst Gelbflechte, und die Tür ist in beinahe demselben Gelbton gestrichen. An beiden Seiten der Stufe vor dem Eingang hat May riesige Tontöpfe mit Sukkulenten hingestellt, die nicht viel Pflege brauchen, sowie ein schrulliges blau-gelbes Keramikschild, auf dem in geschwungenen Buchstaben der Name des Cottage geschrieben steht: Shangri-La.

Andy kümmert sich um Mays Garten, wann immer er Zeit dazu findet. Er führt eine Landschaftsgärtnerei und arbeitet nebenbei einige Stunden im Büro eines örtlichen Gartencenters, wenn es sein eigener Betrieb zulässt oder das Wetter schlecht ist. Seine sechsjährige Tochter Tamsin lebt mit ihm nebenan. May regt sich und stöhnt leise, als sie das Stampfen kleiner Füße hört, die sich ihr über den Holzboden der Terrasse nähern.

»Hallo, May«, sagt Tamsin in einem lauten Flüsterton. »Bist du fertig mit deinem Nickerchen?«

»Ich habe nicht geschlafen.« May lässt die Brille auf

die Nasenspitze rutschen, damit sie das Mädchen betrachten kann. Ihre dunklen Locken kringeln sich um das runde Gesicht mit den roten Wangen, und dichte Wimpern umrahmen ihre riesigen braunen Augen. Bei diesem Anblick meinen viele, dass sie kein Wässerchen trüben kann, wie Mays Mutter gern gesagt hat. Sie irren sich.

Tamsin steht neben dem Gartenstuhl und schiebt ihre Hand unter Mays Arm hindurch, dabei lässt sie den Kopf auf deren Schulter sinken. »Mir reicht's, ich hab genug von der Schule«, sagt sie.

»Für heute.« May versucht, streng dreinzuschauen.

»Für immer und ewig. Es ist kacke da.«

»So etwas sollte ein kleines Mädchen aber nicht sagen.«

»Was? Dass Schule kacke ist, meinst du? Summer sagt das immer.«

Sie setzt sich auf die Holzdielen und lehnt sich an Mays Bein. Zuerst ist der Druck tröstlich, aber bald wird er schmerzhaft. May beißt die Zahnprothese zusammen. »Mir scheint, Summer sagt eine Menge Dinge, die du nicht nachplappern solltest. Wie dem auch sei, du kannst nicht einfach aufhören, zur Schule zu gehen, Tam. Du bist doch gerade erst seit einem Jahr dort. Im Normalfall dauert das viel länger.«

»Dad kann mich nicht dazu zwingen.« Das kleine Mädchen schiebt die Unterlippe vor. Tamsins Augen sind sogar noch dunkler als Andys, und auch die wilden Locken hat sie von ihm geerbt. May weiß von dem allmorgendlichen Kampf zwischen den beiden, wenn er ihr einen Pferdeschwanz machen will. Sie hat die Schreie schon oft gehört. Für heute hat Tamsin das Haargummi bereits wieder rausgenommen, und die blaue Strickjacke mit dem Schulwappen ist auch verschwunden, wahrscheinlich liegt sie irgendwo unter einem Busch.

»Warum magst du denn die Schule nicht? Ist heute etwas passiert? Als du gestern gekommen bist, war doch noch alles in Ordnung.« May passt oft auf Tamsin auf, bis Andy von der Arbeit nach Hause kommt, zumindest wenn er es schafft, pünktlich Feierabend zu machen. Sie hatte noch nie viel für Kinder übrig, aber bei diesem Mädchen ist es etwas anderes. Sie hat einen eigenen Kopf.

»Es ist wegen den Jungs«, sagt Tamsin. »Warum muss es überhaupt Jungs geben?«

»Wegen *der* Jungs, meinst du.« Kein Grund, die Grammatik schleifen zu lassen. »Und, na ja …«

»Sie stinken, und sie drängeln sich vor, wenn wir uns anstellen.«

»Hmm. Aber manche Mädchen drängeln sich auch vor, und aus Jungs werden oft große Männer wie dein Dad und Tristram, weißt du?«

»Kann sein.«

Der Kater steht auf, streckt sich und macht sich auf den Weg zu Tamsin. Sein schwarzes Fell ist leicht staubig, da er die Angewohnheit hat, sich in den Blumenbeeten zusammenzurollen.

Tamsin sieht ihn skeptisch an. »Dad sagt, ich darf Fossil nicht mehr anfassen.«

»Wann hat er das denn gesagt?«

»Gestern. Ich hab immer wieder geniest, und er hat gesagt, entweder hab ich Heuschnupfen oder eine Allergie gegen Katzen. Mama hatte das auch, meinte er. Aber ich liebe Fossil. Er stinkt auch nicht. Nicht so wie Jungs.«

May hat den Eindruck, dass Tamsin gleich anfängt zu weinen. Tränen kann May gar nicht leiden. Ihr kommt eine Idee, als sie plötzlich einen roten Punkt an der Wasserlinie entdeckt. »Kannst du mir einen kleinen Gefallen tun, mein Mäuschen?«, fragt sie in einem, wie sie hofft, einnehmenden Ton.

Tamsin runzelt die Stirn noch stärker. »Was krieg ich dafür?«

»Bitte? Du *kriegst* gar nichts. Junge Leute sind dazu da, älteren Menschen zu helfen. Bringen sie euch denn in der Schule gar nichts bei?«

Tamsin zuckt mit den Schultern.

»Könntest du eben zum Strand runterlaufen und den Ball da drüben holen?«

»Aber der ist bestimmt ganz nass und schleimig. Was willst du mit einem Ball, May? Du hast keinen Hund, und Fossil spielt nicht mehr mit Spielzeug.«

»Na ja … ich …« May versucht, sich eine plausible Antwort einfallen zu lassen, aber ihr Kopf ist leer. Es gibt keine einfache Erklärung dafür, dass sie es nur deswegen geschafft hat, hundertzehn Jahre alt zu werden, weil sie sich seit Jahren an den Erinnerungen ihrer Nachbarn bedient. Sie hat sich immer selbst eingeredet, es sei nur eine Art, sie auszuleihen, aber das stimmt nicht, denn sie hat nie recht herausgefunden, wie man diese Erinnerungen zurückgeben kann, wenn man sie einmal genommen hat.

Nun, da sie am unteren Ende der Memory Lane wohnt und die Menschen im Dorf nicht mehr besuchen kann, hat May keine Möglichkeit mehr, an deren geschätzte Gegenstände zu kommen, damit sie das tun kann, was sie ihre »Gedankenernte« nennt. Aber sie konnte nicht mehr in dem weitläufigen alten Familienhaus leben, nachdem ihre Beine angefangen haben zu schwächeln. Sie hatte Glück, dass sie überhaupt so lange dort bleiben konnte. Seagulls zu verlassen fiel ihr schwer, aber in diesem Cottage hier lässt es sich viel leichter leben, abgesehen von dem Mangel an neuen Erinnerungsquellen. Die Schwingungen von ihren Sammelmissionen haben sie lange mental ernährt, doch mittlerweile sind sie allesamt aufgebraucht.

Tamsin stupst May sanft an, sie wartet immer noch auf eine Antwort. Auf gewisse Weise hat sie recht. Ein durchweichtes Spielzeug wird nicht viel bringen. Aber wenigstens wird irgendetwas in dem Ball verborgen sein – ein Fetzen Liebe und hündische Wärme. Und May ist verzweifelt.

»Tu's für mich, ja, Schätzchen?« Sie legt den Kopf schief und gibt sich Mühe, ein Liebe-alte-Frau-Lächeln aufzusetzen.

Tamsin zuckt erneut mit den Schultern und macht sich auf den Weg. Sie schlendert den Pfad entlang, über die letzten Pflastersteine und den Kies am oberen Ende des Strandes. Auf dem Sand schlüpft sie aus den Schuhen und Socken und hüpft auf die aufschäumenden Wellen zu. Ihr kompakter kleiner Körper ist wie verwandelt, wenn sie tanzt, sodass sie fast feenhaft wirkt. May sieht zu. Das Kind kennt sich am Strand gut aus, und sie wird sich ohnehin nicht weit aus Mays Sichtweite entfernen. Es gibt keinen Grund zur Sorge, selbst wenn May jemand wäre, der sich schnell sorgt. Das war sie nie, bis jetzt. Aber wenn sie keinen neuen Erinnerungsvorrat findet, wird sie das fabelhafte Alter von einhundertelf Jahren nicht erleben. Schon seit ihrer Kindheit ist es ihr Traum, diesen Meilenstein zu erreichen. Diese ganzen herrlichen Einsen in einer Reihe, wie eine massive Pforte: 111. Ihr Vater sagte einmal, als er gerade einen besonders schönen Sonnenuntergang über der Bucht betrachtete: »Selbst wenn ich lebe, bis ich hundertelf bin, werde ich niemals wieder etwas so Schönes wie das hier sehen.« Warum diese Zahl?, dachte May, aber die Idee blieb hängen, und es wurde für sie eine Art Glückszahl.

Nach ein paar Minuten kommt Tamsin wieder in den Garten gehüpft und legt den Ball auf Mays Knie.

»Er ist eklig.« Sie verzieht das Gesicht. »Hab ich doch gesagt. Hast du Kuchen da?«

May deutet auf die geöffnete Küchentür, und während Tamsin davontänzelt – läuft dieses Kind eigentlich auch mal ganz normal irgendwohin? –, überwindet sie ihre Abscheu und drückt den Ball gegen ihre Brust. Aber sogar als sie ihn mit beiden Händen festhält und die Augen schließt, wird nicht mehr als ein winziges Vibrieren von Erinnerungen freigesetzt, und das scheinen hauptsächlich die diffusen Gedanken eines Hundes an sein Abendessen zu sein.

Es nützt nichts. Ich bin erledigt, denkt May. Sie wirft den Ball mit so viel Schwung ins Gebüsch, wie sie aufbringen kann.

»May, warum hast du das denn jetzt getan? Ich habe ihn doch extra für dich geholt.« Tamsin kommt mit einem großen Teller zurück, auf dem vier Scheiben Biskuitkuchen und eine Tüte Maltesers liegen.

»Du hattest recht, Liebes. Er *war* sehr schleimig«, sagt May traurig.

Tamsin sieht auf, als sie das Klicken des Gartentorriegels von nebenan hört. »Dad ist zu Hause«, sagt sie. »Ich hol ihn rüber, damit er uns was Leckeres zu trinken macht, okay?«

Ungefähr fünf Minuten später kommt sie zurück, gefolgt von einem großen, schlanken Mann mit ernstem Gesichtsausdruck. May wünschte, er würde öfter lächeln, aber seit dem Tod seiner Frau hat er wohl tatsächlich viele Gründe, um melancholisch zu sein. Andy arbeitet meist draußen, bei jedem Wetter, er ist ein typischer Cornwall-Mann von Kopf bis Fuß. Seine gebräunte Haut verleiht ihm ein gesundes Aussehen. Er trägt eine verwaschene kurze Jeanshose, schwere Stiefel und ein kariertes Hemd mit hochgekrempelten Ärmeln – seine übliche Gärtneruniform. Und er ist ziemlich schmutzig. Anerkennend betrachtet May seine muskulösen Beine und Arme. Selbst im Alter von einhundertzehn Jahren weiß sie einen Anblick wie diesen noch zu schätzen.

Andy stellt eine Tasse vor May ab und reicht Tamsin ein Glas warmen Johannisbeersaft.

»Oh, dank dir, mein Lieber. Trinkst du denn selbst nichts?«

»Keine Zeit. Tam muss sich für eine Geburtstagsfeier fertig machen. Es geht in einer halben Stunde los, aber sie sieht aus, als müssten wir sie vorher noch gründlich waschen.«

Tamsin stöhnt und schlürft den Saft, dabei verschüttet sie etwas davon auf ihren Schoß. Dann legt sie sich wieder neben May auf den Boden, und zusätzlich zu den Flecken hat sie nun auch Erde auf dem Schulrock.

»Wo warst du heute?«, fragt May. »Du siehst aus, als hättest du schwer geschuftet.«

»Direkt gegenüber bei Nummer sechzig. Ich habe versucht, etwas Ordnung in Julias Garten zu bringen. Er ist völlig verwildert, seit Don gestorben ist.«

»Das musste ja so kommen. Julia arbeitet nicht gern im Garten, oder? Wahrscheinlich hat sie nicht die richtige Kleidung dafür.« May schnaubt. Sie hat nichts für Julia Lovell übrig, obwohl sie sich schon seit vielen Jahren kennen und oft zusammen in der Kirchenküche gearbeitet haben, wenn sie dazu eingeteilt wurden, das Essen für Dorffeste zuzubereiten. Ist gern für sich, die gute Julia, denkt May. Fast jeder weiß, wie es ist, jemanden zu verlieren, aber wir werden deswegen nicht alle gleich zu

Einsiedlern, oder? Sie macht so ein Drama daraus. Und warum muss sie sich immer so herausputzen? Ihre Haarfarbe ist bestimmt nicht echt. Zwischen all dem Schwarz ist nicht ein einziges graues Haar zu sehen. Hält Lockenwickler offensichtlich nicht für nötig, da ihre Haare so glatt wie Schnittlauch sind. Na ja, wahrscheinlich hat sie nicht genug Haare, um sie zu locken.

»Kann sein. Ich habe sonst alle paar Wochen mal vorbeigeschaut und Don geholfen, wenn er mit der gröbsten Arbeit fertig war«, sagt Andy. »Aber ihr war in der letzten Zeit nicht danach, sich damit zu befassen.«

»Nein, natürlich befasst sie sich nicht damit.«

»Was hast du nur gegen die arme Frau? Sie erkundigt sich immer nach dir.«

»Ach, du willst doch bestimmt nicht hören, wie ich schon wieder dieselbe Leier über einen alten Groll abspule. Das ist alles Schnee von gestern. Ich wünschte nur, sie würde nicht immer so tun, als ob sie mich mag, das ist alles.«

»Ich glaube nicht, dass Julia etwas gegen dich hat, May.«

»Ha! Was haben dann diese eisigen Blicke von ihr zu bedeuten?«

»Das bildest du dir ein.«

»Ist ja auch pupsegal.« Das Wort hat sie von Tamsin, und es hat sich schon öfter als nützlich erwiesen.

Andy lacht. »Wie auch immer, du errätst nie, was Julia heute entdeckt hat.«

May sieht ihren Nachbarn ohne großes Interesse an

und hebt die Augenbrauen. Er fährt fort: »Als sie Dons Gartenhäuschen aufgeräumt hat …«

»Seine alte Rumpelkammer, meinst du?«

»Na gut, okay, seine Rumpelkammer … da hat sie einen riesigen Sack voll alter Schreiben gefunden.«

Tamsin dreht sich auf den Rücken und starrt ihren Dad an. »Scheiben von was?«, murmelt sie kauend und wirft einen Blick auf den letzten Rest Kuchen.

»Sprich nicht mit vollem Mund«, sagt Andy. »Und ich habe *Schreiben* gesagt. Briefe.«

»Ach so.« Tamsin interessiert sich nicht sonderlich für Dinge, die man lesen muss, also krabbelt sie unter einen Busch in der Nähe, um eine Höhle zu bauen. May jedoch ist ganz Ohr.

»Briefe an wen?«

»Nicht *an* wen, eher *von* wem. Er hat jeden einzelnen Brief aufbewahrt, den seine Familienmitglieder aus den Midlands den beiden geschickt haben. Sie sind unglaublich, Julia hat mir ein paar gezeigt.«

May verarbeitet diese Information schweigend. Ihr Herz flattert. Sie hofft, dass sie keinen Anfall bekommt und den Löffel abgibt, jetzt, wo endlich Hoffnung in ihr aufkeimt.

»May? Was ist los? Du wirkst heute ein bisschen neben der Spur«, sagt Andy.

May starrt aufs Meer, wo die Strömung kentert und die Möwen kreischend ihre Kreise ziehen. Ein Sack voller Erinnerungen, der sozusagen nur auf sie wartet. Aber wie soll sie ihn bloß in die Finger bekommen?

2

… der Opalring ist also tatsächlich verschwunden. Ich weiß nicht, was ich tun soll, Don. Mutter beschuldigt reihum jeden von uns, und wir haben auf der Suche danach das ganze Haus auf den Kopf gestellt. Nichts.

Julia legt den Brief, den sie in der Hand hält, einen Moment lang vor sich ab und starrt aus dem Fenster, vorbei an der Waldrebe, die über die Reste einer Eiche klettert, und dem Blauregen, der über das Dach des Gartenhäuschens wuchert und dessen fedrige, fliederfarbene Wedel jeden Sommer so tief reichen, dass Don sich immer darunter hindurchducken musste, wenn er sich in das Gartenhäuschen zurückziehen wollte.

Was hat Don nur geritten, dass er die vielen Briefe behalten hat, und was, in aller Welt, soll sie mit ihnen tun, nun, da er fort ist? Wenn sie sich nicht dazu gezwungen hätte, endlich mal in die Hütte zu gehen, wäre sie jetzt noch in einem Zustand seliger Unwissenheit, was den Inhalt der Holztruhe angeht.

Sie erinnert sich an den Tag, an dem er die abscheuliche Truhe entdeckte. Es war ihr ein Rätsel, warum irgendjemand so ein Ding behalten wollte.

»Du weißt aber, dass es in diesem Stück Ramsch von Holzwürmern nur so wimmelt?«, fragte sie, als er die

Truhe aus der Garage und durch den Garten zog. »Ich wollte sie eigentlich für Andy rausstellen, damit er sie mit zur Müllhalde nimmt oder sie auf sein nächstes Lagerfeuer wirft.«

»Sie ist nicht mehr befallen, Liebling.« Don richtete sich auf und rieb sich den Rücken. »Hast du mich gestern nicht mit dem Zeug hier draußen gesehen, das ich im Schrank unter der Treppe gefunden habe? Ich habe die kleinen Teufelchen erledigt. Diese Würmer sind Geschichte!« Er lachte freudig und tätschelte die Truhe, als wäre sie ein treuer Hund.

»Aber was hast du damit vor?«, fragte Julia. »Sie stinkt fürchterlich.« Sie rümpfte die Nase über die chemischen Dämpfe, die immer noch aus dem Holz austraten und ihr Tränen in die Augen trieben.

»Das gleicht dann den Gestank meines Pfeifentabaks aus. Ich räume das Gartenhaus gerade auf. Die Schubladen in meinem Schreibtisch sind so vollgestopft, dass ich sie nicht mal mehr vernünftig aufziehen kann. In dieser Truhe kann ich das alles wunderbar unterbringen.«

»Wäre es nicht besser, ein bisschen davon wegzuwerfen?« Schon während sie es sagte, wusste Julia, dass sie gegen eine Wand redete. Don hielt nichts davon, irgendetwas wegzuwerfen, es sei denn, er hatte wirklich überhaupt keine Wahl.

Julias Augen kribbeln, als sie sich das Lächeln ins Gedächtnis ruft, das er ihr schenkte, und dann das Ding weiter in Richtung Hütte schleppte. Die Eichentruhe hinterließ tiefe Spuren auf dem Weg. Wenn Julia genau hinsieht, kann sie sie immer noch erkennen. Als er die Truhe durch die Tür gewuchtet hatte, jubelte er und winkte ihr triumphierend zu.

Hätte sie doch nur ein Foto von diesem Moment gemacht. Dieser Mann war solch ein Charmeur und doch so unschuldig. Ihre Enkelin Emily hat die gleichen großen blauen Augen und das gleiche schelmische Lächeln.

Mit einem plötzlichen schmerzhaften Stich wünscht sich Julia, dass Emily hier wäre und nicht im Ausland arbeiten würde. New York ist viel zu weit weg. Die Erinnerungen an Don sind unerträglich traurig, wenn sie allein damit fertig werden muss. Wie soll sie den Rest ihres Lebens ohne ihn verbringen?

Seufzend zwingt sich Julia, den Brief wieder in die Hand zu nehmen. Wie es scheint, hat Don jedes einzelne Schreiben aufbewahrt, das sie je erhalten haben, sich jedoch nie die Mühe gemacht, die Briefe in irgendeine Reihenfolge zu bringen. Dieser hier ist von der jüngeren seiner zwei Schwestern, Elsie. Wie die meisten Familienmitglieder war Elsie ganz vernarrt in dieses Dorf hier in Cornwall, in dem Don und Julia sich ein Zuhause schufen, und hat sie regelmäßig besucht. Nachdem Julia Don im Frühjahr 1959 geheiratet hatte, als er gerade frisch von der Air Force kam und so gut aussah, dass er jedes Mädchen hätte haben können, waren ihre Sommer gänzlich verplant. Sie verbrachte sie damit, Bettwäsche zu wechseln, Laken zu waschen, Menüs zusammenzustellen und sich Vorschläge für Ausflüge zu überlegen, damit die Gäste loszogen und sie ein paar Stunden lang die Einsamkeit genießen konnte, nach der sie sich so sehnte.

Es störte sie nicht, dass die Besucher kamen. Na ja, zumindest nicht sehr. Don war so gastfreundlich, dass es ihr gemein vorgekommen wäre, zu sagen, dass sie eine Pause brauchte. Aber dafür hatten sie zu der Zeit ihren alten Wohnwagen unten an der Küste stehen, sodass sie sich davonmachen konnten, wenn die Saison vorbei war. Und, du lieber Himmel, sie hatten wirklich viel Vergnügen daran, wieder allein zu sein. Julia errötet bei der Erinnerung. Sie liest weiter und reibt sich die müden Augen, als Elsies Stimme über die Jahre hinweg zu ihr spricht.

Wie dem auch sei, abgesehen von der Ringkrise ist die wichtigste Neuigkeit, dass ich es geschafft habe, meine Urlaubswoche zu verlegen, genau wie Kathryn. Will kann dieses Mal nicht mitkommen, aber er lässt euch lieb grüßen. In letzter Zeit ist er etwas kränklich, er bläst Trübsal wie ein Hund, der seinen Knochen verloren hat. Ich wünschte, er würde sich ein Mädchen anlachen. Mutter glaubt, dass er nur darauf wartet, die Richtige zu treffen.

Träumt weiter, denkt Julia. Dons jüngerer Bruder Will war nicht im Entferntesten daran interessiert, ein Mädchen zu finden, und jetzt ist er ein emeritierter Priester in einem abgelegenen Ort in der irischen Grafschaft

County Kerry. Als Nesthäkchen der Familie ist Will außergewöhnlich charmant, aber ein Großteil seiner Ausstrahlung hängt mit seiner Lebensfreude und Impulsivität zusammen. Trübsal blasen klingt gar nicht nach ihm, obwohl er manchmal irritierend launisch war. Julia denkt an früher zurück. Die alte Tinte, die an manchen Stellen kaum noch erkennbar ist, ruft ihr den Sommer lebhaft in Erinnerung.

Elsie und Kathryn wankten bei Tagesanbruch aus dem Zug, zerknittert und klebrig, aber unglaublich aufgeregt wegen ihrer bevorstehenden Woche in Cornwall. Julia, die hochschwanger mit Felix war, setzte ihr bestes Willkommenslächeln auf. O Gott, da geht es wieder los, dachte sie. Manchmal fühlte sie sich, als wäre sie die Besitzerin eines eher beengten Bed & Breakfast statt eine Frau mit einer neuen und sehr großen Familie, die alle das Meer liebten. Das Doppelbett hatte sie gerade erst frisch bezogen nach dem Besuch ihrer Schwiegereltern. Zum Glück machte es Dons Schwestern nie etwas aus, im gleichen Bett zu schlafen – das bedeutete weniger Wäsche für Julia. Außerdem hätten sie sich andernfalls sowieso nur die halbe Nacht gegenseitig in ihren Zimmern besucht. Sie schienen nie mit dem Reden aufzuhören, diese beiden. Die gesamte Familie war so. Woher haben sie die vielen Gesprächsthemen genommen?, fragt sich Julia. Sind ihnen denn nie einfach mal die Worte ausgegangen?

Sie liest die letzte Zeile erneut. Was beschäftigte Will zu der Zeit? Julia erinnert sich noch vage daran, dass das jüngste Familienmitglied bei seinem nächsten Besuch blasser war als sonst, doch es wurde nie etwas erklärt. Zugegebenermaßen war Julia damals aber auch viel mehr mit ihrer eigenen Erschöpfung beschäftigt und damit, wie sie mit einem Neugeborenen zurechtkommen sollte. Will wirkte fast zerbrechlich – ein hübscher blonder Junge mit hohen Wangenknochen und so schmalen Hüften, dass er immer Hosenträger trug, damit seine Hose nicht bis zu den Knöcheln rutschte. Kathryn und Elsie waren viel zäher.

Julia legt den Brief weg und nimmt einen anderen in die Hand. Wieder Elsie, früher in demselben Jahr, im Januar vor so langer Zeit. Julia beschlich zu dem Zeitpunkt gerade erst die Ahnung, dass sie schwanger war. Sie war damals sechsundzwanzig Jahre alt gewesen, aber so unglaublich naiv, dass ihre Nachbarin ihr versichern musste, dass die Anzeichen, die sie bemerkt hatte, nicht der Beginn irgendeiner schrecklichen Krankheit waren. Sie sehnte sich nach ihrer Mutter oder sonst einer vertrauten Person, an die sie sich wenden konnte, aber nachdem ihr Vater aus dem Armeedienst ausgeschieden war, hatten sich ihre Eltern entschlossen, in Indien zu bleiben. Don hatte gerade bei seiner neuen Stelle angefangen, und sie brachten nur mit Mühe das Geld für die Anzahlung auf das Haus in der Memory Lane 60 zusammen. Es war ein schäbiges Haus – fast schon baufällig –, aber sie liebten es. Die Schwangerschaft kam unerwartet. Keiner von ihnen hatte sich Gedanken über Familienplanung gemacht.

Durch Elsies Brief setzt sich langsam ein Bild in Julias Kopf zusammen. Sie liest weiter.

Nun, es wird dich bestimmt freuen, dass Mutter sich schließlich deiner Denkweise angeschlossen hat und ihr wertvoller Opal-Verlobungsring an Julia gehen soll. Wahrscheinlich hast du auch recht damit, und ich hoffe, er bringt ihr Glück, so wie er Mutter und Großmutter Glück gebracht hat. Zumindest behaupten sie das. Ich hätte ihn liebend gern bekommen, natürlich, genau wie Kathryn, aber bei zwei Schwestern musste man wohl einen gerechten Weg finden. Sogar Will hat ein Auge darauf geworfen, aber ich weiß nicht, wem er den Ring geben will. Immer noch kein Mädchen in Sicht.

Über den Ring zu lesen wirbelt Gefühle in Julia auf, die sie lieber tief vergraben gelassen hätte. Don, normalerweise alles andere als zynisch, wurde sehr argwöhnisch, nachdem der Ring genau dann nicht mehr zu finden war, als er ihm für seine neue Frau übergeben werden sollte.

Aufgewühlt schüttelt Julia sich und dehnt den steifen Rücken. Sie hat zu lange gesessen. Zeit für eine Tasse Tee und vielleicht für eine Scheibe dieses Früchtekuchens, den sie nach dem Lieblingsrezept ihrer Mutter gebacken hat. Sie backt heutzutage nicht mehr viel, weil sie nach Gefühl vorgehen muss, seitdem das alte Kochbuch, vollgeschrieben mit dieser ordentlichen, schrägen

Handschrift, die Julia so geliebt hat, vor einigen Jahren verschwunden ist. Sie hat überall danach gesucht, aber es ist nie wieder aufgetaucht. Zum Glück ist sie auch mit ihren fünfundachtzig Jahren geistig noch auf der Höhe und kann sich an ein paar der besten Rezepte erinnern, auch wenn der klebrige Zitronenkuchen ohne die Anweisungen in dem Buch nie ganz genauso geworden ist wie früher.

Der Türklopfer klappert, und sofort danach klingelt es. Julia murmelt vor sich hin, Worte, die ihre Mutter mit Sicherheit nicht gutgeheißen hätte. Sie steht auf und macht sich auf den Weg zur Haustür, immer noch murrend. Es hat keinen Zweck, so zu tun, als wäre sie nicht zu Hause. Das vertraute Klopfen und kurz danach das Klingeln verrät ihr, dass die Frau an der Tür nicht so schnell aufgeben wird.

»Hallo, Julia«, sagt Ida, als Julia öffnet. »Ich hoffe, ich störe dich nicht beim Tee?«

Julia zwingt ihre Lippen in eine Position, die einem Lächeln ähnelt. Ida Carnell, die entschlossen vor ihr auf der Stufe steht, hat einen inneren Radar für den Zeitpunkt, kurz bevor der Teekessel aufgesetzt und der Kuchen hervorgeholt wird.

»Nein, natürlich nicht«, sagt Julia. »Komm rein und trink ein Tässchen mit mir.«

»Oh, na gut, solange ich dir keine Umstände bereite.«

Ida folgt Julia in die Küche und redet dabei ohne Unterlass. Wirklich, denkt Julia erschöpft, diese Frau ist fast so schlimm wie Elsie und Kathryn in Hochform. Es stimmt schon, dass Ida ein Pfeiler der örtlichen Methodistenkirche ist, und sie hat ein Herz aus … na ja, vielleicht nicht reinem Gold, aber fast, nur – hält sie jemals den Mund?

»… deswegen dachte ich, es macht dir bestimmt nichts aus, wenn ich vorbeikomme. Es ist sehr wichtig. Ich muss dich um einen Gefallen bitten. Es hat mit meinem neuen Plan zu tun.«

Oh nein. Das letzte Mal, als Ida einen Plan hatte, wurde Julia dazu genötigt, Scones für einhundertfünfzig Leute zu backen. Nicht noch ein Wohltätigkeits-Tee … oh, bitte nicht! Aber Ida redet immer noch.

»Hast du schon von dem Leihoma-Projekt gehört? Einige der örtlichen Kirchen testen es gerade, nachdem wir von der Organisation Age UK daran erinnert wurden, wie viele alte Menschen einsam und ans Haus gefesselt sind.«

Julia läuft ein kalter Schauer über den Rücken. Sie hat eine Ahnung, dass ihr nicht gefallen wird, was auch immer als Nächstes kommt.

»Nicht? Ich dachte, du hättest vielleicht meinen Artikel im Kirchenblatt gelesen. Na gut, ich habe eine Liste erstellt.« Ida holt einen großen Ringbuchblock und einen Kuli hervor. »Kann ich dich für Mai eintragen?«

»Warum? Was war denn im Mai? Es ist schon Juni, ich habe letzten Monat gar nichts mitbekommen.«

»Nein, das meinte ich nicht. Deine Nachbarin, May. Nummer neunundfünfzig? Shangri-La? Ich mache mir wirklich Sorgen um sie.«

»Du möchtest, dass ich mir *May* leihe? Als meine Oma?«

Ida lacht. »Nicht direkt. Sie ist doch nur etwa zwanzig Jahre älter als du, oder?«

»Fünfundzwanzig, um genau zu sein«, blafft Julia. Das ist doch lächerlich. Hat diese Frau den Verstand verloren? Warum sollte Julia eine Oma brauchen? Und selbst wenn, wie könnte ausgerechnet May eine geeignete Kandidatin für den Job sein?

»Nun, wie sagt man so schön? Das Alter ist bloß eine Zahl, und ich weiß, dass Andy sich Sorgen macht, weil May nicht aus dem Haus kommt. Julia, gestern habe ich mich wirklich erschreckt, weil – na ja, es klingt nicht so schlimm, wenn man es ausspricht, nehme ich an – sie die ganze Zeit aufs Meer gestarrt hat, als ich mein Auto abgeholt habe.«

»Ida, viele Menschen schauen gern aufs Meer. Ich zum Beispiel. Es ist sehr entspannend, den Wellen zuzusehen. Das heißt nicht, dass May zur Leihoma werden muss.«

Ida runzelt die Stirn. »Mir ist schon klar, dass es albern klingt. Ich benutze mein Auto nicht so oft, aber die letzten Tage, als ich es geholt habe, um nach Truro zu fahren, hat sie genau dasselbe gemacht. Auf der Terrasse gesessen und einfach nur … gestarrt … mit so einem traurigen Gesichtsausdruck.«

»Ich denke trotzdem nicht …«

»Und dann, beide Male, als sie mich gesehen hat, fing sie eine Unterhaltung über das Wetter an, so als ob sie nur darauf gewartet hat, mit jemandem sprechen zu können. May war noch nie für Small Talk zu begeistern. Das weißt du genauso gut wie ich.«

»Aber ...«

Ida hebt eine Hand. »Ja, ja, ich weiß, dass ihr beiden eine Vorgeschichte habt, wie man so schön sagt. Noch ein Grund mehr, euch mit einer schönen Tasse Tee zusammenzusetzen und die Vergangenheit ruhen zu lassen.«

»Glaubst du, ja?«

»Ich wünschte, du würdest die Lippen nicht so schürzen, Julia. So erinnerst du mich an meine Mutter, und die konnte manchmal ganz schön Furcht einflößend sein. Es ist für einen guten Zweck. Das Projekt läuft bislang sehr zufriedenstellend.«

»Tatsächlich?«

»Oh ja. Du wärst überrascht, wie viele Leute im Dorf ein bisschen Gesellschaft brauchen, aber meinst du, sie bitten darum? Nein, natürlich nicht, dafür sind sie zu stolz, oder was weiß ich ... Also, bisher ist es so, dass Vera aus dem Laden diese nette alte Dame von der Tamerisk Avenue als Leihoma adoptiert hat. Du weißt schon, Marigold, die mit dem Elektromobil und dem stinkenden Pekinesen, der im Korb mitfährt?«

»Aber Marigold hat sechs Kinder und jede Menge Enkel.«

»Und wann hast du irgendeinen von ihnen das letzte Mal im Dorf gesehen? Die lassen sich nur dann blicken, wenn sie Geld von ihr wollen. Sie bekommt oft eine ganze Woche lang keine Menschenseele zu Gesicht.«

»Ich glaube nicht …«

»Und George und Cliff waren wirklich sehr hilfsbereit. Sie haben gleich zwei für mich aufgenommen. Joyce Chippendale, die pensionierte Lehrerin, die als blind gemeldet ist, und den alten Jungen von der letzten Fischerhütte am Hafen.«

»Alten Jungen? Du meinst doch sicher nicht Tom King? Der ist jünger als *ich*. Er muss gerade mal Ende siebzig sein.«

»Nun, ja, aber er kommt nicht mehr viel raus, seit er im Ruhestand ist. Seine Arbeit als Psychiater hat in all den Jahren seine ganze Zeit beansprucht, deswegen hat er keine Hobbys, und er sieht aus, als würde ihm eine zusätzliche Mahlzeit ganz guttun. George hat vor, sie beide ein paarmal pro Woche zum Mittag- oder Abendessen in ihr Restaurant einzuladen.«

»Wie nett.« Julia erschaudert. Das kann nicht gut für sie enden.

»Ich möchte die anderen Dorfbewohner mit ins Boot holen, wenn wir Erfolg haben. Es ist ein großes Problem, Julia.«

»Was genau?«

»Einsamkeit, Liebes. Aber wie taktlos von mir – das brauche ich *dir* ja nicht zu sagen, oder?«

Julia bedenkt Ida mit einem ihrer besonderen Blicke, die sie vor vielen Jahren oft eingesetzt hat, um ungezogene Kinder in der Sonntagsschule zurechtzuweisen. »Was soll das heißen?«

»Na ja, nachdem du Don verloren hast und alles. Du

bist zurzeit bestimmt einsam … wo deine Familie doch so weit weg ist …« Ida verstummt, als sie endlich Julias eisige Missbilligung wahrnimmt.

»Jemanden zu vermissen ist nicht dasselbe wie einsam zu sein, Ida.« Julia bemüht sich tapfer, diese alte Wichtigtuerin, die meint, sich überall einmischen zu müssen, nicht zu ohrfeigen. Gewalt ist eigentlich nicht ihr Mittel der Wahl, aber ihr war noch nie so sehr danach wie jetzt, jemandem wehzutun. Was für eine Frechheit! Ida ist erst etwa sechzig Jahre alt, und sie hat immer noch einen völlig gesunden Ehemann, auch wenn er ein wenig geistlos ist. Was bildet sie sich ein, über Julias Bedürfnisse zu urteilen?

Ida verfällt kurz in Schweigen. »Ja, wahrscheinlich hast du recht. Ich hab's nicht böse gemeint, ich hoffe, du nimmst mir das nicht übel?«

»Ist schon vergessen.«

»Oh, gut. Als Nächstes bitte ich Tristram, bei dem Projekt mitzumachen. Wenn George und Cliff dabei sind, wird er nicht widerstehen können. Die zwei besten Fischrestaurants der Gegend – *Cockleshell Bay* und *Tris' Shellfish Shack* – geben beide Mahlzeiten für den guten Zweck aus. Das ist eine großartige Geschichte. Ich setz unsere Zeitung darauf an, sobald das Projekt richtig läuft. Aber erst mal werde ich eine Versammlung für uns alle einberufen.«

Julia wartet mit angehaltenem Atem. Und dann kommt der erwartete Schlag auch schon.

»Jedenfalls dachte ich, Andy könnte May morgen vorbeibringen. Zur Teezeit?«

Widerstand zwecklos, kommt Julia in den Sinn. Egal, was sie sagt, Ida wird sie einfach niederwalzen. Sie strafft die Schultern. Nein, sie darf sich nicht einschüchtern lassen. Ida kann sie nicht zwingen, May zu sich einzuladen, nicht wahr? Es ist Julias Haus, und sie wird es einfach nicht erlauben.

»Ich kann im Moment keine Besucher empfangen«, sagt sie. »Das ist vollkommen ausgeschlossen. Tut mir leid, aber du musst jemand anderen finden.«

Ida beugt sich vor und sieht Julia ernst in die Augen. Sie legt viel Emotion in ihr bebendes Doppelkinn. »Aber Julia, meinst du nicht, es ist unsere Pflicht, füreinander zu tun, was wir tun können?«

»Na ja, schon, aber …«

»Dann ist das ja geklärt. Ich schaue bei May vorbei und sage ihr Bescheid, sobald ich hier rausgehe. Sie wird sich riesig freuen, da bin ich sicher. Morgen also.«

Julia öffnet den Mund, um erneut zu widersprechen, entscheidet dann jedoch, dass es sinnlos wäre.

»Gehst du dann jetzt direkt zu May?«, fragt sie.

»Doch nicht, wenn du dir die Mühe gemacht hast, den Teekessel für mich aufzusetzen. Und ist das nicht dein berüchtigter Früchtekuchen, den ich da sehe? May wird sich morgen auch über ein Stück davon freuen.«

»Wenn sie kommt.«

»Warum denn nicht? Ich bin mir sicher, May wird heilfroh sein, mal rauszukommen und nett mit dir zu plaudern.«

Julia sagt nichts. Es gibt da ein oder zwei triftige Gründe, warum May es vielleicht vermeiden will, die Memory Lane 60 zu besuchen, aber sie hat nicht vor, Ida davon zu erzählen.

3

Auf der anderen Straßenseite starrt May Ida eine halbe Stunde später finster an, als diese das letzte Schokoladenplätzchen von dem Teller nimmt, den Tamsin aus der Speisekammer geholt hat. Andy hat seine Tochter inzwischen mit nach Hause genommen – er ist geflüchtet, sobald er ihnen eine frische Kanne Tee gekocht hatte.

»Eigentlich sollte ich das nicht essen«, sagt Ida, während sie fröhlich ihr Plätzchen mampft, »denn ich gehe seit Kurzem zu dieser Diätgruppe im Gemeindezentrum, und es ist auch wirklich gut gelaufen, bis ich ein Stück Früchtekuchen von deiner reizenden Nachbarin essen musste.«

»Reizende Nachbarin? Wer kann das sein?«

»Na, na. Du weißt ganz genau, wen ich meine. Ich soll dich von Julia grüßen.«

»Wirklich?« May runzelt die Stirn. Klingt unwahrscheinlich. May grüßen zu lassen steht sicher nicht weit oben auf der Prioritätenliste dieser Frau. Seit dem Vorfall mit den verschwundenen Suppenlöffeln sind sie nie mehr als höflich zueinander gewesen. Es war aber auch eine Frechheit von ihr, May zu unterstellen, dass sie einen ganzen Haufen schäbiges Besteck gestohlen hätte. Schließlich war es schon schwierig genug, die Zuckerzangen mitgehen zu lassen. Aber natürlich wurde der eigentliche Schaden angerichtet, als Charles noch am Leben war. Julia konnte Mays Ehemann nie leiden. Wenn sie es recht bedenkt, ging das den meisten Leuten so.

In Idas Augen leuchtet das Wohlwollen. Sie hatte schon immer diesen nervigen Tick, anzunehmen, dass wir uns alle gegenseitig mögen müssen, nur weil wir im selben Dorf wohnen, denkt May. Die meisten verstehen sich ja auch gut, aber May sucht sich ihre Freunde lieber selbst aus.

»Ja, natürlich lässt sie dich grüßen – warum auch nicht? Julia spricht nur in den höchsten Tönen von dir.«

»Ach, wirklich?«

»Nicht nur das. Sie lässt mich auch fragen, ob du morgen zu einem Besuch bei ihr vorbeikommen möchtest.«

»Willst du mich auf den Arm nehmen, Ida? Warum sollte Julia plötzlich wollen, dass ich bei ihr vorbeikomme? Wir haben seit Dons Beerdigung kein einziges Wort miteinander gewechselt, und selbst da nur im Vorbeigehen. Wie dem auch sei, ich gehe in letzter Zeit nicht mehr allein raus. Ich würde nur mit dem Gesicht nach unten auf den Pflastersteinen landen.«

Ida lächelt. Sie erinnert irgendwie an einen Hai, wenn sie sich etwas in den Kopf gesetzt hat. »Das ist kein Problem. Andy bringt dich nach der Arbeit bestimmt eben rüber.«

»Aber …«

»Na, na, kein Grund zur Sorge. Wie der Zufall es so will, arbeitet er morgen ausgerechnet in meinem Garten, dann kann ich also dafür sorgen, dass er pünktlich nach Hause kommt. Julia erwartet dich um halb sechs. Und wenn du Glück hast, zeigt sie dir ja vielleicht etwas aus ihrer Schatzkiste. Ich habe noch nie in meinem Leben so viele Briefe gesehen.«

May wird still. Natürlich! Warum ist sie nicht selbst auf die Idee gekommen? Sie hätte Idas Vorschlag sofort annehmen sollen. Diese Briefe. All die Erinnerungen, die nur auf sie warten. Ist es möglich, dass ihre Gebete erhört worden sind? Sie hatte schon immer gezweifelt, was den lieben Gott anbelangt, aber es schadet ja nicht, auf Nummer sicher zu gehen, daher schickt sie ab und zu gern ein paar Anliegen hinauf, während sie sonntagmorgens den Kirchenliedern im Radio lauscht.

Einige der Liedtexte sind sogar recht poetisch, und sie singt lauthals mit. Ihr Lieblingslied ist das über die Ehe. Ihr gefallen die Zeilen:

Schenk ihnen das Glück, das Leid auf Erden lindert,
Schenk ihnen den Frieden, der Streit auf Erden
mindert.

Sie malen ein schönes Bild von der Ehe. Ihre eigene war überhaupt nicht so, vor allem nicht, nachdem May ihren Mann eines Morgens mit dem Lieferjungen des Bäckers im Bett erwischt hat, wenn man denn einen strammen Neunzehnjährigen einen Jungen nennen kann. Aber deswegen muss sie ja nicht gleich zynisch werden, was die Institution im Allgemeinen angeht.

Sie setzt ein breites Lächeln auf. »Na schön, das klingt ja, als hättest du schon alles unter Dach und Fach gebracht. Aber ich verstehe immer noch nicht, warum Julia gerade mich für einen Besuch auswählt? Um ehrlich zu sein hat Andy mir erzählt, dass er sich Sorgen macht, weil sie sich zurzeit mit *niemandem* trifft. Sie ist ja quasi zu einer Einsiedlerin geworden.«

»Ich weiß, und wir machen uns alle Sorgen deswegen. Sie war schon seit Monaten nicht im Frühgottesdienst. Dons Tod hat sie sehr schwer getroffen. Sie waren echte Seelenverwandte, nicht wahr?«

May presst die Lippen aufeinander. Sie hat diesen Ausdruck schon immer gehasst. Als ob Seelen miteinander sprechen könnten. Wenn das der Fall wäre, gäbe es viel weniger Auseinandersetzungen und Missverständnisse auf der Welt. Ihr eigener Mann war viel eher eine Nervensäge als ein Seelenverwandter, vor allem zuletzt, als ihn dunkle Ahnungen bezüglich seiner Gesundheit beschlichen. Wäre er doch nur vernünftig genug gewesen, zum Arzt zu gehen. Nach Charles' Tod wusste sie irgendwann auch seine guten Seiten wieder zu schätzen, aber während er noch bei ihr war, konnte sie manchmal der Versuchung kaum widerstehen, ihn zu erwürgen, dieses Scheusal. Pedantisch, gehässig und viel zu begeistert davon, Blumengestecke zu arrangieren.

Ida sieht sich im Raum um. Neugierige alte Schachtel. »Du hast ein paar entzückende Dekostücke und Bilder«, bemerkt sie. »Kaum zu glauben, dass etwas so lange bestehen und trotzdem immer noch so perfekt sein kann.«

»So wie ich«, sagt May und lacht gackernd.

Ida lächelt. »Da hast du vollkommen recht. Alle sagen, wie jung du aussiehst, May. Wie machst du das nur? Was ist dein Geheimnis? Benutzt du irgendeine spezielle Gesichtscreme?«

»Du machst wohl Witze. Ich würde doch kein gutes Geld für so einen Mist ausgeben. Nein, mein Aussehen habe ich einer täglichen kleinen Dosis Portwein und Brandy, jeder Menge gesundem Essen und einem geordneten Leben zu verdanken, das ist alles.«

May hat dieses Mantra schon so oft wiederholt, dass sie es fast selbst glauben könnte, wenn sie nicht die Wahrheit kennen würde. Als sie zum ersten Mal feststellte, dass sie Schwingungen von bestimmten Objekten aufnahm – oder wie auch immer sie den Effekt nennen will, der sich einstellt –, war May noch jung genug, um zu glauben, dass alle Kinder ein prickelndes Wohlgefühl empfanden, wenn sie Gegenstände mit einer interessanten Vergangenheit berührten. Es dauerte eine ganze Weile, bis sie ihre magischen Momente mit den Schätzen in Verbindung brachte, die sie manchmal ergatterte, wenn sie mit ihrer Mutter die örtlichen Flohmärkte und Trödelläden durchkämmte.

Als passionierte Sammlerin kam sie mit dem Taschengeld nicht weit, aber ihr Vater schien mehr Verständnis für ihre Bedürfnisse zu haben als ihre Mutter, und wenn er mit ihr einkaufen ging, verwöhnte er sie oft, indem er ihr in entscheidenden Momenten zusätzliches Geld zusteckte. Und als May erkannte, wie viele der Dörfler Besitztümer voller verborgener Erinnerungen hatten, wurde ihre Begeisterung nur noch größer. Es handelt sich um eine ganz besondere, geheime Art von Magie, und so muss es auch bleiben.

Sie erinnert sich noch an das erste Mal, als sie von dem Verlangen überwältigt wurde, etwas Wertvolles zu haben, das nicht ihr gehörte, auch wenn sie mit ihren zehn Jahren sehr wohl wusste, dass es unrecht war. Mays Mutter nahm sie mit zum Tee bei ihrer Nachbarin, und während die beiden Damen in der Küche beschäftigt waren, erspähte May eine winzige Emaille-Dose mit einem eng aufliegenden Deckel. Sie hob sie hoch und wog sie vorsichtig in der Handfläche. Die Dose war mit lila Veilchen verziert und schien vor sich hin zu summen, als hätte sie Geheimnisse, die nur May hören konnte.

May löste den Deckel mit dem Fingernagel ab, während sie die ganze Zeit horchte, ob die Erwachsenen wiederkamen. In der Dose war eine Haarlocke, weich und blond. May hielt den Atem an und legte den Finger in die Mitte der Locke. Es ging eine so dramatische Wärme und Energie davon aus, dass sie keuchend den Finger zurückzog. Kurz darauf probierte sie es erneut, diesmal bereitete sie sich darauf vor. Pure Wonne. Nach einem Blick über die Schulter ließ May die Locke in ihrer Tasche verschwinden, schloss die Dose und stellte sie in dem Moment zurück, als ihre Mutter mit einem Teller voll Törtchen wiederkam.

Seit diesem Tag haben sich für sie viele weitere Gelegenheiten ergeben, zu bekommen, was sie braucht. Aber May musste vorsichtig sein. Hin und wieder wäre sie beinahe erwischt worden.

Ida, die sich der beunruhigenden Gedanken in Mays Kopf nicht bewusst ist, sieht auf die Uhr und steht auf. Dabei tritt sie versehentlich auf Fossil, der fauchend seine Missbilligung kundtut und zur Katzenklappe läuft. »Ups! Entschuldige, Kätzchen. Gut, dann ist ja alles geklärt. Andy kann dich abholen, sobald er bei mir fertig ist. Ich finde diesen neuen Plan sehr aufregend, May. So viele Menschen werden davon profitieren. Die arme Julia ist im Moment so verloren, und für dich wird das Projekt sicher auch bereichernd sein.«

»Oh ja, das hoffe ich sehr«, sagt May.

In ihrem Magen spürt sie ein kleines, aufgeregtes Flattern. Sie sollte die größte Handtasche mitnehmen, die sie hat, wenn sie morgen ihre Nachbarin von gegenüber besucht.

4

Am nächsten Nachmittag um Punkt halb sechs holt Andy May ab. Zur Feier dieses besonderen Anlasses trägt sie ihr bestes, kornblumenblaues Kleid und ein Paar Pumps mit flachen Absätzen. Sie hat nicht vor, bei Julia den Eindruck zu erwecken, sie würde sich gehen lassen, nur weil sie im Haus festsitzt. Das Kleid ist mit winzigen Butterblumen und Gänseblümchen gemustert. Es lässt May an die wogende Wiese hinter ihrem alten Zuhause auf dem Hügel denken. Sie seufzt. Ach, was soll's, es hat keinen Zweck, zurückzuschauen – ein Strand gleich vor der Haustür ist schließlich so viel wert wie ein ganzes Dutzend Grasfelder und Wälder. Von dem großen Haus aus konnte man trotz seiner erhöhten Lage das Meer nicht richtig sehen, weil Bäume die Sicht versperrten.

Andy stößt einen bewundernden Pfiff aus, als er sie sieht. »Mensch, May. Du hast dich ja richtig herausgeputzt. Du siehst keinen Tag älter aus als siebzig.«

Sie gibt ihm einen Klaps und stellt sich dann vor den Spiegel im Flur, um ihre bereits makellose Frisur zu ordnen. May ist immer wieder froh, dass ihre Haarfarbe sich in ein schönes Schneeweiß verwandelt hat, als das kräftige Rot schließlich verblasste. Manchmal vermisst sie es, ein kesser Rotschopf zu sein, aber ihr Friseur findet sie sehr glamourös und kommt jeden Montag bei ihr vorbei, um ihre Haare zu waschen und zu den gewohnten aufgebauschten Locken zu frisieren. Kein Föhnen für May – sie bleibt ihren guten alten Papilloten treu. Ein ordentlicher Stoß Haarspray, und sie ist bereit für die Woche. Diesen Stil hat sie seit Jahren nicht verändert – warum sollte sie?

»Reich mir mal bitte meinen Lippenstift, Andy. Der liegt da drüben. Und das Parfum. Mit *Je Reviens* kann man nichts falsch machen, sag ich immer. Danke. Ich will ja allen Erwartungen gerecht werden.«

Er lacht und bietet May seinen Arm an, als sie aus der Tür gehen und die unebenen Stufen hinuntersteigen. Auf dem Weg über das Kopfsteinpflaster hält sie sich gut an ihm fest, da sie auf den ungewohnten Absätzen unsicher läuft, und atmet erleichtert auf, als sie unbeschadet auf der anderen Seite der schmalen Straße ankommen. Heute weht eine frischere Brise, und May sieht auf der rechten Seite des Strandes mehrere kleine Boote in der Nähe des Hafens im Wasser schaukeln. Die Luft riecht nach Salz und Seetang, und ihr geht das Herz auf. Es tut gut, draußen zu sein und zur Abwechslung mal irgendwohin zu gehen. Der Garten ist zwar schön, aber May vermisst es, sich mitten im Geschehen zu befinden.

»Dann komm, May«, sagt Andy. »Wir lassen Julia besser nicht länger warten. Normalerweise gehe ich hintenrum einfach rein, aber heute machen wir es mal auf dem richtigen Weg, da es ja ein besonderer Anlass ist.«

May verdreht die Augen, sagt aber nichts dazu. Sie haben kaum geklingelt, da öffnet Julia auch schon die Tür.

»Hallo, May. Schön, dich zu sehen«, sagt sie, aber das Lächeln erreicht ihre Augen nicht, und May lässt sich nicht täuschen.

Andy hilft ihr ins Haus, und Julia zieht einen Stuhl mit hoher Rückenlehne hervor, sodass May langsam in eine sitzende Position sinken kann, wobei sie sich auf den Armlehnen abstützt. Als sie kurz darauf hochblickt und sich für dieses neue Anzeichen von Schwäche verflucht, entdeckt sie den mitleidigen Ausdruck in Julias sorgfältig geschminktem Gesicht. Innerlich schäumt May vor Wut, doch sie setzt trotzdem ihre beste Gute-Laune-Miene auf. Es geht hier um einiges.

Julia trägt ein elegantes graues Etuikleid, wunderschön geschnitten, aber recht trist, und eine Perlenkette, um ihre Aufmachung abzurunden. Nun, ihre Nachbarin hat sich wie gewohnt zurechtgemacht, denkt May, aber die Erkenntnis, dass Julia Mitleid für sie empfindet, bringt sie in Rage. Sie ist jetzt noch entschlossener als zuvor, sich heute mindestens einen von Julias Briefen zu beschaffen. Wenn sie auch nur ein paar Erinnerungen aufnehmen kann, wird sie sich wieder besser fühlen. Es ist zu lange her.

»Ich geh dann mal, ihr zwei«, sagt Andy. »Tamsin ist bei der Rainbows-Gruppe oben am Gemeindehaus, und ich muss sie jetzt bald zum Tee nach Hause holen. Bis später.«

»Bis dann, mein Lieber.« May nutzt die Gelegenheit und sieht sich im Zimmer um, während ihre Nachbarin Andy zur Tür bringt. Auf dem Tisch liegen ein paar Stapel mit Briefen. Sie muss Julia beim Sortieren unterbrochen haben. Gut.

»Also, eine Tasse Tee, May? Ich habe uns Scones gemacht«, sagt Julia, als sie wieder hereinkommt. Es ist ein weiträumiger, heller Raum, auf der einen Seite steht ein Esstisch, und auf der anderen sind bodentiefe Fenster, durch die man auf das Ende der Bucht schauen kann. May kann diesen Teil der Welt von ihren Fenstern aus nicht sehen, und es ist eine erfrischende Abwechslung, hinaus auf Tristrams Bungalow und sein Restaurant auf der Landspitze zu blicken. Es ist lange her, dass sie die Gelegenheit hatte, im *Shellfish Shack* zu speisen.

Tristram ist ein alter Freund und ein zuvorkommender Gastgeber, und das Essen dort ist hervorragend. May fragt sich, wie viel die Rückfahrt mit dem Taxi wohl kosten würde. Es scheint noch gar nicht so lange her zu sein, dass sie von ihrem alten Zuhause aus dorthin laufen konnte. Aber sobald sie ein paar Erinnerungen auftreiben kann, wird ihre Energie wieder fließen. Sie hat keine Zeit zu verlieren. Über die Alternative möchte sie gar nicht erst nachdenken.

Julia schiebt die Briefe zur Seite, um Platz für das Teegeschirr zu machen, bevor sie in die Küche eilt. »Marmelade und Sahne zu den Scones, May?«, ruft sie.

»Ja, bitte. Die Marmelade natürlich zuerst. Ist sie selbst gemacht?«

»Oh, ja. Der letzte Rest der Brombeermarmelade von letztem Jahr. Don hat sie geliebt.«

Es folgt Schweigen, und May denkt an Dons jungenhaftes Leuchten in den Augen, wann immer ihm etwas Süßes angeboten wurde. Julia rumort nicht mehr in der Küche herum, aber May hört das Wasser im Teekessel kochen. Vielleicht heult sie ja gerade. May fragt sich, ob sie hingehen und sie auf irgendeine Weise trösten sollte, aber sie konnte das mit dem Umarmen und diesem ganzen Kram noch nie besonders gut, und abgesehen davon würde Julia sie wahrscheinlich in die Seite kneifen oder ihr das Auge ausstechen, wenn sie etwas Derartiges versuchen würde. Während sie noch überlegt, was sie tun soll, kommt Julia mit einem voll beladenen Tablett zurück. Ihre Augen sind ein wenig gerötet, aber May entdeckt keinen Hinweis auf Tränen. Sie stößt einen Seufzer der Erleichterung aus.

Julia setzt sich, und eine Zeit lang essen sie schweigend ihre Scones. »Deine Backkünste haben nicht nachgelassen, Liebes«, sagt May schließlich. Sie nimmt sich eine Serviette, um die letzten Krümel wegzuwischen.

»Ich habe überhaupt nicht mehr viel gebacken, seit … na ja, du weißt schon. Es macht keinen Spaß, für sich allein zu backen.«

»Besucht deine Familie dich denn nicht?« May muss das eigentlich nicht fragen, sie weiß ganz genau, dass Felix und Emily in letzter Zeit nicht zu Besuch waren. Sie ist bestens informiert über das Kommen und Gehen in den Häusern ihrer Nachbarn. Dieser Tage hat sie nichts anderes zu tun, als Leute zu beobachten, deswegen ist sie sich sicher, dass Julias Sohn und ihre Enkelin seit Dons Beerdigung im letzten November nicht bei ihr waren.

Julia richtet sich auf, trinkt einen Schluck Tee und scheint nach den richtigen Worten zu suchen. »Sie haben viel zu tun, und Emily arbeitet ja in New York, da kann sie nicht so oft weg. Ihre Mutter hat sich irgendwo hinter München niedergelassen, in der tiefsten Provinz. Sie hat früher schon ständig davon geredet, in ihr Heimatland zurückzukehren, und ein Besuch bei Gabriella hat bei Emily oberste Priorität, wenn sie mal frei hat. Für letztes Weihnachten haben sie mir Flugtickets gekauft, damit ich nach Deutschland fliegen konnte, aber ich musste kurzfristig absagen … leider.«

»Wie schade.« May hat diese Neuigkeit damals von Andy erfahren und erinnert sich daran, dass Julia krank war, obwohl Andy nicht fand, dass eine leichte Erkältung Grund genug für sie sein sollte, die Feierlichkeiten zu verpassen. May vermutet, dass Julias Begeisterung für Weihnachtsfeiern sich genauso in Grenzen hält wie ihre eigene.

»Und Felix?«, bohrt May nach. Sie hat sich schon gefragt, ob der alte Kleinkrieg immer noch brodelt. Felix' Ehefrau ist es gelungen, ein Zerwürfnis zwischen ihrem Mann und seinen Eltern zu bewirken, bevor sie sich mit dem Besitzer eines bayrischen Biergartens auf und davon gemacht hat, und schon die Erwähnung von Gabriellas Namen hat die Luft etwas kälter werden lassen.

Julia zuckt mit den Schultern. »Er ist immer noch in

Boston tätig, bereist aber die ganze Welt. Das Geschäft floriert, wie man so schön sagt. Ich schätze, dass er bald kommt. Ende nächsten Monat habe ich Geburtstag.«

Julia steigen Tränen in die Augen, und auch May wird schwer ums Herz. Sie erinnert sich an die Einsamkeit, die sie an ihren ersten Geburtstagen nach Charles' Tod verspürt hat. Er war nicht der Typ für große Geschenke und viel Trara, aber immerhin hat er sie jedes Mal zu einem netten Pub-Mittagessen im *Eel and Lobster* an der Dorfwiese ausgeführt. Charles hatte eine Schwäche für eine schöne Platte Scampi mit Pommes frites, und May nahm immer die hausgemachte Pastete mit haufenweise buttrigem Kartoffelpüree. Es ist jetzt mehr als fünfzig Jahre her, dass Mays Mann zum Segeln ging und nicht zurückkehrte. Unter den Dorfbewohnern wurde etwas von Selbstmord gemunkelt, aber die offizielle Version war ein Unfalltod aufgrund des plötzlich aufgekommenen Sturms. Irgendwann wurden in der Nähe des Hafens die Überreste von Charles' Boot gefunden, und sein Leichnam wurde mit der nächsten Flut angespült.

Charles war ein viel zu erfahrener Segler für so eine offensichtliche Fehleinschätzung; das müsste jedem bewusst gewesen sein, der ihn kannte. Man kann viel über ihn sagen, aber leichtsinnig war er nicht. Auch wenn May über das Ergebnis überrascht war, hielt sie den Mund. So war es einfacher.

Nach der Untersuchung ließ May Gras über die Sache wachsen und hielt sich eine Weile im Hintergrund. Das Leben ohne Charles kam ihr zuerst seltsam vor, wurde aber bald zur Normalität. Sie hatten geheiratet, als sie bereits über vierzig Jahre alt waren, kurz nach dem Tod von Mays Eltern. Damals hatte May sich außergewöhnlich verloren gefühlt, losgelöst von ihrer vertrauten Routine, und Charles in ihrem Elternhaus einziehen zu lassen erschien ihnen wie der nächste logische Schritt. Sie waren erst elf Jahre zusammen, als die Tragödie geschah, daher ist May inzwischen daran gewöhnt, allein zu sein, aber sie kann erkennen, dass Julia noch einen weiten Weg vor sich hat, bevor sie eine ähnliche Eigenständigkeit erreicht.

»Na, komm, nicht weinen.« Unbeholfen tätschelt May Julias Hand. »Du hattest ein schönes Leben mit Don, aber nichts hält ewig in dieser Welt.« Oder doch?, denkt sie. Wenn ich an mehr Erinnerungen komme, dann vielleicht schon.

Nun sieht Julia May mit tiefer Abscheu an, und May stellt fest, dass sie das Falsche gesagt hat.

»Darum geht es nicht«, murmelt Julia.

»Na ja, doch, eigentlich schon, Liebes.« May verzieht das Gesicht und greift nach der Teetasse. »Aber im Nachhinein verstehe ich, warum heute nicht der beste Tag ist, das zu sagen.«

Julias Mundwinkel zucken, und dann lacht sie laut und lange – ein schallendes Lachen, das ihr so gar nicht ähnlich sieht. »Ach, May, du bist wirklich einmalig.« Sie wischt sich über die Augen.

Die plötzliche Verbindung zwischen ihnen hält nicht länger als ein paar Sekunden an, aber danach vergeht die Zeit wie im Flug. Sie sprechen über die Marotten ihrer Nachbarn und die Meinungsverschiedenheiten in der kargen grauen Methodistenkirche, über den Hang des neuen Priesters zu langen Predigten und schnulzigen neuen Liedern, und erst als Andy an die Hintertür klopft, um sein Kommen anzukündigen, wird May bewusst, dass sie noch nicht einmal versucht hat, einen Brief in ihre Handtasche zu schmuggeln.

Julia geht in die Küche, um Andy in Empfang zu nehmen, und May steht leicht schwankend auf. Wenn sie sich vorbeugt, kommt sie an den Stapel auf dem Tisch. Mit einer Hand hält sie sich am Stuhl fest, dann nimmt sie sich willkürlich einen der Briefe und steckt ihn ein. Es fühlt sich nach einem guten Brief an, schön dick, und sie spürt schon beim bloßen Festhalten ein Surren. Ihr Herz flattert. Sie denkt darüber nach, sich einen zweiten zu nehmen, aber die Stimmen nähern sich. Gerade rechtzeitig zieht sie den Reißverschluss ihrer Tasche zu, dann kommen Julia und Andy herein, gefolgt von Tamsin, die immer noch ihre Rainbows-Uniform trägt.

»Fertig geplaudert, die Damen?«, fragt Andy. »Und bist du so weit, May? Ich muss Tamsin baden, sie hat heute Abend mit Lehm gearbeitet und ist schmutzig. Und sie hat den Großteil des Abendessens auf ihren Klamotten. Es gab Spaghetti. Ich denke, ich hab's mit der Sauce übertrieben.«

»Ich muss nicht gebadet werden. Lehm riecht nicht schlecht«, sagt Tamsin, aber Julia legt ihr sanft die Hände auf die Schultern und führt sie vor einen langen Spiegel. Tamsin kichert. Ein Streifen Lehm bedeckt eine ihrer Wangen, und ein Klumpen steckt in ihren Locken, dazu hat sie auf dem Kinn und um den Mund herum große Flecken Tomatensauce.

»Deine Haare müssen heute gewaschen werden, mein Täubchen«, sagt Julia, und Andy wirft ihr einen gequälten Blick zu. May kennt die Geräusche aus dem Badezimmer, wenn Tamsins Haare gewaschen werden. Die sind sogar noch schlimmer als die Pferdeschwanz-Schreie.

May ist jetzt so weit. Sie meidet Julias Blick, als sie das Zimmer verlässt. Die kurzzeitige Nähe zwischen den beiden ist verflogen, und der verlockende Brief ist schön tief in Mays Tasche verstaut. Sie kann es kaum erwarten, die Erinnerungen anzuzapfen.

Es dauert nicht lange, bis Andy sie nach Hause gebracht hat, sie es sich in ihrem Lieblingssessel bequem machen kann und Fossil sich an ihren Knöcheln reibt.

»Soll ich dir ein Sandwich machen?«, bietet Tamsin an. Das hat sie erst kürzlich gelernt. Sie kann bisher nur solche mit Schinken oder Marmelade zubereiten, aber sie arbeitet bereits an denen mit Käse. Das Schneiden ist das Problem. »Ich kann die Butter jetzt schon besser schmieren«, fügt sie hoffnungsvoll hinzu. »Mit weniger Löchern.«

»Nein, geh du mal nach Hause und ins Bett, sobald du gebadet bist. Ich bin noch satt von Julias Scones, aber danke.«

May hört sie gehen, und Fossil folgt ihnen, nur für den Fall, dass bei Andy vielleicht Fisch übrig ist. Mays Tasche liegt schon auf ihrem Schoß, bevor die beiden Zeit hatten, durch das Gartentor zu gehen, das von Shangri-La zu ihrem Grundstück führt. Sie tastet ungeschickt nach dem Brief, ihre Finger zittrig vor lauter Hast. Als sie die verblassten blauen Zettel aus dem Umschlag zieht, beginnt das wohlbekannte Vibrieren, und sie seufzt erleichtert auf. Es ist so weit. Sie hat nicht verlernt, wie man diese wertvollen Erinnerungen anzapft.

Eine Zeit lang reicht es ihr, einfach nur die Seiten in der Hand zu halten und die Wärme zu spüren, die sich in ihrem Körper ausbreitet. Es baut sich langsam auf: ein prickelnder, sprudelnder Hoffnungsschimmer, der sie in Form von kleinen Wellen der Wonne durchströmt. May windet sich glücklich. Das hier ist es, was ihr so dringend gefehlt hat. Auf der einen Ebene befindet sie sich immer noch in ihrem gemütlichen Wohnzimmer und hört die Schreie der Möwen und das leise Geräusch der Katzenklappe, als Tamsin den Kater wieder in die Küche schiebt und ihm erklärt, dass es schon fast Schlafenszeit ist. Gleichzeitig schwebt sie auf einer anderen Ebene über dem Raum, hoch oben auf einer Welle des Wohlbefindens und Glücks.

Es ist das Lebenselixier, das in ihre Venen fließt. Die Macht, jung zu bleiben oder zumindest das Rad der Zeit zu verlangsamen. Einhundertelf ist jetzt sicherlich möglich. Schließlich spürt May, wie die Intensität der Erinnerungen nachlässt, und sie nimmt sich ihre Brille, während Fossil zu ihr hochspringt und es sich auf ihrem Schoß gemütlich macht. Sie zieht die eng beschriebenen Zettel auseinander und entdeckt Kathryns Namen auf der letzten Seite.

Als sie zu lesen anfängt, tanzen etliche winzige Bläschen in ihrem schmalen Körper, und sie muss alle paar Sätze eine Pause machen, um Atem zu schöpfen.

Wir haben gerade einen Zeitungsausschnitt von unserer Familie in Nottingham bekommen, in dem Paulines Verlobung bekanntgegeben wird! Das ging schnell, nicht? Ich wette, ihr Verlobungsring ist nicht so gut wie der von Mutter. Opale sind kaum zu überbieten, gerade drei so wunderschöne Steine – und die kleinen Diamanten drum herum sind auch wirklich hübsch. Wenn wir ihn nur finden könnten. Mutter ist am Boden zerstört. Sie verhält sich neuerdings etwas merkwürdig und beschuldigt reihum jeden von uns, den Ring versteckt zu haben. Als ob wir das tun würden! Wir wissen doch alle, wie gern sie ihn Julia geben möchte. Will ist ganz schön aufgebracht wegen dieser Sache. Hat er dir in letzter Zeit geschrieben? Mir scheint, dieser Junge wird immer verschlossener, je älter er wird.

May lehnt sich im Sessel zurück. Nach Monaten des Entzugs ist dieser Erinnerungsschub fast zu viel für sie.

Sie erinnert sich noch gut an die große, laute Familie und ihre Besuche. Charles kam eine Weile gut mit Dons

Verwandten aus. Er hat sie oft in seinem Boot mit aufs Wasser genommen.

Es wird Zeit, den Brief für den Abend wegzulegen, auch wenn das Geheimnis um den Ring sie fesselt. Vielleicht gibt es in späteren Briefen noch mehr Hinweise darauf. May ist sich sicher, dass Julia nie einen Ring hatte, auf den Kathryns Beschreibung passt.

Sie verliert sich im Echo der Vergangenheit, und der Gedanke an Kathryn weckt eine Erinnerung an ein anderes Mädchen von früher, die denselben Namen in einer anderen Schreibweise hatte. May holt ein staubiges Buch aus einem niedrigen Regal und schnuppert fröhlich, als sie ihren Lieblingseintrag öffnet und ihr der muffige Geruch des Papiers entgegenweht.

Mays alte Schulfreundin Catherine war ein richtiger Spaßvogel. Sie liebte es, sich alberne Reime auszudenken, meist über ihre Lehrer, und sie dann herumliegen zu lassen, damit andere sie in den ungünstigsten Augenblicken fanden. Catherine blühte richtig auf, als auf dem Mädchengymnasium ein Autogramm-Sammelwahn ausbrach. Diese Autogramme hatten nichts mit dem modernen Trend zu tun, berühmte Persönlichkeiten in seinem Autogrammbuch unterschreiben zu lassen, sondern sie waren ein Weg, zu beweisen, wie viele Freunde man hatte, indem man sie die Seiten mit einfallslosen, witzigen und manchmal sogar recht gemeinen Nachrichten vollschreiben ließ.

Als May Catherine ihr eigenes wertvolles, ledergebundenes Poesiealbum gab, hoffte sie, dass das Mädchen nichts schreiben würde, was ihre Eltern nicht sehen sollten. Sie war erleichtert, ein Gedicht vorzufinden, das nachdenklicher war als Catherines übliche Sprüche. Es erinnerte sie an die Worte ihres Vaters, als er diesen wunderschönen Sonnenuntergang betrachtet und darüber gesprochen hatte, bis ins hohe Alter von einhundertelf Jahren zu leben. Ein Zufall? May hat noch nie an Zufälle geglaubt. Das war sicher ein Zeichen. Der Titel des Gedichts lautete: *Meine Jahre mit dir*, und es ging so:

Unsere Lebenszeit auf Erden,
das legt die Bibel nah,
ist leider nur begrenzt
auf höchstens siebzig Jahr'.

Mit Blick auf unsere Freundschaft
empfind' ich jedoch Gier.
Ich werd' mich ewig sehnen
nach noch mehr Zeit mit dir.

So lass uns auf die Hundert zielen,
dazu noch zehn, bevor es reicht.
Und wenn wir dieses Ziel erreichen,
dann fällt uns jedes weitere leicht.

May fühlte sich ungeheuer geschmeichelt, als sie diese Zeilen las, wurde aber mit einem Ruck wieder auf den Boden der Tatsachen geholt, als sie herausfand, dass Catherine denselben Spruch in mindestens die Hälfte der

Poesiealben ihrer Klassenkameradinnen geschrieben hatte. Trotzdem gefiel ihr die Vorstellung sehr, bis zu dem großartigen Alter von hundertelf Jahren zu leben, und die magische Zahl ist zu ihrem Heiligen Gral geworden. Sie ist so nahe dran.

Sie braucht mehr Briefe, und zwar bald. Julia hat so viele, dass sie einige wenige wohl kaum vermissen wird, oder? Und Mays Bedarf ist wesentlich größer als Julias. Ihr Geburtstag ist schon fast zum Greifen nahe – nur noch drei Monate –, und sie *muss* es bis dahin schaffen. Das muss sie einfach.

5

Am nächsten Tag blickt Julia gegen Mittag aus dem Küchenfenster und entdeckt Andy auf einer umgedrehten Kiste sitzen und seine Sandwiches essen. Er jätet heute Unkraut in den Reihen der Ackerbohnen und Zucchini, die er im Frühjahr eingepflanzt hat. Es ist Samstag, deswegen hat er Tamsin dabei, die, eine geöffnete Butterbrotdose vor sich, im Schneidersitz auf dem Rasen sitzt.

Tamsin winkt, als Julia mit einem beladenen Tablett auf sie zuläuft, wobei sie es sorgsam vermeidet, in die Furchen auf dem Weg zu treten.

»Hast du auch die Sachen für meinen Tee mitgebracht, Tante Jules?« Sie springt auf.

»Natürlich, ich vergesse dich doch nicht, mein Schatz.« Julia stellt das Tablett auf einen Gartentisch im Schatten einer nahen Eiche und verteilt das, was darauf steht: eine braune Teekanne mit einer gestrickten, bunten Haube, Andys riesige Tasse, ein blau-weißes Milchkännchen, eine Dose mit Plätzchen und als Letztes ein Miniatur-Teeservice für Tamsin.

»Danke schön«, sagt das Mädchen, und ihre Augen leuchten. »Tee ist mein Lieblingsgetränk.«

»Heute Morgen hast du mir noch erklärt, Vimto wäre dein Lieblingsgetränk«, wirft Andy ein, »und gestern meintest du, dass du nie wieder etwas anderes als Erdbeer-Milchshakes trinkst.«

»Ja, aber Tee ist mein allerliebstes Lieblingsgetränk«, erwidert Tamsin, bevor sie anfängt, vor sich hin zu summen, während sie die Teetassen nach ihrem eigenen Geschmack anordnet. Julia denkt an ihren Sohn, der genauso viel Gefallen an den winzigen Tassen und Untertassen, dem Milchkännchen und der Teekanne mit den für Cornwall typischen blauen Streifen hatte. Und seine Tochter wiederum spielte genauso gern damit wie Felix. Julia seufzt. Sie vermisst Emily mehr als ihren Sohn. Felix ist kein sehr umgänglicher Mensch – er hört sich oft selbst zu gern reden –, aber Emily ist eine wahre Freude.

Julia presst die Lippen aufeinander, damit sie aufhören zu zittern. Jetzt ist nicht der richtige Moment, um wegen ein paar Teetassen rührselig zu werden. Vielleicht sollte sie Emily einen Brief schreiben und sie direkt um einen Besuch zu einem bestimmten Zeitpunkt bitten, statt darauf zu warten, dass sie die Entscheidung selbst fällt? Sie hat Angst, armselig zu wirken, aber sie möchte ihre Enkelin unglaublich gern sehen.

»Bist du heute traurig?«, fragt Tamsin, während sie eifrig Milch und Zucker in ihren Tee gibt.

Andy wirft seiner Tochter einen strengen Blick zu, aber Julia atmet einmal tief durch und lächelt. »Nicht besonders, Liebes, ich habe nur diese alten Briefe gelesen und denke über damals nach.«

»Damals, damals, dami-dami-damals«, singt Tamsin

vor sich hin. Dabei reicht sie Julia eines der kleinen Tässchen, das randvoll mit süßer, milchiger Flüssigkeit ist. Julia nimmt es entgegen, wappnet sich und stürzt sie dann in einem Zug hinunter.

»Vorsicht, sonst musst du rülpsen«, warnt Tamsin sie. »Daddy muss manchmal rülpsen. Und manchmal muss er …«

»Hast du schon was Interessantes in den Briefen entdeckt, die du bisher sortiert hast, Julia?«, unterbricht Andy sie hastig. Er nimmt sich ein paar von den Plätzchen.

»Ich … äh …«

»Oh, entschuldige, ich wollte nicht aufdringlich sein. Sie sind wahrscheinlich sehr persönlich.«

Julia reibt sich über die Augen, um das hartnäckige Gefühl von Schlafmangel zu vertreiben, das sich nach Dons Tod in ihnen festgesetzt hat. »Nein, ich wollte kein Geheimnis daraus machen, es ist bloß so, dass ich mich nicht direkt daran erinnern konnte, welchen von ihnen ich zuletzt gelesen habe. Es war bestimmt der von Dons jüngerer Schwester. Sie schrieb über …«

Es herrscht eine Art freundliches Schweigen, während Julia sich den Kopf darüber zerbricht, worum es in dem Schreiben ging. Sie hat die Briefe nach Jahrzehnten sortiert, und aus mehreren Gründen interessieren sie besonders die Fünfziger und Sechziger. Ihre eigenen Erinnerungen an die Zeit vermischen sich ständig mit den Neuigkeiten von Dons Familienmitgliedern. Aber so sehr sie es auch versucht, sie kann sich einfach nicht daran erinnern, worum es im Kern dieses Briefes ging. Es hatte irgendetwas mit einem Ring zu tun …

»Ich gehe einfach schnell ins Haus und hole den Brief, den ich zuletzt gelesen habe, dann kann ich ihn euch zeigen«, sagt sie.

Fünf Minuten später ist Julia wieder draußen, und Andy, der gerade Tamsins Schnürsenkel gebunden hat, blickt auf. »Was ist los?«, fragt er, als er ihre erhitzten Wangen wahrnimmt.

»Ich finde den Brief nicht, von dem ich euch gerade erzählt habe.«

Andy lacht. »Na ja, das überrascht mich nicht. Das ist ja wie mit der Nadel im Heuhaufen – es müssen Hunderte von Briefen sein.«

»Ja, aber es war erst gestern, und ich weiß noch, dass ich ihn oben auf den Stapel gelegt habe. Jetzt ist er nicht mehr da.«

»Ich verliere auch ständig was«, sagt Tamsin hilfsbereit. »Letzte Woche habe ich meine Lieblingsspinne verloren. Ich habe sie in einem Marmeladenglas in die Küche gestellt, und als ich wiedergekommen bin, war sie weg.«

Andy weicht dem klaren Blick seiner Tochter aus und wechselt schnell das Thema. »Wie ist es denn mit May gelaufen? Du hast gar nicht viel über den Besuch erzählt.«

»Es war nett«, antwortet Julia abwesend. »Sie kommt jetzt immer freitags, wenn du sie bringen kannst.«

»Natürlich kann ich das. Gab es viel, worüber ihr sprechen konntet?«

»Hmm? Oh … ja … es war sogar recht schmerzfrei.«

»Tut May dir sonst weh?«, fragt Tamsin. »Mir tut sie nie weh. Ich hab May lieb. Du nicht?«

»Natürlich hat sie May lieb.« Andy beobachtet immer noch Julias Gesichtsausdruck. »Wir haben sie alle lieb. Warum bist du so angespannt, Julia? Habt ihr euch gestritten oder so?«

»Nein, nein, das ist es nicht. Es stört mich einfach, dass ich diesen Brief nicht finden kann.«

»Was hast du gesagt, von wem er ist?«

»Das hab ich noch gar nicht gesagt, aber er war von … einer von Dons Schwestern, glaube ich.« Sie beißt sich auf die Lippe.

»Welcher Schwester? Er hatte doch zwei, oder?«

Julia antwortet nicht.

Tamsin wartet kurz, dann zählt sie die beiden an den Fingern ab und sagt die Namen auf. Schwestern faszinieren sie. Sie hat Andy schon öfter nach einer eigenen gefragt, aber er meint, das wäre etwas schwierig ohne eine Mama. »Kathryn und Elsie«, sagt sie im Singsang. »Und dann die drei Jungs. Onkel Don hat mir von ihnen erzählt.«

»Ich dachte, er hätte nur zwei Brüder gehabt, Julia?«

»Nein, da waren …«

Tamsin redet dazwischen. »Einmal Will. Er war der Kleinste, und dann noch ein kleiner Junge, Peter, aber er ist schon als Baby in den Himmel gekommen. Ich wette, er kennt meine Mum, oder, Dad? Bestimmt kuschelt sie mit ihm, wenn sie mich vermisst.«

Julia und Andy schweigen, und Tamsin, bald gelangweilt, geht weg, um ein Loch in die frisch geharkte Erde neben dem Gewächshaus zu buddeln. Manchmal darf sie in diesem Garten Schlammkuchen backen, wenn sie nett fragt. Andy wendet sich wieder Julia zu.

»Meinst du nicht, es ist vielleicht etwas zu viel für dich, all die Dinge über die Vergangenheit zu lesen? Du wirkst irgendwie durcheinander. Vielleicht solltest du die Briefe für eine Weile weglegen. Eine Pause machen. Schreib doch Emily. Vielleicht hat sie ja Lust auf einen Besuch.«

»Was willst du damit andeuten? Ich werde nicht verrückt. Ich brauche keine Pause.«

»Nein, ich meinte nicht …«

»Du glaubst, dass ich den Verstand verliere, nicht wahr? Nun, schon möglich. Bei meiner Mutter ging es in diesem Alter los.«

In Julias Augen stehen Tränen, als sie wieder ins Haus marschiert. Sie wischt sie mit dem Handrücken ab und knallt die Küchentür hinter sich zu. Andy runzelt die Stirn. Jetzt hat er es geschafft. Warum musste er nur so taktlos sein?

Den ganzen Tag über denkt Andy immer wieder an dieses Gespräch, und abends entscheidet er sich, etwas zu unternehmen. Wenn Julia sich nicht selbst mit ihrer Enkelin in Verbindung setzt, wird er es eben tun. Emily hat ihm nach der Beerdigung ihre E-Mail-Adresse und ihre Handynummer gegeben, falls er sie mal wegen Julia kontaktieren muss, und das muss er jetzt. Das hier ist ernst.

Andy hat Emily im Laufe der Jahre immer mal wieder gesehen, wenn sie Pengelly besucht hat, und manchmal hat er sogar den Mut aufgebracht, mit ihr zu sprechen, aber sie wirkte eher unnahbar, selbst als sie sich dem Rest der Jugendclique zu spontanen Grillabenden und unerlaubten Cider-Gelagen am Strand anschloss. Ihre Gothic-Phase war etwas gruselig, aber die hat sie inzwischen längst hinter sich gelassen.

Es war ein kühler Tag, als sie endgültig Abschied von Don nahmen. Emily trug einen weichen schwarzen Mantel, der so lang war, dass er fast über den Boden schleifte, und dazu einen kirschroten Kaschmir-Schal und passenden Lippenstift. Er weiß noch, dass sie ihm erzählte, ihr Großvater habe ihr den Schal im letzten Winter zugeschickt, als Emily es nicht geschafft hatte, rechtzeitig zu Weihnachten nach Cornwall zu kommen. Don war immer gut darin, Geschenke auszusuchen. Emilys Haare waren den Großteil des Tages unter einer Fellmütze verborgen. Sie sah aus wie eine russische Prinzessin, fand Andy, blass und zerbrechlich, aber umwerfend.

Als sich später alle Dorfbewohner im Pub versammelten, um auf Don anzustoßen und deftige Sandwiches und große Portionen Schweinefleischpasteten zu essen, beobachtete Andy atemlos, wie Emily die Mütze abnahm und ihre goldenen Haare ihr korkenzieherartig über den Rücken fielen. Der Anblick kam ihm vor wie eine Kreuzung von einer Shampoo-Werbung mit einem zum Leben erweckten präraffaelitischen Gemälde.

Andy brauchte einen großen Whiskey, um an etwas anderes denken zu können. Aber als er später mit Emily sprach, war sie so traurig, dass er es nicht über sich brachte, ihr zu sagen, wie bezaubernd sie aussah. Und er war seit Allies Tod sowieso nicht an einer ernsthaften Beziehung mit einer Frau interessiert. Candice zählt nicht so richtig, oder?

Er klappt seinen Laptop auf und öffnet eine neue Mail, bevor er sich in seinen verwirrenden Gedanken verlieren kann.

Hi Emily, fängt er an. *Ich schreibe dir, um dir davon zu erzählen, …*

Was *genau* will er ihr denn eigentlich erzählen? Deine Oma verhält sich merkwürdig? Ich mache mir Sorgen, dass sie nicht einmal ansatzweise mit Dons Tod fertig wird? Sie verlässt kaum noch das Haus? Er setzt erneut an.

… um dir davon zu erzählen, dass Julia im Moment ziemlich neben sich steht. Vielleicht kannst du mich ja mal für eine Lagebesprechung anrufen, oder ich rufe dich an? Ich mache mir wirklich Sorgen um ihren Zustand, vor allem, weil sie in letzter Zeit manchmal Dinge vergisst, die erst kurz vorher passiert sind. Ich weiß, dass es schwer für sie ist, nach all den Jahren mit deinem Opa allein in dem Haus zu leben, und Trauer kann sich ja ganz unterschiedlich auf

Menschen auswirken, aber ich fürchte, es ist ernster als nur Traurigkeit und Sehnsucht. Ich werde ihr nichts davon sagen, dass ich dir geschrieben habe – ich möchte nicht, dass sie das Gefühl hat, ich würde mich einmischen.

Herzliche Grüße,

Andy

Er runzelt die Stirn, löscht »Herzliche Grüße« und schreibt stattdessen »Beste Grüße«, ändert es dann noch mal zu »Viele Grüße« und schickt die Mail ab. Wenigstens hat er es jetzt versucht. Ob sie sich bei ihm meldet, liegt nicht mehr in seiner Hand. Es muss sehr zeitraubend sein, um die Welt zu fliegen, glamouröse Buchverträge abzuschließen und Topautoren zu unterhalten. Einem einfachen Gärtner wie ihm zu schreiben wird ihr wohl nicht besonders wichtig erscheinen. Wahrscheinlich wird sie sich nicht mal die Mühe machen, ihm zu antworten.

6

»Natürlich ist alles in Ordnung bei mir, Liebling«, sagt Julia. »Warum sollte es anders sein? Ich vermisse Opa – aber das ist doch klar, oder? Und ich vertreibe mir die Zeit damit, seine Dinge zu sortieren.«

Emily stellt sich ihre Großmutter vor, mit ihrem dunklen Haar, so glatt und gepflegt wie immer, wie sie neben dem Telefontisch sitzt und ihre eleganten Beine auf einem Fußhocker abgelegt hat, gekleidet in eines ihrer Tages-Outfits – ein bedrucktes Kleid vielleicht oder ein weicher Pullover mit einem knielangen Rock. Sie hört Radio Three im Hintergrund. Es läuft die Art von Klaviergeklimper, die ihr Opa gehasst hat. Er hätte sofort auf einen Sender mit etwas fröhlicher Musik umgeschaltet.

»Was machst du denn so? Bist du viel unterwegs?«

Eine Pause. »Im Moment habe ich zu Hause viel zu tun. Und ich muss dir unbedingt von den Briefen erzählen, Em.«

Emily hört fasziniert zu, als Julia ihr von der Truhe voller Familienschätze erzählt.

»Ist das dein Ernst? Familienerinnerungen bis in die Fünfziger? Wie genial ist das denn?«

»Ich weiß! Aber das ist noch nicht alles. Ich habe heute Morgen ein paar Briefe gefunden, die ich bisher noch nicht gelesen habe, oder zumindest erinnere ich mich nicht daran, sie gesehen zu haben. Wie auch immer, ich entdecke darin immer wieder mysteriöse Hinweise auf etwas, das schon seit langer Zeit verloren ist und nie gefunden wurde, soweit ich weiß.«

»Wirklich? Was denn?«

»Ein ziemlich außergewöhnlicher Opalring. Don hat mir mal davon erzählt. Er wollte, dass ich ihn zu unserer Verlobung bekomme, aber ich glaube, seine Schwestern oder vielleicht auch sein Bruder haben sich das anders vorgestellt. Er gehörte ihrer Mutter, und dann verschwand er, gerade als sie ihn mir geben wollte.«

»Wow. War der Ring wertvoll?«

»Ja, außerdem war er der Familie unheimlich wichtig. Er sollte der Trägerin Glück bringen. Drei perfekte Opale in einer antiken Fassung mit kleinen Diamanten. Ich habe mal irgendwo gelesen, dass Opale angeblich gut fürs Gedächtnis sind und gegen Verwirrung helfen.«

»Ja? Ich kann mir nicht vorstellen, dass ein paar Steine so etwas können, du etwa?«

Es folgt eine kurze Stille. Emily hört ihre Großmutter schwer atmen. Weint sie? »Oma? Alles okay?«

Julia stößt ein tiefes Seufzen aus. »Ja, Liebes, mir geht's gut. Ich wünschte nur, ich hätte den Ring. Ich könnte ihn gut gebrauchen. Wenn ich ihn an meinem Finger spürte, käme ich bestimmt besser zurecht. Er würde mir Stärke geben, da bin ich mir sicher. Opale sind wirklich hübsch. Sie fangen das Licht ein und sehen fast so aus, als würden sie leuchten.«

»Das klingt wirklich schön. Darf *ich* die Briefe auch mal lesen?«

»Oh, ich möchte es eigentlich nicht riskieren, sie mit der Post zu verschicken. Dafür sind sie viel zu wertvoll.«

»Nein, das sollst du auch gar nicht. Das wäre wirklich viel zu riskant. Wie wär's, wenn ich mal wieder vorbeikomme? Ein Besuch bei dir ist schon längst überfällig.«

»Emily! Das wäre wunderbar! Wann kannst du kommen?«

Die jähe Begeisterung in der Stimme ihrer Großmutter verstärkt das schlechte Gewissen noch, das Emily in den letzten Wochen geplagt hat. Sie hätte schon längst mal wieder nach Pengelly reisen sollen, aber der Gedanke an Max hat sie abgehalten. Die Gedanken an Max haben zuletzt sowieso viel zu viel von ihrer Zeit in Anspruch genommen.

»Ich rede mal mit meinem Boss. Mir steht eigentlich ein ziemlich langer Jahresurlaub zu, aber ich hatte dieses Jahr zu viel zu tun, um ihn nehmen zu können. Wahrscheinlich kann ich ab nächstem Wochenende bei dir sein, ich hoffe, ab Sonntag. Ist ja nur noch eine Woche. Ist das okay? Ich habe in den nächsten Tagen ein paar Meetings, die ich nicht absagen kann, aber danach sollte es gehen.«

»Solange ich dir keine Umstände mache.«

Julias Stimme klingt leicht frostig, und Emily bemerkt, wie ihre Schultern herabsacken. Sie hätte es glücklicher formulieren können, aber sie hat im Moment wirklich viel zu tun, und es wird nicht leicht werden, so kurzfristig Urlaub zu bekommen.

»Ist kein Problem, wirklich. Ich kann es kaum erwarten, dich zu sehen. Planst du, Zitronenkuchen zu backen?«

Wieder ist es erst still. Dann räuspert sich Julia. »Wie wäre es zur Abwechslung mal mit Schoko-Toffee-Kuchen?«

»Hmmm, das klingt lecker. Du weißt ja, dass ich alles liebe, was du backst. Okay, gut, dann mache ich mich mal an die Vorbereitungen. Ich hab dich lieb.«

»Ich dich auch, mein Schatz. Bis bald!«

Als sie die Freude in der Stimme ihrer Großmutter hört, zieht sich ihr Herz zusammen. Sie legt auf und steht von dem riesigen Sofa auf, auf dem sie in ihrer üblichen Position gelegen hat: flach auf dem Rücken, die Beine oben auf einer der Lehnen, den Kopf auf einem Kissenstapel am anderen Ende. Heute hat sie ausnahmsweise mal frei, und sie trägt immer noch ihren Morgenrock. Es ist ein schwarz-goldener Kimono, den Max ihr von einer Reise nach Japan mitgebracht hat. Emily war damals sehr gerührt gewesen, bis sie durch einen Zufall von seiner Sekretärin erfuhr, dass er seiner Frau genau den gleichen Kimono in Blau und Grün mitgebracht hatte.

Sie nimmt sich den Laptop und bucht kurzerhand einen Flug nach Heathrow und einen Mietwagen. Am besten wird es sein, wenn sie Colin, ihrem Boss, gleich einen fertigen Plan präsentiert, um Diskussionen zu vermeiden. Er schuldet ihr immerhin noch mehrere Gefallen nach all den Überstunden, die sie in letzter Zeit gemacht hat. Dann schreibt sie Max eine SMS, um ihm von ihrer Reise zu erzählen. Er arbeitet diese Woche in seinem Familienhaus in Cape Cod an seinem neuesten Thriller. Emily weiß, dass es für ihn kein Problem wäre, jederzeit in ein Flugzeug zu steigen oder in einem seiner Oberklasse-Sportwagen loszufahren. Aber wird er sie dringend genug sehen wollen, um die Mühe auf sich zu nehmen?

Sie ist Max wichtig – da ist sie sich sicher –, aber leider nicht wichtig genug, das ist das Problem. Sie haben sich auf einer glamourösen Party anlässlich der Erscheinung seines neuesten atemberaubenden psychologischen Thrillers kennengelernt. Emily war nicht auf eine Beziehung aus, sie bevorzugte es, unabhängig zu sein und Männer so gut wie möglich auf Abstand zu halten, aber bei Max war sie stark versucht, sich das anders zu überlegen, zumindest eine Zeit lang.

Sie erinnert sich noch daran, was ihr erstes Zusammentreffen mit Max in ihr auslöste. Eigentlich ist es eine dieser klischeehaften Geschichten, in der sich ihre Blicke in einem Raum voller Menschen gefunden haben. Sie entdeckte den Mann in dem schäbigen Cordjackett und der Jeans, sobald sie nach einem Gespräch mit den Leuten der Catering-Firma in den Raum kam, aber er war in die Unterhaltung mit seinem Agenten Ned vertieft, einem aufgeblasenen Typ, den Emily normalerweise meidet. Als sie ein Glas in die Hand nahm, drehte er sich um und sah sie direkt an. Er murmelte

Ned etwas zu und beugte sich zu ihm vor, um die Antwort besser verstehen zu können. Dann klopfte er dem anderen Mann auf den Rücken und schlenderte durch den Raum, bis er vor Emily stand, eine Hand in der Hosentasche, in der anderen ein Glas Prosecco.

In ihren silbernen Sandaletten mit den hohen Absätzen war Emily genauso groß wie Max. Aus seinen grünen Augen blickte er in ihre blauen, und sie fühlte, wie ihr Magen hüpfte und ihr Herz schneller schlug.

»Ned hat mir erzählt, dass Sie für diese Party verantwortlich sind«, sagte er. »Wie kommt es, dass wir uns noch nie gesehen haben?« Er klang wie ein Raucher, was Emily überhaupt nicht ausstehen kann, und sein Haar lichtete sich bereits – noch ein Minuspunkt bei ihr. Aber seine funkelnden Augen machten das alles mehr als wett.

Emily war in dem Moment sehr froh, dass sie sich für das neue purpurfarbene Kleid entschieden hatte, das sich an ihre Kurven schmiegte. Mit diesen hochhackigen Schuhen war es ein wenig zu kurz, aber es brachte ihre trainierten Arme und Schultern gut zur Geltung. Zur Feier des Tages war sie am Nachmittag sogar bei einem piekfeinen Friseur gewesen, und ihr Haar war kunstvoll zerzaust, ihre blonden Locken genau so, wie sie es mochte, aber selbst nicht oft hinbekam. Am Morgen hatte ihr Kopf wie ein Heuhaufen ausgesehen, aber nun … ja, sie fühlte sich ziemlich gut.

»Ich bin noch relativ neu in New York«, sagte sie. »Ich bin erst vor drei Monaten aus dem Büro in London hierhergekommen.«

»Deren Pech. Mich freut es sehr, dass Sie hier sind. Wann können wir gehen?«

»Wie bitte? Gefällt Ihnen die Party nicht? Ich habe ewig gebraucht, um sie zu organisieren.«

Emily nahm den wehleidigen Klang ihrer Stimme wahr und verfluchte sich selbst dafür, armselig zu wirken, doch Max lachte bloß. »Die Party ist toll, aber es gibt da ein Problem.«

»Wirklich? Ich glaubte, ich hätte an alles gedacht. Die Kanapees werden jetzt bald gereicht, und wir haben guten Champagner zum Anstoßen ...«

»Keine Panik, Süße. Das Problem ist, dass hier zu viele Menschen sind. Zwei wäre die ideale Zahl. Du« – er tippte ihr auf die Nasenspitze – »und ich.«

Viel später, als sie in seinem Hotelbett lagen und den gedämpften Geräuschen des städtischen Nachtlebens lauschten, war Emily entsetzt über sich selbst, weil sie auf diese billige Anmache eingegangen war, aber ihr ganzer Körper bebte, und ihre Lippen waren geschwollen von all den Küssen. Erst am Ende einer leidenschaftlichen Woche entdeckte sie, dass Max eine Frau und drei Kinder in Massachusetts hatte und keinerlei Absicht hegte, sie zu verlassen.

Das wäre der richtige Moment gewesen, um es zu beenden, aber das Gefährliche an Max ist, dass er weiß, wie man sich amüsiert, und selbst langweilige Tätigkeiten werden mit ihm an der Seite zu einem großen Spaß. Durch ihn werden alltägliche Geschehnisse zu richtigen Abenteuern. Jetzt, in dem winzigen, offenen Atelier, das ihr in ihrer Wohnung als Büro dient, schiebt Emily die Gedanken an ihren süchtig machenden Liebhaber beiseite und setzt sich an den Schreibtisch, um dem Mann auf seine E-Mail zu antworten, der ihr Gewissen mit einem spitzen Stock angestupst hat.

Lieber Andy,
es ist wirklich nett, dass du dich so um meine Großmutter sorgst.

Klingt das sarkastisch? Na gut, wenn er es so verstehen will, dann soll er doch.

Ich denke, es ist am besten, wenn ich rüberkomme und mir selbst ein Bild davon mache, was los ist. Bei der Arbeit geht es seit der Beerdigung drunter und drüber, sonst wäre ich schon vorher gekommen.

Emily beißt sich auf die Lippe. Sie sollte sich nicht bei irgendeinem Provinzgärtner, der sich in fremde Angelegenheiten einmischt, rechtfertigen müssen, oder? Aber dann denkt sie daran, wie glücklich ihre Oma war, von ihr zu hören, und macht weiter. Der Mann meint es gut. Wahrscheinlich.

Ich komme irgendwann nächsten Sonntag (11. Juni) nach Pengelly, abhängig vom Verkehr. Bestimmt treffen wir mal aufeinander, so wie früher immer.

Sie löscht den letzten Satz. Es wäre anständiger, ihn um ein richtiges Treffen zu bitten, statt nur zu hoffen, ihm im Gartenhäuschen zu begegnen.

Ich ruf dich an, wenn ich da bin. Vielleicht können wir uns treffen? Danke noch mal für deine Fürsorge.
Emily

Da. Geschafft. Emily klickt auf Senden, bevor sie noch mehr Zeit damit verschwendet, die Nachricht umzuformulieren. Sie wirft einen Blick aufs Handy. Immer noch keine Antwort von Max, aber das überrascht sie nicht. Er ist wahrscheinlich im Wintergarten auf der Rückseite dieses Traumhauses an der Küste. Als er ihr zum ersten Mal Bilder von seinem Zuhause zeigte, kurz nachdem sie ihm verraten hatte, dass sie von seiner Ehe wusste, dachte Emily, er würde scherzen. »DAS ist deines? Es ist ja riesig!«, rief sie aus. Sie sah auf den Pool mit der Umkleidekabine im Chalet-Stil und auf den Rasen, der sich bis zur Bucht erstreckte. »Was, in aller Welt, hast du gemacht, bevor du Autor geworden bist?«

Daraufhin wirkte Max ein wenig beschämt. »Ach, ich habe mich jahrelang als Autor abgemüht, bevor Ned mich unter Vertrag genommen hat. Wir haben schon immer in Marcias Elternhaus gewohnt.«

»Verstehe. Nun, ich sehe schon, warum es sich für dich lohnt, bei ihr zu bleiben.«

Er schreckte vor ihrem Ton zurück. »Autsch. Na ja, das habe ich wohl verdient. Ich weiß, dass es für dich aussehen muss, als wäre ich ein Goldgräber oder so, aber, ganz ehrlich, ich bleibe wegen der Kinder und weil … na ja, weil Marcia ein wenig … unausgeglichen ist.«

»Wirklich? Das muss ja unangenehm für dich sein.«

»Jetzt sei nicht gehässig, Baby. Das steht dir nicht. Ich muss für die Kids da sein. Ich bin das einzig Stabile in ihrem Leben.« Max' Augen trübten sich, und seine Stimme zitterte. Damals ließ Emily sich täuschen. Es hat eine Weile gedauert, bis sie begriffen hat, dass Max nicht nur ein guter Schriftsteller, sondern auch ein herausragender Schauspieler ist.

Ihr Handy kündigt den Eingang einer SMS an. Hmm. Früher, als sie gedacht hatte.

Hey, Baby, ich vermisse dich auch. Trotzdem kann ich auf keinen Fall vor nächstem Wochenende vorbeikommen. Mit Marcia geht es wieder bergab, und ich muss mich hier um alles kümmern. Wollen wir das nachholen, wenn du wieder da bist? Ich liebe dich, mein Häschen xxxxxxxxxx

Häschen? Wann hat er sie je so genannt? Er kommt wohl mit seinen Kosenamen durcheinander. Dieser hier gehört wahrscheinlich zu Marcia. Emily zögert, aber nicht lange. Es ist an der Zeit, eine Entscheidung zu treffen. Sie wird Max aus vielen Gründen vermissen, aber der Gedanke daran, wieder allein zu sein, ist plötzlich verlockend. Die Erleichterung, sich nicht mehr wegen Marcia schuldig fühlen zu müssen, wird den Verlust ihres unberechenbaren, charmanten Liebhabers wieder aufwiegen. Sie tippt die Worte, die sie befreien werden.

> Max, wir belassen es besser dabei, ja? Es war gut, aber es ist vorbei. Ich hätte schon vor Wochen Schluss machen sollen. Wir enden bestimmt hin und wieder auf denselben Partys, wenn ich aus England zurückkomme, und ich hoffe, wir können befreundet bleiben. Mach's gut. Emily

Sie schickt die Nachricht ab und schaltet das Handy dann aus. Sie hat es getan, und sie ist nicht halb so deprimiert, wie sie erwartet hätte. Jetzt braucht sie erst mal ein langes, heißes Bad, gefolgt von einem Abend mit schlechtem Fernsehen und mehreren Bechern Ben & Jerry's. Und bevor sie ins Bett geht, wird sie sich selbst einen Mahnbrief schreiben, damit sie sich von Männern fernhält, vor allem von denjenigen mit riesengroßen Egos und einer Frau zu Hause. Das ist der einzige Weg, bei Verstand zu bleiben.

1

Ida Carnells Wohnzimmer gehört zu den Räumen, in denen sich Julia nur äußerst ungern aufhält. Zum einen ist es furchtbar stickig hier drin, da alle Fenster fest verschlossen sind. Dann stehen viel zu viele Tische, Fußschemel und Polsterhocker herum, die nur darauf warten, dass man über sie fällt. Und die gewaltige Ansammlung von Nippes auf jeder verfügbaren Oberfläche reicht aus, um einen Migräneanfall bei jedem auszulösen, der Gerümpel nicht ausstehen kann.

Es ist das erste Mal seit Dons Tod, dass Julia überhaupt zu irgendeinem gesellschaftlichen Ereignis gegangen ist, und sie fühlt sich eigentümlich unsicher und verletzlich, so als wäre ihre Haut zu dünn. Sie hat versucht, sich davor zu drücken, aber niemandem gelingt es lange, gegen den Strom anzuschwimmen, wenn Ida sich etwas in den Kopf gesetzt hat.

»Damit sind wir vollzählig. Ich bin sehr froh, dass ihr alle so kurzfristig kommen konntet, vor allem an einem Dienstagabend, wenn viele von euch eigentlich bei der Chorprobe sein sollten«, sagt Ida, während sie George Kennedy hereinführt. »Cliff lässt sich entschuldigen – er muss sich um das Restaurant kümmern. Setz dich, George, und ich hole uns allen was zu trinken. Kaffee, Tee oder etwas Stärkeres?«

Die anderen Teilnehmer des Leihoma-Projekts werfen sich verstohlene Blicke zu. Für Julia ist es offensichtlich, dass sie alle die aufregendere Option wählen wollen, aber niemand wie ein Trinker wirken möchte. Sie hat Mitleid.

»Ich hätte sehr gern einen Weißwein, wenn es dir keine Umstände bereitet«, sagt sie.

Ein kollektives erleichtertes Seufzen ist zu hören, und die anderen bestellen auch schnell. Bald haben George und Tristram jeweils einen großen Gin Tonic in der Hand, Dominic Featherstone, der in Mays altem Haus wohnt, bekommt ein blondes Bier, und Ida, Julia und Gladys Mountbatten aus dem Gartencenter umklammern große Gläser Chardonnay. Nur Vera aus dem Dorfladen schaut missbilligend drein, während sie tugendhaft an ihrem Orangensaft nippt. Ida ist eine großzügige Gastgeberin – sie hat erstklassige Kesselchips und kleine Schalen mit Oliven und Nüssen für ihre Gäste bereitgestellt –, und schon bald hat sich die Stimmung gelockert.

»In Ordnung, dann komme ich mal direkt zum offiziellen Teil«, sagt Ida. »Tristram, wärst du so nett, das Protokoll zu führen?«

»Ooh, sehr formell«, kommentiert Vera. »Ich dachte, das hier soll bloß eine lockere Unterhaltung über das Projekt werden, Ida?«

»Schon, aber ich habe so etwas immer gern schriftlich. Das spart uns Ärger, wenn wir vergessen, was gesagt wurde. Einverstanden?«

Die anderen nicken alle. Julia findet, nur eine wirklich mutige Person könnte jetzt widersprechen.

»Also, kommen wir zum ersten Punkt auf der Agenda. Ich möchte mich ganz herzlich bei euch allen dafür bedanken, dass ich euch in mein Projekt einbeziehen darf.«

»Eine Agenda auch noch? Ist ja fast wie bei einer Gemeinderatssitzung.« Vera schnaubt.

Tristram wechselt einen Blick mit Julia und zieht eine Grimasse; ihr Herz reagiert mit einem unerwarteten kurzen Flattern. Er sieht sehr gut aus, auf eine spitzbübische, leicht verwegene Art. Sein Bart scheint frisch getrimmt zu sein, und er trägt einen Tweedanzug mit einer Weste über einem kragenlosen schwarzen Hemd. Er sieht aus wie ein Model aus einem Katalog mit vornehmer Landmode für Herren, aber charakterstark. Dann errötet sie beschämt, weil sie sich dabei erwischt hat, einen anderen Mann zu bewundern, während ihr eigener treuer Gefährte kaum unter der Erde ist, wie es in der düsteren Redewendung heißt.

»Eine Agenda ist eine fabelhafte Idee, Ida.« Tristram schenkt der Gastgeberin ein beruhigendes Lächeln. Sie strahlt ihn an, und Julia denkt daran, dass Tristram schon viermal verheiratet war und sein Charme legendär ist. Allerdings ist er einfach sehr warmherzig und flirtet bestimmt nicht mit Ida … oder? So oder so, seine Antwort hat den gewünschten Effekt, und danach verläuft ihre Versammlung in einer entspannten Atmosphäre.

»Ihr alle habt eure Leihomas und Leihopas mittlerweile kennengelernt«, sagt Ida, nachdem sie noch einmal wiederholt hat, wie das System funktioniert. »Ich möchte euch sagen, dass ihr alle Helden seid, weil ihr euch einverstanden erklärt habt, mitzumachen. Wir sind heutzutage von viel zu viel Einsamkeit umgeben. Als ich aufgewachsen bin, lebte mein eines Großelternpaar zwei Häuser weiter und das andere in Truro. Inzwischen sind die Familien überall verstreut. Wir treffen uns in sechs Wochen wieder, um zu schauen, wie es euch ergeht. Gibt es bis hierhin irgendwelche Fragen oder Probleme?«

Es herrscht kurz Schweigen. Dann räuspert sich Vera gewichtig. »Da wäre dieser nervtötende Pekinese. Die vielen Haare waren nicht Teil unserer Vereinbarung. Und er kläfft fürchterlich.«

»Herrje. Marigold ist ihrem kleinen Hund gegenüber wirklich sehr fürsorglich«, sagt Ida. »Vielleicht kann ich sie mal vorsichtig darauf ansprechen und sie bitten, ihn zu Hause zu lassen, wenn sie dich besucht?«

Vera schnaubt. »Viel Erfolg. Ich versuche schon seit Jahren, ihn aus meinem Laden rauszuhalten. Aber, na ja, er ist inzwischen ziemlich klapprig. Macht bestimmt nicht mehr allzu lange. Stinkendes altes Ding.«

Es folgt entsetzte Stille, als die versammelte Gruppe diese giftige Bemerkung hört. Besonders Tristram ist abgestoßen. Er war schon immer ein Hundefreund, und seine zwei eigenen Hunde weichen ihm nie weit von der Seite. Nichtsdestotrotz würde er sie wahrscheinlich nicht irgendwohin mitnehmen, wo sie nicht erwünscht sind, und es *ist* nun mal ein Lebensmittelgeschäft.

Ida fängt sich wieder. »Also, abgesehen davon: Gibt es noch andere Themen, über die wir sprechen müssen?«

»Tom King und Joyce Carpenter waren schon ein Mal bei uns zu Besuch«, sagt George, »und sie schienen sich gut zu amüsieren. Genau genommen hat Tom Joyce sogar beim Mittagessen die ganze Zeit schöne Augen gemacht.«

»Nun, das wird ihn nicht weit bringen, oder?«, wirft Vera ein. »Die arme Frau ist praktisch blind.«

Julia nimmt ihr Glas und versucht, ihre Lippen vom Zucken abzuhalten. Schließlich ist es kein bisschen lustig, wenn jemand sein Augenlicht verliert. Aber dann fängt sie erneut Tristrams schalkhaften Blick auf und verschluckt sich fast an ihrem Wein.

»Ich nehme Bob Farmer gern jede Woche mit zum Schwimmen«, sagt Tristram. »Heute Morgen hatte er viel Spaß. Er ist mehr Bahnen geschwommen als ich. Vielleicht sollte er besser mich adoptieren? Er ist erst fünfundachtzig, und ich werde auch bald achtzig.«

»Ihr seht beide topfit aus«, erwidert Gladys, »und darum geht es ja gar nicht, sondern vielmehr darum, ihm die Möglichkeit zu geben, das zu tun, was er schon immer gern getan hat. Er kann nicht mehr Autofahren, und der Bus kommt nur alle zwei Stunden. Und der fährt nicht mal bis zum Freizeitzentrum.«

»Was ist mit dir, Gladys? Läuft es gut mit Lucy?«

»Es war großartig mit ihr. Lucy ist ein Schatz. Ich habe sie heute Morgen zum Gartencenter mitgenommen, und sie hat mir dabei geholfen, Keimlinge umzutopfen. Das hat ihr viel Freude gemacht. Sie musste in eine Wohnung umziehen und hat jetzt keinen Garten mehr. Bei Chestnuts ist sie immer herzlich willkommen, und ich bin froh über ihre Hilfe.«

»Und, Julia? Wie kommst du zurecht?«

Julia trinkt vorsichtig noch einen Schluck Wein, während sie überlegt, was sie antworten soll. Tristram beobachtet sie. Wie viel weiß er wohl noch von dem, was vor Jahren zwischen Julia und Charles passiert ist? Selbst May kennt nicht die ganze Geschichte, soweit Julia weiß. Vielleicht war es falsch von ihr, May all die Jahre weiterhin zu grollen, obwohl es ihr Ehemann war, der die meisten Probleme verursacht hat. Aber sicher wusste May, wie er war und was er für einen Schaden anrichtete? Hätte sie ihn nicht aufhalten können? Und dann war da noch dieser Vorfall mit den Löffeln … Sie fühlt ihr Herz pochen, als die Anspannung sie zu übermannen droht, die seit Dons Tod nie weit unter der Oberfläche brodelt.

Julia atmet zur Beruhigung ein paarmal tief durch. »Wir haben uns nett unterhalten«, sagt sie, als die Stille langsam unangenehm wird, »und wir treffen uns sehr bald wieder, wenn Andy sie zu mir rüberbringen kann.«

»Ich muss sagen, das war eine großartige Idee von dir, Ida«, sagt Dominic, der sich bis jetzt zurückgehalten hatte. Julia hatte noch keine Gelegenheit gehabt, ihn näher kennenzulernen. Er und seine Frau, Cassie, leben noch nicht lange in Mays altem Haus.

»Danke, Dominic. Ich hätte deine Frau und dich fast

nicht gefragt, ob ihr bei dem Projekt mitmachen wollt«, antwortet Ida, »weil ihr ja seit eurer Ankunft hier kaum Zeit hattet, Luft zu holen. Aber dann habe ich Cassie im Laden getroffen, als ich Vera das Projekt erklärt habe, und sie meinte, sie würde sich sehr gern beteiligen.«

»Cass wollte eigentlich heute an meiner Stelle hier sein, aber unsere jüngeren Zwillinge haben sich beide erkältet, und sie haben ihre Mum immer gern in der Nähe, wenn es ihnen nicht gut geht. Wir haben schon mit unserer Leihoma telefoniert und holen sie morgen zu uns. Zum Glück mag sie Kinder. Unsere ältesten beiden Jungs sind … laut, das ist wohl das beste Wort, um die beiden Monster zu beschreiben, denke ich.«

»Wer wurde Ihnen denn als Leihoma zugewiesen?« Julia zerbricht sich den Kopf darüber, zu welchem der Dorfbewohner diese Beschreibung passt. Weiblich, alt genug, um als Oma eingestuft zu werden, kinderlieb … Nein, sie kann sich nicht vorstellen, wer das sein soll.

»Sie heißt Angelina.«

Dieses Mal ist es Tristram, der sein Getränk ausspuckt, und Dominics Worten folgt allgemeiner Protest.

»Oh nein, du machst Witze, oder? Wirklich, Ida? Warum tust du Dominic und seiner armen, nichtsahnenden Frau das an?«, fragt George, die Augen weit aufgerissen.

Ida hat den Anstand, einen leicht beschämten Gesichtsausdruck aufzusetzen. »Angelina ist reizend«, protestiert sie. »Sie ist bloß exzentrisch, das ist alles. Und sie ist sehr einsam.«

»Einsam? Das glaub ich gern.« Vera lacht trocken.

»Was ist denn das Problem?«, fragt Dominic. »Sie klang am Telefon ganz nett. Vielleicht ein bisschen … aufgedreht.«

»Das Wort beschreibt Angelina gut«, sagt Gladys. »Sie neigt dazu, halb nackt durch die Straßen zu laufen, wenn sie sich von der Muse geküsst fühlt. Sie macht gern auf Künstlerin. Wenn ihr beim Malen einer ihrer abgedrehten Meereslandschaften der Bacardi ausgeht, verlässt sie einfach das Haus und rennt zum Pub, nur mit dem am Leib, was sie zufällig gerade anhat. Das ist meistens nicht viel. Sie möchte sich frei fühlen, wenn sie malt.«

»Sie tut ja niemandem etwas«, erwidert Tristram. »Ich hätte sie mal fast geheiratet.«

»Du hättest jede Frau fast mal geheiratet«, wirft Julia ein, »abgesehen von mir.« Sofort bereut sie ihre Worte, da sich alle ihr zuwenden und sie anstarren.

»Ja, wie kommt es eigentlich, dass ich dich ausgelassen habe?« Tristram setzt eine verblüffte Miene auf. »Vielleicht, weil du immer in festen Händen warst. Aber was Angelina angeht: Ihr werdet eine schöne Zeit mit ihr haben, Dominic. Mit ihr hat man viel zu lachen, und sie hat Kinder wirklich gern.«

Er starrt in die Ferne, als erinnere er sich an etwas Amüsantes. Julia ist aufgewühlt. Was hat Angelina an sich, dass ein Mann wie Tristram so verträumt vor sich hin schaut? Sie muss mindestens neunzig Jahre alt sein. Ihre Haare sind kurz geschnitten und in einem grässlichen Orange gefärbt, schon seit sie ihr erstes graues Haar entdeckt hat. Sie trägt eine merkwürdige Zusammenstellung formloser Leinenkleidung und bunte Halstücher, wenn sie sich überhaupt damit aufhält, sich anzuziehen.

Tristram bemerkt Julias starren Blick und grinst. »Was denn? Ich mag ältere Frauen, das war schon immer so. Und Angelina war zu ihrer Zeit umwerfend. Ist sie auch immer noch, genau genommen. Das Gleiche gilt natürlich für alle hier anwesenden Damen.«

Vera schnaubt und murmelt etwas über Männer, die sich mal die Augen untersuchen lassen sollten. Danach scheint Ida zu glauben, dass es an der Zeit sei, die Versammlung zu beenden. Sie füllt noch einmal alle Gläser nach, und sie beschließen das Treffen mit einer Runde gutem, altem Tratsch. Selbst Vera nimmt einen kleinen Sherry und wird langsam freundlicher.

»Lass dich nicht täuschen, das Lächeln ist wahrscheinlich nur Show«, murmelt Tristram, der sieht, dass Julia das Oberhaupt des Dorfladens fassungslos dabei beobachtet, wie sie sich Chips in den Mund schiebt und über etwas kichert, das George sagt.

»Sie sollte Sherry auf Rezept bekommen«, entgegnet Julia. »Dann wäre das Dorf ein wesentlich fröhlicherer Ort.«

»Vielen Dank an euch alle, dass ihr euch heute Abend die Zeit genommen habt«, sagt Ida, als eine halbe Stunde später alle leicht erhitzt nach draußen strömen. »Kaum zu glauben, wie schnell ihr mit an Bord wart.

Manche Leute glauben, Pengelly wäre nur ein kleines Kaff am Ende der Welt, aber für mich ist es viel mehr.« Ihre Wangen glühen. »Und ihr vergesst ja nicht den Bauernmarkt! Nächste Woche Samstag.«

»Davon weiß ich gar nichts«, sagt Dominic. »Sollte ich?«

Ida tätschelt ihm den Arm. »Oh, ich habe wohl vergessen, das zu erwähnen, als ich mit Cassie gesprochen habe. Der Markt findet monatlich statt, vor allem auf der Dorfwiese, aber ein paar andere Stände stehen auch verstreut im Dorf, genau wie eine Hüpfburg für die Kleinen und all so was. Dieses Mal habe ich einen Infostand direkt vor dem Pub, um den Besuchern von dem Leihoma-Projekt zu erzählen.«

»Klingt gut.«

»Und ich hoffe, dass ihr alle im Laufe des Tages mal vorbeischaut, falls irgendjemand Fragen stellen möchte. Ihr seid jetzt die Experten.« Sie hickst leicht und umarmt Dominic, bevor er geht.

»Ich glaube, Ida hat dem Sherry auch ganz gut zugesprochen«, flüstert Tristram Julia zu.

Vera wankt auf der Treppe und hält sich an ihm fest. »Möchtest du auf einen Schlummertrunk mit zu mir kommen, Tris?« Sie wackelt mit den Schultern. »Ich habe Schlehenlikör.«

Tristrams erschrockener Gesichtsausdruck sorgt dafür, dass Julia kichern muss. Sie läuft voraus und atmet tief durch. Vera darf sie auf keinen Fall lachen sehen. Aber der Sherry hat ganze Arbeit geleistet, und Vera gähnt herzhaft, sodass Tristram die Gelegenheit ergreift, sich damit zu entschuldigen, dass bei ihm am frühen Morgen zehn Frühstücke gebucht worden seien.

»Ich würde gern noch mitkommen, aber du verstehst ja, was es heißt, für ein Geschäft verantwortlich zu sein, Vera. Wir müssen morgen beide auf Zack sein«, sagt er. »Gina und Vince tun jetzt schon so viel, da kann ich sie nicht darum bitten, bei Tagesanbruch aufzustehen, nur weil ich mich dummerweise dazu bereit erklärt habe, die jährliche Sause der hiesigen Vogelbeobachter auszurichten, oder?«

Julia erwidert sein Grinsen, als er Vera höflich gute Nacht gesagt hat und Julia seinen Arm anbietet, um sie nach Hause zu begleiten. Ein paar Augenblicke lang beruhigen sich ihre wirbelnden Gedanken, und sie entspannt sich und genießt das luxuriöse Gefühl, dass sich jemand um sie kümmert. Die immer präsente Trauer ebbt ab, und Wärme breitet sich in ihrem Körper aus. Sie laufen schweigend die Straße entlang, in vollkommenem Einklang.

8

An den zweiten Brief kommt sie sogar noch leichter ran. May ist fast zehn Minuten allein, während Julia am Telefon mit ihrer Enkelin quasselt. Sie hört Julia wie ein Schulmädchen reden, als sie mit Emily darüber spricht, was sie gern essen würde, wenn sie aus den Staaten zu ihr zu Besuch kommt.

May hat keine Ahnung, was sie erhalten wird, als sie ihre Hand in den Stapel Umschläge schiebt, der auf dem Tisch liegt.

Sie steckt den Brief tief in ihre Tasche, bevor Julia das Telefonat beendet und wieder hereinkommt, immer noch kichernd.

»Dieses Mädchen. Ändert sich nie, Gott sei Dank«, sagt sie. Dann schenkt sie May eine dritte Tasse Tee ein, ohne sie vorher zu fragen.

May schürzt die Lippen. Normalerweise trinkt sie zu dieser Tageszeit nicht mehr als zwei Tassen. Es ist so schon schwer genug, nachts durchzuschlafen, ohne ständig auf die Toilette zu müssen. Aber Julia reicht ihr die filigrane Porzellantasse samt Unterteller und einen Teller mit Shortbread.

»Hast du wieder gebacken?«, fragt May. »Ist das nach dem Rezept deiner Mutter? Sie war eine großartige Köchin, nicht wahr?«

»Ja, das war sie, aber irgendwie habe ich es geschafft, ihr Rezeptbuch zu verlieren, deswegen musste ich wieder auf die altbewährten Be-Ro-Rezepte zurückgreifen. Ehrlich gesagt glaube ich, sie hat sowieso die meisten davon in ihr Buch abgeschrieben und sie dann einfach als Familiengeheimnisse ausgegeben. Der Zitronenkuchen wird seitdem allerdings nicht mehr so wie früher. Ich scheine ihn einfach nicht richtig hinzubekommen.«

May tut so, als würde sie in ihrer Tasche nach einem Taschentuch suchen. Das Rezeptbuch, geschrieben in der eleganten, gestochenen Handschrift von Julias Mutter, befindet sich in diesem Moment in ihrem Nachtschränkchen. Es lag eines Tages in der Kirchenküche herum, als sie und Julia sich dazu hatten breitschlagen lassen, bei einem Wohltätigkeitstee zu helfen. May hat inzwischen alle Erinnerungen daraus aufgebraucht, und es war obendrein eine ziemlich üppige Dosis, von der sie schlimme Verdauungsbeschwerden bekam. Wahrscheinlich sollte sie das Buch irgendwann mal zurückschmuggeln. Für sie selbst hat es keinen Nutzen mehr.

»Ich hätte gedacht, du hast all die Kuchen mittlerweile so oft gebacken, dass du das Buch nicht mehr brauchst«, sagt sie.

Julia errötet. »Nun, das ist es ja gerade. Ich habe ein paar … Schwierigkeiten … mit meinem Gedächtnis. Bist du in letzter Zeit manchmal vergesslich, May?«

»Natürlich nicht! Nur weil ich älter bin als du, bedeutet das nicht, dass ich meschugge werde, oder?« May fand schon immer, dass Angriff die beste Verteidigung ist.

»Nein, das wollte ich auch nicht andeuten. Kein Grund, so empfindlich zu sein. Es geht nicht immer nur um dich. Ich bin diejenige, die das Problem hat.«

Da, es ist raus. May beißt sich auf die Lippe. »Was für Dinge vergisst du denn?«

»Alles Mögliche. Ich kann mich nicht einmal daran erinnern, wo ich Don kennengelernt habe. Ich war die halbe Nacht wach und habe darüber nachgedacht.«

»Ach, so etwas kommt nach einem Verlust schon mal vor«, beruhigt May sie. »Mach dir keine Sorgen, meine Liebe.«

»Wirklich? Ging es dir auch so, nachdem du Charles verloren hast?«

Es folgt eine unangenehme Stille. »Ja, ich glaube schon«, sagt May schließlich. »Aber das geht alles vorüber. Ich würde dir raten, einfach Geduld zu haben.«

May nimmt sich noch ein Stück Shortbread. Julia scheint ein wenig beruhigt zu sein.

»Also, wie geht's deiner Emily?«, fragt May, als der heikle Moment vorbei ist. »Sie müsste jetzt über dreißig sein, oder? Gibt es schon Hochzeitspläne?«

»Genau genommen ist sie dreiunddreißig, aber du weißt ja, wie diese jungen Leute sind. Sie halten Heiraten für überholt. Ich glaube, Emily hat nicht einmal einen festen Freund.« Julia seufzt schwer. »Die Jahre vergehen so schnell, nicht wahr? Sie ist vollkommen mit ihrer erfolgreichen Karriere beschäftigt. Der Verlag, für den sie arbeitet, hat Büros in London, New York, Paris und Gott weiß wo. Em ist nie lange genug an einem Ort, um einen Mann zu finden.«

»Wie ihr Vater. Er muss beruflich immer noch so viel durch die Weltgeschichte reisen, nehme ich an?«

»Ja, zumindest glaubt er das. Ich wünschte, Felix würde in Rente gehen, um Himmels willen. Wenn er aufhören würde, ständig herumzureisen, würde ich ihn vielleicht ab und an mal zu Gesicht bekommen.«

Sie errötet und beschäftigt sich schnell damit, die Teetassen und Teller einzusammeln. May speichert diese Information mental ab. Sie hat Julia gerade zum ersten Mal überhaupt andeuten hören, dass sie unzufrieden ist, weil sie sich von ihrer Familie vernachlässigt fühlt.

»Ich hatte schon immer eine Schwäche für Emily«, sagt May. »Ein goldiges Mädchen. Sie ist oft vorbeigekommen und hat mich besucht, wenn sie bei euch war. Wusstest du das? Da habe ich natürlich noch oben auf The Level gewohnt.«

»Ach, wirklich?«

Plötzlich liegt eine eisige Kälte in der Luft. May schmunzelt in sich hinein. Julia ist sehr besitzergreifend, was ihre Familie angeht, und es wird Zeit, dass sie ein wenig locker lässt. »Oh ja. Sie hat Shangri-La noch nicht gesehen. Ich hoffe, dass sie bald wieder zu Besuch kommt.«

Es folgt eine Pause. »Aber *du* hattest nie das Bedürfnis, selbst Kinder zu bekommen, oder, May?«

May zuckt zusammen und schüttelt den Kopf. Julia

schlägt zurück. Nicht nötig, zu erwähnen, dass Charles für Fortpflanzung nicht unbedingt zu begeistern war. Bevor sie ihn in der kompromittierenden Position mit dem Bäckerjungen antraf, hatte sie angenommen, es wäre ihre Schuld, weil sie nicht attraktiv genug wäre. Sex war nicht mal zu Beginn ihrer Ehe eine große Sache für ihn. May war zu der Zeit erfahrener im Bett als Charles – ungewöhnlich für damalige Verhältnisse – und hielt nicht viel davon, sich nach irgendwelchen Vorgaben zu richten. Trotzdem hatte sie nichts dagegen, als die gelegentliche Fummelei aufhörte und sie und Charles sich in einem ruhigen Leben als Gefährten einrichteten.

Nach dem unangenehmen Vorfall war es zwischen ihnen nie mehr ganz wie vorher, aber zumindest konnten sie aufhören, pro forma so zu tun, als wollten sie gern zusammen in einem Bett schlafen. Ach, welch Wonne es war, als er in ihr Gästezimmer zog. Zum Großteil ignorierte sie die gelegentlichen Liebschaften ihres Mannes, und sie fand auch immer, dass er sehr diskret vorging. May hatte sogar selbst ein paar kurze Affären, die beachtlichen Schwung in ihr Leben gebracht haben. Aber das Kinderkriegen ist eine ganz andere Geschichte und sicher keine für Julias Ohren.

In dem Moment klopft Andy laut an und platzt durch die offene Hintertür herein, womit er ihren unruhigen Gedankengang unterbricht. »Bist du schon bereit, nach Hause zu gehen, May?«, fragt er.

»Jederzeit, wenn es dir passt.« May kommt mühsam auf die Beine und drückt ihre Handtasche dabei fest an die Brust. Sie kann es kaum erwarten, nach Hause zu kommen und nachzusehen, welche Schätze dieser wertvolle Umschlag enthält.

»Ihr müsst doch nicht gleich davonstürmen. Möchtest du vielleicht noch etwas trinken, Andy?«, fragt Julia.

Neeeein, denkt May, ich will nach Hause. Sag nein, Andy.

»Danke, aber ich muss zurück zu Tamsin. Sie ist nebenan bei Violet, und ich fürchte, sie ist nicht mehr lange willkommen, wenn ich sie nicht schleunigst wieder abhole. Ich möchte es nicht drauf ankommen lassen.«

»Du hast wirklich Glück, dass Vi dir unter die Arme greift, nicht wahr?«, sagt Julia. »In letzter Zeit hat sie ja alle Hände voll zu tun mit ihren Enkeln. Sie scheint die Strafe zu lieben, wie meine Mutter gern gesagt hat.«

»Ich würde auch öfter auf Tamsin aufpassen, wenn du Hilfe brauchst, das weißt du doch«, wirft May ein. »Ich bin noch nicht senil, falls es dir nicht aufgefallen ist.« Sie schnaubt. Manchmal findet sie, dass Vi sich Freiheiten herausnimmt, fast so, als wären sie und Andy verwandt.

May lässt sich von Andy über die Straße führen, nachdem sie sich höflich bei Julia für den Tee bedankt hat. Es waren ein paar überraschend nette Stunden, trotz der untergründigen Spitzen, aber es erschreckt sie, mit welcher Geschwindigkeit sich Julias Erinnerungen auflösen. Sie beißt sich auf die Lippe, als ihr Schuldgefühl sich meldet. Ihr Vater hat ihr immer eingeschärft, nicht zu viel von ein- und derselben Person zu nehmen. Ein paar Erinnerungen hier und da können immer erübrigt werden, das war sein Motto. Trotzdem, Mays Bedarf ist im Moment größer als Julias, wenn sie diesen magischen Geburtstag jemals erreichen möchte.

Tamsin hört sie näher kommen und springt auf der anderen Seite über den Zaun von Violets Garten zurück in ihren eigenen.

»Bye, Vi!«, ruft sie. »Hey, das reimt sich, hast du das gehört, Dad? Ich hab gesagt: ›Bye, Vi‹!«

»Sehr schlau von dir.« Andy gähnt.

»Bye, Vi, ich hab heute frei, möchtest du ein Ei?«, singt Tamsin und hüpft vor ihrem Vater ins Haus.

»Ich kann es nicht erwarten, bis sie heute Abend im Bett ist«, murmelt Andy. Bevor er May allein lässt, überzeugt er sich davon, dass sie sicher in ihr eigenes Haus gekommen ist. Als er sie zum Abschied umarmt, klingelt sein Handy, und er hält inne, um abzunehmen, dabei hebt er entschuldigend die Augenbrauen.

Die Unterhaltung ist frustrierend einseitig, aber May weiß, wer da am Telefon ist. Es ist die Frau, die sie nur *Diese Candice* nennt.

»Ich kann heute Abend nicht«, murmelt Andy. »Nein, Vi hat diese Woche schon mehr als genug für mich getan. Ich werde sie nicht bitten, einen ganzen Abend auf sie aufzupassen. Nein ... Ich weiß, wir haben uns lange nicht gesehen ... Na ja, vielleicht nächste Woche ... Wir könnten nach der Schule mit den Kindern schwimmen gehen. Hör zu, es tut mir leid, okay? Bis dann.«

Er legt auf, eine tiefe Falte hat sich zwischen seinen Augen gebildet.

»Es muss schwer sein, Tamsin allein aufzuziehen, mein Lieber.« May legt den Kopf schief und sieht Andy an. »Hast du nie darüber nachgedacht …?« Sie unterbricht sich, weil sie ihm nicht zu nahe treten will, und er dreht sich halb um, in Gedanken schon wieder bei Tamsins Wohlergehen.

»Wieder zu heiraten? Ist schon gut, guck nicht so besorgt, du sagst nichts, worüber ich in letzter Zeit nicht schon selbst nachgedacht hätte. Aber wie könnte je irgendjemand Allie ersetzen?«

»Das ist eine Möglichkeit, es zu betrachten.«

Andy grinst May an. »Egal, was passiert, es wird jedenfalls nicht Candice sein, wenn es das ist, was dich umtreibt.«

»Gut. Du kannst was Besseres finden. Ich wäre allerdings vorsichtig an deiner Stelle. Diese Frau hat andere Pläne.«

Er lacht. »Vielleicht. Ich muss los, sonst überlegt sich Tamsin noch, ohne meine Hilfe zu baden, und setzt wieder den ganzen Flur unter Wasser. Der Teppich ist gerade erst getrocknet nach dem letzten Mal.«

May bedeutet ihm winkend, zu gehen, und setzt sich in ihren Lieblingssessel, bereit, den neuen Brief zu enthüllen. Dieser hier ist von Will. May hat ihn als eher egoistischen jungen Mann in Erinnerung, hübsch, aber verdrießlich. Er schreibt:

Dieser verfluchte Ring, sie hören gar nicht mehr davon auf. Wenn ich ihn gesehen hätte, würde ich es ihnen doch sagen, oder? Du weißt, dass ich nichts nehmen würde, was dir gehört, und ich finde auch, dass Julia ihn haben sollte, damit es nicht zum Streit zwischen den Mädchen kommt. Mutter sagt, er sei der Glücksbringer unserer Familie und müsse zur richtigen Zeit an die richtige Person weitergegeben werden, sonst seien wir verflucht. So ein unsinniges Geschwätz. Na ja, wie geht es euch denn? Hast du in letzter Zeit etwas von Charles gehört? Hat er sich nach mir erkundigt? Vielleicht frage ich ihn, ob er mir noch ein bisschen Segelunterricht gibt, wenn ich das nächste Mal bei euch bin. Du könntest es schon mal erwähnen, wenn du ihm begegnest?

May liest weiter und spürt, wie sich das köstliche Prickeln von ihren Fingern bis in den ganzen Körper ausbreitet, warm und sinnlich wie geschmolzene Schokolade. Es ist fast zu viel für ihre Sinne. Besser als Champagner. Besser als Kaviar. Und viel besser als Sex, zumindest Mays Erfahrungen nach zu urteilen. Nicht allen, aber den meisten. Eine Ausnahme sticht hervor, doch es ist besser, nicht an ihn zu denken.

Das Telefon auf der Anrichte klingelt, und May schreckt aus ihrer seligen Träumerei auf. Sie steht wackelig auf und geht hinüber, um abzunehmen.

»Hallo, May, hier ist Julia. Ich wollte nur sichergehen, dass du gut nach Hause gekommen bist.«

»Na, selbstverständlich bin ich das«, erwidert May etwas zu scharf, verärgert über diese Torheit. Was hätte denn auf dem Weg von Julias Haus zu ihrem eigenen passieren sollen, wo sie doch von Andy gestützt worden war? Doch dann lenkt sie ein. Sie hat ihre Zeit auf der anderen Straßenseite genossen, und wenn sie Julia brüskiert, wird diese sie nicht mehr einladen. »Tut mir leid, du hast mich erschreckt. Ich bin wohl gerade eingedöst.«

Julia räuspert sich. »Nun, ich bin froh, dass du dich entspannst. Ähm … Du hast nicht zufällig einen Brief gesehen, als du vorhin hier warst, oder?«

»Ich habe massenweise Briefe gesehen, Liebes«, sagt May kichernd. »Warum?«

»Ich scheine einen verloren zu haben, den ich mir vorher noch angesehen hatte.«

May hört ein Schluchzen, das schnell erstickt wird. »Geht es dir gut, Julia?«, fragt sie.

»Nein … nein, geht es mir nicht. May, ich kann mich nicht daran erinnern, welchen Brief ich zuletzt gelesen habe oder von wem er war, und ich finde ihn nicht, und …« Julia verstummt, schnappt nach Luft.

»Jetzt beruhige dich erst mal und mach dir eine schöne Tasse heiße Schokolade oder so was in der Art. Ich denke, du hast dir vielleicht ein bisschen zu viel damit zugemutet, so tief in die alten Zeiten einzutauchen, und das so kurz, nachdem du den armen Don verloren hast.«

»Nicht nur Don. Ich verliere auch den Verstand,

May. Das ist der Anfang vom Ende. Was soll ich bloß tun?«

May kaut auf ihrem Fingerknöchel herum. Sie meint, sich daran zu erinnern, dass etwas Ähnliches schon ein- oder zweimal zuvor geschehen ist, bei Leuten aus dem Dorf, kurz nachdem sie deren Erinnerungsstücke mitgenommen hat. Andererseits könnte es häufiger passiert sein, als ihr bewusst war, denn warum sollten die Dörfler ihr auch davon erzählen, wenn sie willkürlich Dinge aus ihrer Vergangenheit vergessen? Sie hat im Laufe der Jahre nur durch Zufall mitbekommen, dass es ein paarmal vorgekommen ist, dreimal höchstens. Es ist, als würde ihre Ernte bei ihnen manchmal klaffende Löcher im Gedächtnis hinterlassen. Löcher, die sie nie wieder füllen können.

»Ich verstehe nicht ganz«, erwidert sie ausweichend.

»Ich auch nicht, May. Es fühlt sich an, als ob mein Kopf einfach leer wird, wenn ich versuche, darüber nachzudenken, was ich gelesen habe. Ich habe mich gefragt, ob du … ob du vielleicht gesehen hast, wie ich ihn irgendwohin gelegt habe?«

Es ist eine verzwickte Situation, aber keine Katastrophe. Julia hat bemerkt, dass ein Brief fehlt, aber sie scheint eher nervös wegen ihres Gedächtnisverlusts zu sein als argwöhnisch, dass May etwas damit zu tun haben könnte. Wie geht sie am besten mit diesem Problem um? Ihr kommt es so vor, als würde die Art und Weise, wie sie diese Sache angeht, ihr ganzes Leben beeinflussen … und letztlich auch ihren Tod. Es ist wichtig für sie, dass Julia ruhig und ahnungslos bleibt, damit sie in den nächsten Monaten weiterhin Zugang zu den Briefen hat. Sie steht so kurz davor, einhundertelf Jahre alt zu werden. Komm schon, May, sagt sie sich, vermassele das jetzt nicht.

Fossil kommt durch die Katzenklappe ins Wohnzimmer gelaufen, wo May in Gedanken versunken dasitzt. Er springt auf ihre Knie und beginnt, den besonders knochigen Teil ihres Oberschenkels mit seinen spitzen Krallen zu bearbeiten.

»Autsch!«, ruft May, lauter, als sie beabsichtigt hat.

»Was ist los? May? Bist du verletzt?«

May antwortet nicht. Sie steckt den Brief unter das Stuhlkissen, schön außer Sichtweite, und wartet.

»May? Bist du gefallen? Warte, ich komm rüber …«

Die Verbindung wird unterbrochen, und May lächelt. *Resultat*, wie Andy vielleicht sagen würde.

Zwei Minuten später hört May Julia an der Klinke der Hintertür rütteln. Das ist unnötig – die Tür ist offen. Einige der älteren Einwohner von Pengelly können verschlossene Türen überhaupt nicht ausstehen. Konnten sie noch nie.

»May?« Ihre Nachbarin kommt ins Zimmer und sieht sie mit Fossil auf dem Schoß dasitzen. Sie fasst sich an die Brust wie eine Darstellerin in einer schlechten Sitcom. »Oh, Gott sei Dank. Ich habe erwartet, dich zusammengesackt auf dem Boden vorzufinden. Warum hast du aufgehört, mit mir zu reden?«

Verärgerung schleicht sich in Julias Stimme, und May muss schnell handeln. Sie legt sich eine zitternde

Hand ans Gesicht. Oh ja, sie kann auch dick genug auftragen, wenn es nötig wird. Immerhin waren die Jahre bei der Laienspielgruppe im Dorf keine Verschwendung. »Ich … ich … auf einmal wurde kurz alles schwarz …«

Julia wird sofort aktiv. »Wie wäre es, wenn ich uns eine schöne Tasse Tee mache?« Sie eilt in die Küche, ohne auf eine Antwort zu warten. »Bleib du einfach sitzen und komm erst mal wieder zu Atem.«

May hört das vertraute Geräusch von klappernden Tassen und Untertellern und seufzt erleichtert auf. Julia wird die praktischen Tassen mit den Aufhängern ignorieren. Sie hat Stil. »Und vielleicht noch eine Feigenrolle, Liebes?«, ruft May. »Sie sind in der Dose auf der Anrichte. Neben den Teebeuteln.«

Julia ist bald zurück und setzt das Tablett auf einem niedrigen Tisch ab. Sie gießt ihnen Tee ein, ohne zu fragen, ob May von ihr bemuttert werden will, und kurz darauf schlürfen sie in Mays Cottage gemütlich den Tee, als ob sie das jeden Tag tun würden. Der erste Teil ihrer Mission ist geschafft. Jetzt zu den nächsten Schritten.

»Ich bin froh, dass es dir besser geht. Vielleicht solltest du deinen Blutdruck mal überprüfen lassen.« Julia runzelt die Stirn. »Manchmal, wenn er plötzlich abfällt, kann man umkippen. Das ist mir ein- oder zweimal passiert, als ich mit Felix schwanger war. Ich dachte wirklich, ich würde dich hier auf dem Boden liegend vorfinden, mit einer Wunde am Kopf oder so.«

»Du hast aber eine sehr lebhafte Fantasie, meine Liebe«, sagt May. »Du solltest mal ein Buch schreiben.«

»Wenn ich das nur könnte. Aber ich muss mich wohl damit zufriedengeben, Bücher zu lesen.«

»Du solltest es versuchen. Allerdings bräuchtest du einen dieser USPs.«

»Einen was?«

May seufzt. Sie hätte gedacht, Julia wäre mit Begriffen aus der Verlagsbranche vertraut, da Emily schließlich in dem Bereich arbeitet. »Unique Selling Point. Ein Alleinstellungsmerkmal. Ich habe das mal im Radio gehört, als sie die Dame interviewt haben, die diese Geschichte über das Mädchen geschrieben hat, das aus dem Zugfenster guckt.«

»Das Buch habe ich nicht gelesen. Wie heißt es?«

May schnaubt. »Äh … Girl on a Train?«, schlägt sie vor.

Julia schüttelt den Kopf. »Nein, nie gehört. Was könnte ich denn dann als UFO nehmen?«

»USP, meine Liebe. Ich bin mir nicht sicher.« May überlegt einen Moment. »Wie wäre es mit deinen Briefen? Sie wären der perfekte Ausgangspunkt für ein Buch«, sagt sie und klatscht in die Hände.

»Meine Briefe? Warum sollte irgendjemand eine Geschichte über Dons Familie lesen wollen? Ich meine, sie waren alle sehr nett, das muss ich ihnen lassen, aber besonders interessant waren sie nicht.«

»Überleg mal, Julia. Diese Briefe sind so etwas wie ein Archiv. Wer sonst kann aus so einer Schatzkiste schöpfen?«

»Ich bin nicht sicher, ob Don wollen würde, dass wir

seine persönlichen Dinge für so etwas benutzen. Sie gehören der Familie. Sie sind privat.«

»Ach, komm schon. Diejenigen, die die Briefe geschrieben haben, sind schon tot – zumindest so gut wie alle, oder?«

Julia zuckt zusammen, und May verflucht sich für ihre Taktlosigkeit. Sie tätschelt Julias Hand. »Es tut mir leid, ich wollte dich nicht verärgern. Aber ich könnte dir dabei helfen, sie zu sortieren und eine Geschichte zu entwerfen, die auf dem Inhalt der Briefe basiert. Andy könnte sie ordentlich katalogisieren. Vielleicht tippt er sogar ein paar von ihnen ab, wenn du ihn nett darum bittest. Im Gartencenter erledigt er alle möglichen nützlichen Büroaufgaben – er ist sehr organisiert.«

»Meinst du wirklich? Andy hat tatsächlich schon einige von ihnen gelesen. Er war fasziniert.«

»Ja. Es wäre eine gemeinsame Aufgabe. Wir könnten sofort loslegen. Sie müssen doch sortiert werden, oder? Du und Andy könntet dafür herkommen, und Tamsin kann draußen spielen, wo wir sie alle sehen. Das wäre doch ein Spaß.«

Julia scheint interessiert zu sein. »Keine schlechte Idee …«, sagt sie.

1

Emily sitzt an ihrem Schreibtisch im fünfzehnten Stock und spürt Panik in sich aufsteigen, als sie Andys neueste Mail liest.

Zu ihrer großen Erleichterung hat Colin sie zu der Reise nach England ermutigt, nachdem sie ihm ihre Beweggründe erklärt hatte. Sein älterer Onkel hat auch seit Kurzem Schwierigkeiten mit dem Gedächtnis, er wandert nachts in Morgenmantel und Pantoffeln durch die Gegend.

»Tu es einfach, Em«, sagte er, als sie ihm von ihren Sorgen erzählte. »Allerdings wäre ich dir ewig dankbar, wenn du vorher bei dir klar Schiff machen und die letzten Meetings diese Woche noch durchziehen könntest. Aber die Familie kommt immer an erster Stelle. Vergiss das nie. Und Cornwall im Juni wird himmlisch sein. Ich bin ganz schön neidisch.«

Emily umarmte ihn und dankte den Sternen für so einen verständnisvollen Boss. Sie weiß, dass Colin, der in Devon geboren wurde, anders ist als die meisten New Yorker Überflieger. Er hat eine Vorliebe für Scrabble, bunte Pullover und grelle Socken, und er behauptet oft, sich nach allem Britischen zu sehnen. Außerdem versäumt er es nie, jeden Tag um Punkt halb vier ein Tablett mit Earl Grey und Fortnum-&-Mason-Plätzchen bringen zu lassen, für sich und jeden, der gerade zufällig bei ihm im Büro ist.

Diese E-Mail löst bei Emily ein eisiges Gefühl im Herzen aus, obwohl sie gut anfängt.

Hi Emily, schreibt Andy.

Ich dachte, ich bringe dich mal auf den neuesten Stand der Dinge. Deine Oma hat dir doch bestimmt von dem riesigen Packen Briefe erzählt, den sie gefunden hat? Nun, May (du erinnerst dich ja sicher an sie? Natürlich, was rede ich da, du kennst sie ja seit Jahren) hat vorgeschlagen, dass ich dabei helfe, sie alle zu katalogisieren. Die Briefe sind fantastisch, sie gehen bis in die Fünfziger zurück. Und – halt dich fest – deine Oma will ein Buch schreiben, das auf dem Inhalt der Briefe basiert. Ich muss sagen, ich bezweifle, dass sie im Moment in der Lage dazu ist, aber es wäre keine gute Idee, ihr das gerade jetzt auszureden. Alles, was sie ein bisschen auf andere Gedanken bringt, kann nur gut sein. Wir können das später ja immer noch überdenken.

Jedenfalls freue ich mich darauf, dich zu treffen und mit dir über Julia und die ganze Situation zu sprechen – ich habe einen Babysitter für meine kleine Tochter Tamsin organisiert, denn auch wenn sie dich liebend gern kennenlernen würde, entgeht ihr rein gar nichts, und sie würde mit Sicherheit May und Julia von allem berichten, worüber wir gesprochen haben, wahrscheinlich Wort für Wort! Nicht, dass wir uns Geheimnisse zuflüstern oder so, aber ich dachte, ich könnte dich vielleicht zum Abendessen einladen? An der Küste gibt es ein tolles kleines Fischrestaurant, und montagabends ist es dort ruhig. Cockleshell Bay heißt es, warst du schon mal da? Es wird von einem sehr netten Paar geführt, George und Cliff.

Ich melde mich, wenn du hier bist. Die formidable Zweierbande hat schon angefangen, die Briefe durchzugehen, aber das muss sowieso gemacht werden. Wenn du findest, dass mich das nichts angeht und ich mich um meinen eigenen Kram kümmern sollte, tue ich das. Julia hat schon mehrmals etwas von Familiengeheimnissen gemurmelt, aber ich bin mir nicht sicher, worum es da geht. Vielleicht hat sie dir ja bereits davon erzählt? Ich sage das ungern, aber ich mache mir immer größere Sorgen um sie. Ich bin froh, dass du bald hier bist. Gestern habe ich sie in Tränen aufgelöst angetroffen, weil sie sich nicht mehr an die Namen von Dons Schwestern erinnern konnte und vergessen hat, ob sie schon gefrühstückt hatte oder nicht. Ist es falsch von mir, diese verrückte Buchidee zu unterstützen?

Bis bald, und entschuldige, dass ich so schwafle – ich möchte helfen, aber ich weiß nicht mehr, was ich am besten tun sollte.

Andy

Emily reibt sich die Augen und gähnt. Wenn sie sich doch nur jetzt sofort nach Pengelly beamen könnte, ohne dass sie vorher dieses gewaltige Arbeitspensum bewältigen, nach England fliegen und an einem heißen Nachmittag den ganzen Weg nach Cornwall fahren müsste. Jetzt am Strand zu sitzen, dem Klang der Wellen zu lauschen und sich auf die Scones mit Schlagsahne zum Tee zu freuen, das wäre perfekt.

Mit einem *Ping* kündigt sich eine neue E-Mail an, und Emilys Magen krampft sich zusammen. Max hat sich seit ihrer letzten Nachricht nicht mehr bei ihr gemeldet. Ein Teil von ihr hofft, dass er sie jetzt einfach in Ruhe lässt, aber ihr verletzter Stolz hätte eigentlich gern, dass er etwas stärker gegen das plötzliche Ende ihrer Affäre protestiert. Die Nachricht ist aber nur von Colin, der sichergehen möchte, dass sie an noch ein weiteres Meeting heute Nachmittag denkt. Große Freude. Aber nicht mehr lange, dann ist sie in Pengelly, riecht das Salzwasser statt der fast schon sterilen Büroluft, die leicht mit künstlichen Zitrusdüften parfümiert ist. Es kann ihr gar nicht schnell genug gehen.

10

Es ist eine unschöne Redewendung, aber Mays Mutter hätte sie in den letzten Tagen als »so glücklich wie ein Schwein im Schlamm« bezeichnet. Zwischen ihr und Julia scheint Waffenstillstand zu herrschen – obwohl May annimmt, dass sie es vermutlich nicht vermeiden können, sich irgendwann Julias altem Groll gegen sie zu stellen –, und sie haben eine richtige Strategie entworfen, wie sie es Andy mit vereinten Kräften erleichtern, die Briefe zu katalogisieren. May wurmt es immer noch, dass Julia zu glauben scheint, Familienleben und Mutterschaft seien ganz allein ihr Territorium, aber wenn May die Vergangenheit nicht gnadenlos aufwühlen will, wird sie das wohl mit Fassung tragen müssen.

In den letzten Tagen hat May behutsam nachgebohrt und ist sich jetzt sicher, dass Charles die Wurzel dessen ist, was Julia stört, doch mehr als das hat sie noch nicht herausbekommen. Was, in aller Welt, kann er nur getan haben, um Julia so gegen sich aufzubringen, selbst nach all den Jahren, und, was auch immer es war, warum macht Julia May dafür verantwortlich? Charles lebte nach seinen eigenen Gesetzen. May hatte nie Einfluss auf ihn.

Am nächsten Tag kommt Julia wie besprochen mit dem ersten Schwung Briefe in einem Einkaufskorb zu ihr herüber. Den ganzen Morgen läuft sie hin und her und bringt noch mehr Briefe, während May zahllose Kannen Tee kocht und zwischendurch Schokoladenplätzchen und Feigenrollen anbietet.

»Das sind die Letzten.« Julia keucht und stellt den Korb mit einem dumpfen Aufprall auf dem Esstisch ab. »Ich dachte schon, ich würde nie fertig werden.«

May lehnt sich zurück, äußerst zufrieden. Nun, da die Briefe bei ihr sind, muss sie sich keine Sorgen mehr darüber machen, woher sie ihre nächste Erinnerungsdosis bekommen kann, und sie hat die Aussicht auf tägliche Gesellschaft, wenn sie sie möchte. Ihr gefällt die Vorstellung von einer Freundschaft mit Julia immer mehr, und jetzt fragt sie sich, warum sie der anderen Frau ihre Hochnäsigkeit überhaupt all die Jahre durchgehen lassen hat. Irgendwie muss sie diese uralte, brennende Feindseligkeit auflösen.

»Julia, kann ich dich was fragen?«

»Nur raus damit.«

»Bereits vor dem Vorfall mit den Suppenlöffeln schienst du mich nicht sonderlich zu mögen. Ich habe mich schon oft gefragt, was ich getan habe, um dich so zu verärgern?«

Julias Wangen sind gerötet, als sie Mays Blick begegnet. »Na ja, ich würde nicht sagen, dass ich dich nicht mochte … und wahrscheinlich habe ich falsche Schlüsse gezogen, was diese alten Suppenlöffel angeht.«

»Komm schon, meine Liebe, raus damit. Ich bin nicht beleidigt. Du zeigst mir seit Jahren die kalte Schulter. Ich möchte nur wissen, warum, das ist alles. Denn du bist nicht jemand, der ohne Grund abweisend ist, das weiß ich jetzt.«

Es folgt eine lange Stille, aber May kann Geduld aufbringen, wenn es sein muss. Schließlich räuspert Julia sich. »Es geht wohl alles auf Charles zurück.«

»Das habe ich schon vermutet.«

»Aber mal ehrlich, ich verstehe nicht, warum wir nach dieser langen Zeit noch schlechte Erinnerungen ausgraben müssen. Können wir das alles nicht einfach ruhen lassen?«

»Nun, das könnten wir, wenn ich eine Ahnung hätte, was es ist. Und was hat Charles damit zu tun, dass du mich nicht leiden kannst?«

Julia steht auf und geht zum Fenster. Den Rücken May zugewandt, erklärt sie: »Ich habe dir doch gesagt, es geht nicht darum, ob ich dich mag oder nicht, May. Es ist schon schwer genug, ohne Don weiterzumachen. Ich kann mich gerade nicht mit noch mehr emotionalen Erinnerungen befassen. Können wir uns jetzt einfach wieder den Briefen widmen?«

May seufzt und gibt nach. Sie fangen an, sich durch den Stapel zu arbeiten, und legen die Fotos zur Seite. Der Erinnerungsrausch ist mächtig, und May fühlt sich bald überwältigt. Sie bemerkt, dass sie die Briefe nicht richtig lesen darf, weil sie sonst womöglich ins Koma fallen wird, deswegen begnügt sie sich damit, nur die Daten zu überprüfen. Dennoch spürt sie, dass ihr Gesicht sie verrät. Sie kann nicht aufhören zu lächeln.

»Wir haben erst mal genug getan«, sagt Julia, nachdem sie eine Stunde lang intensiv sortiert haben. »Ich lese dir nur noch ein bisschen aus diesem Brief vor. Er ist von Elsie.«

Sie räuspert sich.

Danke, dass wir euch wieder mal besuchen durften, Don. Ich weiß, dass es nicht unser gelungenster Besuch war. Das ist Will und seinen merkwürdigen Launen zu verdanken. Ich kann nicht glauben, dass er einfach so davongerauscht ist, bevor der Urlaub überhaupt vorbei war. Ich musste allein mit dem Zug zurückfahren, das war nicht besonders schön. Und der Gedanke, dass er mitten in der Nacht den ganzen Weg per Anhalter gefahren ist! Ich habe aber noch nicht herausgefunden, was dahintersteckt, und jetzt hat er seine Arbeit aufgegeben und ist nach Irland abgereist. Diese katholische Kirche steckt dahinter. Er war nie mehr derselbe, nachdem er der Methodistenkirche den Rücken gekehrt hat, um zur heiligen Messe zu gehen.

»Worum geht es da?«, fragt May. Irgendetwas regt sich in ihrem Gedächtnis, und ihr wird beinahe schlecht davon.

»Ich habe keinen Schimmer. Der Brief ist vom fünfzehnten März 1963. Sagt dir das irgendetwas?«

May schließt die Augen, weil ihr plötzlich schwindlig ist, und Julia beugt sich vor.

»Du wirkst fast ein bisschen … nun, Emily würde es

wahrscheinlich ›high‹ nennen. Kannst du noch weitermachen, oder sollen wir lieber eine Pause einlegen?«

May fühlt sich jetzt tatsächlich recht sonderbar. Der Gedanke an ein kleines Nickerchen im Bett ist sehr verlockend. Der fünfzehnte März 1963. Ihr elfter Hochzeitstag. Und der Tag, nach dem Charles ertrunken ist.

11

Im Mietwagen riecht es leicht nach Fisch und nach kaltem Rauch. Vielleicht war er vorher an einen Räucherhering-Hersteller vermietet worden? Nach ungefähr fünfzig Meilen hat das Auto angefangen, merkwürdige Knack- und Quietschgeräusche von sich zu geben, aber Emily ignoriert sie, und schließlich klingen sie ab.

Die letzten fünfzig Meilen sind die schlimmsten. Sogar mit voll aufgedrehtem Radio fällt es ihr schwer, wach zu bleiben. Sie verbringt die Zeit damit, über frühere Urlaube in Cornwall nachzudenken. Lange Tage am Meer, an denen sie Sandburgen baute, als sie noch jünger war, und später Muscheln sammelte, sich mit den Kindern aus dem Dorf herumtrieb und einige der freundlicheren Dorfbewohner besuchte. Am liebsten mochte Emily immer May Rosevere. May verfügt über einen endlosen Vorrat an leicht skandalösen Geschichten über ihre Nachbarn und hat einen beißenden Humor. Und nicht nur das, sie ließ Emily auch in ihrem Schmuckkästchen wühlen und alles anprobieren. Und das Beste: Ihre Plätzchendose schien immer voll zu sein.

Schließlich erreicht Emily nach mehr als fünf Stunden Fahrt mit nur einer kurzen Pause Pengelly. Als sie die Hauptstraße hinunterfährt, denkt sie daran, wie ihr

Großvater immer bei dem Pub an der Dorfwiese auf sie gewartet hat und dann ins Auto gestiegen ist, um das letzte Stück Weg mit ihr zusammen zu fahren. Sie konnte ihm nie eine genaue Ankunftszeit nennen, deswegen wartete er draußen auf einer Bank. Es machte ihm auch nie etwas aus, wenn es länger dauerte.

Wieder einmal trifft die schreckliche Erkenntnis Emily, dass ihr Opa endgültig nicht mehr da ist. Es gibt so vieles, was sie vermisst: die Art, wie er sie umarmte, als wäre sie die wichtigste Person auf der Welt; die Freude in seiner Stimme, wenn er sagte: »Du bist zu Hause, meine kleine Em!«; das Glitzern in diesen blauen Augen, die ihren eigenen so ähnlich sahen – alles nicht mehr da.

Sie blinzelt heftig, als sie eine große Gestalt auf der wackeligen Bank vor dem *Eel and Lobster* entdeckt. Die Bank ihres Opas. Ihr Herz setzt mehrere Schläge lang aus, und sie steigt auf die Bremse, sodass der Range Rover hinter ihr wie verrückt hupt. Der Mann darin macht eine beleidigende Geste, als er mit aufheulendem Motor vorbeifährt, aber die Gestalt von der Bank ist aufgesprungen und gestikuliert zurück.

Es ist nicht ihr Opa – natürlich nicht. Emily dachte auch nie, dass er es ist, nicht wirklich. Sie kurbelt das Fenster herunter.

»Hallo, Andy«, sagt sie und reibt sich die Augen.

»Oh, hallo, Emily. Ich hatte schon Angst, dass ich es verpasse, wenn du vorbeifährst.«

»Niemals, bei den Geräuschen, die das Auto macht. Aber es hat mich ja doch noch hergebracht.«

»Ich hab noch gar nicht mit dir gerechnet. Ich habe mein Pint gerade erst angefangen. Möchtest du vielleicht auch eines?«

Er hält sein Glas hoch, auf dem sich schon Kondenswasser absetzt. Es stimmt, er hat noch nicht viel davon getrunken. Nach der langen Fahrt in diesem stinkenden Wagen erwachen Emilys Geschmacksknospen wieder zum Leben. Es ist ewig her, dass sie irgendetwas anderes getrunken hat als Tonic Water mit einem winzigen Schuss Wodka und viel Eis und Zitrone, um den Drink zu strecken. Selbst auf den größten Verlagspartys hat sie sich beim Prosecco zurückgehalten, damit ihr auch ja kein entscheidender Unterton entgeht oder sie einen wichtigen Klienten vollquatscht.

»Was ist mit dem Auto?«, erwidert sie. »Ich muss ja noch fahren. Ich weiß, es ist nur die Straße runter, aber ich möchte ungern an der letzten Hürde scheitern. Es war ein langer Tag.«

»Geoff aus dem Pub meinte, du kannst sowieso am besten hier oben parken, weil Mays Parkplatz voll ist. Die alte Klapperkiste deines Opas besetzt den Parkplatz von Nummer sechzig, und die Batterie ist leer, deswegen sind wir bisher noch nicht dazu gekommen, sie zu bewegen. Die Garage ist voller Schrott … ich meine, Dinge, die gelagert werden.«

Emily lacht. »Schrott trifft es schon ganz gut. Okay, dann parke ich an der Ecke unter der Eiche – so verbrenne ich mir morgen nicht die Beine beim Einsteigen, wenn es heiß wird.«

Sie fährt auf den Parkplatz und parkt so ordentlich ein, wie sie kann. Ihre Tasche ist nicht schwer – sie war entschlossen, dieses Mal mit leichtem Gepäck zu reisen –, aber Andy streckt schon den Arm aus, um sie ihr abzunehmen.

»Du wirkst ziemlich erschöpft«, sagt er. »Warum gehst du nicht einfach schon nach hinten, damit wir den Hafen sehen können, und trinkst einen Schluck von meinem Bier, während ich noch mal losgehe und dir ein eigenes hole? Oder hättest du lieber Wein? Sie haben einen ziemlich guten Sauvignon Blanc.«

»Bier wäre perfekt«, erwidert Emily, bevor sie seinen Anweisungen folgt.

Die Aussicht ist atemberaubend. Links von ihr zieht der Sandstrand einen Bogen, und zu ihrer Rechten ist die Hafenmauer, die eine Reihe kleiner Boote umschließt. Sie hört die schwermütigen Schreie der Möwen und das Hämmern von jemandem, der eine hölzerne Jolle repariert, die er bis auf den Kiesstrand hochgezogen hat.

Anfang Juni in Pengelly. Emily kann sich nicht daran erinnern, jemals zu dieser Jahreszeit hier angekommen zu sein. Die Weihnachtsferien, Sommerferien und einzelnen Wochenenden ab und zu während ihres Arbeitslebens haben sie nicht auf die Frische in der Luft und die zeitlose Magie eines Dorfs in Cornwall ohne zu viele Besucher vorbereitet, obwohl Pengelly schon immer eher ein wenig abseits der touristischen Trampelpfade lag. Es ist bewölkt, aber eine warme Brise umweht Emilys Gesicht, und in ihr breitet sich ein friedliches Gefühl aus. Etwas entspannter greift sie zum Glas, und sie hat schon mehr als die Hälfte von Andys Bier getrunken, bevor ihr das bewusst wird.

Andy kommt mit einem Blechtablett heraus, auf dem zwei weitere Pints und einige Tüten mit Nüssen sind. »Guck nicht so schuldbewusst«, sagt er grinsend. »Ich habe mir schon gedacht, dass das passieren könnte. Hier ist noch eins. Trink aber erst das auf. Du hast es dir verdient, nachdem du den ganzen Weg von New York bis hierher gekommen bist.«

»Ich frage mich, ob es Oma etwas ausmacht, wenn ich so spät bei ihr auftauche.«

»Ist schon okay. Ich habe ihr gesagt, dass ich dich zuerst hier treffen würde. Tut mir leid, dass es mit den Getränken so lange gedauert hat. Ich bin mit einem alten Mann ins Gespräch gekommen, der an der Bar sitzt. Tom King, kennst du ihn?«

Emily schüttelt den Kopf. »Glaub nicht. Sollte ich?«

»Wahrscheinlich nicht. Er hat bestimmt noch gearbeitet, als du hier warst. Jetzt ist er im Ruhestand. Es ist schon traurig.«

»Was denn? Im Ruhestand zu sein?«

»Nein, ihn da drinnen zu sehen, wie er sich auf der Theke abstützt und einfach in sein Pint starrt. Er wirkte früher immer so beschäftigt. Ich glaube, er weiß nicht, was er jetzt mit seiner Zeit anfangen soll.«

»Ich nehme an, genauso fühlt sich Oma jetzt auch. Alles hat sich sehr verändert.« Emily seufzt. »Es war wirklich nett von dir, herzukommen und mich abzuholen. Genau wie …«

»Ich weiß. Sie hat mir erzählt, dass er das immer getan hat. Ich wollte nicht, dass du ihn noch mehr vermisst als sowieso schon.«

Emily schluckt den schmerzhaften Kloß in ihrer Kehle hinunter, der sie zu ersticken droht. Als sie einen Blick auf ihr Handy wirft, stellt sie fest, dass Max sich immer noch nicht gemeldet hat. Herzloser Mistkerl. In ihrem Kopf fängt es an zu pochen.

Sie greift nach dem Ende ihres Zopfes und nimmt das Haargummi heraus, dann löst sie mit der freien Hand sanft ihre Haare und schüttelt sie mit einem erleichterten Seufzen aus. Aus Andys Kehle ertönt ein erstickter Laut, und sie sieht verwundert auf.

»Hast du etwas gesagt?«

»N-nein. Ich … ähm … hab mich nur geräuspert. Heuschnupfen wahrscheinlich.«

»Oh, hast du damit große Probleme?«

»Nein, nicht wirklich. Normalerweise gar nicht. Allie hatte das immer. Ich weiß nicht, warum ich dir das erzähle, tut mir leid.«

Emily sucht nach einem Weg, das Gespräch auf ein neutraleres Thema zu lenken. »Ich habe gesehen, dass Pengelly sich ein bisschen verändert hat, seit ich das letzte Mal hier war.« Sie blickt die Straße hinauf. »Wurde der Dorfladen aufgepeppt?«

Andy zieht eine Grimasse. »Ja, Vera ist exklusiver geworden, oder zumindest glaubt sie das. Es gibt jetzt eine Feinkosttheke bei ihr, und sie hat vornehmen Designer-Gin im Angebot, marinierten Tofu und regionales, krummes Gemüse.«

»Das Gemeindezentrum wurde auch neu gestrichen, oder?«

»Dafür wurde eine Feier veranstaltet. George und Cliff vom Fischrestaurant haben sie gesponsert, und wir haben Geld für neue Vorhänge zusammengesammelt.«

Emily seufzt. »Es muss großartig sein, in einem Dorf zu leben. Ich kenne keinen einzigen meiner Nachbarn. Wir arbeiten alle wie die Verrückten.«

»Die meiste Zeit ist es ganz okay, solange es dich nicht stört, wenn alle anderen fast besser über dein Privatleben Bescheid wissen als du selbst. Hast du von Ida Carnells Leihoma-Projekt gehört?«

»Nein, erzähl mal!«

»Ida hat deine Oma dazu genötigt, May unter ihre Fittiche zu nehmen. Das läuft bisher ganz gut, aber einige der anderen Zusammenstellungen waren ein bisschen … explosiv, könnte man sagen. Tom, das ist der, mit dem ich mich gerade noch drinnen unterhalten habe« – er deutet auf den Pub – »nun, Ida ist aufgefallen, dass auch er ein bisschen verloren wirkt, und hat ihn mit George und Cliff zusammengesteckt, aber jetzt hat er sich in ihren anderen Schützling verguckt, Joyce Chippendale. Er mag ältere Frauen, sagt er.«

»Ach, dann ist das Projekt nicht nur für Frauen?«

»Man kann nicht von Ida behaupten, sie wäre nicht aufgeschlossen. Offenbar hat Tom sich schon an Joyce rangemacht, als sie sich alle zum ersten Mal getroffen haben. Und dann hat Marigold – Veras Leihoma – ihrem Hund erlaubt, sein großes Geschäft auf Veras Kiesauffahrt zu verrichten. Danach ist alles ein bisschen schmutzig geworden, auf mehr als eine Weise.«

»Verstehe.« Emily kichert vor sich hin.

»Denk also nicht, nur weil wir hier in einem verschlafenen Kaff leben, wäre nie was los.«

»Auf keinen Fall. Ich würde so etwas nicht im Traum annehmen.«

Obwohl sie das Ende ihrer Unterhaltung erreicht haben, ist die darauffolgende Stille freundlich. Emily konzentriert sich auf ihr Getränk, und Andy beobachtet eine kleine getigerte Katze, die die Straße hinabläuft und auf sie zukommt. Als sie bei ihnen ist, setzt sie sich und putzt sich das Gesicht.

»Wo kommst du denn her, du hübsches kleines Ding?« Emily geht in die Hocke, um die Katze zu streicheln.

»Vorsicht, das ist ein Streuner. Er hat schon mehrfach versucht, mich bis nach Hause zu verfolgen. Ich hab den Fehler gemacht, ihm einmal ein wenig Thunfisch zu geben, weil Tamsin sich Sorgen um ihn gemacht hat, und jetzt möchte er bei uns einziehen.«

»Dann magst du Katzen nicht?«

»Na ja, doch, ich hab nichts gegen sie. Wir hatten vorher nie eine, weil Allie allergisch gegen Katzen- und Hundehaare war, deswegen dachte ich, Tamsin könnte das auch sein. Sie hat schon Asthma.«

»Das heißt aber nicht unbedingt, dass Katzen bei ihr Atemnot auslösen.«

Die Katze schnurrt, als sie sich an Emilys Beine schmiegt und den Kopf gegen ihre ausgestreckte Hand drückt. »Er hat wahrscheinlich Flöhe«, warnt Andy.

»Er ist eine Sie. Guck dir mal ihren Bauch an. Sie ist trächtig.«

»Wirklich?«

»Ja, ich weiß, sie ist dünn, aber ihr Bauch ist ganz angeschwollen, sieh mal.«

»Die Katze legt sich hin und dreht sich hilfsbereit auf den Rücken. Andy starrt fasziniert auf ihren Bauch. »Man kann ja sogar richtig sehen, wie die Kätzchen sich bewegen.«

»Jap. Sie müssten irgendwann in den nächsten Tagen auf die Welt kommen, würde ich sagen.« In dem Moment rast ein silberner Jeep über die Straße in Richtung Pub. Er wird langsamer, es ertönt ein Hupen, und Emily sieht eine wie wild winkende Hand und einen weißblonden Haarschopf. Die Frau in dem Auto trägt eine riesige Sonnenbrille, und ihr Lippenstift ist rot und glänzend.

»Hi, Andy!«, ruft sie.

Für Emily sieht es aus, als ob sie anhalten will, aber hinter ihr nähert sich ein Traktor und von vorn kommt ein Van auf sie zu.

»Bis später, Schätzchen!«, ruft die Frau. Dann fährt sie mit quietschenden Reifen weiter.

»Wer war das?«, fragt Emily. »Sie kam mir irgendwie bekannt vor.«

Andy blickt auf seine Füße, plötzlich rot im Gesicht. »Candice. Die Mutter von Tamsins Freundin. Manchmal wechseln wir uns mit den Fahrten zur Schule ab.«

»Ah, ja. Ich erinnere mich an sie. Die Haarfarbe ist eine andere, aber die Stimme ist noch dieselbe. Sie mochte mich nie, als ihr noch zur Schule gegangen seid und ich öfter mal mit euch allen am Strand gewesen bin.«

»Das bildest du dir ein. Candice ist okay. Nur ein bisschen … na ja, laut …«

»Wenn du meinst.«

Sie haben ihre Getränke fast ausgetrunken. Andy gähnt, streckt die Arme über den Kopf und lässt die Schultern kreisen. »Das war ein schöner Start in den Abend, aber ich sollte jetzt besser losgehen und Julia und May retten. Sie passen in Mays Cottage auf Tamsin auf, und sie muss langsam gebadet werden und ihr Abendessen kriegen. Aber für morgen habe ich den Babysitter engagiert, wenn unser Abendessen an der Küste noch steht? Wir können uns den Sonnenuntergang über der Bucht ansehen und die besten Meeresfrüchte Cornwalls essen.«

Emily nickt, beinahe zu müde zum Sprechen. Sie trinken den Rest Bier und essen die letzten Nüsse, dann nimmt Andy Emilys Tasche hoch. Als sie um die Ecke auf den steilen Schotterweg der Memory Lane biegen, sieht Emily zurück. »Die Katze kommt mit.«

Tatsächlich folgt das kleine Tier ihnen, nicht zu dicht, aber sie meint es eindeutig ernst. Andy seufzt.

»Jetzt sieh mich doch nicht so an. Ich gebe ihr noch ein bisschen Dosenfisch und lass sie eine Zeit lang rein. Aber wenn ich auch nur das kleinste Anzeichen entdecke, dass Tamsin schwerer atmet, fliegt die Katze sofort wieder raus, okay?«

Emily grinst zu ihm auf. Sie ist froh, dass sie ihre flachen Sandalen trägt – so muss sie zur Abwechslung mal zu einem Mann hochschauen. Dann, gerade als sie sich wegen des warmen Gefühls durch das Bier und der Erleichterung, gut angekommen zu sein, endlich entspannt, muss sie es natürlich vermasseln.

»Meinst du nicht, du bist ein bisschen überbehütend, was Tamsin angeht?«, fragt sie.

12

Julia betrachtet das blasse Gesicht ihrer Enkelin und fragt sich, ob es an dem Flug liegt, dass sie so erschöpft aussieht, oder ob mehr dahintersteckt.

»Möchtest du noch etwas Salat, Liebling?«, fragt sie.

Emily schüttelt den Kopf. »Es schmeckt herrlich, Oma. Ein echter altmodischer Tee. Es ist Jahre her, dass ich Gurkenscheiben und Zwiebeln mit Essig gegessen habe.«

Julia hebt die Augenbrauen. Sie ist sich nicht sicher, ob es ihr gefällt, altmodisch genannt zu werden. Das ist fast so schlimm wie rückständig, oder? Was ist überhaupt gegen traditionelle Gerichte einzuwenden? Emily blickt auf und scheint zu bemerken, dass sie etwas Falsches gesagt hat.

»Damit wollte ich nicht sagen, dass es nicht perfekt ist. Ach, Mensch, ich sage heute Abend ständig das Falsche. Ich habe es schon geschafft, Andy zu verärgern. Warum sind Männer so empfindlich?«

»Das ist er normalerweise gar nicht. Was genau hast du denn gesagt?«

Emily wiederholt den letzten Teil ihrer Unterhaltung. »Und dann hat er mich gefragt, woher ich so viel darüber wisse, wie man Kinder aufzieht. Dabei habe ich doch nie behauptet, dass ich das tue! Er hat mich an der Tür stehen lassen, ohne noch irgendetwas zu sagen. Ganz schön unhöflich, oder?«

»Na ja …«

»Sag nicht, du nimmst ihn auch noch in Schutz? Es geht ums Prinzip. Kinder sollten nicht so überbehütet werden. Wenn Tamsin nie ein Haustier haben darf, wie soll er dann herausfinden, ob sie allergisch auf Tiere reagiert? Das ist dem armen Mädchen gegenüber nicht fair.«

»So einfach ist das nicht, wenn man ein Kind großzieht, Liebes. Er hat schon seine Frau verloren. Ich wette, er hat entsetzliche Angst davor, dass Tamsin etwas passiert. Ich weiß, das ist nicht rational, aber das ist die Liebe doch nie, oder?«

Emily zuckt mit den Schultern, und Julia fühlt sich an die Jugendliche erinnert, die in den Ferien gern zu ihren Großeltern fuhr, dann aber die meiste Zeit damit verbrachte, übellaunig über den Strand zu stapfen oder sich in ihrem Zimmer einzuschließen, um Gedichte zu schreiben. Emily fängt an, den Tisch abzuräumen, und klappert dabei lauter mit dem Geschirr als nötig, wie Julia findet.

Als sie die Spülmaschine eingeräumt haben, folgt Emily Julia nach draußen, um sich auf die Hollywoodschaukel zu setzen, von der aus man die Bucht überblicken kann. Die Abendsonne ist noch warm, und die Flut läuft auf.

»Wer ist dieser Mann mit den Hunden? Er kommt mir bekannt vor«, sagt Emily. Ihre schlechte Laune ist vergessen, als sie sich an die Kissen lehnt und über die Bucht sieht.

»Ach, das ist Tristram. Du erinnerst dich doch bestimmt noch an ihn, Em. Er war ein guter Freund deines Großvaters. Ich kenne ihn viele Jahre – seit wir nach unserer Hochzeit nach Pengelly gezogen sind. Tris war damals noch ein Teenager. Nachdem dein Opa in den Ruhestand gegangen ist, haben einige der älteren Männer hier zusammen im Park Bowls gespielt. Sie lieben den Wettstreit, und Tristram hat oft gewonnen. Du hast ihn sicher schon mal kennengelernt.«

»Ah, ja, jetzt, wo er den Hut abnimmt, sehe ich auch sein Gesicht. Das ist der Typ mit dem Fischrestaurant auf der Landzunge. Ich dachte, das wäre das Restaurant, in dem ich morgen mit Andy esse, aber wir gehen zu dem anderen. Das heißt, wenn er nach heute Abend noch mit mir spricht.«

»Ja, das ist Tris. Er hat das Shellfish Shack jahrelang geführt, aber als seine Tochter endgültig nach Hause kam, haben sie entschieden, umzusatteln und in das Gebäude am Strand zu ziehen. Sie sind auf frisch gefangenen Fisch und Meeresfrüchte spezialisiert. Gina leitet das Restaurant, und sein Schwiegersohn ist der Chefkoch, aber Tris ist derjenige, der das Sagen hat. Alle wissen das.«

»Ist er nicht ein bisschen zu …?«

»Alt? Ja, er ist fast achtzig, aber er ist immer noch voller Tatendrang.«

»Apropos, du machst einen viel besseren Eindruck,

als ich befürchtet habe, Oma. Ich dachte, du wärst irgendwie … na ja … schwermütig oder so.«

Julia lacht. »So habe ich mich auch gefühlt, Liebling, aber die letzten Tage haben mich richtig aufgemuntert. Allerdings … ach, wie auch immer, ich habe mit May zusammen die Briefe sortiert, damit Andy sie katalogisieren kann. Das heißt, wenn du mit der Idee einverstanden bist«, fügt sie hastig hinzu, »die ja die anderen beiden einbezieht, meine ich.«

»Das ist für mich okay. Ich mag May sehr gern, aber ich hatte irgendwie den Eindruck, dass ihr beide euch bisher nicht so gut verstanden habt. Habe ich mir das nur eingebildet?«

»Man kann seine Meinung ja mal ändern, oder nicht?«

»Jetzt sei du nicht auch noch beleidigt – ich habe das Gefühl, dass ich mich hier wie auf Eiern bewegen muss.«

»Tut mir leid. Ich habe nur festgestellt, dass ich May ein bisschen lieber mag, als ich gedacht hätte. Sie ist manchmal übellaunig – das sind wir ja alle mal –, aber sie hat auch ihre guten Seiten. Ich schätze, meine Einstellung zu ihrem Ehemann ist mir in die Quere gekommen. Er war ein schrecklicher Mann. Ich … konnte ihn nicht ausstehen.«

»Warum? Ich dachte, May wäre alleinstehend. Ich erinnere mich nicht daran, dass sie jemals verheiratet war.«

Julia ignoriert die Frage. »Es ist schon lange her. Charles und May haben spät geheiratet, und als er gestorben ist, war er nicht mal sechzig.«

»Oh, wie traurig. Was ist passiert?«

»Er ist eines Nachts in einem Sturm mit dem Boot rausgefahren und nicht zurückgekommen. Sein Leichnam wurde Tage später angespült. Erst mal hat ihn niemand vermisst. Offenbar hat May angenommen, dass er zu einer seiner Touren an der Küste aufgebrochen war. Das Boot ist als Erstes aufgetaucht … vielmehr das, was davon übrig war. Die Felsen hier sind ziemlich unnachgiebig.«

Emily erschaudert. »Das ist ja furchtbar. Warum geht man denn bei so schlechtem Wetter überhaupt segeln?«

»Wer weiß? Er hat verlauten lassen, dass er dachte, etwas bei ihm sei ernsthaft nicht in Ordnung. Zu der Zeit wurde gemunkelt, dass er Selbstmord begangen habe. Es war alles ganz schön mysteriös. Die Nacht war so wild und die See so rau, da hätte man schon wahnsinnig sein müssen, um nur aus Spaß in einem Boot rauszufahren.«

»Der arme Mann. Und die arme May.«

»Um ehrlich zu sein, glaube ich nicht, dass May allzu traurig war. Sie hatten eine sehr angespannte Beziehung. Charles bevorzugte Männer.«

»Oh. Und May wusste davon?«

»Sie hat so getan, als wüsste sie es nicht. Ich glaube, ihr ist gar nicht bewusst, dass die Dorfbewohner das schon lange ahnten. Charles ist recht häufig fremdgegangen, und er hat immer eine Spur der Verwüstung hinter sich hergezogen. Er war kein besonders netter Mensch. Zum Beispiel hat er selbst schwule Männer beschimpft. Sein grausamer Charakterzug hatte nichts mit seinen Vorlieben zu tun, aber einige der älteren Dorfbewohner haben ihn dafür verurteilt.«

»Das kommt vor.«

»Zum Glück haben wir George und Cliff hier, damit sie das Gleichgewicht wieder herstellen. Sie sind das völlige Gegenteil.«

»Meinst du das Paar aus dem anderen Fischrestaurant?«

»Ja. Sie sind zu allen nett und immer hilfsbereit. Letztes Jahr haben sie geheiratet und groß gefeiert. Es war wunderbar – alle waren da. Aber Charles … er war durch und durch ein fieser Kerl.«

Die Luft wird langsam kühl, Julia zieht die Strickjacke enger um sich und seufzt tief.

»Tut mir leid, Oma, jetzt bist du meinetwegen deprimiert. Erzähl mir doch mal von dem, was du in den Briefen gelesen hast.« Emily nimmt Julias Hand. »Ich kann es gar nicht erwarten, sie mir selbst anzusehen.«

Julia öffnet den Mund, sagt jedoch kein Wort.

Emily wartet. Nach einem kurzen Moment fragt sie: »Oma? Was ist los?«

»Ach, es ist nichts. Mein Gedächtnis ist nicht mehr das, was es mal war. Das muss mein Alter sein, das sich allmählich bemerkbar macht. Es ist besser, wenn du dir die Briefe selbst ansiehst.«

»Wenn dir das lieber ist. Ich dachte nur …«

»Es fällt mir schwer, mich an spezifische Details zu erinnern, Liebling, das waren so viele. Elsie hat ständig geschrieben und die anderen auch.«

»Hat May auch Spaß daran? An der Recherche?«

»Ja, sehr sogar. Ich glaube, sie war in letzter Zeit genauso einsam wie ich. Als sie noch mitten im Dorf gewohnt hat, ist sie ständig in den Häusern ihrer Nachbarn ein- und ausgegangen, aber jetzt ist sie nicht mehr so sicher auf den Beinen. Allerdings schlägt sie sich noch ganz schön gut, dafür, dass sie hundertzehn Jahre alt ist.«

Julia seufzt erleichtert auf und hofft, dass der heikle Moment vorüber ist.

»Sieh mal, da kommen Tristram und seine Jungs – Buster und Bruno. Ich habe schon gehofft, dass du die Hunde kennenlernst«, sagt sie in dem Versuch, Emily von den Briefen abzulenken. Ihr Trick funktioniert.

»Der Kleine ist richtig süß. Selbst von hier kann ich seinen besorgten Gesichtsausdruck erkennen. Schau dir mal seinen Schwanz an, ganz eingekringelt wie ein Fragezeichen.«

»Das ist Buster. Er ist ein Puggle.«

»Wie bitte?«

Eine Kreuzung aus einem Mops und einem Beagle. Ich habe vorher auch noch nie davon gehört. Er ist ganz schön frech.«

»Inwiefern?«

»Er stiehlt Essen.« Julia zieht eine Grimasse.

»Ach, komm schon. Versuchen das nicht alle Hunde?«

»Du kennst Buster noch nicht. Er ist ein Meisterdieb. Bruno würde sich nicht zu solchen Mätzchen herablassen. Obwohl *er* eine Vorliebe dafür hat, Brombeeren direkt vom Strauch zu naschen.«

Tristram kommt auf sie zu. Buster springt ein letztes Mal ins Wasser und beißt voller Freude in die aufschäumenden Wellen, die ihm entgegenkommen. Der würdevollere Labrador vermeidet es, nass zu werden, er tapst stattdessen durch die Gegend und schnüffelt an Seetang und anderen, offenbar verlockend riechenden Stellen. Tristram pfeift, und nach einem kurzen Moment der Unentschlossenheit laufen beide Hunde den Strand hinauf über die glitschigen Steine und den Kies in der Nähe der Straße.

»Huhu, Tristram! Hast du Zeit, meiner entzückenden Enkelin hallo zu sagen?«, ruft Julia und winkt wie verrückt. Wenn Tristram es nicht schafft, Emily von ihren unangenehmen Fragen abzulenken, wer dann?

»Guten Abend, die Damen«, sagt Tristram, als er nahe genug bei ihnen ist. Er bleibt vor ihnen stehen, nimmt seinen abgewetzten Hut ab und verbeugt sich. »Ein Gespräch wäre mir sehr willkommen. Hunde sind ja schön und gut, aber im Großen und Ganzen sind die Unterhaltungen mit ihnen nicht besonders inspirierend.«

Er gibt Emily die Hand und setzt sich auf den Stuhl ihnen gegenüber. Julia hat das merkwürdige Gefühl, Tristram so wahrzunehmen, als sähe sie ihn zum ersten Mal. Sein gepflegter grauer Bart und die gleichfarbigen Haare lassen darauf schließen, dass er nicht in seiner ersten Jugendblüte steht, gelinde gesagt, aber ansonsten wirkt nichts an ihm auf irgendeine Weise gealtert, und sein Lächeln ist so warm wie der Sonnenschein. Er hat etwas von Gandalf nach einem Friseurbesuch. Weise, aber wahrscheinlich ein wenig eigenbrötlerisch. Tatsächlich, denkt sie, ist dieser charmante Gentleman mit dem verschmitzten Lächeln eine wahre Augenweide.

»Schön, dich mal wieder zu sehen, Emily«, sagt er. »Du siehst sogar noch umwerfender aus als sonst. New York scheint dir gut zu bekommen. Arbeitest du auch nicht zu viel? Oder ist das eine dumme Frage?«

Emily erwidert sein Lächeln. »Es ist toll, eine Pause zu machen. Das sind zwei sehr schöne Hunde«, kommentiert sie, als Buster wild kläffend durch Julias kleinen Garten rennt und Bruno sich auf den Boden plumpsen lässt, wobei er freundlich den Kopf auf Julias Schuh ablegt und leicht sabbert. »Der Kleine wirkt allerdings ein bisschen abgelenkt.«

»Ich wette, er hat eine Katze gesehen. Dann reagiert er immer so. Hat Julia sich kürzlich eine zugelegt?«

»Nein, aber …« Emily beugt sich vor, um über die Straße zu spähen. Ja, da auf dem Gehweg sitzt die kleine Tigerkatze und putzt sich die Schnurrhaare. Andy kommt heraus und blickt zu ihnen herüber, um in Erfahrung zu bringen, woher das Gebell kommt.

»Hallo, mein Freund!«, ruft Tristram. »Lange nicht gesehen. Ist das deine Katze?«

Andy zögert und überquert dann die Straße, um Tristrams ausgestreckte Hand zu schütteln. »Hi, Tris. Ich muss in zwei Minuten zurück, weil Tamsin auf eine Geschichte wartet. Sie guckt aus dem Fenster zu, um zu überprüfen, ob ich das neue Familienmitglied gefunden habe.« Er wirft Emily einen genervten Blick zu. »Vi ist bei ihr. Ich nehme an, man könnte mich als überbehütend bezeichnen, aber sie ist ja nur ein kleines Mädchen.«

»Natürlich gehst du nicht einfach raus, ohne dass jemand auf sie aufpasst. Das mache ich nicht mal bei diesen Jungs. Obwohl, fairerweise muss ich dazu sagen, dass Buster auch ein wenig irre ist. Letzte Woche ist er in den Ofen geklettert und hat drei heiße Portionen Hühnchen gefressen, mit Knochen und allem. Es ist ein Wunder, dass er überhaupt noch hier ist und deine Katze anbellen kann. Er hätte daran ersticken können, der dumme Junge.«

»Wir müssen wohl beide auf unterschiedliche Arten wachsam sein. Aber sag mal, wie läuft's in deiner Pommesbude?« Andy dreht Emily demonstrativ den Rücken zu und setzt sich.

Tristram lacht dröhnend, und Emily hebt die Augenbrauen.

»Ignorier ihn«, sagt Tristram. »Er ist ein Banause. Mein Fischimperium ist in ganz Südwestengland und darüber hinaus bekannt. Du musst unbedingt mal bei uns essen, bevor du in die Großstadt zurückkehrst. Vielleicht kann dich dieser junge Mann ja mal zu uns ausführen?«

Es folgt eine eisige Stille. Andy ist plötzlich sehr daran interessiert, sich mit Buster zu beschäftigen, der sich endlich beruhigt hat, sodass er ihn begrüßen kann, und Emily blickt aufs Meer und beobachtet ein Fischerboot, das auf den Hafen zutuckert.

Julia seufzt. »Du bist heute Abend sehr still, Andy«,

sagt sie, als sie sich entschieden hat, in den sauren Apfel zu beißen. »Hast du vorhin gesagt, dass ihr euch eine Katze zugelegt habt?«

»Eigentlich hat sie sich vielmehr uns zugelegt. Sie scheint uns adoptiert zu haben.« Andy vermeidet es immer noch, Emily anzusehen. »Vielleicht ist es noch so einer von Idas teuflischen Plänen. Aber das ist noch nicht alles, es sieht auch ganz so aus, als würde das arme kleine Tier bald Junge bekommen. Wäre eines davon nicht vielleicht etwas für dich, Julia? Tristram?«

Tristram lacht wieder schallend. »Stellt euch mal vor, was für ein Vergnügen es für uns wäre, ein Kätzchen von Busters Maul fernzuhalten und es gleichzeitig davon abzuhalten, unsere besten Garnelen zu fressen! Nein, danke. Aber, Julia, was ist denn mit dir? Ein Kätzchen macht viel Freude, und es könnte zu einer guten Gefährtin für dich heranwachsen.«

»Gefährtin? Die brauche ich nicht! Und wahrscheinlich würde ich nur noch verrückter wirken, wenn ich jetzt anfange, Katzen zu sammeln.« Julia zieht eine Grimasse.

»Verrückt? Wer hat dich so genannt? Nenn mir diesen Hund!«

Bruno, dem die Zunge seitlich aus der Schnauze hängt, sieht bei dem Stichwort auf und wedelt träge mit dem Schwanz. Julia beugt sich hinunter, um ihn zu streicheln. »Bis jetzt noch niemand, Tris, aber das ist nur eine Frage der Zeit. Eine allein lebende Witwe, die nicht viel rausgeht? Ich bin Freiwild.«

»Das ist das Unsinnigste, was ich je gehört habe. Du bist die Letzte, die man als schrullig bezeichnen könnte. Ist es nicht so?«, fragt Tristram, an Emily und Andy gewandt, und beide stimmen sofort zu und bestreiten vehement, dass irgendjemand Julias geistige Gesundheit infrage stellen könnte. Julia lächelt. Netter Versuch, ihr Lieben, denkt sie, aber damit täuscht ihr niemanden und mich schon gar nicht.

Emily gähnt und steht auf. »Also, wenn es euch nichts ausmacht, gehe ich jetzt ins Bett. Der Tag heute ist mir ewig lang vorgekommen. Nacht zusammen.«

Tristram und Andy erheben sich beide, als Emily ins Haus geht. Es gefällt Julia, dass sie sich wie Gentlemen benehmen können, aber trotzdem verspürt sie den dringenden Wunsch, Emily und Andy kräftig zu schütteln. Warum können sie sich nicht einfach vertragen? Sie hat wirklich keine Lust auf diese Streitereien.

»Du hast eine wunderschöne Enkelin, Julia«, sagt Tristram, »doch sie wirkt, als bräuchte sie dringend Erholung. Diese jungen Leute scheinen manchmal nicht zu wissen, wie man einfach mal innehält und das Leben genießt. Wie lange bleibt sie?«

»Vierzehn Tage, glaube ich, aber vielleicht kann ich sie überzeugen, noch ein bisschen mehr Zeit mit mir zu verbringen. Ich habe sie seit der Beerdigung nicht mehr gesehen, und ich würde sie wirklich gern länger hierhaben.«

»Nun, vielleicht kann Andy uns dabei ja behilflich sein?«

Andy starrt Tristram an. »Und wie sollte ich das bitte bewerkstelligen?«

»Na ja, die Buschtrommeln waren schon wieder fleißig, wie immer.«

»Ich kann dir nicht folgen.«

»Gestern Abend habe ich ein Pint mit meinem alten Freund George getrunken. Er hat mir erzählt, dass du morgen Abend einen Tisch für zwei im Cockleshell Bay reserviert hast, für dich und die junge Dame.«

»Ja, das stimmt, aber ich weiß nicht, ob sie jetzt noch Zeit hat.« Andys Miene versteinert, und seine Augen funkeln wütend.

»Du hast eine gute Wahl getroffen. Abgesehen von meinem schönen Betrieb ist es das beste Restaurant der Gegend, und du hast dich sicher daran erinnert, dass ich montags geschlossen habe. Bei George und Cliff kann man wirklich gut essen. Ihr wird es dort gefallen. Sie wird gar nicht mehr wegwollen, wenn sie Cliffs sämige Krabbensuppe probiert hat.«

»Und ich bin mir sicher, dass sie nichts anderes geplant hat«, fügt Julia hinzu. In Gedanken macht sie sich eine Notiz, vor nichts zurückzuschrecken, um Emily morgen Abend mit Andy aus dem Haus zu schicken. Sie ahnt jedoch, dass dies nicht leicht werden wird.

13

Emily liegt im Bett, lauscht dem Gesang der Vögel und dem fernen Meeresrauschen und fühlt sich zufriedener als in den letzten Monaten. Die Drosseln und Amseln im Garten singen aus voller Kehle, und die Schreie der Möwen ergänzen die Geräuschkulisse. Sie hatte das Fenster die ganze Nacht offen gelassen, und die Vorhänge bewegen sich sanft in der Brise, die den berauschenden Duft der Blüten unter der Dachtraufe hereinweht.

Leise schlüpft sie aus dem Bett und tapst über die lackierten Holzdielen, um sich vor das Fenster zu knien. Sie stützt sich mit den Ellbogen auf der Fensterbank ab und atmet den frischen Geruch des Meeres ein. Die Luft ist noch feucht, aber die Wolken bewegen sich heute zügig über den Himmel, und Emily hofft, dass die Sonne später wieder zum Vorschein kommt. Der Anblick des leeren Sandstrands raubt ihr den Atem. Ohne sich bewusst zu entscheiden, schlüpft sie in eine kurze Jeanshose und ein T-Shirt, ihr typisches Cornwall-Outfit, und schnürt die uralten Converse-Sneakers zu, die sie ganz unten im Kleiderschrank gefunden hat. Es ist noch nicht einmal fünf Uhr – damit hat sie genug Zeit für ein Abenteuer vor dem Frühstück.

Als sie auf Zehenspitzen die Treppen hinunterschleicht, muss Emily an all die anderen Male im Laufe der Jahre denken, als sie das getan hat. Sie lässt die knarzende dritte Stufe von oben aus, öffnet die quietschende Hintertür zentimeterweise, rennt den Weg zur Bucht hinunter und fühlt sich … frei. Ihre Großeltern waren keine Frühaufsteher, und sie hatte es nie geschafft, auf die beiden zu warten, selbst an regnerischen Tagen nicht. Sie hatte immer darauf geachtet, wieder da zu sein, lange bevor ihre Oma anfing, Speck und Eier zu braten. So bemerkte niemand etwas, und Emily konnte den Morgen genießen, bevor auch nur ein einziger Fußabdruck das perfekte Bild des Sandes störte.

Der scharfe Geruch von Salz und Seetang sowie das Versprechen auf Sonnenschein heben Emilys Laune, so wie es immer zu Anfang ihrer Urlaube hier geschieht. In Pengelly gleicht kein Tag dem anderen. Sie erinnert sich daran, dass May ihr einmal etwas erzählt hat, was ein früherer Liebhaber vor Jahren zu ihr gesagt hatte.

»Er meinte, ich wär wie das Wetter in Cornwall«, sagte May grinsend. »Sonnenschein in der einen Minute, dann Sturm und strömender Regen, der alles andere ausmerzt. Schwarze Wolken, manchmal dichter Nebel oder grelle Blitze, und dann lange heiße Tage, an denen die Zeit stillzustehen scheint.«

Emily war beeindruckt. »Er muss ziemlich vernarrt in dich gewesen sein, um solche Dinge zu sagen und deine Stimmungswechsel hinzunehmen.«

»Oh, ja, das war er, Liebes, eine Zeit lang. Da gibt es

keinen Zweifel. Und ich glaube, ich habe ihn mehr geliebt, als ich jemals irgendjemanden geliebt habe.«

»Was ist denn passiert?«

May beantwortete die Frage nicht und wechselte das Thema. Vielleicht wird Emily sie noch einmal danach fragen, wenn sie May dieses Mal trifft.

Die jähe Freude, wieder am Strand zu sein, lenkt Emily von ihren Gedanken ab, und sie joggt zum Wasser, löst die Schnürsenkel und zieht die Schuhe aus. Ihr Haar ist immer noch zu dem Zopf geflochten, den sie über Nacht getragen hat, und sie öffnet ihn schnell und lässt die Haare über die Schultern fallen, als sie ins Meer watet.

Bei der eisigen Kälte der ersten Wellen, die über ihre Zehen schwappen, erschaudert sie, aber sie geht weiter, bis das Wasser ihr zu den Knien reicht. Dann krempelt sie die ausgefranste Jeans so weit nach oben, dass man sie unter dem langen T-Shirt kaum noch sieht. Ihr Haar wird von der Meeresbrise zerzaust, und sie lacht vor Freude auf. Eine Welle wirft sie fast um, aber Emily hält ihr stand und genießt die Kraft der Strömung an den Waden und das Brennen des Salzwassers auf der Haut.

Nach ein paar Minuten stapft sie zurück zum Strand, sammelt ihre Schuhe auf und knotet sie an den Schnürsenkeln zusammen, damit sie sich sie um den Nacken hängen kann. In dem Moment bemerkt sie einen Lichtblitz in einem der Zimmer im Obergeschoss von Andys Haus. Eine Taschenlampe? Nein, es ist bereits zu hell.

Was dann? Eine Spiegelung? Glas? Ihre Gedanken rasen. Ein Feldstecher oder ein Teleskop. Er beobachtet sie heimlich. So ein Spinner.

Verärgert hebt Emily eine Hand und winkt in Andys Richtung. Sofort verschwinden die flackernden Lichtstrahlen. Ha, erwischt! Aber warum sollte Andy sie beobachten? Sie hätte gedacht, dass die meisten Dorfbewohner zu dieser unchristlichen Stunde noch tief schlafen würden.

Emily steuert auf das andere Ende der Bucht zu. Sie spürt den grobkörnigen Sand unter den nackten Füßen und versucht, das unangenehme Gefühl abzuschütteln, gestalkt zu werden. Vielleicht beobachtet er von dem Zimmer aus Vögel? Hier gibt es reichlich manische Vogelbeobachter. Aber wie spannend kann es sein, Möwen zu erspähen? Doch eher ermüdend, oder? Sie probiert es aus. Es wäre ungefähr so: Oh, da ist eine Möwe. Jap, da sind noch zwei weitere. Und noch mal drei … Nicht sehr inspirierend, würde man meinen.

Heute Abend ist sie mit diesem Mann zum Abendessen verabredet. Gestern Abend konnte er sich kaum überwinden, sie anzusehen, und jetzt verdirbt er ihr ihren morgendlichen Spaziergang. Wie soll sie einen ganzen Abend mit ihm überstehen? Wenn er wegen jeder Kleinigkeit, die sie sagt, beleidigt ist, wird es ein hartes Stück Arbeit. Max war wenigstens ziemlich dickhäutig, außer natürlich, man hat sein Ego angegriffen. So oder so, es ist auf jeden Fall an der Zeit für eine Pause von den Männern. Wer braucht sie schon?

Als sie weiterschlendert und hier und da stehen bleibt, um eine Muschel aufzusammeln, nimmt sie auf einmal ein Bellen wahr. Tatsächlich entdeckt sie zwei vertraute Umrisse, die größer werden, während sie sich ihr nähern. Ein hüpfender Körper mit kurzen Beinen, hellem, struppigem Fell, einem verrückt eingekringelten Schwanz und besorgtem Gesichtsausdruck, dicht gefolgt von einer soliden, schwarzen Masse mit langen Beinen. Buster saust auf Emily zu wie eine feuchte, wärmegesteuerte Rakete, wirft sich gegen ihre Beine und ist außer sich vor Freude, während Bruno hinter ihm hertrabt, um bei dem Spaß mitzumachen. Emily kniet sich hin, um die beiden zu streicheln, und wartet, bis Tristram seine Hunde eingeholt hat.

»Ich hoffe, die beiden haben dich nicht belästigt?«, fragt er, als er in Hörweite ist. »Sie haben dich vom anderen Ende des Strandes aus entdeckt. Sieht aus, als hättest du hier Freunde gewonnen.«

»Bruno ist ja gar nicht nass«, sagt sie, als Buster sich enthusiastisch ausschüttelt und Emily dabei von oben bis unten nass spritzt.

»Nein, er hat schreckliche Angst vor Wasser. Ich kenne keinen Labrador, der nicht gern schwimmt, das ist schon sehr merkwürdig.«

Emily streichelt Brunos weiche Ohren und krault Buster unterm Kinn. Sie fragt sich, ob in ihrer Wohnung wohl ein kleiner Hund erlaubt wäre, aber es ist ein sinnloser Gedanke, denn wer würde mit ihm Gassi gehen und ihm Gesellschaft leisten, wenn sie auf Reisen oder den ganzen Tag bei der Arbeit ist? Sie steht auf und streckt sich, während Buster zurück zum Wasser rennt und in die erstbeste große Welle springt, die er finden kann. »Ich wünschte …« Sie verstummt.

»Hattet ihr denn keinen Welpen, als du aufgewachsen bist?«

»Nein, wir sind nach München gezogen, als ich noch ziemlich jung war, und davor haben wir in Bristol gelebt. Meine Eltern haben immer gesagt, eine Stadt sei kein Ort für Hunde. Dafür haben sie mir ein Aquarium erlaubt.«

»Hmm. Schwierig, mit einem Fisch spazieren zu gehen.«

Sie laufen nebeneinander her den Strand entlang. Emilys Magen knurrt, und sie fragt sich, ob die Pfanne schon auf dem Herd steht, wenn sie zurückkommt. Das Frühstück bei ihrer Oma ist immer fantastisch – regionale Würstchen und geräucherter Speck, frische Eier vom Bauernhof mit goldenem Eidotter, gegrillte Tomaten, Pilze vom Hofladen … Emily läuft das Wasser im Mund zusammen.

»Wartet in New York ein junger Mann auf dich, Emily?«, fragt Tristram plötzlich.

Emily starrt ihn an, unsicher, ob ihr die Frage nicht zu persönlich ist. »Nein«, sagt sie schließlich. »Nicht mehr. Und was ist mir dir? Bist du verheiratet?«

»Gleiche Antwort: nicht mehr.« Er zieht eine Grimasse. »Meine Frauen sind alle schon längst fort.«

»Frauen? Klingt ja fast wie bei König Blaubart.«

»Nun, ich habe es mehrere Male versucht. Eigentlich ziele ich auf die gleiche Endsumme ab wie Heinrich VIII., zumindest erzähle ich das meiner Tochter immer. Aber natürlich ist das Unsinn. Ich denke, vier Frauen reichen, oder was meinst du?«

»Du warst viermal verheiratet?«

»Ja, und alle von ihnen waren bezaubernd – sie waren einfach nur nicht die Richtigen für mich, oder vielmehr war ich nicht der Richtige für sie. Ich bin nicht sehr gut darin, verheiratet zu sein. Zu unberechenbar, das war der Hauptkritikpunkt. Oh, und auch viel zu impulsiv. Ich scheine einfach nicht in der Lage zu sein, eine Frau glücklich zu machen, zumindest nicht auf Dauer.« Er grinst Emily an. »Allerdings schlage ich mich die erste Zeit immer ganz gut. Zu einem Kurzzeit-Ehemann hab ich das Zeug.«

Sie sind inzwischen am Ende der Memory Lane angekommen, und ohne dass sie es abgesprochen hätten, setzen sie sich auf eine der Bänke mit Blick auf die Bucht, Bruno zu ihren Füßen. An allen Bänken sind Messingtafeln angebracht, auf denen steht, welchen geliebten Verstorbenen sie gewidmet sind. Diese hier erinnert an *Arthur und Maud, die den Ausblick über den Strand von Pengelly geliebt haben.* Emily fragt sich, wie oft die beiden über den Strand spaziert sind, vielleicht Hand in Hand, verliebt, während sie ihre gemeinsame Zukunft geplant oder später in Erinnerungen geschwelgt haben. Arthur und Maud waren sich der Gefühle des jeweils anderen bestimmt sicher. Er versteckte gewiss nirgendwo heimlich eine Frau und eine Bande Kinder, und sie zweifelte seine Treue wahrscheinlich nie an.

Tristram sieht, dass Emily die Tafel gelesen hat, und verzieht angewidert das Gesicht. »Ich kannte die beiden, und sie konnten sich die meiste Zeit nicht ausstehen. Lass dich nicht täuschen. Ihr Sohn hat diese Bank aufgestellt, um sein Gewissen zu beruhigen, weil er sie nie besucht hat, aber man kann ihm eigentlich keinen Vorwurf daraus machen. Sie waren äußerst griesgrämig.«

Der Traum von dem händchenhaltenden Paar, das über die seichten Wellen im Wasser hüpft, platzt, und Emily ist zurück im Land des Zynismus. Gibt es überhaupt irgendjemanden, der glücklich mit seinem Partner ist? Emilys Mutter und ihr Vater können einander nicht ausstehen; Tristram hatte nie eine erfüllte Ehe, und sie ist jetzt freiwillig Single.

Tristram steht auf und ruft nach Buster, der sofort mit wedelndem Schwanz und flatternden Ohren angerannt kommt. Immerhin liebt ein Hund aus vollem Herzen. »Du gehst heute Abend mit Andy aus«, sagt Tristram.

»Das war so geplant. Aber jetzt scheint er nicht mehr so versessen darauf zu sein, und mir geht es nicht anders.«

»Das war keine Frage. Du wirst heute Abend mit meinem Freund Andy ausgehen. Dieser Mann kann einen netten Abend mit einer schönen Frau gut gebrauchen. Und du hast auch etwas Spaß verdient. Und damit Schluss.«

Tristram klopft Emily auf die Schulter, als wolle er den Worten damit ihre Schärfe nehmen, pfeift noch einmal nach seinen Hunden, und dann machen sie sich wieder auf den Weg über den Strand zurück nach Hause. Emily sieht ihnen nach und geht dann zu Julia zum Frühstücken. Sie kann den aufgebrühten Kaffee schon riechen. Und fürs Erste ist ihr das genug.

14

May wird früh wach, wie immer, und macht es sich kurz darauf in ihrem Korbsessel auf der Terrasse gemütlich. Sie ist ein wenig zerstreut, weil sie über ihre Eltern nachgedacht hat und ihre schemenhaften Gestalten heute Morgen sehr nahe zu sein scheinen. In Gedanken spielt sie immer wieder eine bestimmte Unterhaltung durch. Sie erinnert sich fast Wort für Wort daran.

»May, hattest du je den Eindruck, dass du … etwas anders bist als andere Menschen?«, fragte ihr Vater, als sie an einem Tag im Frühling über den Strand spazierten.

»Wie meinst du das, Pa?«

»Ich habe mitgekriegt, dass du Gegenstände sammelst. Ich weiß, was sie dir bedeuten. Wir beide sind anders, du und ich. Meine Mutter war genauso.«

Danach hielt er inne und fuhr sich mit den Händen durch das rote Haar, bis es in alle Richtungen abstand. May setzte sich auf einen Felsblock und wartete, die Augen weit aufgerissen. Sie fühlte sich, als ob sie am Abgrund einer Klippe stünde. Einer sehr hohen Klippe.

»Sprich weiter«, sagte sie.

»Als Jugendlicher habe ich zum ersten Mal bemerkt, was für ein Gefühl die Besitztümer anderer Menschen in mir auslösen. Nicht in allen, aber in einigen Gegenständen steckte eine ungewöhnliche Energie …«

May hielt den Atem an.

»Es war das Gefühl der Euphorie, das sie in mir ausgelöst haben. Eine Art Vibrieren, könnte man sagen, und manchmal hielt es mehrere Stunden an. Ich war gesundheitlich angeschlagen. Ein Ausbruch von Keuchhusten hat mich geschwächt, aber als ich mich wieder meiner Sammelleidenschaft widmete, fühlte ich mich schnell stärker und gesünder.«

»Aber Pa, ich spüre es auch – das Vibrieren.«

»Das weiß ich.« Er seufzte tief. »Ich bin mir nur nicht sicher, ob das gut oder schlecht ist.«

»Warum sagst du das?«

»Weil ich vermute, dass du und ich die Gabe haben, Erinnerungen aus gewissen Objekten zu ernten. Mir ist aufgefallen, mit welcher Leidenschaft du alte Dinge sammelst, und ich habe deinen Gesichtsausdruck gesehen, wenn du zum ersten Mal etwas in der Hand hältst, das du … sagen wir mal, akquiriert hast. Würdest du es mir noch mal zeigen? Ich habe hier etwas, das ein wenig speziell ist.«

Er holte einen Sovereign aus der Tasche und reichte ihn ihr. May sah auf die große Münze in ihrer Handfläche. Sie hielt das Geldstück fest, konzentrierte sich auf seine glänzende Oberfläche und ließ ihre Gedanken auf Wanderschaft gehen. Die entstehende Flut aus verworrenen Erinnerungen ließ sie keuchen, und dann empfand sie nur noch reine Glückseligkeit.

»Ich wollte dich mal dabei erleben.« Mays Vater lächelte sie ein wenig traurig an. »Es ist genau so, wie ich dachte.«

»Aber was bedeutet das? Und was ist mit deiner Mutter passiert?« May war inzwischen kurz davor, panisch zu werden. Es war eine Sache, die Empfindungen, die in ihr ausgelöst wurden, erklärt zu bekommen, aber wollte sie die Antwort auf diese Frage wirklich hören? Was, wenn sich durch die Fähigkeit, die sie mit ihrem Vater gemeinsam hatte, ihr Leben verändern würde, und zwar nicht zum Guten? Sie gab ihm die Münze zurück und hielt die Hände hoch, mit den Handflächen nach außen, als ob sie ihn von sich wegschieben wollte. »Vielleicht musst du gar nicht mehr dazu sagen.«

»Doch, das muss ich. Wir sollten so viel wie möglich darüber wissen, was mit uns passiert, wenn wir all diese Erinnerungen aufsaugen. Wie du weißt, ist Ma während einer Grippewelle gestorben, aber sie wirkte immer erstaunlich jung für ihr Alter. Alle haben das gesagt. Und sie hat mit Begeisterung antike Puppen gesammelt. Du siehst ihr übrigens sehr ähnlich.«

May hatte noch nie auch nur versucht, ihr Talent in Worte zu fassen. Es war Teil ihres Lebens, solange sie zurückdenken konnte. In ihrer ersten richtigen Erinnerung liegt sie im Kinderwagen im Garten und sieht hinauf in die Bäume, deren Äste sich in der Brise bewegen, und schon zu dem Zeitpunkt war ihr die Kraft bestimmter Objekte bewusst. Die Schnur mit winzigen Holztierchen, die am Kinderwagen über ihr hing, um sie zu erheitern, war eine stete Quelle der Freude. Später, als sie viel älter war, fand May heraus, dass das Mobile ihrer Großmutter gehört hatte, als diese noch ein Baby gewesen war. Die Echos daraus versorgten sie sogar noch Jahre später mit einem tiefen Glücksgefühl.

Ihren Vater über ihr gemeinsames Talent sprechen zu hören war enorm erleichternd, wenn auch beängstigend. May schloss die Augen und zählte bis zehn, in der Hoffnung, dass sie nicht weinen würde. Das hier war zu wichtig, um es jetzt zu verderben, weil sie wie ein Baby losheulte.

Ihr Vater räusperte sich. »May, wie alt warst du, als du bewusst bemerkt hast, dass die Erinnerungen auf dich übergehen?«

May schloss die Augen und dachte nach. Die diffusen Gefühle und Vermutungen waren im Laufe der Jahre stärker geworden, aber die entscheidende Erfahrung hatte sie an ihrem achten Geburtstag gemacht, als sie mit ihren Eltern nach London gefahren war und sie mit ihr ins Britische Museum gegangen waren.

»Erinnerst du dich an den Ausflug nach London?«, fragte sie ihren Vater. »Ich war völlig überwältigt von den Erinnerungen dort.«

»Natürlich. Deswegen habe ich deine Mutter überzeugt, dass du ein wenig Kultur in deinem Leben brauchst. Ich dachte, es wäre der endgültige Beweis dafür, dass du mein Talent geerbt hast, wenn man es so nennen kann. Ich hätte allerdings nicht erwartet, dass es so eine starke Wirkung auf dich hat. Du bist in der altorientalischen Sammlung vor der Keramik ohnmächtig geworden.«

»Ich hatte schreckliche Angst. Es fühlte sich an, als wäre ich richtig in die Vergangenheit eingetaucht. Ich bin darin fast ertrunken.«

»Weißt du noch, wie ich danach versucht habe, mit dir über all das zu sprechen? Du hast dichtgemacht und wolltest über nichts reden, was mit deiner Fähigkeit zu tun hatte.«

Sie nickte. Es war ihr alles zu beängstigend erschienen, um es auch nur zu erwähnen. Ihre Gedankenernte war privat und so wertvoll, dass May sie nicht in Worte fassen mochte, für den Fall, dass sie dann wieder verschwand. Das vage Gefühl, ungewöhnlich zu sein, war immer stärker geworden, je älter sie wurde, aber sie hatte Angst gehabt, ihr spezielles Talent zu verlieren, wenn sie darüber sprach.

Nach dieser Unterhaltung redete ihr Vater öfter mit ihr über ihre gemeinsame Fähigkeit, und in ihren Diskussionen arbeiteten sie immer mehr heraus, was jedes Mal geschah, wenn sie ein Echo aus dem Kopf eines anderen stahlen.

»Kann es also sein, dass wir ewig leben, Pa?«, fragte May nach einem eher zermürbenden Gespräch.

»Nein, aber ich halte es für gut möglich, dass wir eine sehr lange Zeit leben, Liebes«, erwiderte er. »Das Traurigste daran ist, dass ich deine Mutter nicht dazu bringen kann, es zu akzeptieren. Sie weigert sich, überhaupt nur darüber zu sprechen.«

»Aber das ist ja auch kein Wunder, wenn sie nicht das tun kann, was wir können. Wir werden beide immer weiterleben, und Mum wird einfach sterben.« May stiegen Tränen in die Augen, und Pa hielt sie fest im Arm.

»Das Problem ist, ich bin mir nicht sicher, ob es andere Menschen beeinträchtigt, May.«

»Wie meinst du das?«

»Nun, ich gebe mir sehr große Mühe, sparsam zu sein. Wenn die Erinnerungen in meinen Körper fließen, müssen sie doch sicher den eines anderen Menschen zur selben Zeit verlassen, oder? Deswegen sind Museen eine gute Quelle für dich, wenn du mal dringenden Bedarf hast. Niemand besitzt die Ausstellungsstücke, daher hoffe ich, dass auch niemand leidet.«

»Was ist mit den alten Dingen, die ich kaufe? Wenn eine Person etwas schon weggegeben hat, braucht sie die Erinnerungen darin doch nicht mehr, oder?«

Er seufzte. »Ich weiß es nicht. Ich hoffe nicht. Sei einfach vorsichtig, May. Werde nicht gierig, das ist alles.«

May starrt aufs Meer. Sie *wird* langsam gierig, was Julias Briefe angeht. Der armen Frau werden wertvolle Gedanken entzogen, die nur ihr selbst gehören sollten. Kann May aufhören, bevor sie noch mehr Schaden anrichtet? Sie ist sich nicht sicher, ob sie das jetzt noch schafft. Wenn nur ihr Vater hier wäre und sie ihn um Rat fragen könnte.

Tatsächlich irrte er sich, was sein langes Leben anging, denkt May, als sie auf die vergangenen Jahre zurückblickt. Hitler hatte andere Pläne für ihren Vater. Ihr ist jetzt ein wenig kalt, deswegen steht sie auf und humpelt ins Haus, wo sie sich mit einem erleichterten Ächzen aufs Sofa sinken lässt. Die alte Traurigkeit überfällt sie manchmal immer noch. Pa reiste im Frühjahr 1941 nach London, in der Hoffnung, seinen ehemaligen Tutor an der Universität zu einer Gruppe enthusiastischer Gleichgesinnter sprechen zu hören. In seinem Vortrag sollte es um die Bedeutung bahnbrechender neuer Forschungen auf dem Gebiet der Genetik gehen. Es war eine lang ersehnte Veranstaltung, und er sprudelte nur so über vor Aufregung, aber Mays Mutter flehte ihn an, nicht daran teilzunehmen.

»Bist du verrückt, Bernard?«, fragte sie. »Der Blitzkrieg ist noch nicht vorbei. In den Zeitungen steht, dass da noch etwas kommt. Es ist viel zu riskant.«

»Ich muss gehen. Es könnte meine letzte Gelegenheit dazu sein. Hardcastle hält heutzutage kaum noch Vorträge. Man hört, dass er gesundheitliche Probleme hat. Und ich werde ja sowieso nicht in einer gefährlichen Gegend sein. Die Veranstaltung findet in einem Außenbezirk statt. Das wird schon gutgehen.«

Es ging nicht gut. Mays Mutter kam nie über den Verlust ihres Lebensgefährten hinweg, sie erlag einer Lungenentzündung, kurz nachdem der Krieg vorbei war. May vermisst die beiden bis heute, und das wird sie immer tun. Ihre geliebten Eltern.

Sie hört ein leises Klopfen an der Hintertür, und eine Stimme ruft: »May? Bist du da? Kann ich reinkommen?«

»Bist du das, Emily?«

»Ja. Ich möchte gern mit dir über Oma sprechen. Ich habe ihr erzählt, dass ich dein Cottage sehen will. Und es stimmt auch, ich will es wirklich sehen.«

Emily weht in den Raum wie ein frischer Lufthauch und vertreibt Mays trübe Gedanken. Sie riecht sogar nach Frische und Heiterkeit. Ihre Haare fließen über ihren Rücken, zerzaust und golden in der Morgensonne, und ihre Kleidung drückt Tatendrang aus, ausgebleichte Jeans und ein kariertes Hemd mit aufgekrempelten Ärmeln.

May betrachtet Emily mit schief gelegtem Kopf. Obwohl sie sich nicht oft getroffen haben, hatten sie immer eine Verbindung, die Art von Verbindung, die generationenübergreifend ist. Diesmal ist irgendetwas anders an dem Mädchen.

»Nun, ich freue mich, dich zu sehen, Liebes«, sagt May strahlend. »Aus irgendeinem albernen Grund war ich gerade etwas traurig, aber wir können ja ein Tässchen Tee trinken … oder Kaffee, wenn dir das lieber ist? Und dann kannst du mir all deine Neuigkeiten erzählen und mich auf den aktuellen Stand bringen. Du musst ja ein ziemlich hektisches Leben führen, bei deiner aufregenden Arbeit … Karriere, vielmehr.«

Emily hört nur mit halbem Ohr zu. Sie sieht sich in Mays Wohnzimmer um, ihre Augen leuchten.

»Dein neues Zuhause ist großartig, May. Hier sind so viele interessante Dinge, die man sich angucken kann. Du hast gar nicht alles aus dem großen Haus mit hierhergebracht, dadurch ist es leichter, die Sachen zu entdecken, die wirklich kostbar sind.«

May sieht sich ebenfalls um und stellt sich vor, ihr gemütliches Wohnzimmer zum ersten Mal zu betreten. Es muss einem jungen Menschen ganz schön merkwürdig vorkommen. Sie hat ihre Lieblingsgegenstände behalten, deswegen ist das Cottage ziemlich vollgestopft, aber, genau wie Emily sagt, ein paar weniger wichtige Kleinteile sind verschwunden. Ihren Esstisch ziert eine weinrote Tischdecke aus Chenille mit langen Fransen, und darauf steht mittig ein Messingtopf, in dem eine schöne Schattenblume steckt. Die Stühle passen nicht zueinander und wurden eher nach Komfort als nach Aussehen ausgesucht, einige sind mit verschlissenem Brokat bezogen, und andere sind aus geschnitztem Holz und haben leiterähnliche Rückenlehnen sowie Sitzpolster in leuchtenden Farben.

An einer Wand reihen sich Bücherregale aneinander, vollgestopft mit all den Büchern, von denen sie sich nicht trennen konnte. Ihre Eltern waren richtige Leseratten, und seit ihrem Tod hat May die meisten der Romane wieder gelesen. Sie sieht darin eine Möglichkeit, ihnen nahezubleiben.

»Ich fand dein altes Haus schon so toll«, sagt Emily, »und du musst eine ganze Menge Kram losgeworden sein, als du hergekommen bist, aber deine wahren Schätze sind noch da. Hast du schon immer schöne Dinge gesammelt?«

»Ja, das könnte man wohl so sagen. Sogar noch mehr, als ich anfing, die Welt zu entdecken.«

Emily gibt ein aufmunterndes Geräusch von sich.

Wie May weiß, hörte Emily die Geschichten aus ihrer Vergangenheit bereits gern, seit sie alt genug ist, um die richtigen Fragen stellen zu können. May fängt an, von ihren Reisen zu erzählen. Das meiste hat Emily über die Jahre schon gehört, aber sie lehnt sich im Stuhl zurück und lauscht zufrieden.

Die Flitterwochen mit Charles in Venedig haben Mays spät entwickeltes Fernweh erst richtig zum Leben erweckt. Charles war überhaupt nicht begeistert von ihrem Urlaub – er hielt nichts davon, »woanders« zu sein –, aber May war verzaubert von all dem Neuen und den vielen Erlebnissen.

Als sie wieder nach Hause kamen und Charles in Mays Elternhaus zog, das sich ohne ihre Eltern immer noch viel zu groß anfühlte, begann May sofort, ihre nächste Reise zu planen. Charles, der unerfahren in den sozialen Aspekten des Ehelebens war und seine Routine nicht ändern wollte, zog es oft in den Pub, wo er mit ein paar Kumpanen Backgammon spielte. Das gab May reichlich Zeit, um über ihrer Kartensammlung und den Atlanten zu brüten und Pläne zu schmieden.

Sie war völlig frei und ungebunden. Zwei Jahre zuvor hatte sie eine neue Stelle in einer Bank angetreten, die sie wegen ihrer Hochzeit aufgeben musste, genau wie alle anderen verheirateten Frauen in derartigen Positionen. Charles war kein sehr warmherziger Mann, und May vermutete, dass er ihre wachsende Leidenschaft fürs Reisen nur deshalb unterstützte, damit er sie eine Zeit lang los war. Aber das entmutigte sie nicht.

Auf der ersten Entdeckungsreise, die sie allein unternahm, fuhr sie mit dem Zug nach Schottland. Als sie ihre vierte Reise antrat – inzwischen wagte sie sich auch nach Übersee und machte eine Radtour durch die Bretagne –, war Charles ihre langen Abwesenheiten gewohnt, genau wie die Nachbarn im Dorf.

»Hast du viele Schätze von deinen Reisen mitgebracht?«, fragt Emily. »Ich kann nirgendwo hinreisen, ohne dort bemaltes Keramikgeschirr zu kaufen. Ich habe so viel davon, dass ich meinen eigenen Souvenirladen eröffnen könnte.«

May erzählt Emily von einigen der Kostbarkeiten, die sie angesammelt hat, und achtet dabei darauf, nicht zu sehr ins Detail darüber zu gehen, wie diese in ihren Besitz gelangt sind. »Aber am besten gefallen mir alte Erinnerungsstücke«, sagt sie, »Dinge mit einer eigenen Geschichte.«

»Darf ich welche von ihnen sehen?«

»Natürlich. Bleib hier, ich hole ein paar.«

Emily reißt überrascht die Augen auf, als sie fünf Minuten später auf eine Reihe Objekte blickt, die May auf dem Tisch ausgebreitet hat. Sie hat sie in einem Weidenkorb hereingetragen, aber jetzt liegen sie in all ihrer Pracht auf der Tischdecke.

»Hier ist etwas, das dir gefallen wird.« May hebt eine flache blaue Schüssel hoch, die mit blassgelben Zitronen bemalt ist. Sie war wesentlich zarter als die rustikale Keramik, von der sie glaubt, dass Emily sie bevorzugt.

»Die sieht sehr alt aus. Hast du sie in einer Töpferei

oder in einem Laden gekauft? Ich hole meine immer am liebsten direkt vom Hersteller, wenn das möglich ist.«

May meidet Emilys Blick. »Oh … das weiß ich gar nicht mehr. Das war vor langer Zeit in Sorrent. Sieh mal, hier ist noch etwas, was ich von derselben Reise nach Italien mitgebracht habe.«

Sie hält Emily eine kleine Holzfigur hin, und Emily erkennt die vertrauten Züge von Pinocchio. Er ist ein wenig ramponiert, und ein Stück seiner langen Nase fehlt.

»Ich glaube, du wurdest über den Tisch gezogen, wenn du den gekauft hast«, sagt Emily. »Er sieht ein bisschen abgenutzt aus.«

May erinnert sich ein wenig beschämt an den Moment, als sie bemerkte, dass das kleine italienische Mädchen vom Nebentisch, mit dem sie sich unterhalten hatte, ihr Spielzeug vergessen hatte. Pinocchio lag verwaist auf dem Tisch des Cafés, als das Mädchen an der Hand ihres Vaters davonhüpfte. May nahm an, dass es später Ärger geben würde, wenn der Verlust bemerkt wurde. Sie hatte immer noch Zeit, sie zurückzurufen. Stattdessen nahm May die kleine Puppe und hielt sie fest in der Hand. Der süße Rausch kindlicher Erinnerungen brach über sie herein wie eine Springflut, gefolgt von älteren Erinnerungen bis in die Werkstatt, in der die Figur hergestellt worden war. Atemlos und aufgewühlt schob sie Pinocchio tief in ihre Tasche und eilte zurück in ihre Pension.

»Und hier ist ein wunderschöner Armreif«, sagt May schnell.

Emily nimmt den schweren silbernen Armreif in die Hand und gleitet mit den Fingern über die Gravur. Er ist mit Edelsteinen besetzt, die glitzern, als Emily, die nicht länger widerstehen kann, den Reif um ihr Handgelenk legt. »Wow. Der muss ein Vermögen gekostet haben. Wie viel hast du dafür gezahlt?«

»Ach, na ja, Geld ist dazu da, ausgegeben zu werden. Lass mich dir von den anderen Teilen erzählen.«

»Hast du dich mittlerweile in diesem gemütlichen kleinen Cottage eingelebt?«, fragt Emily, als May schließlich außer Atem ist. »Es ist perfekt, oder? Aber, na ja, ich habe mich ablenken lassen, so wie immer. Eigentlich bin ich gekommen, um dich zu fragen, wie du Oma zurzeit erlebst. Ihr habt euch die letzten Tage ziemlich oft getroffen, oder?«

»Ja, wir verstehen uns ganz gut, danke.« May fragt sich, wohin diese Unterhaltung führen wird. Sie hat ein ungutes Gefühl, und plötzlich fröstelt sie ein wenig.

»Ich mache mir große Sorgen, May. Es scheint so, als würde Oma alles Mögliche vergessen. Andy hat mich wissen lassen, was im Moment los ist, und ich bin froh darüber. Sie wirkt so zerbrechlich, auch wenn sie darauf beharrt, dass es ihr große Freude macht, die Briefe durchzusehen.«

»Herrje.«

»Zuerst dachte ich, dass sie doch eher fröhlich und munter wirkt, aber heute ist sie so müde, dass sie ein Nickerchen auf dem Sofa hält, und es ist noch nicht mal Mittag.«

»Verstehe.«

Emily wartet darauf, dass May diese Bemerkung weiter ausführt, aber sie schweigt. May greift nach ihrer karierten Decke und legt sie sich über die Beine. Die angenehme Wärme des Tages erreicht ihren Körper nicht mehr. Was soll sie tun? Sie braucht unbedingt die belebende Energie der Briefe, aber Julia leidet ganz offensichtlich, und es wird immer schlimmer werden, wenn sie so weitermacht.

Ihr Vater hatte recht. May hätte nie so habgierig werden dürfen. Hier und da kleine Gegenstände zu nehmen hatte keinen großen Effekt auf ihre Nachbarn, zumindest glaubt sie das, aber jetzt ist es ernst geworden. Und dummerweise hat sie auch noch zugelassen, dass ihr die Frau ans Herz gewachsen ist, die den Schlüssel zu ihrem Traum, den magischen Geburtstag zu erreichen, in der Hand hält.

Emily keucht auf, als Mays blassen Lippen ein Stöhnen entweicht.

»Fühlst du dich krank, May?« Emily kniet sich vor sie hin.

May schüttelt den Kopf. Krank zu sein wäre vergleichsweise einfach.

15

Andy macht sich mit gemischten Gefühlen für seine abendliche Verabredung zurecht. Er hat bei Julia angerufen, um sicherzugehen, dass Emily auch wirklich immer noch vorhat, mitzukommen – sie war gerade unter der Dusche, als er anrief, was er als gutes Zeichen wertet. Es ist ein bisschen beängstigend, zu etwas aufzubrechen, das sich erschreckend nach einem Date anfühlt, vor allem, wenn es mit jemandem ist, der der Meinung ist, er sei ein Helikopter-Vater. Wenn dieser Abend ein Erfolg werden soll, muss er seine Kränkung hinter sich lassen und von vorn anfangen. Es ist nur wichtig, dass sie über Julia reden und entscheiden, ob sie im Moment noch irgendetwas anderes tun müssen, als sie im Auge zu behalten.

Als er hört, wie Violet ins Haus kommt und die Treppe hinaufruft, wirft Andy einen letzten Blick in den Spiegel und entscheidet, dass er sein Bestes gegeben hat. Er schnappt sich seine Geldbörse und geht nach unten, wobei er unterwegs noch Tamsin umarmt und ihr finstere Konsequenzen androht, sollte sie nicht ins Bett gehen und dort bleiben, wenn Vi es anordnet. Allerdings ist die Wahrscheinlichkeit sowieso ziemlich gering. Vi ist durch nichts aus der Fassung zu bringen, sie ist Tamsin mehr als gewachsen. Nicht zum ersten Mal denkt er, wie viel Glück sie haben, dass Vi ihre Nachbarin ist.

»Hallo«, grüßt Violet, als Andy in die Küche kommt. »Wow, du siehst fantastisch aus! Du solltest dich öfter so ins Zeug legen.«

Sie kommt zu ihm und streicht über sein Revers. Vi ist eine kleine Frau und ein richtiges Energiebündel. Sie muss sich auf die Zehenspitzen stellen, um ihm durch die Haare fahren zu können. »Ich mag das raue und zerzauste Aussehen«, sagt sie. »Ein bisschen wie Aidan Turner.«

»Ach, hör auf. Eher wie Worzel Gummidge, die Vogelscheuche«, antwortet er, obwohl er sich insgeheim freut.

May werkelt in ihrem Garten vor sich hin, als Andy das Haus verlässt. Sie ist in letzter Zeit sehr vorsichtig, fällt ihm auf, und benutzt immer ihren Gehstock auf den unebenen Wegen.

»Viel Spaß!«, ruft sie und winkt mit ihrem Stock.

Andy zieht eine Grimasse. »Ich hoffe, den haben wir«, sagt er und spürt einen neuen Anflug von Besorgnis.

May zwinkert ihm zu und sieht ihm nach, als er zu Julias Haus läuft. Ihre Miene ist nachdenklich.

Emily steht in der Küche und unterhält sich mit Julia. Sie lächelt, als sie ihn entdeckt, was er als guten Anfang betrachten kann.

»Du siehst heute Abend richtig schick aus.« Julia kommt zu ihm, um eine Fluse von seinem Revers wegzuwischen. Warum machen Frauen das nur so gern? »Du solltest dich öfter so zurechtmachen.«

»Das hat Vi auch gesagt.«

»Das glaube ich sofort.« Julia schnuppert anerkennend. »Oh, du riechst auch gut. Ich mag den Duft von dezentem Rasierwasser – nicht zu blumig, nicht zu schwer. Don hatte seines auch immer gern aufgetragen. Ich weiß gar nicht mehr, wie seine Lieblingsmarke hieß. Irgendwas mit A, glaube ich.« Sie runzelt die Stirn.

»Ich habe ja nicht oft die Gelegenheit, mich schick zu machen. Das ist eine Ausnahme, und wie mir scheint, haben wir uns beide Mühe gegeben«, sagt Andy mit einem bewundernden Blick zu Emily.

Emily strahlt schon fast etwas Mittelalterliches aus. Sie trägt ein knöchellanges Baumwollkleid in einem sanften Graugrün, das mit winzigen Libellen gemustert ist. Der Ausschnitt ist gerade tief genug, um subtil ihr Dekolleté anzudeuten, und ihre Kette ist eine auffällige Kombination aus blauen und grünen Perlen, die in der Abendsonne glitzern, die durch Julias makellos geputzte Fenster hereinfällt. Emilys goldenes Haar fällt ihr offen über die Schultern, abgesehen von jeweils einem dünnen geflochtenen Zopf an der Schläfe, die nach hinten gebunden und mit einer silbernen Spange zusammengesteckt sind. In ihren flachen Sandalen ist sie kleiner als Andy und wirkt irgendwie schutzloser als gewöhnlich. Sie hat sich sogar die Zehennägel lackiert.

»Du siehst toll aus.« Er kann seinen Blick gar nicht von ihr lösen. »Ein bisschen wie Galadriel.«

Julia grinst. »Na, es hat sich offenbar gelohnt, ein Kleid herauszusuchen, Em, und Andy wird es sicher genießen, mit einer hübschen Frau unterwegs zu sein. Dann mal los, ihr beiden, habt einen wunderschönen Abend. Du hast ja deinen Schlüssel, oder?«

»Ja, du musst also nicht wach bleiben. Du brauchst deinen Schlaf.« Emilys Wangen sind gerötet von den Komplimenten. »Danke, dass ich mir die Kette leihen darf, Oma.«

»Na, sie wird dir sowieso bald gehören, da kannst du auch genauso gut jetzt schon etwas davon haben.«

»Sag das nicht – du wirst sie selbst noch sehr lange brauchen. Ich wünschte allerdings, wir hätten den Ring noch, dann könntest du ihn tragen.«

»Welchen Ring?«

»Du weißt schon, du hast mir doch von dem Opalring erzählt, der verschwunden ist.«

»Habe ich das?« Julia schließt die Augen, um besser nachdenken zu können.

Emily wirft Andy einen Blick zu und verzieht das Gesicht. »Ist ja auch egal. Es fällt dir bestimmt wieder ein. Im Moment hast du ja auch viel im Kopf. Bis später, und warte nicht auf mich.«

Plötzlich, als er Emily beim Einsteigen in das wartende Taxi hilft, kann er sich nicht mehr beherrschen, und ein wildes Gefühl der Freiheit ergreift von ihm Besitz. Sein Blick wandert zu Emilys Kurven, die sich unter dem weichen Kleid abzeichnen, und er zwingt sich, wieder wegzusehen. Sie wird ihn für einen Perversling halten, wenn er in ihren Ausschnitt starrt wie ein pubertierender Schuljunge. Aber sie sieht einfach umwerfend aus.

»Ich bin echt froh, dass wir das heute Abend machen«, krächzt er. Oh, verdammt. Selbst seine Stimme verrät ihn.

Emily lächelt. »Weißt du, was? Ich auch. Es ist schön, völlig ohne Hintergedanken mit einem Typen auszugehen. Einfach nur als Freunde. Findest du nicht?«

»Oh, ja. Natürlich.« Andy atmet tief ein und dreht sich ein wenig von ihr weg, um aus dem Fenster zu schauen. Nur Freunde. Vergiss das nicht, Kumpel, sagt er sich.

Sie sind schon bald am Restaurant angekommen. Andy bezahlt den Taxifahrer und geht mit Emily hinein, wobei er sie leicht am Ellbogen hält, um sie die Steintreppen hinauf und in die gedämpft beleuchtete, duftende Wärme von *Cockleshell Bay* zu führen. Das Restaurant hat kleine Fenster und eine niedrige Decke, aber die Aussicht von der Terrasse, deren Doppeltüren weit geöffnet sind, ist atemberaubend.

George heißt die beiden mit ausgebreiteten Armen willkommen. Er ist ein Hüne von einem Mann, der gern jedes Gericht auf der Karte ausgiebig probiert, bevor es den Gästen angeboten wird. »Andy, mein Freund. Schön, dich zu sehen. Und du hast eine bezaubernde Dame in unser kleines Lokal mitgebracht. Kennen wir uns schon, oh hinreißende Schönheit? Nein, das kann nicht sein – diese Haare und diese umwerfenden saphirfarbenen Augen würde ich nie vergessen. Eine Elfenkönigin in unserer Mitte.«

Emily errötet. »Ich war noch nie hier«, sagt sie, »aber

wenn Sie weiter so mit Komplimenten um sich werfen, komme ich garantiert wieder, um mehr davon zu hören. Dieses ganze Galadriel-Gerede gefällt mir.«

»Das hier ist Emily, Dons und Julias Enkelin«, sagt Andy.

»Natürlich. Jetzt weiß ich, warum mir diese Augen bekannt vorkommen.«

George führt sie zum besten Tisch, damit sie aufs Meer sehen können, und bringt ihnen eine Karaffe mit eisgekühltem Wasser. Das Abendlicht ist zu dieser Zeit am allerschönsten, denkt Andy. Außerdem werden sie gleich eine fabelhafte Sicht auf den Sonnenuntergang haben. Es ist ein romantisches Lokal. Ist es falsch von ihm, so zu denken? Emily scheint keine Ahnung zu haben, was sie bei ihm auslöst. Sicher würde es Allie nichts ausmachen, wenn er nach all der Zeit ein Auge auf eine andere Frau wirft, oder? Es sind schon mehr als sechs Jahre vergangen, um Himmels willen. Na gut, wenn man diese eine Nacht mit Candice nicht mitzählt …

»Es ist so schön, mal nicht durch die Gegend zu jagen und sich eine Weile entspannen zu können.« Emily prostet Andy mit ihrem Wasserglas zu und betrachtet dann die Bucht.

»Ja, ich vermute, deine Welt ist ziemlich hektisch, verglichen mit diesem Ort hier, oder?«

»Bei der Arbeit ist sehr viel los, das stimmt.«

»Und … in deinem Privatleben? Ich will nicht zu neugierig klingen, aber bist du zurzeit … in einer Beziehung?«

Emily öffnet den Mund, um etwas zu sagen, doch genau in dem Moment geht mit einem Vibrieren eine Nachricht auf ihrem Handy ein. Sie holt es aus der Tasche und wirft einen Blick darauf. »Tut mir leid, Andy, ich will nur sichergehen, dass es nicht Oma ist.«

Er beobachtet, wie ihre Lippen schmal werden, als sie die Nachricht liest. Also ist es wahrscheinlich nicht Julia – wenn es ein Notfall wäre, hätte sie angerufen, statt einen Roman zu schreiben, oder? Während Andy wartet, wird ihm schwer ums Herz. Emily steckt das Handy wieder in die Tasche und starrt aus dem Fenster, dabei scheint sie die wunderschönen Farben gar nicht zu bemerken, die sich jetzt über den Himmel ziehen.

»Emily?«

Sie seufzt und richtet ihre Aufmerksamkeit mit einiger Anstrengung wieder auf ihn. »Tut mir leid, das war wirklich unhöflich von mir. Ich habe mich nur gefragt, ob bei ihr alles okay ist. Aber die Nachricht war nicht von Oma.«

»Nein, danach sah es auch nicht aus.« George erscheint mit den Speisekarten und spendiert jedem von ihnen ein Glas Prosecco, aber Andy hat fürs Erste das Interesse am Essen und am Wein verloren. »War es denn eine Nachricht von jemandem, der dir viel bedeutet?«

»Nicht mehr. Er heißt Max. Im Moment ist er in den Staaten, aber wie es aussieht, kommt er hierher. Ein Überraschungsbesuch. Sein Flieger landet morgen.«

Der Abend verstreicht, während sie hervorragende Paella essen und einen sehr guten Chablis trinken. Der

Himmel malt goldene, bernsteinfarbene und dunkelblaue Streifen, aber an diesem Abend weiß Andy den Anblick nicht zu schätzen. Dann kommt also irgendein Typ namens Max. Klasse. Gerade als alles anfing, sich zusammenzufügen.

Zurück in Shangri-La ist May sogar noch tiefer in Gedanken versunken als Andy. Es hat sie aufgewühlt, zu sehen, wie diese beiden jungen Menschen losgezogen sind, um einen schönen Abend miteinander zu verbringen. Sie macht es sich auf der Veranda gemütlich, um der Sonne bei ihren Spielereien mit der Farbpalette zuzusehen, und hofft inbrünstig, dass Andy und Emily kurz davorstehen, zu bemerken, dass sie mehr als nur freundschaftliches Interesse aneinander haben. Es ist höchste Zeit, dass dieser wundervolle Mann mal etwas Spaß hat, und sie glaubt, dass Emily genau das richtige Mädchen ist, um ihn aufzumuntern. Ihre Gedanken springen weiter zum Thema Hochzeit, und sie muss über sich selbst lachen, da ihr bewusst wird, dass sie gerade die nächsten fünfzig Jahre für die beiden plant.

Als sie auf ihre eigene Eheschließung zurückblickt, verzieht sie das Gesicht. Obwohl die Hochzeit Ende Juli stattfand, hatte der Tag mit Nebel und Kälte begonnen. May und Charles hatten sich für eine sehr kleine Feier mitten in der Woche entschieden – sie wollten die Straße zur Kirche zusammen entlanglaufen und nach der Zeremonie am Strand Fish & Chips essen, zusammen mit Charles' engstem Freund Cyril und Mays älterer und äußerst charmanter Tante Barbara, die extra aus Exeter angereist war, um zu sehen, wie sie »ordnungsgemäß« verheiratet wurde.

Als es dann so weit war und sie sich für den Tag zurechtmachte, wurde May von einer verzweifelten Sehnsucht nach ihren Eltern und nach der wesentlich extravaganteren Feier überwältigt, die sie sich für ihre Tochter gewünscht hätten. Mays Hände zitterten, als sie versuchte, ihre Haare anständig zu frisieren.

Das ist nichts Ungewöhnliches, sagte sie sich energisch, während sie tief durchatmete. Viele Bräute und Bräutigame müssen sich künstlicher Mittel bedienen, um die Nerven zu beruhigen. Doch mit einem Mal wusste sie, dass sie es nicht durchziehen konnte, es sei denn … Sie wollte auf keinen Fall Brandy trinken und dann eine Schnapsfahne haben, wenn sie sich vor den Pfarrer stellte, oder auf den Kirchenstufen stolpern. Es blieb nur ein Weg. Sie griff in die Schublade ihres Ankleidetisches und zog ein Stoffbündel heraus. Tante Barbara, die angesichts der fehlenden Festlichkeit der Feier bekümmert gewesen war, hatte darauf bestanden, dass die Braut auch bei einer einfach gehaltenen Hochzeit der Tradition folgen muss, etwas Altes, etwas Neues, etwas Geliehenes und etwas Blaues zu tragen. Mays Kleid war neu und gleichzeitig blau, ihre Sandalen waren von letztem Jahr, und das Geliehene war in dem Bündel eingewickelt, das nun auf ihrem Schoß lag.

Sie schlug den Stoff vorsichtig auseinander und hob

die Halskette in das gedämpfte Licht der Glühbirne über ihr. Die Kette funkelte leise vor sich hin, mehrere Reihen Amethyste an goldenen Kettchen. Als May sie sich um den Hals legte und an dem Verschluss fummelte, schrie sie laut auf, so überwältigend waren die Wellen der Freude, die von den Juwelen ausgingen. Sprudelnde Bläschen des Vergnügens brachten sie wieder auf die Füße, und ihr Blick fiel auf ihr Spiegelbild an der Wand. Ihre Augen leuchteten, verschwunden war der besorgte Ausdruck. Sogar ihr Haar wirkte lebendiger, es knisterte vor Energie und lockte sich ausnahmsweise mal auf genau die richtige Weise.

Mays Hochzeitstag sticht in ihrer Erinnerung als ein Schnappschuss von schwindelerregenden Glücksgefühlen hervor, dank Tante Barbaras Halskette. Schade, dass sie dasselbe nicht über den Rest ihrer Ehe behaupten kann.

11

Das schlechte Wetter kommt einen Tag früher als vorhergesagt. May sieht aus dem Fenster auf die tropfenden Bäume und fragt sich, ob der Regen wohl aufhört, bevor Julia für ihre tägliche Einheit des Briefesortierens über die Straße muss. Sie haben sich ein effizientes System erarbeitet und kommen inzwischen ziemlich schnell voran. Alle paar Sekunden schlägt ein Windstoß gegen die Fensterscheiben, die Wellen krachen gegen die Felsen und die Hafenmauern und schicken dabei einen explosionsartigen Sprühregen in die Luft.

Als sie auf die Straße blickt, sieht May, wie Andy mit Tamsin aus dem Haus kommt, beide in Regenjacken und Gummistiefeln. Das Regenwasser strömt den Hügel hinunter und formt Rinnsale, für ein kleines Mädchen perfekt zum Hineinspringen geeignet. Tamsin hält sich an der Hand ihres Vaters fest, während sie die Straße entlanghüpft, aber Andy lässt die Schultern hängen. May hat es gehört, als er am Abend zuvor heimgekommen ist. Es kann nicht viel später als neun Uhr gewesen sein. Kein erfolgreicher Abend, egal, wie man es dreht, denkt sie. So eine Schande.

May fühlt sich heute rastlos. Vielleicht liegt es am Wetter, oder sie braucht einen schnellen Energieschub. Wahllos nimmt sie einen Brief vom nächstbesten Stapel der noch zu sortierenden Briefe und hält ihn sanft in beiden Händen. Als sie das Kribbeln der Erinnerungen spürt, die in ihren Körper fließen, spürt sie, wie sie sich entspannt. Zuerst hat sie kein Verlangen danach, die Worte zu lesen – die Bilder, die in ihrem Kopf auftauchen, reichen ihr. Der Brief ist von Kathryn, und diese lebendige junge Frau ist die ideale Kandidatin für Mays Ernte. Trotz der zeitlichen Entfernung ist Kathryns Persönlichkeit stark genug, um die Jahre dazwischen zu überbrücken. Nach einer Weile, als sie beruhigt und glücklich ist, fängt May mit dem Lesen an und ist schnell völlig versunken.

Leider muss ich dir mitteilen, dass Mutter so schwach wie noch nie ist. In den letzten Monaten hat der Gedanke an den Ring ihr einfach keine Ruhe gelassen, und sie scheint ihre angeschlagene Gesundheit diesem Verlust zuzuschreiben. Sie sagt, sie hätte niemals auch nur darüber nachdenken sollen, ihn Julia zu geben, und ehrlich gesagt finde ich, dass sie recht hat. Ich hätte ihn so gern gehabt, und ich hätte gut darauf achtgegeben. Joe und ich sind jetzt verlobt, und wenn ich irgendwann mal selbst eine Tochter habe, wäre sie die perfekte Person, um ihn nach mir zu bekommen. Ihr habt schließlich nur Felix, und was soll er mit einem Opalring wollen?
Elsie macht keinerlei Anstalten, sich häuslich niederzulassen, und Will ist ja jetzt endgültig in Irland. Ein Priester in der Familie, wer hätte das gedacht, Don?

Mutter weiß nicht recht, ob sie stolz sein soll, dass er so fromm geworden ist, oder entrüstet, dass er sich vollkommen dem katholischen Glauben verschrieben hat …

May atmet tief ein und steht vorsichtig auf. Sie hat es übertrieben. Das Vibrieren überwältigt sie. Um sich zu beruhigen, nimmt sie den Gehstock und läuft zum Fenster, in kleinen Schritten, damit sie nicht aus dem Gleichgewicht gerät. Als es in ihrem Kopf aufhört, sich zu drehen, und ihre Sicht wieder klar wird, bemerkt May, dass sich die Haustür von gegenüber öffnet. Julia kommt heraus und blickt angewidert zum Himmel hoch. Sie öffnet ihren Schirm und macht sich auf den Weg über die Straße, wobei sie versucht, die kleinen Wasserströme zu umgehen, die die Straße hinab und in Richtung Strand fließen.

»Komm rein, meine Liebe, und wärm dich auf«, ruft May, als Julia hereinplatzt und noch schnell ihren Schirm unter der Veranda ausschüttelt, damit sie nicht das Linoleum volltropft.

»Pfui. Es ist grässlich da draußen. Soll ich den Kessel mit Wasser aufsetzen?«

»Gute Idee. Ich hab das elektrische Feuer angemacht, deswegen ist es gemütlich warm hier drinnen. Lass uns etwas von dem neuen Lebkuchen essen, den Ida mir vorbeigebracht hat. Sie ist ja doch eine gute Seele, auch wenn sie immer so viel tratscht.«

Sie setzen sich vor die unechten flackernden Flammen, das Tablett mit dem Tee und die Dose Lebkuchen zwischen sich, und Julia seufzt zufrieden. »Mir wäre die Decke auf den Kopf gefallen, wenn ich auch nur eine Minute länger im Haus geblieben wäre«, sagt sie.

»Wirklich? Ist Emily heute Morgen nicht gut drauf?«

»Das kann man wohl so sagen. Sie hat anscheinend gestern Abend eine Nachricht bekommen, von einem Freund, wie es aussieht. Sein Name ist Max, und er kommt heute hierher – aus Amerika, wohlgemerkt –, um sie zu treffen.«

»Nein! Aber …«

»Ich weiß. Da wollte sie einen netten Abend mit Andy verbringen, und dann verdirbt dieser Amerikaner alles.«

»Wusstest du denn von diesem Max?«

»Ich habe vermutet, dass es vor Kurzem jemanden gegeben hat, aber sie ließ sich überhaupt nicht in die Karten gucken. Deswegen nahm ich an, dass es eine Situation war, die ich nicht gutheißen würde, wenn du verstehst, was ich meine?«

May schürzt die Lippen. »Verheiratet?«

»Wie sich herausgestellt hat, ja – mit drei Kindern und einer sehr labilen Frau, Emily zufolge.«

»Du meine Güte.«

Sie sitzen eine Zeit lang schweigend da und trinken ihren Tee. Schließlich fragt May: »Was ist dann jetzt mit Andy?«

»Ich glaube nicht, dass Andy aktuell zur Debatte steht. Emily muss in diesem furchtbaren Wetter zum

Flughafen in Newquay fahren, um diesen … diesen Kerl abzuholen, der ihr gestern die Verabredung verdorben hat und jetzt bloß mit den Fingern schnipsen muss, damit Emily springt. Ich hätte ihm sofort meine Meinung gesagt. Sie behauptet, zwischen ihnen sei alles vorbei, aber mir scheint, er hat andere Pläne, und sie fühlt sich moralisch verpflichtet, zumindest mit ihm zu reden, wenn er schon den ganzen Weg auf sich genommen hat, um sich mit ihr zu treffen.«

»Wo übernachtet er denn?«

»Er hat eine Suite im teuersten Hotel in Penzance gebucht. Weißt du, welches ich meine? Das mit den Kronleuchtern?«

»Dann ist er also ganz gut betucht, ja?«

»Genau das habe ich auch gedacht. Wie dem auch sei, Andy tut mir wirklich leid. Ich glaube, er hat sich Hoffnungen gemacht. Seit Allies Tod hat er noch keine Frau auch nur angeguckt. Also, zumindest keine, die man als Dame bezeichnen könnte. Es ist an der Zeit, dass er mal ein bisschen Spaß hat.«

»Das sehe ich auch so. Es ist schrecklich traurig für die beiden.«

Julia sieht aus, als ob sie kurz davor wäre, in Tränen auszubrechen, deswegen überlegt sich May hastig einen Themenwechsel.

»Sollen wir weiter sortieren? Wenn wir noch ein paar der frühen Briefe auf die richtigen Stapel legen, kann Andy anfangen, sie zu katalogisieren. Heute wird er nicht draußen arbeiten.«

»Hast du schon ohne mich weitergemacht?«

»Nur ein bisschen. Dieser Brief war interessant. Darin steht, Dons Mutter bereue es, gesagt zu haben, dass du den Ring haben kannst.«

»Zeig ihn mir mal.«

Julia liest den Brief und wird immer blasser. Schließlich sieht sie auf.

»Glaubst du, es ist wahr? Ist der Ring ein Glücksbringer? Denn wenn ja, dann möchte ich ihn finden. Ich brauche diesen Ring, May, und zwar schnell.«

»Gib mir den Brief zurück, Julia, ich sortiere ihn ein. Du musst jetzt nicht darüber nachdenken. Vielleicht lösen wir das Rätsel ja, wenn wir weiterlesen. Ich fände es schön, wenn wir den Ring für dich finden würden, wo auch immer er abgeblieben ist. Mach dir keine Sorgen.«

Julia zögert einen Moment, bevor sie ihr den Umschlag reicht. Als May ihn entgegennimmt, durchflutet eine Welle der Energie ihren Körper und Geist.

Julia blinzelt, als wäre sie gerade aus dem Tiefschlaf erwacht. »Mir um was Sorgen machen? Du musst mir noch einmal sagen, worüber wir gerade gesprochen haben, May«, bittet sie. Ihre Stimme klingt jetzt schwächer als gewöhnlich. »Ich weiß nicht, warum, aber in letzter Zeit ist mein Gedächtnis wie ein Sieb.«

May erschaudert, einerseits entzückt über den Rausch des prickelnden Wohlbefindens durch den Brief und andererseits geplagt von schmerzhaften Gewissensbissen, weil sie Julia etwas Wertvolles stiehlt. Es ist unerwartet bereichernd, eine Freundin zu haben, und mit jedem ihrer Treffen wächst der Wunsch in May, Julia besser kennenzulernen. Sie versteht nicht, warum sie nicht erkannt hat, was sie aufgrund ihrer Unabhängigkeit verpasste. Jetzt, wo Julia sich in Mays Gesellschaft wirklich entspannt, wird ihr Sinn für Humor wieder spürbar, und es hat großen Spaß gemacht, zusammen über einige der verrückten Briefe zu kichern. Aber was, wenn Julia ihre Erinnerungen nie zurückbekommt? May schüttelt sich kurz. Das wäre doch nicht so schlimm, oder? Wenn Julia die Briefe wieder alle in ihrem Besitz hat, kann sie jederzeit in die alten Geschichten eintauchen. Es handelt sich hoffentlich nur um ein temporäres Problem.

»Komm schon, meine Liebe, wir haben noch zu tun«, sagt May und greift nach dem nächsten Umschlag.

Etwa eine Stunde lang stöbern sie in ihrem jeweiligen Stapel und tauschen sich hin und wieder aus, wenn sie etwas besonders Interessantes ans Licht befördert haben.

Am Vormittag öffnet sich die Küchentür, und Andy kommt herein. Seine Miene ist grimmig. »Emily hat angerufen, um zu sagen, dass ihr Mietwagen auf dem Weg zum Flughafen liegen geblieben ist«, berichtet er. »Also fahre ich jetzt los, um sie zu retten.«

»Oh nein! Geht es ihr gut?«, fragt Julia. »Gerade auf dieser Straße ist es sehr ungünstig, eine Panne zu haben. Zu viele gemeine Kurven, und stellenweise ist sie sehr schmal. Hast du ihr gesagt, dass sie aussteigen soll?«

»Ja, keine Sorge. Sie ist in einem Pub in der Nähe, und sie haben sie reingelassen, damit sie trocken bleibt. Sie trinkt schon ihren zweiten Kaffee.«

»Was für eine Erleichterung. Das arme Mädchen«, sagt May.

»Die Mietwagenfirma holt den Wagen ab, und später kriegt sie einen neuen. Aber sie macht sich Sorgen, weil sie eigentlich diesen Typen abholen muss, Max, und jetzt schon sehr spät dran ist, deswegen habe ich gesagt, dass ich zu ihr komme und wir ihn dann abholen können. Ich rufe an, wenn es etwas zu berichten gibt.«

Er hebt eine Hand und bricht wieder auf, seine Miene ist die eines Mannes auf dem Weg zum Galgen.

»Mist«, sagt May. »Das wird nun wirklich für Unruhe sorgen.«

Julia beißt sich auf die Lippe. »Allerdings. Das ist tatsächlich ärgerlich. Warum musste dieser blöde Amerikaner auch auftauchen und alles ruinieren?«

May hat schon wieder einen der Briefe in die Hand genommen und fühlt bereits das Kribbeln in den Fingerspitzen. Sie richtet sich auf und lässt die Energie durch ihre Venen fließen. Es fühlt sich an wie eine Ganzkörperstraffung. Sie öffnet den Brief und überfliegt den Inhalt. An einem Satz bleibt sie hängen.

Ich glaube, Will weiß mehr über den Ring, als er sich anmerken lässt.

Julia beugt sich vor, um ihre Nachbarin genauer in Augenschein zu nehmen.

»Du siehst heute sehr gut aus, May. Also, das tust du natürlich immer, aber heute ist da noch irgendwas Besonderes …«

May lächelt und bedankt sich artig bei Julia. Sie

weiß, dass ihr silberweißes Haar so perfekt sitzt, wie sie es nur hinkriegen kann – der Friseur ist diese Woche wie gewöhnlich da gewesen, und dank einer großzügigen Portion Haarspray jeden Morgen und Abend sind die Wellen noch immer weich und glänzend. Sie trägt einen kirschroten Pullover zu einem Tweedrock – beide liegen eng an und betonen ihre gute Figur. Sie schlägt ein Bein über das andere, sodass ihre wohlgeformten Knöchel betont werden. May ist stolz auf ihr Aussehen. Sie war immer froh, dass sie sich gute Kleidung »leistete«, wie Charles gesagt hat, aber auch ihr Gesicht und ihr Körper sehen nicht so aus, als gehörten sie zu jemandem, dessen einhundertelfter Geburtstag bevorsteht.

Julia betrachtet ihre Freundin eingehend. »Du scheinst eine dieser Personen zu sein, die anmutig altern.«

»Ach, ich hab bloß Glück, das ist alles.«

»Allerdings habe ich noch nie jemanden gekannt, der in diesem Alter noch so gut aussieht.«

May möchte unbedingt weiterlesen, aber Julia redet immer noch. »Don hat mich immer attraktiv gefunden, sogar bis zu dem Tag, an dem er gestorben ist. Die Ehe ist etwas Wunderbares, wenn sie funktioniert, nicht wahr?«

»Wenn du das sagst, meine Liebe. Sieh mal, dieser Brief hier ist von Kathryn. Ich glaube, er ist wichtig …«

Julia hört nicht zu. Sie greift in ihre Einkaufstasche und holt ein Bündel Briefe heraus.

»Ich hätte die hier beinahe nicht rübergebracht, aber vielleicht ist es an der Zeit, sie mit dir zu teilen. Sie sind von Don an mich, er hat sie sehr früh geschrieben. Gegen Kriegsende waren wir getrennt, während ich darauf wartete, aus dem militärischen Ersatzdienst entlassen zu werden, und er hier im Dorf nach einem Haus für uns suchte, und dann noch mal, als er bei seiner Familie war, um am Umschulungsprogramm teilzunehmen und all das.«

Mays Augen leuchten auf, und sie streckt schon die Hand aus, doch dann zieht sie sie hastig wieder zurück. »Die sind persönlich. Ich glaube nicht, dass du sie mir zeigen solltest.«

»Ist schon in Ordnung, lies sie ruhig.«

Nervös nimmt May einen Brief und liest ihn, wobei sie die winzige, exakte Schrift bewundert; Don hat jeden Zentimeter Platz genutzt, um die Sehnsucht nach seiner großen Liebe auszudrücken. Die Grußzeile am Anfang lautet: *Mein geliebter Schatz*, und May kann sich den hübschen jungen Mann gut vorstellen, der Julias Herz im Sturm erobert hat.

Es war so schön, dich am Wochenende wiederzusehen. Ich wette, ich habe nicht die Hälfte dessen gesagt, was ich dir sagen wollte. Nach der Arbeit war ich so müde, und es hat mich fast überwältigt, wieder mit dir zusammen zu sein.

Julia beugt sich vor. »Lies weiter. Ich möchte, dass du weißt, wie es für Don und mich war. Dann verstehst du, warum ich mich die ganze Zeit so ›anstelle‹, wie du es nennen würdest. Ich vermisse ihn wirklich sehr. Ich bin nicht einfach nur griesgrämig.«

»Habe ich das je behauptet? Ich verstehe schon, warum du trauerst. Du wurdest von deinem Mann geliebt, Julia, und zwar sehr, und du hast ihn ebenfalls von ganzem Herzen geliebt. Das ist etwas, womit ich keine Erfahrung habe. Überhaupt keine.«

Beim Weiterlesen wird May schwer ums Herz. Das Vibrieren aus den Briefen wird von ihrem Schmerz und ihrer wachsenden Reue überdeckt, denn was eine liebevolle Ehe angeht – diese Erfahrung war ihr nicht vergönnt.

11

Andy ist es bewusst, dass sein momentaner Fahrstil nicht seinen hohen Ansprüchen genügt, als er zu dem Pub fährt, in dem Emily wartet. Der Regen peitscht gegen die Windschutzscheibe, und obwohl die Scheibenwischer auf die höchste Stufe eingestellt sind, kann er die Straße vor sich kaum erkennen. Doch dann kommt endlich der riesige Pub am Straßenrand in Sicht. Der Parkplatz ist sogar an einem Tag wie diesem halb voll. Als Andy die Tür zum Pub öffnet, schlägt ihm der Geruch von Frittenfett entgegen, und er verzieht das Gesicht.

Emily springt sofort auf, als sie ihn sieht. »Es tut mir echt leid, dich bei diesem Wetter aus dem Haus zu holen«, sagt sie, als sie seine mürrische Miene sieht.

»Ach, ich bin nicht sauer, weil ich dich abhole, es war nur der Geruch nach Fett«, erwidert er schnell, aber ihr Gesichtsausdruck verrät, dass sie ihm nicht glaubt. Er seufzt.

Sie eilen zu seinem Auto. Emily hat einen kleinen Schirm dabei, aber der Wind wird stärker, und sie verliert ihn fast, bevor der Schirm umklappt. Sie wirft ihn entnervt in einen Mülleimer auf dem Parkplatz und klettert auf den Beifahrersitz, bevor Andy losfährt, diesmal in angemessener Geschwindigkeit.

»Woher kennst du denn diesen Typen, den wir abholen?«, fragt er durch zusammengebissene Zähne, als er an einem leichtsinnigen Radfahrer vorbeifährt, der, von einem Windstoß gepackt, über die Straße schlingert und beinahe unter Andys Reifen gerät.

»Wir haben uns auf einer Verlagsparty in New York kennengelernt.« Emily schließt die Augen, als der Radfahrer in die andere Richtung ausweicht und nur knapp an einem Baum vorbeifährt. »Er ist ein Autor.«

»Habe ich schon mal von ihm gehört?«

»Vielleicht. Er schreibt Thriller unter dem Namen Damion Wintersmith. Psychologisches Zeug. Ein bisschen schräg, um ehrlich zu sein.«

»Ah. Ja, ich habe schon mal eines von seinen Büchern gelesen.«

»Nur eines?« Sie grinst ihn an, und Andy spürt, wie seine Schultern sich ein klein wenig entspannen.

»War nicht wirklich mein Ding.«

»Nein?«

»Ich mag Spannungsromane, aber darin war mir einfach ein bisschen zu viel … ähm …«

»Sex?«

»Nein, es war mir einfach zu grausam – ich hab eher an das Blut und die Gewalt gedacht. Zum Beispiel fällt auf der ersten Seite schon einer aus einem hohen Gebäude und wird auf einem spitzen Eisengeländer aufgespießt. Bei der Beschreibung hat sich mir der Magen umgedreht. Ich bin eigentlich nicht zimperlich, aber das hat mir den Appetit verdorben.«

Andy sieht die ersten Schilder mit Abbildungen von Flugzeugen vor sich und wird langsamer. Ihm graut es davor, mit anzusehen, wie Emily diesen mysteriösen Mann begrüßt. »Ich lass dich am Eingang raus und such dann einen Parkplatz«, sagt er.

Sie rollen auf den Flughafen zu, und sobald der Wagen anhält, springt Emily hinaus und eilt zum Ankunftsbereich. Andy hofft, dass sie schnell wieder da sind. Je länger er sich vorstellt, Max treffen zu müssen, desto weniger will er es. Wie kommt der Mann dazu, anzunehmen, er hätte das Recht, einfach so hier aufzutauchen, ohne Bescheid zu sagen? Das zeugt nicht von viel Respekt für Emilys Pläne. Soll sie einfach alles stehen und liegen lassen und sich nach Max richten? Warum zieht sie das überhaupt in Erwägung, wenn sie angeblich Schluss gemacht haben? Andys Laune wird nicht besser dadurch, dass er keinen Parkplatz findet. Er fährt mehrere Minuten herum und verflucht die kleinen Flughäfen auf der ganzen Welt.

Schließlich sieht er die beiden aus dem Haupteingang kommen. Andy bemüht sich, den missmutigen Ausdruck von seinem Gesicht zu wischen, und steigt aus dem Wagen.

»Hallo«, sagt er und reicht Max die Hand.

Max hat sein Gepäck in den Händen und grinst entschuldigend. »Sorry, ich kann den echten britischen Gruß gerade nicht ausführen, Kumpel.« Er hält Andy seine Taschen hin, als sei dieser ein Portier.

Andy öffnet den Kofferraum, nimmt die Taschen

und wirft sie ohne Umschweife hinein. »Willkommen in Cornwall«, sagt er.

»Emily hat erzählt, Sie seien heute ihr Retter in der Not gewesen«, erwidert Max. Er öffnet die Beifahrertür und überlässt es Emily, auf die Rückbank zu klettern. »Nett von Ihnen, dass Sie geholfen haben.« Als sie sich anschnallt, ändert er seine Meinung und steigt zu ihr nach hinten.

Nun fühlt Andy sich wie ein Portier und ein Chauffeur gleichzeitig, als er losfährt. Es überrascht ihn nicht, dass der Regen aufgehört hat und eine wässrige Sonne versucht, die Wolken zu durchdringen. Warum sollte sie nicht scheinen, jetzt, wo Max hier ist? Trotz seiner Abneigung gegen den Eindringling muss er zugeben, dass dieser Mann Charisma besitzt.

Er ist nach dem Flug zerzaust, verschlafen und irgendwie schmutzig von der Reise, und trotzdem strahlt er noch einen bemerkenswerten Charme aus. Emily scheint ihm viel zu sagen zu haben. Sie unterhalten sich murmelnd, und er kann nicht hören, worüber sie sprechen. Warum ist sie nicht nach vorn gekommen, als sie gesehen hat, dass Max nach hinten geht? Das ist schlicht und einfach unhöflich. Andy kocht innerlich vor Wut.

Max sieht sich die Gegend an, während sie zur Küstenstraße nach Pengelly fahren. »Also, euer Cornwall ist ja schon irgendwie niedlich«, sagt er. »Aber diese Straßen! Gott, warum bauen sie sie nicht aus oder setzen direkt neue hin? Es muss ewig dauern, irgendwo hinzukommen.«

»Niedlich? Nun, ja, ich nehme an, so könnte man uns beschreiben«, erwidert Andy. »Und sie bauen die Straßen nicht aus, weil sie dafür diese uralten Hecken und Mauern abreißen und Felder zerstören müssten, die schon seit Generationen bestellt werden.«

»Und das ist so schlimm, weil …?«

Emily fängt schnell an, von der Landschaft und den Freuden, in so einem wunderschönen Ort zu wohnen, zu schwärmen, aber Andy ist nicht besänftigt. Dieser Mann ist ein richtiger Vollpfosten, findet er. Warum lässt sich Emily auf so einen aufgeblasenen Idioten ein? Nur, weil man ein berühmter Autor ist, ist man noch lange kein wertvoller Mensch. Max hört Emily sowieso nicht zu; er ist zu sehr damit beschäftigt, auf sein Handy zu gucken und Nachrichten zu schreiben. Wer kann so wichtig sein, dass er deswegen seiner wunderschönen Ex-Freundin keine Aufmerksamkeit schenkt? Emily scheint zu demselben Schluss gekommen zu sein.

»Wem schreibst du, Max?«, fragt sie mit frostiger Stimme.

»Ach, nur meinem Agenten, Baby.« Er schiebt das Handy in die Tasche. »Keine Ruhe für die Bösen; sagt ihr das hier nicht so, Adam?«

»Mein Name ist Andy.«

»Sorry, Kumpel. Ich bin richtig schlecht mit Namen, war ich schon immer«, erwidert Max gut gelaunt.

»Schon okay, Malcom«, erwidert Andy.

»Aber ich … oh, ich hab's verstanden. Der britische Humor. Sehr lustig.«

»Was will Ned denn?«, fragt Emily. »Er sollte dich in Ruhe lassen, wenn du im Urlaub bist.«

»Das ist es ja gerade, Kleines – er ist auch hier, im Familienurlaub. Er übernachtet irgendwo in der Nähe. Sie haben ein Cottage, fast direkt am Strand. Seine Kinder lieben es, zu surfen.«

»Ned ist in England? Lass mich raten: Das wusstest du schon, als du dich entschieden hast, hierherzukommen.«

Max ignoriert sie und tippt schon wieder auf dem Handy. Einige Kilometer fahren sie schweigend weiter, bis das Dorf in Sichtweite kommt. Emily stößt Max mit dem Ellbogen an.

»Dieser Teil heißt The Level«, sagt sie. »Das ist das Zentrum von Pengelly. Es gibt hier einen Laden, zwei Kirchen, ein Gartencenter und den Pub, an dem mein Opa früher immer auf mich gewartet hat, wenn ich kommen wollte. Oh, und schau mal – jemand hat ein Plakat für den Bauernmarkt aufgehängt.«

»Ein aufregendes Leben. Ihr wisst ganz offenbar, wie man so richtig Spaß hat.«

Emilys und Andys Blicke treffen sich, als er in den Rückspiegel schaut, und sie errötet. Er weiß noch, wie glücklich er war, als sie vor nur wenigen Tagen draußen vor dem Pub Bier getrunken haben, und verflucht Max innerlich dafür, dass er alles versaut.

»Aber du verstehst jetzt sicher, warum ich so gern hierherkomme, oder? Schnupper mal die Seeluft.« Emily kurbelt ihr Fenster herunter.

»Es ist hübsch hier, da hast du schon recht«, erwidert Max herablassend. Dann vibriert sein Handy.

»Ich nehme an, Sie wollen bald in Ihr Hotel?«, fragt Andy.

»Ach, ich hab keine Eile. Emily sagt, ihre Großmutter möchte mich kennenlernen. Ich kann ein Taxi rufen, wenn es so weit ist, Sie müssen also nicht auf mich warten.«

Andy blinzelt, erstaunt darüber, wie unverschämt dieser Mann ist. Als ob er seinen Abend damit verbringen würde, sich bereitzuhalten, falls Max irgendwohin gebracht werden muss! Mit Sicherheit nicht.

Emily öffnet die Tür, sobald Andy neben Julias Haus angehalten hat, und steigt aus dem Auto. »Danke vielmals«, sagt sie. Sie drückt sich in der Nähe der Fahrertür herum, als wollte sie noch mehr sagen. Andy bleibt im Auto und nickt nur, während Max aussteigt und wartet. Emily sieht ihn an, runzelt die Stirn und scheint dann zu verstehen, was das Problem ist.

»Oh, könnten wir noch Max' Gepäck aus dem Kofferraum haben, bitte?«, fragt sie.

Andy steigt aus, so langsam er kann, holt den Koffer und die Reisetasche heraus, die beide aus weichem, braunem Leder sind und offensichtlich sehr teuer waren. Max nimmt sie ihm kommentarlos ab. Vielleicht erwartet er ja, dass ich sie ihm ins Haus trage, denkt Andy. Er bekämpft das Verlangen, diesem arroganten Penner einen Schlag ins Gesicht zu verpassen.

»Okay, dann fahr ich mal wieder«, sagt Andy, aber

Max ist schon unterwegs zum Haus, da er Julia in der offenen Tür entdeckt hat.

»Hey, schöne Dame – Sie sind doch bestimmt nicht die Großmutter hier, oder? Das kann einfach nicht sein.« Max stellt das Gepäck auf dem Boden ab, als könnte er keinen Moment länger warten, um Julia an den Schultern zu fassen und sie auf beide Wangen zu küssen. Andy hat das Gefühl, dass er sich gleich übergeben muss. Sein Handy piept, und er öffnet die Nachricht. Candice. Kann dieser Tag noch schlimmer werden?

18

Emily wacht auf, kurz bevor die Vögel draußen ihr Lied zum Tagesanbruch anstimmen. Die Geschehnisse des Vortags spulen sich vor ihrem inneren Auge ab wie ein schlechter Film. Als die Vögel schließlich zu singen anfangen, gibt sie es auf, wieder einschlafen zu wollen, und steht auf. Sie läuft vorsichtig über die polierten Dielen, um ihre Großmutter nicht zu wecken. Julia hat letzte Nacht auf Emily gewartet und muss heute unbedingt ausschlafen – sie wirkte völlig erschöpft. Es ist viel zu früh, um sie aus dem Schlaf zu reißen, und beim Gedanken an Eier und Speck dreht sich Emily der Magen um. Sie schlüpft schnell in die kurze Hose und das T-Shirt vom Vortag, zieht dann noch einen dicken Pullover zum Schutz gegen die morgendliche Kälte an.

Als Emily barfuß zum Meer hinunterjoggt, hört sie ein vertrautes Bellen. Buster rast auf sie zu, die Zunge hängt ihm seitlich aus dem Maul, direkt hinter ihm ist Bruno, der erfreut bellt und Emilys Knie ableckt.

»Hi, Tristram!«, ruft Emily winkend.

Tristram lässt gerade weiter unten am Strand meisterhaft Steine übers Wasser hüpfen, die drei-, vier-, manchmal sogar fünf- oder sechsmal wieder hochspringen, bevor sie untergehen. Er wendet sich vom Meer ab und gesellt sich zu Emily und den Hunden. »Hallo. Du bist ja wieder früh auf. Hast du Schwierigkeiten zu schlafen, oder bist du einfach so berauscht vom Leben?«

»Berauscht vom Leben? Ich wünschte, das wär's!«

»Was ist denn los? Ich habe gehört, dass du gestern Besuch aus dem Ausland bekommen hast. Hat er deine Erwartungen nicht erfüllt?«

Emily starrt Tristram an. Wie kommt es, dass dieser Mann, der sie überhaupt nicht kennt, das Problem so perfekt auf den Punkt bringen kann?

»Mein Ex ist unerwartet aufgetaucht. Und ich habe mich darauf eingelassen, mit ihm zu Abend zu essen. Es war ein Fehler. Jetzt bin ich schlecht gelaunt und gereizt.«

Tristram grinst. »Mehr musst du nicht sagen. Das kommt manchmal vor.«

»Wie meinst du das?«

»Nun, meiner Erfahrung nach kommt es vor, dass sich etwas, das in einem bestimmten Kontext gut zu sein scheint, nicht in den Alltag übertragen lässt. Wie bei Urlaubsromanzen, nicht? Die hattest du doch sicher auch in deiner Jugend?«

»Die Beziehung war ja schon vorbei, aber erzähl trotzdem weiter. Das ist ja wie eine Lehrstunde über Beziehungen bei einem Experten.«

Tristram lacht herzhaft, beginnt zu keuchen und muss sich vorbeugen, um sich zu erholen. »Experte? Du stehst vor dem Mann, der dafür sorgt, dass unser Kleinstadtanwalt seine Kanzlei finanzieren kann.«

»Okay, da hast du nicht ganz unrecht, aber ich

nehme jeden Ratschlag, den du mir geben kannst, dankend an. Ich fühle mich heute wie die letzte Idiotin. Ich habe viel zu viel Zeit mit einem Mann verschwendet, der, wie sich herausstellt, nur sich selbst liebt. Ich hätte mich auf meine eigene Karriere konzentrieren sollen statt auf seine.«

Buster ist schnell von der Unterhaltung gelangweilt. Sie sehen ihm eine Zeit lang dabei zu, wie er immer wieder ins seichte Wasser und zurück springt, während Tristram über Emilys Worte nachdenkt und Bruno sich zu einem kurzen Nickerchen hinlegt. Der Sonnenaufgang bietet einen spektakulären Anblick. Manche der Wolkenformationen sehen aus, als wären sie aus Gold gesponnen, und rosa und lila Streifen ziehen sich am Himmel über die Bucht. Während sie zusehen, überstrahlt das heller werdende Morgenlicht die Farben. Das ist wahrscheinlich gut so, denkt Emily. Zu viel von dieser Schönheit wäre vermutlich schwer auszuhalten.

»Hast du Lust, auf einen Kaffee und ein Croissant oder ein leckeres, klebriges Plunderteilchen mit mir und den Jungs zum Restaurant zu kommen? Meine Tochter ist inzwischen wahrscheinlich wach und hat den Wasserkessel aufgesetzt. Ich glaube, du musst dir ein paar Dinge von der Seele reden, meine Kleine.«

Emilys Augen brennen. Ihr Opa hat sie oft so genannt. Sie nickt und folgt dem Mann und seinen Hunden den Strand entlang. Die beiden passen ihre Schritte einander an, als würden sie bereits seit Jahren zusammen spazieren gehen.

»Hast du schon immer im Gastronomiegewerbe gearbeitet?«, fragt sie.

»Das ist eine lustige Formulierung. Es ist weniger ein Gewerbe als vielmehr eine Art zu leben. Ich liebe Essen, verstehst du? Und ich liebe es, zuzusehen, wie andere Leute es genießen, wenn ich weiß, dass ich ihnen diesen Genuss ermöglicht habe. Es macht mich glücklich, damit meinen Lebensunterhalt zu verdienen.«

»Und deine Tochter sieht das genauso?«

»Zum Glück, ja. Ich habe sie nicht dazu gedrängt. Sie war schon immer gut im Organisieren. Dann hat sie Vince geheiratet, und zusammen haben sie es mir noch mal wesentlich leichter gemacht. Sie haben jahrelang in New York gelebt, sich aber dann entschieden, nach Hause zu kommen, weil ich … na ja, weil es mir eine Weile nicht so gut ging.«

»Wirklich? Du wirkst so fit und gesund.«

»Oh, das bin ich auch.« Er tippt sich auf die Brust. »Es gab ein Problem mit meiner alten Pumpe, aber die Ärzte haben alles wieder in Ordnung gebracht. Sie mussten mir einen dreifachen Bypass legen«, sagt er stolz, »und ich wusste noch nicht einmal, dass ich krank war. Danach wollten sie mich dazu bringen, in den Ruhestand zu gehen, aber ich hab ihnen gesagt, dass das überhaupt nicht infrage komme – ausruhen kann ich mich noch lange genug, wenn ich tot bin. Was sollte ich denn den ganzen Tag machen?«

Emily hat Schwierigkeiten, mit Tristram mitzuhalten, weil er so schnell über den Strand läuft. Will er ihr etwas beweisen? Er sieht tatsächlich gesund aus mit dem gebräunten Gesicht von jemandem, der viel in der Sonne ist, und den vielen Lachfalten um die Augen. Er erzählt weiter von seinem Geschäft, und Emily passt ihr Tempo an.

»Wie dem auch sei, mein Restaurant war vorher eine hochwertige Pommesbude, da hatte Andy schon recht. Sie lief ganz okay, wäre aber nie in den Guide Michelin aufgenommen worden, wenn du verstehst, was ich meine. Dann sind Gina und Vince eingestiegen und haben den Laden bekanntgemacht. Wir haben das neue Lokal gefunden, und die Aussicht ist genauso gut wie das Essen. Es ist wie Rick Stein ohne den Kredit, den man aufnehmen muss, um dort essen zu können. Wie Jamie Oliver ohne Flanellhemd.«

»Ich kann es nicht erwarten, es zu sehen.«

»Du musst nicht warten – wir sind da.«

Buster rennt vor ihnen um das niedrige Gebäude herum, auf der Suche nach Leckereien, aber Bruno lässt sich auf die Vorderstufe fallen, und Emily bleibt neben ihm stehen, um den Anblick auf sich wirken zu lassen. Tristrams Restaurant befindet sich genau auf der Landzunge am hinteren Ende der Bucht und bietet in beiden Richtungen einen unbeschreiblichen Blick auf die Küste. Auf der Strandseite ist das Gebäude fast ganz aus Glas, und das Dach ist mit verwitterten grünen Dachziegeln gedeckt.

»Du musst viel Arbeit hier reingesteckt haben.« Emily betrachtet die silbrig-grauen Malerarbeiten und die bodentiefen Fenster. An beiden Seiten der Tür steht jeweils ein blühender Olivenbaum in einem dunkelgrünen Topf, und Kräuterbeete ziehen sich an den Hauswänden: Minze, Thymian und Rosmarin zusammen mit exotischeren Pflanzen, die Emily nicht kennt. Auf dem gemalten Holzschild sind riesige Garnelen abgebildet, dekoriert mit schwarzen und grünen Oliven und Zitronenscheiben. Das Design ist einfach, aber auffällig, und die Worte *The Shellfish Shack* sind in Schwarz, Gold und Silber hervorgehoben. Es gibt eine überdachte Terrasse mit rustikalen Tischen und Stühlen, auf der Gäste essen und die Aussicht genießen können.

Tristram hat die Hände in die Hüften gestemmt und betrachtet voller Stolz seine Lebensgrundlage. »Es war ein gemeinschaftlicher Einsatz. Komm mit rein und lern die anderen kennen. Und du gehst hinten rum, Bruno, mein Junge«, ermuntert er den Hund. »Hunde sind vor dem Haus nicht erlaubt. Dann müsste ich schließen.«

Im Restaurant ist es warm und gemütlich. Der Duft nach aufgebrühtem Kaffee und frischem Gebäck sorgt dafür, dass Emilys Magen laut knurrt.

Tristram lacht. »Genau diesen Effekt wünschen wir uns. Gina, Vince, das ist Emily – sie ist Julias Enkelin, die aus New York zu Besuch gekommen ist.«

Die füllige Frau an der Spüle dreht sich lächelnd um. Sie strahlt Herzlichkeit aus mit ihren wilden schwarzen Locken und den rosigen Wangen. Sie trägt zwar eine Schürze, ihr Lippenstift ist jedoch scharlachrot, und sie zeigt auch ein beeindruckendes Dekolleté. Vince, der Küchenchef, schnippelt gerade Gemüse und strahlt Emily an. Er erinnert sie an einen freundlichen Bären.

»Wir haben schon gehört, dass du hier bist«, sagt er. »Es ist schön, dass Julia dich im Haus hat. Sie hat uns viel von dir erzählt.«

»Dieses Restaurant ist fantastisch.« Emilys bewundernder Blick schweift zu den halbhoch vertäfelten Wänden, an denen filigrane Aquarellbilder von Seeigeln und anderen Meereslebewesen hängen. »Wer hat die gemalt?«

Tristram hebt leicht verlegen eine Hand.

»Er wollte sie wegwerfen, ist das zu fassen?«, fragt Gina. »Wir haben sie von der Autorückbank gerettet, als er sie gerade zur Müllhalde fahren wollte.«

»Wir wurden schon oft von Leuten gefragt, ob sie zu verkaufen sind, es wird also Zeit, dass du noch mehr davon malst, Tris. Wir geben diese hier nicht her.« Vince schenkt ihnen allen Kaffee ein und holt ein Blech mit knusprigen, goldenen Croissants aus dem Ofen.

»Vielleicht mache ich das wirklich, aber nicht, bevor ich mir ein paar neue Farben gekauft habe. Die alten sind alle vertrocknet, und meine Pinsel haben auch schon bessere Zeiten gesehen. Allerdings habe ich bald Geburtstag«, sagt Tristram hoffnungsvoll. »Ich werde achtzig.«

Gina und Vince wechseln einen Blick und lächeln, aber Tristram bemerkt es nicht. Er kümmert sich gerade darum, dass sie alles vor sich stehen haben, was sie brauchen. Sie sitzen an einem der Tische, die für den Mittagsansturm gedeckt sind, und trinken ihren Kaffee. Als Emily ihr zweites Croissant mit viel Aprikosenmarmelade isst, fängt sie endlich an, sich zu entspannen.

»Kann ich euch alle mal etwas fragen?« Sie lehnt sich zurück und öffnet diskret den obersten Knopf ihrer Hose.

»Schieß los.« Vince steht auf und räumt den Tisch ab, und Gina ist schon wieder an der Spüle, aber beide halten inne und warten auf Emilys Frage.

»Ist euch in letzter Zeit irgendwas an meiner Oma aufgefallen, das … anders war als sonst?«

»Woran denkst du denn?«, fragt Tristram.

»Ach, eigentlich nichts Bestimmtes. Sie wirkt etwas vergesslicher als sonst, irgendwie so, als hätte sie Gedächtnislücken. Und gestern, als sie von May zurückgekommen ist, hat sie sich sehr merkwürdig benommen.«

»Was hat sie gemacht?« Vince klingt eher fasziniert als besorgt. »Ich habe nichts Ungewöhnliches an Julia bemerkt. Du, Schatz?«

Gina schüttelt den Kopf. »Was *hat* sie denn gestern gemacht?«

»Sie ist einfach nur durch die Gegend gelaufen, mit einem leeren Gesichtsausdruck, so als ob sie unter Schock gestanden hätte.«

»Vielleicht wühlt es sie auf, diese alten Briefe zu lesen?«, vermutet Tristram. »Es muss schmerzhaft sein, die ganzen Erinnerungen hervorzuholen, die man jahrelang vergraben hat.«

»Ja, wahrscheinlich ist es das«, erwidert Emily erleichtert. »Und wenn sie wirklich anders wäre, seit Opa gestorben ist, dann hättet ihr doch mittlerweile sicher etwas bemerkt, oder?«

Es herrscht kurz Stille, während die anderen weiter ihren Aufgaben nachgehen und dabei offensichtlich über Emilys Sorgen nachdenken. Tristram legt die aktuelle Tageszeitung auf einen Ständer für die Gäste, und Gina hat angefangen, für die Tischdeko kleine Vasen mit frischen Blumen zu befüllen.

Schließlich räuspert sich Vince. »Was denkt Andy denn darüber?«

»Er war derjenige, der es angesprochen hat. Er hat mir geschrieben. Deswegen bin ich nach Hause gekommen. Also, natürlich hatte ich eh geplant, mal rüberzukommen …«

»Ich sag dir was, Emily, wir halten alle die Augen offen. Wenn uns irgendetwas Merkwürdiges auffällt, sagen wir dir Bescheid. Je mehr Leute auf Julia achten, desto besser. Wir alle lieben deine Oma, nicht wahr?«, erklärt Tristram.

Die anderen beiden nicken bekräftigend, und Emily ist so bewegt, dass sie nichts sagen kann.

Tristram fährt fort: »Ich hatte immer eine Schwäche für Julia, aber sie hatte nie Augen für irgendjemand anderen als deinen Opa. Sie ist eine wunderschöne Frau.«

Er verstummt, und Emily sieht, dass er errötet. Bevor sie die Gelegenheit hat, diese interessante Tatsache zu verarbeiten, vibriert ihr Handy. Eine Nachricht von Max. Na, so eine Freude.

Hey Baby, schade, dass du gestern Abend so bald gegangen bist. Ich hatte noch einen großartigen Abend mit den Mitarbeitern der Bar. Wie sich herausgestellt hat, sind sie alle Fans meiner Bücher. Ned möchte, dass ich heute und vielleicht morgen in seinem Ferienhaus übernachte, damit wir zusammen was trinken können. Ich ruf dich an, wenn ich wieder da bin. Ich liebe dich, M xxx

Ist das sein Ernst? Sie ist gegangen, hat ihn in einem fremden Hotel sich selbst überlassen und deutlich gemacht, dass sie es nicht mehr erträgt, wenn er sie küsst und befummelt, und er lässt sich trotzdem nicht unterkriegen und erwartet, dass das Leben ganz normal weitergeht. Was für ein Ego. Und warum sagt er ihr immer noch, dass er sie liebt, nachdem all das passiert ist? Welchen Teil von »es ist vorbei« versteht er nicht?

Sie legt das Handy weg, ohne zu antworten, weil sie sich unsicher ist, wie sie ihre Gefühle in einer SMS ausdrücken soll.

Tristram schenkt ihr Kaffee nach. »Ich vermute, das brauchst du jetzt«, sagt er und reicht ihr noch ein Croissant.

Emily nimmt es entgegen und fühlt sich von Tristrams Freundlichkeit getröstet. Was sie jedoch wirklich will, ist, dass Max sie einfach in Ruhe lässt.

11

Julia erlaubt es sich, mal richtig auszuschlafen. Bei Tagesanbruch hört sie, wie Emily sich aus dem Haus schleicht, also gibt es keinen Grund für Julia, schon aufzustehen, außerdem fühlt sich ihr Bett heute wie ein Zufluchtsort an. Es hat sie mitgenommen, Emily gestern Abend so unglücklich zu sehen, und der ausgedehnte Besuch bei May, bei dem sie alte Erinnerungen ausgegraben haben, hat sie mehr ermüdet, als sie sich eingestehen möchte. Ihr wird immer noch leicht schwindlig, wenn sie sich von einer Seite zur anderen dreht, und sie fühlt sich beängstigend benommen. Schließlich schläft sie wieder ein, und als sie das nächste Mal aufwacht, ist es nach neun. Sie hört Emily in der Küche hantieren. Was für ein beruhigendes Geräusch.

Sie wünschte, Emily würde länger bleiben. Sie ist ganz offensichtlich gekommen, weil sie sich Sorgen macht. Aber vierzehn Tage sind nicht annähernd lange genug. Julia tut es im Herzen weh, daran zu denken, dass sie sich schon bald wieder von ihrem lieben Mädchen verabschieden muss. Als sie sich streckt, um sich auf das Aufstehen vorzubereiten, kommt ihr plötzlich eine Idee. Könnte sie es tun? Es widerspricht ihren ansonsten unerschütterlichen Prinzipien der Ehrlichkeit und Rechtschaffenheit. Wie sehr möchte sie, dass Emily bleibt? Ist es dringend genug, um die Verwirrte-alte-Dame-Karte auszuspielen? Das sollte nicht schwierig werden, so, wie sie sich heute fühlt. Reicht es, um ihre Schauspielkünste einzusetzen? Ja, in der Tat.

Vorsichtig steigt sie aus dem Bett und zieht sich den Morgenmantel über ihr langes Nachthemd. Für gewöhnlich geht sie nicht in ihrer Schlafkleidung nach unten. Eigentlich bevorzugt sie es, vollständig angezogen und zurechtgemacht zu sein, bevor sie sich der Welt stellt, aber heute kämmt sie sich nicht einmal die Haare.

Emily schaut auf und lächelt, als Julia die Küche betritt. Doch dann sieht sie, was Julia trägt, und ihre Miene verändert sich.

»Geht es dir nicht gut, Oma? Ich hab mir schon gedacht, dass es ein Fehler war, dass du aufgeblieben bist, um noch was Heißes mit mir zu trinken. Du hättest längst ins Bett gehen sollen.«

Julia setzt sich an den Tisch und legt eine Hand an die Stirn.

»Oma? Was ist los?«

»Ach, nichts, Liebling. Ich fühle mich nur nicht ganz … ich glaube, ich … Ich frage mich, ob du vielleicht eben Allie anrufen könntest? Sie hat diese speziellen pflanzlichen Tabletten, die mich immer aufpäppeln.«

Emily schweigt einen Moment, dann fragt sie: »Allie? Meinst du Andys Frau?«

»Ja, natürlich. Sonst gibt es hier doch niemanden mit diesem Namen, oder? Flitz einfach schnell rüber, ja? Sie ist bestimmt im Garten. Da hat sie wahrscheinlich sehr viel zu tun nach dem Regen gestern. Allie liebt ihre Blumen und die Gemüsepflanzen.«

Emily sagt erst einmal nichts. Dann kommt sie zu Julia und legt ihr eine Hand auf die Schulter. »Hast du sehr tief geschlafen, Oma? Du wirkst ein wenig … durcheinander.«

»Ich bin kein bisschen durcheinander. Warum meinst du das?«

»Na ja, Allie ist doch gestorben, als Tamsin geboren wurde. Erinnerst du dich noch?«

Julia hört die Verzweiflung in Emilys Stimme und ist sich nicht sicher, ob sie jubeln oder sich schämen soll, aber sie muss diese Farce zu Ende bringen, jetzt, da sie damit angefangen hat. Em darf noch nicht so schnell wieder abreisen. Sie denkt dabei nicht nur an ihr eigenes Wohl. Wie soll Andy das Mädchen umwerben, wenn sie nach New York zurückfliegt?

»Allie ist gestorben? Wie? Weiß Andy davon? Was soll Tamsin denn ohne Mutter tun?« Julia lässt ihre Stimme zittrig klingen und presst sich eine Hand auf den Mund.

»Wie wär's, wenn du wieder ins Bett gehst und ich dir das Frühstück hochbringe? Ein pochiertes Ei mit Toast? Das hast du mir immer gemacht, wenn es mir nicht gut ging.«

»Geht es mir denn nicht gut? Ich muss zugeben, ich fühle mich heute Morgen wirklich ein wenig sonderbar. Bist du sicher, dass es für dich in Ordnung ist?«

»Na los, geh schon. Ich komm gleich rauf. Ich brauch auch nicht lange.«

Emily hilft Julia dabei, aufzustehen. Julia lässt sich zur Treppe führen und geht dann sehr langsam hinauf, wobei sie sich am Geländer festklammert und immer einen Fuß neben den anderen setzt wie ein Kleinkind. Sie dreht sich noch einmal um, sieht Emily an, die blass geworden war und sie beobachtet, und bekommt schlimme Gewissensbisse, aber es muss getan werden. Und außerdem stimmt es ja auch, dass sie Dinge vergisst. Sie bauscht also nur die Tatsachen ein wenig auf.

Als sie zu ihrem Schlafzimmer geht, sieht sie aus dem Augenwinkel, wie Emily wieder in die Küche eilt. Sie wird auf der Suche nach ihrem Handy sein. Andy sollte also bald Bescheid wissen, und er wird vorbeikommen, sobald er Feierabend hat, wenn nicht sogar vorher. Er ist heute nur wieder ein paar Häuser weiter bei Ida – sie hat ihn zurückbeordert, damit er eine zusätzliche Stufe an ihrer Veranda anbringt.

»Bist du schon im Bett, Oma?«, ruft Emily.

»Ja, mein Schatz!« Julia schlüpft unter die Decke und lehnt sich an die Kissen. Sie liegt sehr still da und bekämpft ihr schlechtes Gewissen.

Sie sieht sich in dem vertrauten Schlafzimmer um und lässt sich von der freundlichen Tapete – an Spalieren hochkletternden Wildblumen in zarten Farben – beruhigen. Das Fenster ist geöffnet, und die Vögel singen immer noch, glücklich, dass es fürs Erste aufgehört hat zu regnen. Was sie tut, kann doch sicher nicht so falsch sein, wenn sie es aus den richtigen Gründen tut, oder?

Um sich von diesen Gewissensfragen abzulenken, greift sie unter das Kopfkissen und zieht einen Brief heraus, einen aus dem kleinen Stapel, den sie zurückgehalten hat. Am Vorabend hat sie ihn zur Hälfte gelesen und sich durch ein Kuchenrezept, einen Bericht über eine Gemeindeveranstaltung und Elsies Gejammer über ihre Mutter gearbeitet, bevor sie eingeschlafen ist. Jetzt kommt der interessante Teil.

Kannst du mir einen Gefallen tun, Don? Ich habe überlegt, was wohl ein angemessenes Geschenk wäre, das wir Will zu seinem einundzwanzigsten Geburtstag nächsten Monat schenken könnten, und mir ist eine Idee gekommen. Wie wäre es, wenn wir Charles fragen, ob er Will ein paar richtige Unterrichtsstunden im Segeln geben könnte, für die wir ihn bezahlen? Meinst du, du könntest mal vorsichtig bei ihm nachfragen? Will hat Charles sehr gern, und ich glaube, das wäre ein wirklich gutes Geschenk.

Julia schiebt den Brief wieder unter das Kissen, als sie Emily auf der Treppe hört. Sie darf sich nicht verraten. Schnell kuschelt sie sich in die Decke und konzentriert sich darauf, matt auszusehen. Aber Segelstunden? Davon wusste sie gar nichts. Kein Wunder, dass Will und Charles ganz plötzlich so enge Freunde geworden sind. Elsie hat ihm geradewegs in die Hände gespielt. Julia schließt die Augen, als einige unerwünschte Erinnerungen hochkommen, undeutlich, aber trotzdem noch schmerzhaft. Es ist, als versuche sie, mit den Händen nach einer Wolke zu greifen. Wird sie sich jemals wieder wie sie selbst fühlen, oder ist dies der Anfang vom Ende?

20

Andy baut die zusätzliche Stufe zu Idas Holztreppe in Rekordzeit und klopft an Julias Küchentür, als die Kirchturmuhr zur elften Stunde schlägt. Emily wischt in der Küche gerade mechanisch die Arbeitsflächen ab und sieht auf, als er hereinkommt. Er bemerkt die Besorgnis in ihren Augen, und ein ungutes Gefühl erfasst ihn. Andy konnte noch nie gut mit Krankheiten umgehen, schon gar nicht, seit bei Allie in den letzten Wochen der Schwangerschaft die Anzeichen einer Blutvergiftung auftraten. Er neigt dazu, panisch zu werden und nicht mehr vernünftig denken zu können.

»Oh, du hast es ja früher geschafft als erwartet. Danke, dass du gekommen bist«, flüstert Emily.

»Schläft sie?« Andy flüstert ebenfalls.

»Ich glaube schon. Vor ein paar Minuten habe ich mich hineingeschlichen, da hat sie geschlafen. Sie sieht richtig erschöpft aus. Setz dich, ich mach uns Tee.«

Andy zieht sich einen Stuhl an den Tisch und greift abwesend nach einem Plätzchen. Julia kauft immer extra für ihn Schokokekse, und wie er geahnt hat, ist die verbeulte Plätzchendose gut befüllt. Er isst zwei, während Emily kochendes Wasser auf die Teeblätter gießt, dann wird ihm klar, dass er einen ziemlich unhöflichen Eindruck machen muss.

»Tut mir leid, da komme ich hier rein und mampfe die Plätzchen, als würde ich hier wohnen.« Er errötet.

»Rede keinen Unsinn, Oma gefällt es, dass du dich hier wie zu Hause fühlst. Sie hat dich und Tamsin sehr gern, und sie mag es, sich ein bisschen um euch zu kümmern.«

»Und wir mögen *sie*. Jeder mag Julia. Selbst May hat ihre Meinung geändert, zumindest reden sie miteinander.«

»Ich weiß, das ist unglaublich nach all den Jahren, in denen sie sich die kalte Schulter gezeigt haben. Ich glaube, sie brauchten beide eine Freundin. Auf jeden Fall tut es gut, das zu hören, und du bist nicht die erste Person, die das sagt. Aber eigentlich sollte ich diejenige sein, die sich um sie kümmert, vor allem, wenn …«

Emily zögert einen Moment, als ob sie versuche, die richtigen Worte zu finden, und dann platzt sie mit ihrer Sorge über Julias Erscheinung und ihre Worte über Allie an diesem Morgen heraus.

Andy hört ernst zu. »Vielleicht ist sie nur müde«, sagt er hoffnungsvoll. »Sie hat ganz schön viel Zeit damit verbracht, mit May über diesen Briefen zu brüten, und davor hat sie hier alles aufgeräumt und Sachen aussortiert, schon seit dein Opa gestorben ist. Es muss sehr schwer für sie gewesen sein.«

»Aber du hast diese Dinge doch auch schon bemerkt – deswegen hast du mir ja geschrieben.«

Er nickt. »Ich habe danach über alles Mögliche nachgedacht, was mit dem Altwerden zu tun hat. Mein

Opa ist mittlerweile vollkommen verwirrt. Das ist der Hauptgrund dafür, dass Mum und Dad nach Yorkshire gezogen sind – um in seiner Nähe zu sein.«

»Oh, das war mir gar nicht klar. Man merkt erst, wie viele Menschen an Demenz leiden, wenn man anfängt, darüber zu reden.«

»Das stimmt. Im Nachhinein kann ich erkennen, dass er schon lange Probleme hatte. Er hat sich sehr zurückgezogen, wurde fast zum Einsiedler, nachdem meine Oma gestorben ist. Er hat aufgehört, Bowls zu spielen, und seinen Schrebergarten aufgegeben. Seine Freunde waren alle etwa in demselben Alter, und sie haben alle an irgendetwas gelitten. Sie hätten einen Menschen wie Ida gebraucht, um sie zusammenzubringen.«

»Jedes Dorf braucht eine Ida, schätze ich. Lebt dein Opa bei deinen Eltern?«

»Nein. Am Anfang schon, aber dann ist er immer wieder weggelaufen und hat sich verirrt. Meine Mum hat sich lange den Kopf darüber zerbrochen, was sie tun sollen. Wir haben ständig gedacht, wenn wir es nur früher bemerkt hätten, hätte er vielleicht noch wirksam behandelt werden können.«

»Und wo lebt er jetzt?«

»In einem privaten Pflegeheim in Harrogate. Es ist großartig dort. Er geht vielen verschiedenen Beschäftigungen nach, um sein Gedächtnis zu stimulieren. Einige Aktivitäten bringen etwas, andere nicht.«

»Aber zumindest versucht er es.«

»Genau, und das macht auch meinen Eltern ein bisschen Hoffnung. Sie fühlen sich nicht so hilflos.«

»Andy, ich möchte nicht schwarzmalen, aber ich mache mir wirklich große Sorgen. Wenn Oma noch mehr Probleme bekommt, was soll ich dann machen? Ich kann nicht immer hier sein.«

»Vielleicht sollten wir sie zum Arzt bringen, bevor es schlimmer wird?«

Emily verzieht das Gesicht. »Ich bezweifle, dass sie gehen würde, aber wir können es probieren.«

Sie wärmen sich die Hände an den Teetassen, obwohl es in der Küche kein bisschen kühl ist. Andy bewegt sich unruhig und versucht, seine nächste Frage locker und unbesorgt klingen zu lassen.

»Das ist jetzt ein ganz anderes Thema, aber wo ist dein Freund Max eigentlich heute? Ich dachte, du wärst vielleicht gestern Abend im Hotel vorbeigefahren. Bist du heute schon früh am Morgen wiedergekommen?«

Emily schüttelt den Kopf. »Ich war gestern Abend gegen zehn zu Hause.«

»Echt? Musste er früh los, um sich mit seinem *Agenten* zu treffen?« Andy schafft es nicht, den Sarkasmus aus seiner Stimme herauszuhalten, aber Emily zuckt nur mit den Schultern.

»Nicht, dass ich wüsste.«

»Dann … kommt er später hier vorbei?«

»Nein.«

Die einsilbige Antwort und der grimmige Gesichtsausdruck zeigen eigentlich, dass keine weiteren Bemerkungen erwünscht sind, aber er spricht trotzdem weiter. »Hast du dann heute Abend Zeit?«

»Ich schätze schon. Wenn es Oma bis dahin besser geht. Warum?«

»Ich dachte, wir könnten vielleicht etwas bei mir trinken, wenn Tamsin im Bett ist? Dann könnten wir besprechen, was wir als Nächstes tun sollen, um Julia zu helfen. Ich wollte mich auch noch mit May unterhalten und nachfragen, ob sie gestern irgendetwas bemerkt hat.«

»Hmm … okay. Das klingt nach einer guten Idee. Wie spät? Ich muss vorher noch mit Oma zu Abend essen.«

»Gegen acht? Normalerweise legen wir so um halb sechs mit dem Baden los, aber die Gutenachtgeschichten scheinen jeden Abend länger zu werden. Sie mag gute Bücher wirklich gern.«

»Oh, ich auch. Ich könnte etwas früher kommen und ihr ein bisschen vorlesen, wenn du willst? Dann hast du mal Pause.«

Andy lässt sich ihren Vorschlag durch den Kopf gehen, es rührt ihn, dass sie helfen möchte. »Das ist eine schöne Idee. Es ist nur leider so: Wenn sie weiß, dass ich Besuch habe, braucht sie ewig, um ruhig zu werden. Sie denkt dann immer, sie sollte mit mir unten sein, um die Leute zu bespaßen. Vielleicht mal, wenn sie dich besser kennt und du nicht mehr so eine Neuheit für sie bist?«

»Ich glaube nicht, dass ich dafür jemals lange genug hier sein werde.«

Sie sehen sich traurig an. Andy fällt nichts ein, was er sagen könnte, das nicht armselig klingt.

Emily kaut auf ihrer Unterlippe. »Andererseits, wenn Oma so weitermacht, bezweifle ich, dass ich sie allein lassen kann, oder? Ich mache mir echt Sorgen.«

»Aber was ist mit deinem Job?« Andy ist danach, die Faust in die Luft zu stoßen und lauthals »JAAA!« zu schreien, aber es gelingt ihm, seine Freude zu verbergen.

»Mir steht immer noch mindestens eine Woche Urlaub zu, sogar nach diesen zwei Wochen. Ich muss nur Colin überreden. Das ist mein Boss.«

Andy versucht erfolglos, sich das breite Lächeln zu verkneifen.

Emily grinst zurück, ihre Augen leuchten. »Oma steht an erster Stelle, denn mein Dad wird keine Zeit haben, zu helfen, da bin ich sicher, und sonst gibt es niemanden, der es tun könnte.«

»Ich bin ja noch da«, sagt Andy. Oh nein, denkt er, sie macht es schon wieder, löst den geflochtenen Zopf und fährt sich mit den Fingern durch die Haare, um sie zu entwirren. Er schluckt hart und blickt konzentriert in den Garten.

»Ich muss völlig fertig aussehen.« Emily schüttelt ihr Haar aus. »Ich habe es heute Morgen nicht mal geschafft, zu duschen. Ich bin zum Strand gegangen und hab wieder Tristram und seine Hunde getroffen. Er hat mich zum Frühstück mit in sein Restaurant genommen.«

»Sehr schön. Es ist echt ein tolles Restaurant. Hast du Gina und Vince getroffen?«

Sie nickt. »Wenn ich noch länger hier bin, möchte ich sie gern besser kennenlernen.«

Aus dem Flur kommt ein Geräusch, und sie sehen beide zur geöffneten Tür. Julia steht dort, blass, aber mit leuchtenden Augen.

»Was machst du denn hier unten?«, fragt Emily. »Ich habe gerade darüber nachgedacht, dir Mittagessen zu kochen.«

»Ich habe euch beide reden hören. Hast du gesagt, dass du vielleicht noch länger bleibst, Liebling?«

»Mit deinen Ohren ist aber alles in Ordnung, was? Ich habe laut gedacht. Es hängt eigentlich von Colin ab. Warum, hättest du das gern?«

Julia blinzelt Freudentränen weg, und Andy steht auf, um zu gehen. Das wird ihm alles zu emotional. Er sollte jetzt besser May besuchen.

Auf der anderen Straßenseite sitzt May im Sessel, die Füße auf einen Hocker gelegt, und schaut sich eine ihrer Lieblingsfernsehsendungen an. Der Fernseher ist leise gedreht, weil sie lieber mit Untertiteln guckt. So kriegt sie immer noch mit, was draußen vor sich geht.

»Hallo, mein Lieber.« Sie lächelt zu Andy auf. »Ich dachte, es wäre Julia, als ich die Tür gehört habe.«

»Genau deswegen bin ich hier.«

Er bringt sie auf den neuesten Stand der morgendlichen Geschehnisse. May legt die Hände in den Schoß und hört ihm aufmerksam zu. Als Andy erzählt, dass

Emily versuchen will, länger zu bleiben, lächelt May so breit, dass Andy schon glaubt, ihr fällt gleich die Zahnprothese heraus.

»Das sind die besten Neuigkeiten, die ich dieses Jahr bisher gehört habe«, sagt sie. »Und wie geht es Julia jetzt?«

»Emily hat sie wieder ins Bett gebracht, sie schläft. Das ist sehr ungewöhnlich für sie, nicht?«

May nickt nachdenklich. Fossil kommt hereingerannt und springt ihr auf den Schoß, dann stößt er mit seinem knochigen kleinen Kopf ihre Hand an, damit sie ihn streichelt. Die Zeit scheint sich zu dehnen, während die Uhr auf dem Kaminsims vor sich hin tickt und das elektrische Feuer flackert und leise knackt.

Andy lehnt sich in Mays Schaukelstuhl zurück. Er hat sich wegen seines großen Verantwortungsgefühls für Tamsin und der Schwermut, die ihn so lange geplagt hat, schon lange nicht mehr richtig entspannen können, aber irgendwie fühlt sich der heutige Tag wie ein Neuanfang an. Wenn Emily bleibt, werden sie sich zwangsläufig besser kennenlernen.

»Und was ist *dein* Plan?« Mays Worte kommen unerwartet, und Andy bemerkt, dass sie ihn genau beobachtet, den Kopf zur Seite geneigt wie ein neugieriger kleiner Vogel.

»Wie meinst du das?«

»Na, wie wirst *du* Julia helfen, Emily zum Bleiben zu bewegen?«

»Ich?«

»Wir können dir nicht alles abnehmen, Andy. Du bist kein unattraktiver Mann, weißt du, und du hast ein gutes Herz, auch wenn du vielleicht ein bisschen trübselig bist. *Diese Candice* ist nicht die Richtige für dich. Die Zähne, die Haare, und zwischen den Ohren scheint auch nicht viel zu passieren, wenn du mich fragst.«

Sofort stellen sich Andys Nackenhaare auf. Wie kommt gerade May dazu, ihn zu kritisieren? Denn was man so hört, mochte sie ihren Ehemann nicht mal besonders gern, also kann sie nicht allzu schlimm am Boden zerstört gewesen sein, als er gestorben ist. Und sie hatte nie Kinder, woher soll sie also wissen, was es für eine Belastung ist, alleinerziehender Vater eines kleinen, anstrengenden Kindes zu sein?

»Trübselig? Ich habe meine Frau verloren, und ich ziehe ein kleines Mädchen groß, um das ich mir viele Gedanken mache.«

»Es ist sechs Jahre her, dass Allie gestorben ist, und Tamsin geht es wunderbar, abgesehen von den üblichen kleinen Erkältungen hier und da. Du solltest dich ein bisschen lockermachen, mein Lieber. Ein Mädchen – na ja, vielmehr eine Frau – wie Emily wird sich nicht zu einem Trauerkloß hingezogen fühlen.«

»Du hast sie doch nicht mehr alle, May«, blafft Andy. Er steht auf und will gehen, aber sie hält ihn fest.

»Ich wünsche mir nur das Beste für dich«, sagt sie sanft. »Ich weiß, in deinen Augen habe ich alte Frau mich nicht einzumischen, aber ich habe in meinem Leben einiges gesehen und erkenne, wenn zwei Menschen füreinander bestimmt sind. Setz dich, dann sprechen wir darüber. Lass uns nicht streiten.«

Andy lässt sich wieder auf den Stuhl sinken und schaukelt leicht vor und zurück, um sich zu beruhigen. Könnte May recht haben? Er hat eine leise Ahnung, dass es Momente gab, in denen er seiner Niedergeschlagenheit hätte entkommen können, aber oft ist es leichter, sich einfach gehenzulassen und sich selbst zu bemitleiden. Er hat sich daran gewöhnt, der trauernde Witwer zu sein. Die Damen im Dorf bringen ihm aus Mitleid Kuchen vorbei und ab und zu mal einen Auflauf. Das hätte eigentlich schon vor Jahren aufhören sollen.

»Also, meiner bescheidenen Meinung nach musst du schnell vorgehen«, sagt May. »Lade sie zu dir ein und umgarne sie, bis sie die Finger nicht mehr von dir lassen kann.«

»May! Gut, dass Julia dich nicht hören kann. Und nebenbei bemerkt, habe ich Emily für heute Abend zu einem Drink bei mir eingeladen, sobald Tamsin eingeschlafen ist.«

»Gut. Endlich zeigst du mal, dass du … was für einen Ausdruck habe ich noch mal gestern Abend im Fernsehen gehört? Ach ja, ich weiß es wieder, dass du *Eier in der Hose hast.*« Sie kichert über seinen entsetzten Gesichtsausdruck. »Das Leben will gelebt werden, mein Lieber. Besorg euch eine schöne Flasche Wein und ein paar Snacks – Oliven, Grissini, Nüsse, so etwas in der Art. Dann leg noch leise Musik auf, und sie wird Wachs in deinen Händen sein.«

Andy muss jetzt auch losprusten, und beide lachen völlig unkontrolliert, bis May die Tränen über die Wangen laufen. Hat sie recht? Andy hofft es. Er umarmt May und macht sich dann auf den Weg die steile Kopfsteinstraße hinauf, um im Dorfladen für den Abend einzukaufen.

21

Emily durchwühlt den Klamottenhaufen auf ihrem Bett und verzweifelt. Die meisten Kleidungsstücke sind nur für Ausflüge an den Strand geeignet. Dann müssen wohl die verwaschene Levi's und die seidige blaue Bluse reichen.

Reiß dich zusammen, Em, sagt sie sich. Du trinkst bloß etwas mit einem Freund. Kein Grund, sich wegen der Klamotten zu stressen.

Sie kämmt sich noch einmal durch die Haare, sodass sie abstehen wie ein Heiligenschein. Ein Hauch Parfum, etwas Leichtes und Spritziges, das sie in einem Duty-Free-Shop gekauft hat, und ein bisschen Lipgloss, dann ist Emily fertig. Ihre Haut strahlt noch von ihrem frühen Strandspaziergang, deswegen wäre es unsinnig, Make-up aufzutragen. Das sähe lediglich so aus, als wollte sie Andy beeindrucken. Und sie will jetzt schließlich erst mal Single bleiben. Es spielt überhaupt keine Rolle, was er über ihre Erscheinung denkt.

Emily betrachtet sich abschließend noch einmal im Ganzkörperspiegel an der Zimmertür und ist überrascht darüber, wie glücklich und gesund sie aussieht, und das, obwohl ihre Lieblingsverwandte offensichtlich Probleme hat und ihre seit Jahren vielversprechendste Beziehung aus und vorbei ist. Sie poltert die Treppe hinunter, um sich zu versichern, dass sie ihre Oma guten Gewissens allein lassen kann.

Julia sitzt mit einer Decke über den Beinen vor dem Kamin und strickt.

»Ich muss bestimmt nicht so warm eingepackt sein, mein Schatz.« Sie lächelt zu Emily auf. »Oh, du siehst wirklich bezaubernd aus.«

»Danke, aber ich gehe nirgendwohin, wenn du mir nicht versprichst, dass du sitzen bleibst und dich weiter ausruhst. Ich mache dir noch heiße Malzmilch und bring dir die Plätzchendose. Musst du noch mal zur Toilette?«

»Emily, bitte – ich bin kein Kleinkind«, erwidert Julia, aber Emily stellt erleichtert fest, dass sie lächelt und ihre Wangen wieder etwas Farbe bekommen haben.

Zehn Minuten später überquert Emily die Straße und geht zu Andys Haus. Es fühlt sich eigenartig an, mit leeren Händen zu ihm zu gehen. Hätte sie Wein kaufen sollen? Nein, er hat sie auf ein Getränk eingeladen, nicht zum Essen, daher wäre es unsinnig, Wein mitzubringen, oder? Diese Nervosität ist für Emily untypisch, denn normalerweise hält sie sich für einigermaßen kultiviert und mischt sich unter alle Typen von Menschen, ohne nervös zu werden. Sei nicht albern, sagt sie sich. Das ist nur ein Abend mit einem Freund.

Andy öffnet die Tür, bevor Emily überhaupt die Gelegenheit hat, anzuklopfen.

»Ich wollte nicht, dass du klingelst und Tamsin aufweckst«, flüstert er. »Sie ist gerade erst eingeschlafen.«

Sie schleichen auf Zehenspitzen in die Küche, und Emily sieht sich um, positiv überrascht darüber, wie ordentlich es ist. Sie hätte gedacht, dass das Haus eines vielbeschäftigten, alleinstehenden Vaters ein bisschen chaotischer wäre. Während sie sich noch für ihre Vorurteile schämt, lässt sie den Anblick auf sich wirken. Die Küchenwände sind in hellem Türkis und Weiß gestrichen, und auf dem Boden um den Herd und die Küchenschränke herum sind wunderschöne, glänzende blaugrüne Glasmosaik-Fliesen verlegt. Auf einem Regal steht eine Reihe offensichtlich häufig genutzter Kochbücher, und eine uralte Kieferholzkommode ist mit einer großen Auswahl an rustikalem Keramikgeschirr beladen. Die Obstschale aus Holz, die mitten auf dem Tisch steht, ist großzügig mit Bananen, Äpfeln und einer riesigen Ananas gefüllt, und auf den Arbeitsflächen stehen Vorratsgläser mit jeder Sorte Pasta, die die Menschheit je gegessen hat.

Andy bemerkt ihren Blick auf die Gläser. »Mein Mädchen liebt Pasta, wie du vielleicht erraten hast«, erklärt er.

»Ihr habt wirklich eine schöne Küche.«

»Danke. Das ist der einzige Raum, an dem ich nach Allies Tod wirklich etwas geändert habe. Wir wollten ihn gerade renovieren, aber Tamsins Geburt ist früher eingetreten als geplant, und dann …«

»Es tut mir leid, dass du so eine schreckliche Zeit durchmachen musstest.« Emily fragt sich, ob sie es wagen soll, ihn zu umarmen, aber Andy öffnet eine Flasche Rotwein und wechselt das Thema.

»Heute Abend geht es um die Zukunft und nicht um die Vergangenheit.« Er reicht Emily ihr Glas. Sie nippt an dem Wein und bemerkt dann, dass sie vergessen hat, mit ihm anzustoßen. Hoffentlich ist das kein schlechtes Omen. Aus dem anderen Zimmer ertönen die leisen Klänge eines Klavierkonzerts. Sie kennt sich mit klassischer Musik nicht sonderlich gut aus, da sie mit einer Mischung aus den Dire Straits und Yes und ab und an Pink Floyd oder Fleetwood Mac groß geworden ist, aber es klingt sehr angenehm.

Sie gehen ins Wohnzimmer, in dem eine riesige, weiche Couch steht, die von Kissen und Überwürfen bedeckt ist. Die zwei Stühle sehen nicht sehr bequem aus, aber Andy hat die Musik schon leiser gedreht und sich in eine Ecke des Sofas gesetzt. Emily ist sich nicht sicher, ob es sich nicht zu vertraut anfühlen würde, wenn sie es sich direkt neben ihm gemütlich machen würde. Er sieht, wie sie zögert, und klopft auf das Kissen neben sich.

»Setz dich, auf der Couch ist so viel Platz, dass wir mindestens sechsmal hier draufpassen würden.«

Eine friedliche Stimmung legt sich über den Raum, die Musik spielt leise im Hintergrund. Sie nippen schweigend an ihrem Wein, und Emily fühlt sich bald bis ins Innerste warm.

»Iss lieber was von den Snacks da drüben«, sagt Andy schließlich. Er deutet auf ein großes Aufgebot von Knabbereien auf einem niedrigen Tisch neben ihnen. »May wird das überprüfen, mir wurden strikte Anweisungen erteilt. Ich musste sie verstecken, bis Tamsin im Bett war.«

Emily liebt Oliven, und Andy hat auch Dips, Käsestangen, Sellerie und ganz viele andere ihrer Lieblingsleckereien geholt. Sie stürzt sich glücklich aufs Essen. Die CD ist zu Ende, und Andy ersetzt sie mit … ja, mit einem alten Album von den Dire Straits. Jetzt fühlt sich Emily noch mehr wie zu Hause.

Als sie richtig zugelangt und über eine Menge belangloser Dinge gesprochen haben, greift Andy nach einem Notizbuch und einem Stift. »Okay, dann lass uns mal eine Liste mit allem zusammenstellen, worüber wir uns Julias wegen Gedanken machen müssen«, sagt er, »und dann können wir unser Vorgehen planen.«

Emily bemerkt, dass gerade *Romeo and Juliet* beginnt. Es ist ihr Lieblingssong von all den alten Liedern, die ihre Mum immer und immer wieder gehört hat, vor allem bei langen Autofahrten. Die wehmütigen Gitarrenklänge leiten den leidenschaftlichen, sinnlichen Liedtext ein. Sie weiß noch, dass sie sich als junges Mädchen gefragt hat, was »Liebe machen« bedeutet, und später, als sie es herausgefunden hatte, verwirrt war, warum es einen zum Weinen bringen sollte.

Andy hört auf zu reden, und die Musik wirbelt um sie herum. Er wendet sich Emily zu und sieht sie an, und ihr fällt auf, dass er bislang ihren Blick gemieden hat. Er saß lediglich neben ihr und hat sich aufs Essen konzentriert, wobei, wenn sie so darüber nachdenkt, hat sie eigentlich das meiste davon allein gegessen, während

Andy mehr von dem Wein getrunken hat. Jetzt wird sie sich bewusst, wie nahe ihre Hände nebeneinanderliegen, seine linke Hand berührt fast ihre rechte. In der Hoffnung, dass er es nicht bemerkt, beugt sie sich ein wenig näher zu ihm und atmet seinen angenehmen, sauberen Geruch ein: Limettenduschgel und das inzwischen vertraute, leichte und frische Aftershave.

Das Lied wird immer lauter, als Mark Knopfler seinen ganzen Schmerz über die Zurückweisung und das schlechte Timing herauslässt. Andy bewegt sich ein wenig. Sie berühren sich, und Emily spürt die Wärme, die von ihm ausgeht. Für den Moment vergisst sie ihren Plan, Männer aufzugeben, vollständig; sie schiebt ihre Hand unter seine, und ihre Finger verschränken sich. So sitzen sie eine Weile da, und dann, als das Lied aufhört, drehen sie sich einander zu und sehen sich an. Andys Blick ist weich vor Verlangen, und Emily überkommt ein so großer Drang, ihn zu küssen, dass sie nicht widerstehen kann, sein Gesicht berührt und sich noch mehr zu ihm vorbeugt. Er beugt sich ebenfalls vor, bis sich ihre Lippen treffen. Emily legt die Arme um ihn, in ihrem Kopf dreht sich alles, aber gerade, als Andy den Kuss vertieft, hört sie ein weniger angenehmes Geräusch.

»Verdammt«, murmelt Andy. Abrupt löst er sich von ihr. Emily zupft ihre Bluse wieder zurecht und springt auf, als er aus dem Zimmer rennt. Das mitleiderregende Geräusch eines kleinen Kindes, das sich gerade übergibt, ist nicht zu überhören.

»Kann ich helfen?«, ruft sie ihm nach.

»Nein, ich komme schon zurecht.«

Aus mehreren Gründen ernüchtert, lässt sie sich wieder auf die Couch fallen und trinkt den Rest ihres Weins. Sie wartet ein paar Minuten und nimmt dann ihren Mut zusammen, um nach oben zu gehen. Sie kann ihn nicht einfach einem Haufen Erbrochenen überlassen.

In Tamsins Zimmer erzählt die Bettwäsche von den Geschehnissen. Andy ist mit seiner Tochter im Bad, und sie hört, wie er leise mit ihr spricht und das schluchzende Mädchen beruhigt.

»Macht doch nichts, Schatz«, sagt er, und Emily hört Wasser plätschern. »Du bist jetzt ganz sauber. Wir machen gleich noch dein Bett und ziehen dir einen frischen Schlafanzug an.«

»Ich glaube, ich hab Stripey vollgekotzt«, sagt das kleine Mädchen traurig. Sie ringt nach Luft und hickst, als sie versucht, mit dem Weinen aufzuhören.

»Nein, die Katze ist runtergekommen, kurz nachdem du eingeschlafen bist. Ihr geht's bestens. Und jetzt raus mit dir, hier ist ein großes, flauschiges Handtuch, da kannst du dich erst mal reinkuscheln.«

»Tut mir leid, Daddy. Ich hab dich lieb.«

»Kein Grund, dich zu entschuldigen, meine Kleine. Du kannst ja nichts dafür, wenn dein Bauch hin und wieder mal explodiert.«

»Was hast du im Fernsehen geguckt? Hast du wegen mir was von der Sendung verpasst?«

»Ach, nein, ich … ich habe nichts Wichtiges gemacht. Na los, dann lass uns mal was Sauberes zum Anziehen suchen.«

Emily wird schwer ums Herz. Sie schleicht sich wieder nach unten und verlässt leise das Haus. Ihr Gesicht brennt. Sie muss verrückt geworden sein, Andy zu küssen. Was hat sie sich nur dabei gedacht? Erst gestern hat sie Max' wandernde Hände abgewehrt und geschworen, sich auf niemanden mehr einzulassen. Und immerhin hat Max ihr ehrlich gesagt, dass er durch seine Verantwortung für die Familie gebunden ist. Oder … hat er das? Nicht wirklich, wenn sie ehrlich ist.

Als sie den Weg entlangläuft, dreht sie sich noch einmal um und hofft vergeblich, dass Andy sie zurückruft. Stattdessen sieht sie eine wild winkende Hand im Fenster des Nachbarhauses. Emily stöhnt. Das ist nicht der richtige Zeitpunkt für ein vertrauliches Gespräch. Sie möchte sich in ihrem Zimmer einschließen und ins Bett kuscheln, um ihre Wunden zu lecken.

May öffnet das Fenster. »Emily, komm her, Liebes! Ich brauche dich mal kurz!«, ruft sie.

Emily fügt sich in ihr unvermeidliches Schicksal und läuft zu Mays Hintertür. Die alte Dame klang nicht ängstlich, also ist es keine Krise. Wenn sie Glück hat, kann sie bald wieder gehen.

»Ist alles okay?«, fragt Emily, leicht irritiert, dass May jetzt wieder in ihrem Lieblingssessel sitzt und ganz schön selbstzufrieden aussieht.

»Ich bin wirklich froh, dass ich dich erwischt habe, auch wenn ich dich noch nicht so früh erwartet hätte, um ehrlich zu sein. Ich dachte, du würdest noch viel länger bei Andy bleiben.« Sie wirft Emily einen neckischen Blick zu.

»Tja, das dachte ich auch, aber es ist eben anders gekommen«, blafft Emily.

May hebt die Augenbrauen und wartet. Bevor Emily sich zurückhalten kann, strömt die ganze klägliche Geschichte darüber, was schiefgelaufen ist, aus ihr heraus. Als sie fertig ist, nickt May nachdenklich.

»Er ist eine arme, innerlich zerrissene Seele, so viel ist sicher«, sagt sie.

»Zerrissen? Er liebt seine Frau immer noch und behütet seine Tochter viel zu sehr – für mich sieht das ziemlich simpel aus.«

»Gut, nehmen wir das mal so hin, aber du trägst auch dein Gepäck mit dir herum, und Tamsin braucht einfach nur klare Regeln. Wie dem auch sei, lass uns die beiden mal kurz vergessen und über dich reden, Liebes.«

»Mich?«

»Ja. Soweit ich das beurteilen kann, bist du eine unabhängige Frau. Der Mann, den du dir irgendwann aussuchst, kann sich glücklich schätzen. Aber warum die Eile? Allein zu sein kann auch sehr schön sein, zumindest eine Zeit lang. Ich gebe zu, dass ich in meinem Kopf gern mal Leute miteinander verkuppele, aber ich verstehe jetzt, dass du vielleicht noch nicht bereit für Andy bist.«

Emily denkt schweigend darüber nach. Sie erschrickt, als Fossil plötzlich auf Mays Schoß springt, und ihr fällt auf, dass sie nicht weiß, warum May sie hereingerufen hat.

»Wolltest du eigentlich etwas Bestimmtes von mir?« Sie beobachtet, wie May ihren Kater streichelt.

»Ich würde dir gern etwas zeigen, weil du mir so ähnlich bist – du hast ein Auge für schöne Dinge. Gib mir mal bitte die Schachtel da drüben. Ich möchte Fossil nicht stören.«

Emily greift nach der Holzschatulle, auf die May zeigt. Sie ist eher schäbig, hat aber eine wunderschöne Verzierung und wurde sorgfältig poliert.

»Sieh dir das hier mal an.« May öffnet die Schatulle und holt die schönste Halskette heraus, die Emily je gesehen hat.

»Oh, wow, die ist wundervoll«, haucht Emily. »Sind das Amethysten?«

»In der Tat. Meine Tante Barbara hat sie mir vererbt, als sie vor vielen Jahren gestorben ist. Ich habe die Kette schon immer geliebt.«

»Kein Wunder, sie ist wirklich traumhaft. Sie muss dich sehr gemocht haben.«

May grinst. »Vielleicht. Es war wohl eher so, dass sie niemanden sonst hatte, dem sie sie hätte vererben können, aber ja, wir haben uns immer gut verstanden. Sie hat mir diese Kette für meine Hochzeit ausgeliehen. Ich habe sie schon lange nicht angeschaut, aber ich wollte sie dir gern zeigen.«

»Danke, May. Sie gefällt mir wirklich gut.«

»Dann leg sie dir doch mal um.« May lacht über

Emilys verwirrten Gesichtsausdruck. »Ich möchte sie mal an einer jungen Person sehen, nicht immer nur an diesem faltigen alten Hals.«

Gehorsam nimmt Emily die Kette und legt sie um. Sie steht auf, um sich in dem ovalen Spiegel an der Wand anzuschauen. May lächelt und fährt fort, Fossil zu streicheln. »Ich wusste, dass sie dir gut stehen würde. Du kannst sie dir jederzeit ausleihen. Vielleicht eines Tages für deine eigene Hochzeit? Falls du doch entscheidest, dass du einen Mann brauchst.«

Später, als sie endlich warm und gemütlich unter ihrer Daunendecke liegt, denkt Emily beim Einschlafen an May und ihre weisen Worte. Im Moment ist eine Hochzeit allerdings das Letzte, was ihr vorschwebt.

22

Am Donnerstagmorgen ist es zunächst diesig, vom Meer zieht dichter Nebel auf, der dem Strand eine unheimliche Atmosphäre verleiht. Selbst die Vögel sind heute kleinlaut. Julia kommt einfach nicht zur Ruhe. Sie hat schon ihre Schublade mit den Strickjacken aufgeräumt, ein paar Scheiben Toast mit Butter gegessen und ein besonders langatmiges Krankenhausdrama im Fernsehen angeschaut. Keine der Ablenkungen hat etwas gebracht, und jetzt hat sie es geschafft, ihre frische Bluse mit geschmolzener Butter zu beschmieren.

Seufzend schleppt sie sich nach oben, um sich umzuziehen. Julia erträgt es nicht, Kleidung anzuhaben, die nicht makellos sauber ist. In ihrem Schrank hat sie eine große Auswahl. Don war es stets egal, wie viel Geld sie ausgab, um schön auszusehen. Das Bett scheint sie einzuladen, und sie gibt diesem grässlichen Schwächegefühl beinahe nach, um noch ein Nickerchen zu halten. Emily hat sie angewiesen, es ruhig angehen zu lassen, während sie eine kurze Runde dreht.

Wahrscheinlich ist ihre Enkelin nach draußen gegangen, um in Ruhe mit ihrem Boss in New York zu telefonieren. Sie scheint immer noch entschlossen zu sein, ihren Besuch zu verlängern, falls das möglich ist, obwohl der gestrige Abend bei Andy offensichtlich kein großer

Erfolg war. Julia lag schon im Bett, als Emily wieder nach Hause gekommen ist, aber die wenigen Worte, die sie gewechselt haben, als Emily ihr Gute Nacht gesagt hat, haben ihr ausreichend Grund zur Sorge gegeben.

»Aber warum bist du nicht einfach in Tamsins Zimmer gegangen und hast das Bett schon mal frisch bezogen?«, hat Julia sie gefragt, erstaunt darüber, dass Emily sich sofort geschlagen gegeben hatte.

»Ich wollte ihm nicht ins Gehege kommen. Andy hat vorher schon gesagt, Tamsin komme nicht zur Ruhe, wenn er Besuch habe, und ich wollte nicht einfach in seinen Schränken wühlen, um saubere Laken zu finden.«

»Ach, Em. Er wäre bestimmt dankbar für deine Hilfe gewesen. Es muss schwer sein, all diese Dinge allein zu erledigen.«

»Ich wette, das würdest du nicht sagen, wenn er eine alleinerziehende Frau mit Kind wäre, oder? Dann wäre es nicht so eine große Sache, stimmt's?«

»Was willst du damit andeuten?«

»Ach nichts, ich gehe jetzt ins Bett. Ich war auch noch bei May und bin echt todmüde. Schlaf gut, Oma. Es ist wichtig, dass du dich ausruhst. Wir reden morgen weiter.«

Julia lag noch lange wach und dachte über das nach, was Emily gesagt hatte. Meinte sie, Julia wäre besonders nachsichtig mit Andy, nur weil er ein Mann ist? Und hatte sie damit recht? Wenn ja, lag das nicht in ihrer Absicht. Julia hat sich selbst immer ein Stück weit als Feministin gesehen, mit großem Rückhalt von ihrem

Mann, aber wenn das wirklich der Fall war, wäre Andy mit Überfürsorglichkeit auch nicht dabei geholfen, nach dem Tod seiner Frau wieder zurechtzukommen. Aber nein, wenn sie es sich recht überlegt, hat sie ihn lediglich unterstützt, wo sie konnte. Trotzdem wird es Zeit, damit aufzuhören, an ihn immer als »der arme Mann, der sein Kind allein großziehen muss« zu denken – er kann einem leidtun, weil er eine geliebte Person verloren hat, aber dann gilt das auch für sie selbst.

Als sie sich umgezogen hat, geht Julia wieder nach unten und trifft Andy an der Tür. Sie umarmt ihn kurz und bittet ihn ins Wohnzimmer.

»Hast du früher Feierabend gemacht?«

»Ja, Vi passt heute wieder auf Tamsin auf. Mit Magen-Darm-Beschwerden darf man achtundvierzig Stunden nicht mehr in die Schule. Ich bin mir sicher, dass es nur das viele Eis war, das sie gestern zur Teezeit gegessen hat, aber sie machen keine Ausnahmen. Ich fühle mich echt mies, die arme Vi immer wieder zu fragen, aber es scheint ihr nichts auszumachen. Einer ihrer Enkel ist heute wegen einer Erkältung zu Hause geblieben, und jetzt puzzeln sie zusammen und sehen sich zum tausendsten Mal *Frozen* an.«

»Ich hätte doch auch auf sie aufpassen können, du hättest Vi gar nicht fragen müssen.«

»Aber du hast strikte Anweisungen bekommen, dich nicht anzustrengen. Ich möchte nicht, dass du nach der Pfeife meines kleinen Äffchens tanzen musst, wenn du dich eigentlich ausruhen solltest.«

»Bist du aus einem bestimmten Grund hergekommen, oder bist du bloß einer von Emilys Polizisten, die ein Auge auf die Alten und Kranken in der Gemeinde haben?«

Er lacht. »Sie kann ziemlich hartnäckig sein, wenn es um dich geht, nicht wahr? Aber das liegt daran, dass sie dich so liebt. Du bist ihr sehr wichtig.«

»Hmm. Wie war es denn gestern Abend?«

»Auf einer Skala von eins bis zehn? Ich würde sagen, minus zwei. Nimm einen potenziell sehr entspannten Abend und füge ein kotzendes Kind dazu, was ergibt das? Eine Extrawaschladung und einen Gast, der beim ersten Anzeichen von Krankheit die Beine in die Hand nimmt und wegläuft.«

»Emily wollte dir nicht im Weg stehen. Sie hat wohl angenommen, dass du das allein regeln wirst.«

»Ich habe das alles ganz falsch gehandhabt. Es sollte nur nicht so aussehen, als käme ich nicht damit zurecht, und man kann wirklich die ganze Nacht vergessen, wenn Tamsin zu aufgeregt wegen unserer Besucher ist. Ich habe mich so geärgert, weil wir gerade … na ja, wie auch immer, ich sollte mich wohl entschuldigen.«

»Es ist ja nichts Schlimmes passiert. Du kannst sie noch mal zu dir einladen.«

»Meinst du wirklich?«

»Einen Versuch ist es wert.«

»Okay. Ach, ich wollte dich noch etwas anderes fragen. May hat noch mehr von den Briefen gelesen. Sie hat heute Morgen bei mir angerufen, um zu fragen, ob ich dich im Lauf des Tages besuche, weil sie mehr über irgendeinen Streit herausfinden möchte, auf den in den späteren Briefen Bezug genommen wird.«

»Aber warum ruft sie dich deshalb an? Hätte sie mich nicht selbst fragen können? Ich habe doch vorhin erst mit ihr gesprochen. Da hat sie den Streit nicht erwähnt.«

»Ich glaube, Emily hat mit May darüber geredet, dass sie sich Sorgen um deine Gesundheit macht. May wollte dich nicht belästigen, wenn es dir nicht gut geht.«

»Aber es ist alles in Ordnung mit mir.«

Andy sieht Julia streng an. Sie verzieht das Gesicht. »Na gut, ich habe mich ein wenig zittrig gefühlt … und ich kann mich manchmal einfach nicht an Dinge erinnern, die ich gerade erst getan habe … aber es ist bestimmt nichts Schlimmes. Also dann, erzähl mir mal, was May wissen möchte.«

Julia hört Andy traurig zu, als er mit seiner tiefen Stimme von der alten Familienfehde erzählt. Sie erschaudert bei der Erinnerung daran, für wie viel Wirbel das damals gesorgt hat. Sie hätte am liebsten alle einmal kräftig durchgeschüttelt.

»… also dachte ich, es muss noch irgendwo andere Briefe geben, in denen mehr darüber steht. May sagt, aus dieser Zeit gäbe es keine Briefe, erst wieder viele Jahre später.«

»Warum willst du dich damit herumplagen? Es war eine unsinnige Zeit- und Energieverschwendung, und es hat Don schrecklich belastet.«

»Ich bin einfach nur neugierig, schätze ich. Mich

fasziniert irgendwie die Vorstellung von einer Familie, deren Mitglieder so zerstritten sind. Meine Eltern und meine Schwester waren immer richtig langweilig. Sie streiten sich nie. Sie zicken sich nicht mal an.«

»Aber du siehst sie ja auch fast nie, seit sie nach Yorkshire gezogen sind. Sie könnten sich streiten wie verrückt, ohne dass du es mitbekommen würdest.«

»Nee, dafür sind sie viel zu gelassen. Sie sind großartig, aber auch in ihren Gewohnheiten festgefahren. Ich habe nur gedacht, wenn ihr dieses Buch auf Grundlage der Briefen jemals schreiben wollt, wäre ein großer Familienstreit vielleicht ein guter Schwerpunkt.«

Julia überlegt kurz und steht dann auf. Mit einer Hand hält sie sich am Sofa fest, um sich zu stützen. Von ihrem aufwühlenden Besuch bei May hat sie sich immer noch nicht recht erholt. Es hat sie mehr mitgenommen, als ihr bewusst war.

»Es gibt da eine Stelle, an der ich noch nicht nachgesehen habe«, sagt sie. »Das fällt mir gerade ein. In der Garderobe ist ganz unten eine Schublade, die steckt voller uralter Kontoauszüge und Belege über beinahe alles, was wir je gekauft haben. Vielleicht hat Don da auch noch Briefe hineingepackt. Aber es kann auch sein, dass wir nur noch nicht bis zu dem Stapel durchgekommen sind. Die Briefe könnten ja irgendwo zwischen den anderen sein.«

»Gab es denn viele Briefe, in denen es um den Streit geht?«

»Ja, die beiden Mädchen haben Don wochenlang

ständig geschrieben, sie wollten, dass er eine magische Lösung für das Problem aus dem Hut zaubert. Will hatte sich zu dem Zeitpunkt schon nach Irland verzogen, ihn konnten sie also nicht mehr ins Fadenkreuz nehmen. Ich habe Don gesagt, er solle diese Briefe verbrennen. Aber er hat sie immer wieder gelesen, bis sie ihn fast verrückt gemacht haben.«

»Aber was *war* das große Problem?«

»Lass mich mal schauen, ob ich die fehlenden Briefe finde, und dann erkläre ich es dir. Sie sind bestimmt nicht bei dem Rest, sonst hätte ich sie inzwischen schon entdeckt. Ich bin gleich wieder da.«

»Okay, ich gehe nur eben nachsehen, ob Tam noch schläft, und komm dann gleich zurück.«

Andy und Julia kommen fast gleichzeitig wieder ins Wohnzimmer. Seine Augen leuchten auf, als er den großen braunen Umschlag in ihren Händen entdeckt. »Der war ganz hinten in der Schublade«, sagt sie. »Wahrscheinlich sind sie alle hier drin. Und ich habe noch etwas anderes gefunden.«

Sie schiebt die Hand in den Umschlag und holt eine kleine Lederschachtel heraus. »Oh, Himmel! Andy, das ist der Ring … das muss er sein.« Julia fummelt so aufgeregt am Verschluss herum, dass ihr die Schachtel zu Boden fällt. Andy hebt sie auf und öffnet sie. Eine Welle der Enttäuschung erfasst sie. Die Schachtel ist leer. Da ist bloß noch eine Vertiefung, in der der Ring mal gelegen haben muss, eingebettet in roten Samt.

Entrüstet steckt Julia die Schachtel wieder in den

Umschlag. »Du kannst May die hier geben, und sag ihr, ich will sie nicht lesen.«

»Aber worum ging es denn nun? Kannst du mir nicht wenigstens ein bisschen was davon erzählen?«

Sie faltet die Hände im Schoß und seufzt. »Also gut, wenn du darauf bestehst. Es fing nach dem Tod ihrer Mutter an, unschön zu werden. Will war damals in Irland und mehr oder weniger nicht zu erreichen, weil er zu sehr mit dem Heiligsein irgendwo mitten auf dem Land beschäftigt war. Don hatte es noch geschafft, rechtzeitig nach Hause zu fahren, um die alte Dame noch einmal zu sehen, kurz bevor sie gestorben ist, aber der Ärger ging auch erst richtig los, als das Testament verlesen wurde.«

»Warum? Was war das Problem?«

»Nun, wie es aussah, war ihre Mutter so angewidert von den Streitereien über den Ring, dass sie ihren gesamten Besitz an einen Cousin in Schottland vererbt hat, der all die Jahre den Briefkontakt mit ihr gepflegt hat, sich ansonsten aber immer eher zurückgehalten hat. Das Einzige, was separat erwähnt wurde, war der Opalring. Wenn er jemals wiedergefunden werden sollte, wollte sie, dass er an mich geht.«

»Wow! Explosive Anweisungen.«

»Ja, in der Tat. Die Schwestern waren fuchsteufelswild. Sie haben versucht, den Cousin dazu zu bringen, das Erbe nicht anzutreten, aber wie wir Menschen nun mal sind, sagte der Mann, das Geld gehöre ihm, er habe es auf gerechte und anständige Weise erhalten. Sie mussten das Zuhause der Familie verkaufen, was bedeutete, dass Elsie kein Dach mehr über dem Kopf hatte. Auch Kathryn war ungeheuer wütend, weil sie gehofft hatte, mit ihrem frisch angetrauten Ehemann ein Haus kaufen zu können, statt eine eher heruntergekommene Wohnung mit einem Ausblick auf Rohrleitungen mieten zu müssen.«

»Hmm. Und wie hat Don reagiert? War er wütend, weil er nichts bekommen hat? Und Will?«

Julia lächelt. »Don machte es überhaupt nichts aus. Er hätte sich gefreut, wenn ich noch zusätzliches Geld zur Verfügung gehabt hätte, aber abgesehen davon wollte er nur, dass alle den Mund halten und das Ganze abhaken. Will war da weniger nachsichtig, aber er konnte in seiner Situation keinen großen Aufstand machen. Er hatte schon ein Haus und eine Haushälterin, die sein Beruf mit sich brachte, und außerdem hatte er nur geringe Ausgaben.«

»Wie ging es dann weiter?«

»Ach, sie haben das Testament angefochten, konnten aber letztlich nichts ändern. Wir haben die Schwestern einige Jahre nicht gesehen. Sie haben nie wieder richtig miteinander geredet und es schließlich so geregelt, dass sie zu unterschiedlichen Zeiten hergekommen sind. Es war alles sehr traurig und unangenehm.«

Sie nimmt die Schachtel wieder in die Hand. »Aber du verstehst, was das hier bedeutet, oder? Wenn das die Schachtel ist, muss der Ring zu irgendeinem Zeitpunkt auch hier gewesen sein.«

»Das ist wahr.« Andy nimmt Julia den Umschlag aus der Hand, als sie die Haustür hören. »Emily ist da«, sagt er und springt auf.

»Du wirst dich jetzt nicht rausschleichen. Bleib hier und sprich mit ihr. Ich mache uns so lange einen Salat.«

Julia geht an Emily vorbei und bemerkt, wie sie sich strafft, als sie Andy sieht. Überlass es ihnen, sagt sie sich, lass sie das selbst regeln. Meine Güte, sie sind schließlich erwachsen. Obwohl sie fairerweise zugeben muss, dass diese Tatsache bei den Schwestern und Will auch nicht ausgereicht hat.

Mit halbem Ohr lauscht sie dem Gemurmel der beiden, während sie alles für den Salat vorbereitet. Hoffentlich ist Emily etwas nachgiebiger und empfänglicher für Entschuldigungen als ihr Vater Felix. Julias einziger Sohn ist die nachtragendste Person, die man sich nur vorstellen kann. Julia hofft, dass er sich weiterhin heraushält, bis sie es geschafft hat, dass Emily sich auf Andy und Tamsin eingelassen hat. Sie hat eine Ahnung, dass ihr Sohn, dem sozialer Aufstieg wichtig ist, seine Tochter lieber mit dem erfolgreichen Charmeur Max in einer Beziehung wüsste als mit dem Gelegenheitsgärtner, der eine Tochter hat.

23

In ihrem kleinen Haus ist es sehr gemütlich, als May alle Vorhänge zugezogen und die Tischlampen eingeschaltet hat. Es ist noch früh, aber heute Abend ist ihr danach, allein und ungestört zu sein, weil Andy den Umschlag mit den neuen Briefen vorbeigebracht hat. Er hat versprochen, so früh wie möglich zurück zu sein, um sie mit ihr durchzugehen. Außerdem hat er ihr die Ringschachtel gezeigt und ihr gesagt, wie schrecklich traurig Julia war, da sie schon geglaubt hatte, den Ring gefunden zu haben, nur um dann festzustellen, dass die Schachtel leer ist.

Bevor sie den vollgestopften Umschlag öffnet, zieht May noch einen anderen Brief aus dem kleineren Päckchen, das Julia ihr anvertraut hat. In den Schreiben hält Don Julia über die Vorbereitungen auf dem Laufenden, die er getroffen hat, damit Julia nach ihrer Hochzeit zu ihm nach Cornwall kommen konnte, daher ist es nicht allzu gefährlich, diese Briefe zu lesen. Doch hin und wieder hat Don die verzweifelte Sehnsucht nach seiner jungen Ehefrau gepackt, und May muss dann eine Pause machen, um wieder zu Atem zu kommen. Wie wunderbar es sein muss, so viel Liebe in sich zu fühlen. Sie verspürt Reue, weil sie all das nie erlebt hat, und gleichzeitig schwirren ihr berauschende Echos von längst vergangener Leidenschaft durch den Kopf.

May wird es ein wenig mulmig. Solange sie zurückdenken kann, hat sie die Kontrolle über die Wirkung der Schätze, die sie für ihre jeweilige Erinnerungsdosis benutzt, aber im Moment verändert sich alles, und sie weiß nicht, warum.

Es ist, als hätte die Pause, in der sie ihre Batterien überhaupt nicht aufladen konnte, bewirkt, dass sie jetzt gierig wird und sich nicht mehr zurückhalten kann. Noch erschreckender ist der Gedanke, dass diese neuen Gefühle vielleicht einfach daher kommen, dass sie älter wird. Ihr Vater hatte nie die Gelegenheit, die Langzeiteffekte der Gedankenernte zu testen, genauso wenig wie ihre Großmutter. Dadurch, dass die beiden so früh gestorben sind, fehlt May jeglicher Leitfaden. Sie hat niemanden, der sie darauf vorbereiten könnte, was als Nächstes kommt. Gesteigerte Vergesslichkeit? Von Arthritis geplagte Gelenke? Die Zukunft braut sich über ihr zusammen, und ihre Sterblichkeit wird ihr schmerzhaft bewusst.

Sie bemerkt es sofort, wenn sie Gefahr läuft, sich an den Briefen zu übernehmen, aber May kann sich einfach nicht mehr bremsen. Sie braucht immer mehr Erinnerungen, doch was für Auswirkungen wird das auf Julia haben? Diese wird immer schwächer, während May an Energie gewinnt. Wie kann sie es also rechtfertigen, die Gesundheit ihrer neuen Freundin zu opfern? Warum sollte Mays Wohlergehen über Julias stehen? Ihre Gedanken drehen sich im Kreis, und ihr Gewissen pikst sie mit jedem Mal fester, wenn sie an Julias Zustand denkt.

Je mehr sie über die Folgen ihrer Gedankenernte für Julia nachdenkt, desto schlimmer fühlt sie sich. Was auch immer in der Vergangenheit geschehen ist, das Julia so gegen sie aufgebracht hat - und May hat es noch nicht aufgegeben, mehr über diese Sache mit Charles herauszufinden, oh nein –, Tatsache ist, dass ihre Freundschaft May jetzt wichtiger ist, als sie je gedacht hätte. Obwohl sie früher im Dorf als Kind und später als junge, heranwachsende Frau nie kontaktscheu war, haben ihre Jahre als Alleinreisende dafür gesorgt, dass sie nicht mehr auf andere angewiesen ist. Sie kann sich mit sich selbst beratschlagen – bei mehr als einer Gelegenheit hatte sie gar keine andere Wahl. Freunde wurden immer unnötiger. Aber jetzt verstört es sie, sich Julias Bestürzung darüber vorzustellen, dass sie sich nicht mehr auf ihren bisher so scharfen Verstand verlassen kann.

May faltet das hauchdünne Papier aus vergangenen Zeiten auseinander und nimmt sich dann ein paar Minuten, um tief durchzuatmen. Es kostet sie große Anstrengung, sich zu beruhigen. Dann beginnt sie zu lesen.

Mein Liebling – da heute mein Ruhetag ist, bin ich von Falmouth aus zu Mrs Peters gefahren und habe alles für uns organisiert. Um sicherzugehen, dass du die folgenden Anweisungen bekommst, werde ich dir den Brief per Express zusenden. Bitte schick mir zur Antwort ein Telegramm an die oben genannte Adresse.

So weit, so gut. Von den Erinnerungen, die in May hineinströmen, beschleunigt sich ihr Herzschlag, aber sie sind nicht schädlich, einfach nur voller aufgestauter Aufregung. May liest weiter.

Es ist ein Haus mit elf Zimmern, und ich denke, man kann jedes einzelne davon als übergroß bezeichnen. Du wirst bestimmt genauso begeistert sein, wie ich es sofort war. Wir werden unser eigenes Wohn- und Schlafzimmer haben, und wir dürfen das Esszimmer, die Küche und die »üblichen sanitären Anlagen« für dreißig Schillinge pro Woche benutzen. Das Schlafzimmer ist riesig, und selbst das Bad ist zweimal so groß wie unseres zu Hause, es gibt einen schönen großen Garten, und wir haben eine wunderbare Aussicht von unserem Schlafzimmerfenster. Das Zimmer wird unseren großen Teppich verschlucken (ich werde ihn schicken lassen). Allerdings wird leider auf einem Ölofen gekocht. Kannst du entweder Freitag oder Samstag kommen, so, wie es dir besser passt, mein Liebling? Ich kann es nicht erwarten, diese Opale an deinem Finger zu sehen. Ich habe lange darauf gewartet, den Ring dort zu bewundern, wo er hingehört. Mutter freut sich, dass du ihn bekommst. Ich muss nur noch herausfinden, wo die Mädchen ihn aufbewahren. Sie halten sich alle etwas bedeckt, was dieses Thema angeht. Sie werden ihn doch wohl nicht verloren haben?

Das tut gut. May erlangt die Kontrolle zurück. Es gibt keinen Grund, den braunen Umschlag von Andy schon heute Abend zu öffnen. May ist jetzt randvoll mit Erinnerungen, sie muss sich erst mal zurücklehnen und diese von der sprudelnden Ekstase zu einem warmen Glühen abebben lassen.

Sie geht in die Küche und trinkt ein Glas Milch, um sich von den anderen Briefen abzulenken, aber sie kann der Sogkraft des Umschlags nicht entkommen. Solange sie sich zurückerinnern kann, hatte noch nie ein Objekt die Macht, May über diese Entfernung hinweg anzuziehen. Sie versucht, mehr Abstand zu gewinnen, indem sie in den Garten geht, aber der Drang, den Umschlag zu berühren, lässt kein bisschen nach. Sie glaubt beinahe, einen Lockruf zu vernehmen, und als Antwort darauf schlägt ihr Herz viel zu schnell.

May atmet tief ein, geht wieder ins Haus und bereitet sich einen Snack zu, bevor sie sich schließlich in ihren Sessel im Wohnzimmer sinken lässt. Während sie Kakao trinkt, grübelt sie wieder darüber nach, was, in aller Welt, in diesen Briefen steht, das einen so extremen Effekt auf ihren Geist und Körper hat.

Als sie drei Cracker mit Käse und eine eingelegte Zwiebel gegessen und in der Küche aufgeräumt hat, gibt sich May schließlich geschlagen. Es hat keinen Zweck, sie kann dem unbekannten Inhalt in dem Kuvert einfach nicht widerstehen. Mit dem Umschlag in der Hand setzt sie sich erneut in ihren Lieblingssessel. Sogar durch das dicke Papier spürt sie, dass sie das hier besser nicht tun sollte. Das Vibrieren der alten Erinnerungen ist gefährlich in seiner Intensität. Leg es weg, May, befiehlt sie sich streng. Aber die Versuchung ist zu groß. Obwohl sie ihre Schwäche verflucht, öffnet sie den Umschlag und holt die Briefe heraus.

Die meisten von ihnen sind blau, geschrieben auf Basildon-Bond-Briefpapier. Die Schriften auf den Briefen sehen sich sehr ähnlich, aber schon nach einem kurzen Blick weiß May, dass sie nicht alle von ein- und derselben Person geschrieben sind.

Der erste Brief besteht aus einem einzelnen Blatt Papier. In Mays Kopf dreht sich alles, als sie den ersten Abschnitt liest.

Die anderen werden dir inzwischen sicher schon geschrieben haben, aber ich möchte, dass du das hier sorgfältig liest, Don. Es herrscht eine große Unruhe in der Familie. Jede Menge Hass. Ich hätte nie gedacht, dass es bei uns so weit kommen könnte, nach allem, was wir einander bedeutet haben. Die Lügen, die erzählt wurden, und die Bitterkeit und Bosheit – du kannst es dir nicht vorstellen.

Aber du musst noch etwas anderes wissen, das Will mir am Telefon gesagt hat, als wir über das Testament gesprochen haben. Es ging um den Tod dieses scheußlichen kleinen Mannes, Charles. Will hat angedeutet, dass in der Nacht, in der er ertrunken ist, nicht alles so war, wie es den Anschein hatte. Charles kam ihm richtig sonderbar und labil vor. Es lässt Will seitdem nicht mehr los, sagt er. Ich glaube, er ist in Panik ausgebrochen und einfach nach Hause gerannt. Nächstes Mal erzähle ich dir mehr. Ich muss jetzt aufhören, mein Kopf pocht …

Grauen erfasst May, als sie den nächsten Brief auf dem Stapel anstarrt. Ist es jetzt so weit? Ihr Verderben, zu guter Letzt? Sie hat nicht einmal Zeit, ihn zu öffnen, bevor sie von einer Welle an Gefühlen überflutet wird. May greift sich an die Brust und versucht, die Briefe auf den Boden und außerhalb ihrer Reichweite fallen zu lassen, aber ihre andere Hand scheint einfach nicht loslassen zu können. Ihre Knöchel werden weiß, und sie schnappt nach Luft. Bitterkeit und Wut aus der Vergangenheit fließen durch ihren Körper, und weil sie keinen Widerstand mehr leisten kann, kippt sie langsam nach vorn.

Sie schwankt bedrohlich, Wellen der Übelkeit erfassen sie. Sie stürzt vornüber und prallt mit dem Kopf auf die Kante des Kaffeetisches. Ihre Augen verdrehen sich, als sie mit dem Gesicht auf den Teppich fällt, in die wirbelnden türkis- und goldfarbenen Muster des Wilton-Teppichs. Als Letztes nimmt sie wahr, dass die Uhr zur zehnten Stunde schlägt. Schlafenszeit. May schließt die Augen und gibt sich dem Schmerz hin.

24

Andy will unbedingt wieder zu May, um sich die neuen Briefe anzuschauen, aber Tamsin darf wegen der Ansteckungsgefahr am Abend nicht zum Tanzunterricht gehen. Also muss er sich damit begnügen, May anzurufen, um nachzufragen, ob es irgendetwas Interessantes zu berichten gibt. Das Telefon klingelt ewig, ohne dass sie abnimmt. Vielleicht ist sie früh zu Bett gegangen? Nein, das ist unwahrscheinlich, vor allem, wenn sie etwas zu tun hat, was sie interessiert.

»Wen rufst du an, Daddy? Tante Julia?«, fragt Tamsin. Sie sieht von ihrem Malbuch auf. Auf einer Wange hat sie einen blauen Streifen vom Filzstift, und ihr Haargummi hat sich gelöst.

»Nein, ich habe mich nur gefragt, wie es May geht.« Er runzelt die Stirn.

»Warum?«

»Na ja, ähm … nur so.«

Er späht aus dem seitlichen Fenster. In Mays Küche brennt Licht. Auch beim zweiten Anruf geht sie nicht ran.

»Tam, ich muss mal eben zu May rüber, um nachzusehen, ob alles okay ist. Ich bin so schnell wieder hier, dass du gar nicht mitkriegst, dass ich weg bin«, sagt er.

»Ich kann nicht allein hierbleiben. Das ist verboten. Du hast das selbst gesagt. Du meintest …«

»Ich weiß, ich weiß, aber ich bin nur eine Minute weg. Sie geht nicht ans Telefon.«

»Oh. Vielleicht musste sie auch brechen, genau wie ich?«

»Vielleicht. Also, kann ich dich ganz kurz allein lassen, während ich mal nachsehe?«

Sie denkt einen Moment darüber nach. »Nein.«

»Aber …«

»Ich kann doch auch mitkommen.«

Andy überlegt, während seine Besorgnis wächst. May ist sehr wahrscheinlich nur unter der Dusche oder so. Aber wenn nicht … wenn etwas nicht in Ordnung ist …

»Ich bin sofort wieder da.« Er ignoriert Tamsins Jammern. »Bleib einfach hier, okay?«

Als er das kurze Stück zwischen den Häusern zurücklegt, wirft er einen Blick über die Schulter und sieht Tamsins spitzes kleines Gesicht und ihre weit aufgerissenen Augen. Er winkt ihr zu, und sie winkt zwar zurück, lächelt aber nicht.

»Ich bin so schnell wie … wie Buster, wenn er Hühnchen riecht, mein Schatz!«, ruft er. Zusätzlich hebt er den Daumen. Sie dreht enttäuscht den Kopf weg. Die unaufhörliche Besorgnis, weil er sich allein um das Kind kümmern muss, droht ihn zu ersticken, und ihn erfasst eine Welle unsinniger Wut auf Allie, die ihm den Atem raubt. Nachdem er Mays Küche betreten hat, ruft er ihren Namen, erhält aber keine Antwort, und kurz darauf sieht er auch, warum.

May liegt auf dem Kaminvorleger, einer ihrer Pantoffeln befindet sich gefährlich nahe am elektrischen Feuer. Das, was er von ihrem zur Seite gedrehten Gesicht erkennen kann, hat den beunruhigenden Farbton von Wachs, und auf ihrer Schläfe entdeckt er ein leuchtendes rotes Mal.

»Oh, verdammt. Scheiße«, murmelt Andy. Auf seiner Stirn bilden sich Schweißtropfen. Er sinkt neben ihr auf die Knie und tastet an ihrem Handgelenk nach dem Puls, doch sein Wissen über erste Hilfe ist lächerlich unzureichend, und er ist sich nicht einmal richtig sicher, wo genau er fühlen muss. Er will sein Handy aus der Hosentasche fischen, muss jedoch feststellen, dass er es bei Tamsin gelassen hat.

»Halt durch, May, ich rufe einen Krankenwagen«, sagt er zu der reglosen Gestalt auf dem Boden. Er greift nach Mays Telefon auf der Kommode.

»Atmet sie?«, fragt die Telefonistin, als er durchgekommen ist.

»Ich weiß es nicht!« Andys Stimme ist viel zu laut, er atmet tief durch. »Können Sie nicht einfach schnell einen Krankenwagen schicken, ohne die vielen Fragen zu stellen? Wir verschwenden hier Zeit. Wenn sie nicht schon tot ist, dann sieht es so aus, als ob sie gerade stirbt.«

»Der Krankenwagen ist bereits unterwegs.« Die Stimme der Dame am Telefon klingt beruhigend, und Andy gibt sich Mühe, sich wieder zu sammeln. »Sie sind gleich bei Ihnen. Ich würde Sie nur bitten, sich zu der Patientin zu setzen und mir zu sagen, was Sie sehen.

Dann kann ich Ihnen alles erklären, was wir tun können, bevor unsere Sanitäter bei Ihnen ankommen.«

»Oh, okay. Nun, ihr Gesicht hat einen furchtbaren Farbton, und ich höre sie nicht atmen.«

»Blutet sie irgendwo?«

Andy sieht nach. »Nein, ich sehe kein Blut.«

»Hat die Dame falsche Zähne? Wenn ja, könnten Sie sie für mich entfernen, für den Fall, dass sie ihre Atemwege blockieren?«

Andy sieht auf seine arme zusammengesunkene Freundin hinab. Kann er die Finger in ihren Mund stecken und ihre Zähne herausholen? Was würde sie davon halten? Aber er hat keine Wahl. Er öffnet vorsichtig ihren Mund und rüttelt sanft an der Zahnprothese, bis sie auf seine andere Handfläche gleitet. Igitt. Schleimig. Aber als sich Mays Mund wieder schließt, ertönt ein leises Geräusch in ihrer Kehle.

»Sie lebt! Ich habe ein kurzes Stöhnen gehört.«

»Gut gemacht. Und ihre Zähne sind draußen? Perfekt. Nun, ich denke, die Sanitäter müssten jetzt jeden Augenblick bei Ihnen sein.«

Wie aufs Stichwort hört Andy auf der steilen Straße das Sirenengeheul des näher kommenden Krankenwagens. Er rennt in die Küche, legt die Prothese in die Spüle, wischt sich die Hände an der Jeans ab und reißt die Hintertür auf.

»Ein Glück. Sie ist hier drin!«, ruft er, als ein Mann und eine Frau auf Mays Gartentor zulaufen. Jeder von ihnen hat eine große Tasche dabei.

Andy sieht Tamsins Gesicht am geöffneten Fenster. Sie beugt sich vor und erkundigt sich: »Daddy? Ist May gestorben?«

»Nein, Liebes. Sie ist nur hingefallen. Diese Leute hier sehen jetzt nach ihr und heben sie wieder hoch, okay?«

Zu seiner Erleichterung sieht Andy, wie Emily Julias Haustür aufreißt. »Was ist los?«, ruft sie, während sie über die Straße rennt.

»Ich glaube, May ist gestürzt. Sie liegt zusammengesackt auf dem Teppich vor dem Feuer, und sie hat sich den Kopf gestoßen. Tam ist allein zu Hause.« Andy zeigt zu Tamsin, die sich so weit wie möglich aus dem Küchenfenster beugt, um mitzukriegen, was passiert.

Jetzt erscheint Julia in der Tür und starrt herüber.

»Geh wieder rein, Oma. Anscheinend ist May gefallen, aber die Sanitäter sind bei ihr!«, ruft Emily. »Ich bleib bei Andy und sehe, ob ich helfen kann.«

»Bring Tamsin rüber«, sagt Julia sofort. Ihre Stimme wird über die schmale Straße getragen. Julia hat wieder das Sagen, jedes Zeichen von Schwäche scheint für den Moment vergessen. Andy atmet erleichtert auf, weil sie sein Dilemma erkannt hat und tätig wird.

»Tam, wir gehen über die Straße zu Julia!«, ruft er dem kleinen Mädchen zu. »Hol deine Schultasche, und pack ein paar Bücher ein, damit Julia dir etwas vorlesen kann.«

»Okay, aber ich kann *ihr* vorlesen«, sagt sie. »Soll ich Stripey mitnehmen?«

»Nein, sie muss zu Hause bleiben, falls sie ihre Babys bekommt. Beeil dich, Kleine.«

Emily ist schon in Mays Haus, und Andy denkt, dass es dort jetzt ziemlich eng wird. Er nimmt Tamsins Hand und hält sie fest, während sie die Straße überqueren.

»Du musst meine Finger nicht zerquetschen, Dad. Ich weiß, wie man über die Straße geht. Nur noch nicht die große auf dem Hügel, aber ich habe schon auf beiden Seiten geguckt. Geht es May bald besser?«

»Das hoffe ich. Die Sanitäter kümmern sich um sie. Ich muss jetzt gleich wieder rüber, dann kannst du Julia eine Geschichte vorlesen.«

Julia streckt ihr die Hand entgegen, und Tamsin greift sofort danach. »Wir kommen schon zurecht, stimmt's, Tamsin?«, fragt Julia. »Ich habe noch das Teegebäck da, das du so gern abends isst.«

»Können wir es über dem Feuer toasten?«

Andy hört Julia mit seiner Tochter plaudern, als sie ins Haus gehen. »Ja, ich habe die lange Gabel zum Rösten schon rausgeholt. Ich mache auch im Sommer ganz gern ein Feuer an. Abends wird es in meinem Haus recht kalt. Eigentlich wollte Emily das Teegebäck mit mir essen, so wie wir das früher immer gemacht haben, als sie noch ein kleines Mädchen war, so wie du. Wir können ihr ja welches übrig lassen und deinem Daddy auch.«

Andy dreht sich um und fühlt die Last der Verantwortung ein wenig leichter werden. Jetzt muss er nur noch sichergehen, dass May in guten Händen ist.

Im Wohnzimmer versucht Emily, nicht im Weg zu

stehen, während die zwei Sanitäter um die kleine Gestalt auf dem Boden kümmern.

»Was passiert gerade?«, flüstert Andy.

»Sie versorgen sie mit Sauerstoff und bereiten sie auf die Fahrt im Krankenwagen vor.«

»Haben sie schon was dazu gesagt, was mit ihr los ist?«

Emily schüttelt den Kopf, und sie schauen den beiden schweigend zu. Wenn überhaupt, sieht May noch schlimmer aus als vorher, und Andy kann sich nicht vorstellen, dass sie das hier unversehrt übersteht. »Sie ist hundertzehn Jahre alt«, sagt er zu dem Mann, als der kurz aufsteht, um seine Tasche zu holen.

»Das habe ich schon gehört«, erwidert dieser. »Aber ihr Blutdruck ist in Ordnung, und sie atmet selbstständig. Wir geben ihr nur noch sicherheitshalber etwas Sauerstoff. Gleich bringen wir sie ins Krankenhaus. Möchte einer von Ihnen mit uns kommen, oder gibt es ein Familienmitglied, das wir kontaktieren können?«

Andy und Emily sehen sich an. »Außer uns gibt es niemanden. Ich sollte mit May gehen«, sagt Andy, »aber was ist mit Tam?«

»Keine Sorge, ich geh schon.« Emily tätschelt ihm sanft den Arm. »Du wirst hier gebraucht. Ich gehe noch schnell rüber, hol meine Tasche und sag Oma Bescheid, ja? Bin in fünf Minuten wieder da. Aber ich sollte lieber den neuen Mietwagen nehmen, statt im Krankenwagen mitzufahren. Dann komme ich auch wieder nach Hause. Er steht immer noch am Pub.«

»Ich kann dich auch abholen.«

»Aber da wäre ja immer noch Tamsin. Du müsstest schon wieder Vi bitten, auf sie aufzupassen, und es könnte Stunden dauern, bis ich zurückkomme.«

Andy nickt, zutiefst dankbar, dass sie so souverän reagiert. Auch wenn er sich schrecklich illoyal vorkommt, stellt er sich vor, wie Allie sich in dieser Notsituation verhalten hätte. Nicht so ruhig wie Emily, muss er zugeben. Sie war immer fürsorglich und liebevoll, aber in Krisen neigte sie zur Panik. Er schiebt den Gedanken an Allie beiseite. Hier geht es nur um May.

Die alte Dame liegt inzwischen in eine Decke gehüllt auf einer Trage. Andy findet, ihre Gesichtsfarbe ist jetzt etwas weniger grau, aber es ist schwer zu erkennen, weil die Sauerstoffmaske einen Großteil davon verdeckt. Ihr schönes weißes Haar ist zerzaust. Das würde ihr gar nicht gefallen, denkt er. Aber Emily wird sich darum kümmern. Sie wird sicher eine Bürste oder einen Kamm dabeihaben. Er stellt sich vor, wie sie den Inhalt ihrer Tasche gerade überprüft. Was wird sie als notwendig zum Mitnehmen betrachten? Handy, Ladekabel, Wasserflasche, Notizbuch, Stift, Kindle, Make-up, ein Notfallset, Kaugummi.

Andy kennt Emilys Handtasche – sie ist aus Teppichstoff, so groß wie ein kleiner Rucksack und hat viele kleine Taschen. Sie erinnert ihn an die Tasche, die Mary Poppins in dem alten Film benutzt hat. Sie hat sie in der Nacht geöffnet, als sie zum Essen gegangen sind, und er war beeindruckt von der Anzahl an Gegenständen, die sie mit sich herumträgt.

Die Sanitäter sind jetzt so weit, und Emily kommt wieder herein, die prall gefüllte Tasche über der Schulter.

»Tamsin geht es gut«, sagt sie zu Andy. »Sie isst gerade ihr zweites Rosinenbrötchen.« Emily tritt zur Seite, als die Trage durch die schmale Tür manövriert und zum Krankenwagen geschoben wird. Mays Augen sind fest geschlossen. Zumindest atmet sie. »Aber geht es dir auch gut?«, fragt Emily und umarmt Andy spontan.

Andy hält sie so lange fest, wie sie es ihm durchgehen lässt, dabei atmet er den zitronigen Duft ihrer Haare ein und wünscht sich plötzlich, er könne für immer so stehen bleiben, mit Emily in den Armen.

Sie löst sich von ihm und geht nach draußen. »Ich ruf dich an, wenn ich was Neues weiß. Oder auch vorher. Versuch, dir nicht zu große Sorgen zu machen. May ist zäh. Sie wird das sicher überstehen und morgen wieder wie neu sein.«

Fünf Minuten später sieht Andy zu, wie der Krankenwagen von der Bordsteinkante herabfährt, und stellt sich vor, wie Emily in ihrem kleinen Wagen auf dem Hügel wartet, um ihnen zu folgen, bereit, so lange im Krankenhaus zu bleiben, wie es nötig ist. Er wünschte, er könnte mit ihr mitfahren. Im Krankenhaus zu warten ist eine einsame Sache; das weiß er aus eigener Erfahrung.

Die Sanitäter schalten dieses Mal weder Blaulicht noch Sirene ein. Ist das ein gutes oder schlechtes Zeichen?, fragt er sich. Einige der Nachbarn stehen mit besorgten Gesichtern auf der Straße. Sie sind schon ziemlich neugierig hier unten, aber sie meinen es gut, und sie sorgen sich wirklich. Er geht zu der nächstbesten Gruppe und berichtet ihnen kurz vom Stand der Dinge, damit sie die Informationen weitergeben können. Dann ist es an der Zeit, Julia zu erlösen.

25

Die nächsten Stunden kommen Emily vor wie die längsten, die sie je erlebt hat. May wirkt schwach und krank und liegt immer noch im Koma. Nachdem sie gründlich untersucht wurde, werden ihre Vitalwerte regelmäßig überprüft, aber sie wacht nicht auf, nicht mal für einen kurzen Moment.

Emily sitzt an Mays Bett, spricht leise mit ihr oder liest ihr aus dem Thriller vor, den sie mitgebracht hat. Es ist eine schaurige Geschichte über Liebe, Tod und Reue. Emily wünschte, sie hätte die Lektüre etwas sorgfältiger ausgewählt. Einen von Julias alten Liebesromanen aus dem Regal in ihrem Schlafzimmer wäre wesentlich beruhigender. Ein schöner Roman von D. E. Stevenson, der sie mit nach Schottland nehmen würde, oder vielleicht einer von Elizabeth Goudge mit all den Einzelheiten eines Familienlebens.

»Ich glaube nicht, dass dir diese Geschichte gefallen würde, May«, sagt sie. »Sie ist gruselig, und die meisten Figuren hassen einander und auch sich selbst. Ich hätte wirklich eine bessere Auswahl treffen können. Vielleicht mache ich das auch noch. Ich hoffe ja auf ein Happy End, aber im Moment sieht es nicht danach aus.«

Von May kommt keine Reaktion. Eine Schwester zeigt Emily die Getränkestation am Ende des Krankensaals, und sie stärkt sich mit sehr süßer heißer Schokolade.

Überall um sie herum befinden sich Kabinen, die an den Seiten des langen Krankensaals aufgereiht sind, mit Patienten in unterschiedlichen Stadien von Elend und Verfall. Besorgte Verwandte laufen umher und halten Ausschau nach Ärzten, die sie befragen können, trinken dünnen Tee und schicken verstohlen Textnachrichten, während sie ihre Handys möglichst verstecken, damit sie niemanden stören und nicht von den Ärzten ermahnt werden.

»May, ich gehe nur kurz raus und rufe Andy an«, sagt Emily, als sie den ekligen körnigen Rest auf dem Boden ihres Plastikbechers hinuntergeschluckt hat.

Sie schlüpft aus einer Seitentür und erschaudert in der kühlen Abendluft. Andy nimmt nach dem ersten Klingeln ab. »Hallo? Emily? Was gibt's Neues?«

»Nicht viel, aber ich dachte, ich halte dich auf dem Laufenden. Sie sind nicht sicher, warum May zusammengebrochen ist, und führen alle möglichen Untersuchungen durch. Sie ist noch nicht aufgewacht, sieht aber friedlich aus. Ich glaube nicht, dass sie große Schmerzen hat.«

»Na, das ist doch schon mal etwas. Ich wünschte, ich wäre bei dir. Es ist nicht fair, dass du das ganz allein machen musst.«

»Mir geht's gut. Ich hole mir gleich einen Marsriegel am Automaten, seit Jahren der erste. Vielleicht wacht May ja auf, wenn ich damit unter ihrer Nase herumwedele. Mag sie Schokolade?«

Er lacht, und Emily wird es bei dem Geräusch warm ums Herz. Andy hat ein zauberhaftes tiefes Lachen. Er sollte öfter lachen, denkt sie. »Ist der Papst ein Katholik?«, erwidert er. »Sie *liebt* alles, was irgendwie mit Schokolade zu tun hat. Das könnte echt klappen.«

»Gut, ich gehe dann mal wieder, falls ich jemanden finde, der mich reinlässt. Ich rufe später noch mal an.«

»Danke, Emily. Da bist du den ganzen Weg hergekommen, um nach der einen alten Dame zu sehen, und sitzt jetzt mit einer anderen, noch älteren Dame im Krankenhaus. Trotzdem bin ich … bin ich wirklich froh, dass du nach Hause gekommen bist.«

»Ich auch. Ich wünschte nur, ich hätte ein fröhlicheres Buch mitgebracht. Hey, ich schau gleich mal, ob ich vielleicht eine alte Ausgabe vom *Hello!*-Magazin finde. Krankenhäuser haben die doch irgendwie immer da. Bis später.«

Emily legt auf und macht eine Krankenschwester in der Ambulanz auf sich aufmerksam. Diese drückt auf den Knopf, um sie hereinzulassen. Die Maschine im Wartebereich hat keine Marsriegel mehr, deswegen gönnt Emily sich ein KitKat und kauft ein Päckchen Schokobonbons für May, falls sie aufwacht. Als Emily zurückkommt, ist May noch in genau demselben Zustand wie vor einer Viertelstunde. Eine andere Krankenschwester als vorher misst gerade ihren Blutdruck und lächelt aufmunternd.

»Ist sie Ihre Großmutter?«, fragt sie. »Ich habe gerade erst meine Schicht angetreten und bin noch nicht auf dem neusten Stand.«

»Nein, sie ist … einfach eine Freundin.«

»Ah. Nun, es ist nett von Ihnen, dass Sie sich die Zeit nehmen, mit ihr herzukommen. Wir haben oft alte Patienten, die stundenlang allein hier festsitzen und niemanden haben, der sich um alles kümmert, und wenn sie nicht ansprechbar sind, bekommen wir überhaupt keine Antworten.«

»Glauben Sie, dass es ihr schon besser geht?« Wahrscheinlich ist das eine dumme Frage, da May immer noch bewusstlos im Bett liegt und ihr Gesicht die Farbe von Haferbrei hat, aber sie muss einfach fragen.

»Im Moment schlägt sie sich wacker. Ihr Blutdruck ist stabil, und sie atmet gleichmäßig. Der Arzt wird bald mit den ersten Untersuchungsergebnissen auftauchen. Sind Sie noch eine Zeit lang hier?«

»Ich bleibe.« Emily erträgt den Gedanken nicht, dass May aufwacht und sich verlassen fühlt, und außerdem ist es für Andy wichtig, dass sie hierbleibt und ihn mit Neuigkeiten versorgt. Es ist schön, sich nützlich und wertgeschätzt zu fühlen. Ihr Leben in New York ist hektisch und ihr Job meist faszinierend, aber niemand ist auf sie angewiesen oder vermisst sie, wenn sie nicht da ist, wie es scheint. Am allerwenigsten Max.

Die Schwester eilt davon, und Emily setzt sich wieder neben May. »Ich habe uns Schokolade geholt«, erzählt sie ihr, packt das KitKat aus und beißt die Hälfte des ersten Riegels ab. Den Rest hält sie May unter die Nase. Haben ihre Nasenflügel gerade gezuckt? Ein Schokoladenkrümel fällt auf das makellose weiße Laken, und Emily wischt ihn weg. Sie sieht über die Schulter, als die Ärztin hereinkommt, eine schlanke, dunkelhaarige Schönheit mit ernstem Gesichtsausdruck.

»Hey, da komme ich ja genau zur richtigen Zeit«, sagt die Ärztin. Ein Lächeln breitet sich auf ihrem Gesicht aus. »Wenn ich so tief schlafen würde, würde mich genau das aufwecken. Sind Sie mit Mrs Rosevere verwandt?«

»Nein, ich glaube nicht, dass sie noch lebende Verwandte hat, geschweige denn viele Freunde«, sagt Emily. »May ist einhundertzehn Jahre alt, die meisten Menschen hat sie überlebt. Sie ist die Nachbarin meiner Großmutter. Ich war nur zufällig gerade da.«

»Okay. Also gut, die Neuigkeiten sind so positiv, wie man es für jemanden erwarten kann, der nicht bei Bewusstsein ist. Ich …«

Die Ärztin bricht ab, als May zitternd eine Hand ein paar Zentimeter hochhebt. »Rieche ich Schokolade?«, krächzt sie.

21

Am nächsten Morgen sitzt May in ihrem Krankenbett, das Kopfteil hochgestellt, trinkt eine Tasse dünnen Tee und spürt jedes einzelne ihrer einhundertzehn Jahre. Sie wurde auf eine Station verlegt, auf die die Leute anscheinend zum Sterben verlegt werden. Obwohl die fünf anderen Patienten in den Betten um sie herum vom Personal vermutlich als »alte Menschen« bezeichnet werden, sehen sie jung genug aus, um ihre Kinder zu sein. Zwei von ihnen haben die ganze Nacht gestöhnt und geschrien, und ein anderer versucht ständig, aus der Station auszubrechen.

May sieht zu, wie Albert, der Flüchtige, wieder in sein Bett gebracht wird.

»Aber ich muss Bill im Pub treffen«, sagt er zu der Schwester und zupft an ihrem Ärmel. »Er wird stinkwütend sein, wenn ich zu spät komme. Die nächste ist meine Runde.«

»Ich rufe Bill gleich an«, beruhigt sie ihn, »und vielleicht können Sie sich morgen treffen.«

Träum weiter, mein Freund, denkt May. Sie weiß, dass Albert schon seit einer Woche hier ist, und der einzige Ort, zu dem er mit etwas Glück gehen darf, ist das Pflegeheim. Dorothy in dem Bett neben ihr, die von den anderen noch am zurechnungsfähigsten ist, hat May in der Nacht zuvor die gekürzten Geschichten der Stationspatienten erzählt, als sie davon wachgehalten wurden, dass Albert in voller Lautstärke *I Get a Kick Out of You* gesungen hat. Gegen vier Uhr morgens war May bereit, ihm diesen Kick höchstpersönlich zu verpassen.

»Wie geht es Ihnen heute, May?«, fragt der attraktive Krankenpfleger, der sich seit den frühen Morgenstunden um sie kümmert.

»Mir wird's besser gehen, wenn ich wieder zu Hause bin.« Sofort bereut sie ihre Worte, da sie daran denkt, wie freundlich er zu ihr ist, wie er ihr zur Toilette geholfen hat, ihr Wasser und einen Saft gebracht und ihr generell das Gefühl gegeben hat, weniger einsam zu sein. »Nicht, dass es mir hier nicht gefällt, verstehen Sie mich nicht falsch. Na gut, also, ich *genieße* es natürlich nicht, aber Sie machen Ihre Arbeit ganz wunderbar«, fügt sie hastig hinzu.

Er lacht. »Ich versteh schon, was Sie meinen. Dann hoffen wir, dass Sie schnellstmöglich wieder dahin kommen, wo Sie hingehören.«

»Heute?«

»Da bin ich mir nicht sicher. Die Ärzte machen gegen zehn ihre Visite.«

»Dann sollte ich mich besser waschen und meine Haare richten. Möchte ja nicht, dass sie entscheiden, ich wäre krank und schwach.«

»Keine Chance, dass sie das denken, May. Geben Sie mir eine halbe Stunde, dann komme ich wieder und helfe Ihnen. Bis später. Oh, das hätte ich fast vergessen: Ihr beste Freundin hat angerufen.«

»Wie bitte? Wer?« May fragt sich, ob die Welt jetzt vollends verrückt geworden ist. Fossil ist ein schlauer Kater, aber dass er in der Lage sein soll, das Telefon zu benutzen …

»Sie hat gesagt, ihr Name sei Julia und sie vermisse Sie. Wollte, dass ich Sie ganz herzlich grüße und frage, wie es Ihnen geht.«

May grübelt darüber nach, während sie darauf wartet, entlassen zu werden. Wer hätte gedacht, dass Julia sich die Mühe macht, sich nach ihr zu erkundigen und ihr sogar »herzliche« Grüße ausrichten zu lassen. So eng war ihre Beziehung doch gar nicht, oder? May fühlt sich beinahe zu Tränen gerührt. Ihre Freundschaft muss irgendwie ein neues Level erreicht haben, als sie gerade nicht hingesehen hat. Es ist ein wunderbares Gefühl, zu wissen, dass man vermisst wird.

Als die Ärzte um Punkt zehn erscheinen, sieht May so gut aus, wie es nach drei Stunden Schlaf und mit einem leuchtenden Bluterguss auf der einen Gesichtshälfte nur möglich ist.

»Mrs Rosevere, nicht wahr?«, sagt einer der älteren Ärzte, als er das Klemmbrett mit Mays Akten in die Hand nimmt. Er hat ein ernstes Gesicht und Koteletten, die zu einem Siebzigerjahre-Abend passen würden.

»Genau. Guten Morgen zusammen.« May schenkt den Ärzten ihr strahlendes Lächeln. Leider hat Andy nicht daran gedacht, den Sanitätern oder Emily die Zähne mitzugeben, deswegen ist der Effekt nicht derselbe wie sonst.

»Und wie geht es Ihnen? Ich habe von den Pflegern gehört, dass Sie ganz schön heftig auf dem Kopf aufgeschlagen sind und ein Problem mit dem Herzen hatten.«

»Ich fühle mich jetzt aber schon wieder richtig gut«, erwidert May, »und wenn ich nach Hause gehen könnte, würde ich mich sogar noch besser fühlen.«

Der Arzt zieht die Vorhänge um ihr Bett zu, und seine zwei Kollegen stellen sich neben das Bett. Die folgende Untersuchung ist May zwar nicht unangenehm, lässt sie jedoch leider atemlos zurück. Sie gibt ihr Bestes, um das zu verbergen, aber es gelingt ihr nicht.

»Wir würden Sie im Idealfall gern noch mindestens eine weitere Nacht hierbehalten. Aufgrund Ihres Alters möchten wir besonders sicher sein, dass es Ihnen gut geht. Ich habe gehört, dass Sie allein leben?«

»Das stimmt, aber ich habe großartige Nachbarn. Meine … ähm … beste Freundin wohnt direkt gegenüber, und nun, da Ida Carnell die Sache in die Hand genommen hat, sind auch alle anderen immer in höchster Alarmbereitschaft, was uns hilfsbedürftige alte Menschen angeht. Bitte lassen Sie mich nach Hause gehen, Herr Doktor. Noch eine schlaflose Nacht ertrage ich nicht. Ich brauche mein eigenes Bett, um wieder genesen zu können. Ohne Schlaf werde ich mich nie besser fühlen.«

Die drei Ärzte treten aus der Kabine heraus, und May hört, wie sie sich beratschlagen. Sie kreuzt die Finger und betet beinahe. Schließlich kommt der Älteste von ihnen wieder zu ihr. »Sie haben gewonnen, May«, sagt er grinsend. »Aber nur, wenn wir sicher sein können, dass jemand auf Sie achtet, und Sie müssen versprechen, dass Sie sich schonen.«

May strahlt über das ganze Gesicht und lässt ihm den schönen Anblick ihres Zahnfleisches zuteilwerden. »Danke«, sagt sie aus tiefstem Herzen.

Andy holt sie später am Nachmittag ab, immer noch in seiner Arbeitskleidung. Ihre Zähne hat er in einer Plastiktüte mitgebracht. »Ich bin so schnell wie möglich gekommen«, sagt er. »Emily holt Tam von der Schule ab, und dann kommen sie mit ein paar Einkäufen zu dir. Ich mache später Hackfleisch-Kartoffel-Auflauf und bringe dir deine Portion rüber.«

Seine Freundlichkeit gibt May beinahe den Rest, aber sie möchte nicht, dass die Krankenpfleger sie heulen sehen. Nicht, dass sie das als Anzeichen von Schwäche werten und sie doch noch hierbehalten. Zu ihrem Schrecken kommt jemand vom Personal mit einem Rollstuhl an, aber May hütet sich, zu widersprechen, und setzt sich hinein, ohne zu murren. Sie winkt den anderen fünf Patienten fröhlich zu, aber nur Dorothy geht es so gut, dass sie zurückwinken kann. Schwächlinge, denkt May, doch dann fühlt sie sich wegen ihres harten Urteils mies. Dorothy ist wirklich liebenswürdig, und keiner von ihnen kann sich mit einer Gabe, wie May sie hat, Energie zuführen. So können sie ja nur zu tattrigen Greisen werden, nicht wahr?

Die Außenwelt erscheint ihr sehr hell und freundlich, als Andy sie nach Hause bringt, wobei er nie schneller fährt als vierzig Meilen pro Stunde, sogar auf gerader Strecke. »Du kannst ruhig Gas geben, wenn du willst, mein Lieber«, sagt sie. »Ich bin nicht aus Porzellan.«

»Und *ich* gehe kein Risiko mit dir ein.« Andy zwinkert ihr zu. »Julia und Emily machen mir die Hölle heiß, wenn ich dich nicht in einem Stück nach Hause bringe.«

»Hast du dran gedacht, Fossil zu füttern?«

»Ja, so etwas würde Tamsin mich nie vergessen lassen. Sie liegt mir pausenlos wegen der beiden Katzen in den Ohren. Stripey hat sich unten in meinem Schrank niedergelassen, es sieht so aus, als bekämen wir bald ein paar Kätzchen, und Fossil hat für beide gefressen. Er frisst seine Portion und kommt dann rüber, um zu schauen, ob bei uns was übrig geblieben ist.«

May entspannt sich im Beifahrersitz und betrachtet die vertraute Landschaft, die an ihr vorüberzieht. Die Sonne wärmt ihr Gesicht, die Vögel zwitschern, und sie ist so glücklich wie lange nicht mehr. Ihr ist bewusst, dass es zum Großteil daran liegt, dass sie in den langen, schlaflosen Nachtstunden eine ernste Entscheidung getroffen hat. Sie hat dem Tod ins Auge geblickt und ist nicht zurückgezuckt. Sie kann nicht wissen, was mit ihr geschehen wird, wenn sie die Zügel loslässt, aber sie wird es bald herausfinden, denn viel länger wird sie nicht mehr in den Erinnerungen anderer Menschen herumpfuschen.

Sie hat Julia lange genug geschwächt. Ihrer neuen Freundin sind die Menschen um sie herum wirklich wichtig, und sie hat es nicht verdient, so behandelt zu werden. Wie viele andere hat May in der Vergangenheit unabsichtlich verletzt? Wie viele Dorfbewohner hat sie verwirrt und besorgt zurückgelassen, weil sie ihnen selbstsüchtig die wertvollen Erinnerungen gestohlen hat?

Die Aussicht, ihre Lebensweise zu ändern, löst eine Mischung aus Angst und immenser Erleichterung in ihr aus. May wird die Briefe nicht mehr anrühren, vor allem die giftigen, und nicht mehr versuchen, andere Quellen zu finden. Nie mehr. Diese letzte Erfahrung hat sie auf mehr als eine Weise verwundet, sowohl mental als auch körperlich bis auf die Knochen, und es erscheint ihr nicht mehr so wichtig, sich ohne Rücksicht auf die Konsequenzen ans Leben zu klammern. Vielleicht wäre die Alternative letztlich ja doch gar nicht so schlimm? Es ist beinahe Zeit, der Natur ihren Lauf zu lassen. Aber noch nicht ganz.

21

Am Abend sitzt May in ihrem Sessel, über ihren Knien liegt eine Patchwork-Decke und darauf ihr Kater. Sie ist von Julia, Andy, Emily und Tamsin umgeben. Das Feuer ist eingeschaltet, und May hat ihr Abendessen gegessen beziehungsweise so viel davon, wie sie geschafft hat.

Emily ist schockiert, wie verändert May schon nach der kurzen Zeit wirkt, die sie weg war. Ihr Haar ist so ordentlich frisiert wie immer, wenn auch ein wenig platt, und sie trägt einen sauberen Morgenrock, aber ihr Gesicht wirkt abgespannt und faltiger als gewöhnlich.

»Möchtest du ins Bett gehen?« Emily steht auf, um das Geschirr vom Abendessen abzuräumen. »Du bist bestimmt furchtbar geschafft.«

»Ich bin wirklich etwas müde, Liebes. Es war eine interessante Erfahrung, aber keine, die ich wiederholen möchte.«

Tamsin beugt sich zu ihr vor und umarmt sie. »Wir müssen jetzt eh gehen. Stripey ist kurz davor, ihre Kätzchen zu kriegen, sagt Daddy.«

»Wie aufregend.«

»Die kommen aus ihrem Popo.«

»Ja, so ist das normalerweise.« May wirft Andy einen Blick zu, aber er ist vollkommen darin vertieft, Emily dabei zu beobachten, wie sie das Geschirr auf einem Tablett stapelt.

Tamsin kichert. »Das ist total bescheuert.«

»Na ja, wie auch immer, Stripey hat keine Wahl.«

»Sie ist bestimmt ganz überrascht, wenn das passiert. Also ich wäre überrascht.«

»In dem Fall solltest du lieber sichergehen, dass du das große Ereignis nicht verpasst. Emily bringt mich ins Bett, nicht wahr?«

»Mach ich, sobald ich den Abwasch erledigt habe.«

»Keine Sorge, das übernehme ich«, sagt Julia. »Ihr beide könnt schon gehen.«

Emily betrachtet ihre Großmutter unter halb geschlossenen Lidern. Julia wirkt heute stärker und schon weniger verwirrt. »Okay, danke, Oma. Je eher May im Bett ist, desto schneller ist sie wieder fit. Diese Krankenhausbetten sind hart, außerdem kommt man dort nicht zur Ruhe. Zum Glück gibt es hier keine Treppen, die wir bewältigen müssten.«

Als May auf der Toilette war, ihre Zähne zum Reinigen in ein Glas gegeben und sich das Gesicht gewaschen hat, führt Emily sie in ihr Schlafzimmer. Sie wundert sich, denn nach allem, was sie bisher von May mitbekommen hat, wirkt sie nicht wie jemand, der es leiden kann, gestützt zu werden.

Als könne sie ihre Gedanken lesen, sagt May: »Danke für deine Hilfe, Liebes. Du hast wohl bemerkt, dass ich heute Abend etwas mehr Hilfe brauche als sonst, nicht?«

»Das überrascht mich nicht, nach allem, was du durchgemacht hast. Da würde es mir genauso gehen.«

»Hmm, meinst du? Ich muss zur Abwechslung allmählich im Hinterkopf behalten, wie alt ich bin.«

»Aber dir geht es bald wieder wie vorher. Das hier ist nur ein kurzer Ausreißer.«

May liegt im Bett, und Emily deckt sie zu. »Beug dich mal vor, dann kann ich deine Kissen aufschütteln.«

May seufzt zufrieden. »Es ist wirklich schön, wenn sich jemand so um einen kümmert. Ach, sieh mal, da ist Fossil. Er schläft gern auf meinen Füßen. Emily, du bleibst doch noch eine Weile, oder?«

»Ich habe gerade gedacht, dass Oma heute ein bisschen besser aussieht und mich wahrscheinlich nicht mehr lange braucht, aber ja, eine kleine Weile schon. Warum?«

»Ach, ich hab nur überlegt. Hast du jemals daran gedacht, dir hier dein eigenes Haus zu kaufen? Als Investition, meine ich?«

»Das kann ich mir nicht leisten, May. Meine Wohnung ist zwar klein, die Miete verschlingt aber trotzdem ein Vermögen, und ich habe in den nächsten ein bis zwei Jahren keine Aussicht auf eine Beförderung. Trotzdem ist es eine schöne Idee. Vielleicht eines Tages.«

»Eines Tages ist viel zu weit weg. Es wäre doch schön für dich, dein eigenes Heim zu haben, oder? Du könntest es ja immer noch vermieten, bis … na ja, fürs Erste.« May streichelt den Kater und wartet. Abgesehen von Fossils lautem Schnurren ist es im Zimmer sehr still.

Emily runzelt die Stirn. Was hat das hier zu bedeuten? Hat ihre Oma damit zu tun? »Es ist aber einfach nicht möglich. Colin hat zugestimmt, dass ich zusätzlich zu meinem Urlaub noch eine Woche bleiben kann. Danach muss ich erst mal nach New York und mit ihm sprechen, wenn ich irgendwelche dauerhaften Veränderungen vornehmen will.«

»Ich nehme an, das würde von vielen Faktoren abhängen, oder?«

»Wie meinst du das?«

May sieht Emily schmunzelnd an. »Na ja, Zukunftspläne sind nicht immer so geradlinig, wie man meint. Meiner Erfahrung nach kommt das Leben gern mal dazwischen.«

»Ach ja? Ich wüsste nicht, warum. Ich fälle meine eigenen Entscheidungen, unabhängig von Max.«

»Vielleicht habe ich nicht nur an ihn gedacht.«

»Aber wen soll ich denn sonst in meiner Entscheidung berücksichtigen wollen?«

Emily wartet, doch May scheint müde zu werden. Die Schatten unter ihren Augen werden tiefer, und ihr Gesicht hat die Farbe von Papier. »Wir reden weiter darüber, wenn du kräftiger bist. Jetzt schlaf erst mal gut, dann fühlst du dich morgen bestimmt wieder frisch.«

»Meinst du?« May ist schon fast eingeschlafen, und Emily beugt sich vor, um ihr einen Kuss auf die Stirn zu drücken, wobei sie darauf achtet, die Verletzungen nicht zu berühren.

»Natürlich. Und das Telefon steht neben dir, du

kannst uns heute Nacht jederzeit anrufen, wenn du uns brauchst. Aber ich wette, du wirst schlafen wie ein Baby. Ich weiß gar nicht, warum man das so sagt, denn alle Leute mit Babys, die ich kenne, scheinen nicht besonders viel zu schlafen.«

»Babys. Nein, das stimmt. Ich denke, du wirst …«

May hört auf zu sprechen und beißt sich auf die Lippe. Dann setzt sie sich auf, plötzlich wieder hellwach. »Könntest du deine Oma bitten, noch mal zu mir zu kommen, bevor sie geht?«, fragt sie.

»Mach ich, aber halt es kurz. Du musst schlafen.«

Julia geht zu May, sobald Emily ihr gesagt hat, dass nach ihr verlangt wurde. Emily lungert vor der Tür herum, bereit, einzuschreiten, weil sie befürchtet, dass May sich länger unterhalten will.

Julia setzt sich ans Bettende und lächelt May an. »Wolltest du etwas Wichtiges?« Sie schiebt Mays Wasserglas ein bisschen näher ans Bett.

»Ich wollte mich nur bei dir bedanken, dafür, dass du im Krankenhaus angerufen und gefragt hast, wie es mir geht, und für deine nette Nachricht«, sagt May. Emily kann sie gerade so durch die geöffnete Tür erkennen. Mays Wangen sind gerötet, und sie sieht Julia nicht an.

»Gern geschehen.« Julia tätschelt Mays Hand. »Als der Krankenwagen dich weggebracht hat, ist mir aufgefallen, dass dein kleines Cottage ohne dich sehr leer wirkt. Ich sehe immer nach, ob bei dir Licht brennt und ob du die Vorhänge schon zurückgezogen hast, sobald ich aufstehe. Es ist nicht dasselbe hier ohne dich.«

»Ich … habe mich sehr über deine lieben Grüße gefreut«, sagt May schüchtern. Sie schmiegt sich in ihre Kissen und schließt wieder die Augen.

Julia steht auf, und Emily geht noch einmal zu ihnen hinein.

»Ich hoffe, dir geht es bald wieder besser«, flüstert Julia. Dann macht sie sich heftig blinzelnd auf den Weg in die Küche.

Emily bemerkt, dass May schon leise schnarcht. Sie streicht die Decke glatt und wartet noch einen Moment, um sicherzugehen, dass May wirklich schläft. Emily empfindet es als sehr indiskret, jemanden beim Schlafen zu beobachten, wenn diejenige nichts davon mitbekommt, deswegen geht sie zurück in die Küche, bevor sie sich noch mehr Sorgen um den Zustand dieser tapferen alten Frau machen kann.

Julia ist gerade mit dem Aufräumen fertig. Alles glänzt und ist viel ordentlicher als sonst. »Was meinst du, wie geht es ihr wirklich?«

»Sie ist einfach müde, schätze ich, aber das alles war ein großer Schock für sie.«

»Sie erholt sich bald wieder. May lässt sich von nichts unterkriegen.«

»Hmm. Da bin ich mir nicht so sicher. May ist sehr alt. Es wird nicht leicht für sie, in ein paar Tagen einen Herzinfarkt wegzustecken.«

Sie setzen sich vor das elektrische Feuer, das bereits abgeschaltet ist. Im Zimmer wird es kühl. »May hat mich gerade gefragt, warum ich mir nicht ein Haus im

Dorf kaufe«, erzählt Emily. Dabei beobachtet sie das Gesicht ihrer Großmutter.

»Wirklich? Warum solltest du das tun wollen?«

»Ich weiß nicht. Ich dachte, du wüsstest vielleicht, warum sie das gesagt hat?«

Julia scheint ehrlich erstaunt zu sein. »Nein, das weiß ich nicht. Ein Haus in Pengelly kaufen und dann nie hier sein? Das wäre doch albern.«

»Hmm. Ach, na ja, wer weiß, warum May die Idee hatte. Es ist rätselhaft.«

»Du musst ja nicht die Verantwortung für ein Haus übernehmen, wenn du schon ein Zimmer bei mir hast, das vollkommen in Ordnung ist.«

Emily nickt und beugt sich hinüber, um Julias Hand zu drücken; plötzlich wird sie ganz nostalgisch. Wenn doch nur ihr Opa noch hier wäre. Sie vermisst ihn so sehr. Das Zuhause der beiden war jahrelang ihr Zufluchtsort, und die beiden waren Emilys Anker, wenn ihre Eltern ihren ewigen Kampf gefochten haben. Irgendwie hat May einen Gedanken in Emilys Kopf gepflanzt, der sie nicht mehr loslässt. Wie sähe ihr eigenes gemütliches Nest wohl aus? Wartet hier ein solches Haus auf sie?

Julia hat offensichtlich einen ähnlichen Gedanken. »Ignorier May einfach, Liebling.« Sie kommt ächzend auf die Beine. »Wahrscheinlich ist sie noch ein wenig im Delirium.«

»Dann lass uns mal nach Hause gehen. Ich bin total fertig und du ja wahrscheinlich auch.«

Sie wird am nächsten Morgen noch genug Zeit haben, sich etwas mehr mit dem Thema zu beschäftigen. Jetzt muss erst mal die alte Dame aus Emilys eigener Familie ins Bett. Emily fühlt die Last der Verantwortung für diese beiden sehr unterschiedlichen, aber gleichermaßen tapferen alten Frauen auf ihren Schultern, aber trotzdem kann sie das tiefe Glücksgefühl nicht ignorieren, das sie überrascht. Es hat ihr Spaß gemacht, Zeit mit Tamsin zu verbringen. Das kleine Mädchen hat ihre Schüchternheit im Nu überwunden und mit ihr geplaudert. Morgen ist Samstag, und Emily hat angeboten, auf sie aufzupassen, während Andy arbeitet. Sie haben vor, eine Höhle in Julias Garten zu bauen und darin ihr Mittagessen zu sich zu nehmen, nachdem sie Paddeln gegangen sind und vielleicht auf einen Kaffee bei Tristram vorbeigeschaut haben.

Emily zieht Mays Hintertür hinter ihnen zu und bietet Julia ihren Arm zum Überqueren der Straße an. Sie wirft einen Blick zu Andys Haus hinüber und sieht einen Umriss hinter einem Fenster im Obergeschoss. Hat er nach ihnen Ausschau gehalten? Plötzlich wünscht sie es sich. Wäre es nicht großartig, jemanden zu haben, dem sie so wichtig ist, dass er darauf achtet, ob sie sicher nach Hause kommt?

28

Julia hört, wie Emily in ihrem Zimmer herumläuft und sich für den Tag mit Tamsin anzieht, und seufzt glücklich. Heute findet der Bauernmarkt statt, und es wird wunderbar sein, Tamsin dabeizuhaben, wenn Emily und sie ins Dorf gehen.

Sie hat die Zeit immer sehr genossen, die sie mit Emily als kleinem Mädchen und später als leicht genervter Jugendlicher verbracht hat. Als Mutter fand sie Felix oft sehr anstrengend. Er war kratzbürstig und schnell eingeschnappt. Aber mit Emily war es meistens spaßig, auch noch, als sie mit etwa vierzehn Jahren eine launische Phase durchgemacht hat, in der sie sich ganz schwarz angezogen und sich Strähnchen gefärbt hat. Wenn sie schlecht drauf war, ist sie einfach zum Strand gegangen, um ihre Verdrießlichkeit loszuwerden.

»Kommt Tamsin zum Frühstück, Em?«, ruft Julia. »Wenn ja, sollte ich mich besser beeilen.«

»Nein, wir haben noch ein bisschen Zeit.« Emily steckt den Kopf durch Julias Tür. »Andy bringt sie nach dem Essen. Er sagt, wir hätten nicht die richtige Sorte ekelerregend schokoladiger Cornflakes, die sie mag. Es überrascht mich, dass er ihr so ein Zeug gibt, wo er doch so besorgt um ihre Gesundheit ist.«

Julia lächelt. »Ach, wenn man ein Kind hat, tut man alles, um den Tag ohne Trotzanfälle zu beginnen.«

»Was sagst du da? Ich kann mich nicht daran erinnern, dass ich wegen *meines* Frühstücks Rabatz gemacht hätte.«

»Nein, aber dein Dad schon. Er hat nur weißen Toast mit gekaufter Erdbeermarmelade gegessen. Und das bei uns, wo es ein Regal voller selbst gemachter Marmeladen von mir und das wunderbare, frisch gebackene Vollkornbrot deines Opas gab. Sehr ärgerlich.«

Julia lässt sich von Emily aus dem Bett helfen. Normalerweise braucht sie die Hilfe nicht, aber es fühlt sich schön an, und sie möchte den Anschein der armen alten Frau so lange wie möglich aufrechterhalten. Das ganze Gerede darüber, dass Emily sich ein Haus kaufen könnte, hat dazu geführt, dass Julia sich sogar noch mehr danach sehnt, ihre Enkelin dauerhaft hier zu haben. Es wäre ein wahrer Segen. Aber Emilys Karriere kann nicht länger ignoriert werden – das weiß sie –, und sie möchte das Mädchen nicht von ihrer Arbeit abhalten.

»Okay, während du dich hier oben fertig machst, bereite ich alles für den Tag vor«, sagt Emily mit leuchtenden Augen.

»Was musst du denn vorbereiten?«

»Ich möchte ein paar Wäscheklammern, alte Decken oder Tücher, die zwei Wäscheständer aus dem Gartenhäuschen und ein paar kleine Teppiche zusammensuchen.«

»Du hast immer gern Höhlen gebaut.«

»Ich habe das Gefühl, das hat sich nicht geändert. In einer Stadtwohnung gibt es nicht viele Möglichkeiten, eine kleine Unterkunft aufzubauen. Das wird großartig heute. Wann möchtest du zum Markt gehen?«

»Ach, so gegen elf? Was meinst du? Wir können uns ein schönes Stück Käse und all so was fürs Mittagessen holen, und dann wird da ja noch einer dieser Bäckerstände sein. Vielleicht *kaufe* ich zur Abwechslung mal einen Kuchen. Tamsin darf sich einen aussuchen.«

»Das klingt gut. Ich bin froh, dass ich hier bin und das mitkriege.«

»Ja, das Dorfleben hat seine Vorteile.« Julia hofft, dass es heute so viele Stände geben wird, dass ihre Enkelin beeindruckt ist. Das ist genau die Art von Werbung fürs Dorfleben, die jetzt nötig ist, um Emily anzulocken.

Eine halbe Stunde später platzt Tamsin durch die Küchentür, gerade als Emily und Julia die Reste ihres Frühstücks wegräumen. »Hurra!«, ruft sie. »Ich bin da. Daddy wollte mich nicht früher kommen lassen. Aus Stripeys Popo ist noch nichts gekommen. Na ja, außer ein großer …«

»Danke, Tam, das reicht«, sagt Andy, der seiner Tochter gefolgt ist. »Sie wollte schon um sechs Uhr rüberkommen, aber ich dachte, das wäre vielleicht etwas früh.«

Emily verzieht das Gesicht. »Na ja, vielleicht ein kleines bisschen. Ich bin allerdings um halb sechs zu May gegangen. Sie ist zu der Zeit schon immer wach.«

»Wir haben sie gerade auch kurz besucht. Sie hat

schon ihre üblichen Toasts gegessen. Sie war sehr vernünftig und hat sie sogar mit ins Bett genommen. Ich gehe noch mal rüber, wenn ich meinen Sprössling wieder abgeholt habe.«

»Und ich kann heute Vormittag vorbeischauen, bevor wir ins Dorf gehen«, wirft Julia ein. »Wir können alle ein Auge auf sie haben. Aber May ist zäh, glaubt mir.«

Emily wirkt immer noch besorgt. »Das hast du gestern Abend auch gesagt, aber die Sache mit dem Herzen hat sie ganz schön mitgenommen. Was meinst du, Andy?«

Andy lehnt sich an die Anrichte und verschränkt die Arme, wobei er unbeabsichtigt seinen gut trainierten Bizeps zur Schau stellt, was natürlich nur auffällt, wenn man ganz zufällig gerade hinsieht. »Ich schätze, wir müssen einfach abwarten. Wir könnten auch mal Ida ansprechen. Vielleicht finden wir noch mehr Leute, die bereit sind, hin und wieder bei May nach dem Rechten zu sehen.«

»Ich treffe sie bestimmt auf dem Markt. Fällt dir denn jemand ein?«

»Da wäre natürlich Pam aus der Nummer elf. Wobei, May sagt, sie rieche nach selbst gedrehten Zigaretten und Gin und könne Katzen nicht ausstehen. Oder wir könnten Frank aus der vierzig fragen. Es wundert mich, dass Ida ihn noch nicht für ihr Projekt eingespannt hat. Er spielt gern die eine oder andere Partie Whist, der gute Frank. Damit wäre May beschäftigt, während sie sich schonen muss.«

Julia bemerkt, dass Emily Andy interessiert mustert, auf eine Weise, von der sie anscheinend glaubt, sie sei unauffällig. Der Blick ihrer Enkelin verweilt auf seinen gebräunten Beinen, muskulös und stark. Er trägt eine verblichene kurze Jeans und schwere Stiefel. Julia hat den Eindruck, dass Andy Emilys Blick ebenfalls bemerkt hat. Gut so. Er sieht heute Morgen ganz besonders attraktiv aus. Sein lockiges braunes Haar ist noch feucht von der Dusche, so wie meistens. Er hat nie die Zeit, zu warten, bis es getrocknet ist, bevor er das Haus verlässt. Allerdings ist er frisch rasiert, und sein kariertes Hemd ist sauber, wenn auch abgetragen. Die Ärmel sind aufgekrempelt und zeigen braune Unterarme. Julia kann gut verstehen, warum Emilys Interesse geweckt ist. Wenn ich fünfzig Jahre jünger wäre …, denkt sie mit einem Lächeln.

»Was ist so witzig, Julia?«, fragt Andy.

»Ach … ähm … Ich habe mich nur gerade daran erinnert, wie früh Emily damals immer aufgestanden ist, wenn sie bei uns war.«

»Emily geht schon vor dem Frühstück an den Strand«, sagt Tamsin. »Ich habe sie mit meinem Super-Fernglas gesehen.«

»Ach, du warst es, die mich beobachtet hat!«, sagt Emily. Dann huscht ihr Blick zu Andy, und sie errötet.

Ihm entgeht es nicht. »Du hast doch nicht gedacht, *ich* würde dir nachspionieren, oder?«, erkundigt er sich, die Augenbrauen hochgezogen.

»Nein, natürlich nicht.«

Es folgt eine unangenehme Stille, die zum Glück gebrochen wird, als Tamsin um Papier bittet. »Ich möchte ein Bild von unserer Höhle malen, bevor wir sie bauen. Sie soll wie eine Hobbithöhle sein. Dann male ich noch eins, wenn sie fertig ist. Okay?«, fragt Tamsin.

»Hobbits sind sehr ordentlich, weißt du«, antwortet Emily. »Du musst da drin immer schön aufräumen.«

»Ich bin ordentlich, oder, Daddy? Aber manchmal gehen Socken ganz von allein verloren. Können wir auf dem Dach von der Höhle Gras wachsen lassen?«

Als Emily ihren Gast zum Tisch führt und die kampferprobte Stiftekiste herausholt, die seit ihrer eigenen Kindheit im Schrank steht, staunt Julia darüber, wie schnell ihre Enkelin in diese neue Rolle geschlüpft ist. Soweit sie weiß, hatte Emily nie viel mit Kindern zu tun, aber jetzt sitzt sie neben Tamsin, die Köpfe beider über das Papier gebeugt, der eine dunkel, der andere hell. Andys Blick ruht auch auf ihnen, aber seine Miene ist undurchdringlich.

»Dann gib mir noch eine Umarmung, Schatz. Wir sehen uns so um vier Uhr wieder«, sagt er und beugt sich zu Tamsin hinab. Sie springt wieder auf und umklammert ihn, und er hebt sie hoch, damit er ihr einen Kuss geben kann.

»Wie lieb hast du mich?«, fragt sie.

»So sehr.« Er setzt sie wieder ab und breitet die Arme weit aus.

»Ich hab dich noch mehr lieb. Ich hab dich sooo lieb.« Tamsin reißt die Arme auseinander, wobei sie knapp eine Vase aus Kristallglas auf einem in der Nähe stehenden Regal verfehlt.

»Tam, Vorsicht. Ich möchte, dass Julias Haus noch steht, wenn ich zurückkomme. Ich hab mein Handy dabei, also ruf an, wenn es Schwierigkeiten gibt, Julia. Sei brav, meine Kleine, ja? Bitte.«

Seit dem Kommentar über das Fernglas hat er Emily nicht mehr angesehen, und Julia seufzt. Warum sind die jungen Leute nur so empfindlich?

An der Tür zögert er. »Das ist sehr nett von euch beiden«, sagt er schließlich.

Emily blickt auf und grinst ihn an. »Ich nehme jeden Vorwand dankend an, eine Höhle zu bauen. Vielleicht könnten wir sogar erst noch paddeln gehen, wenn wir uns beeilen.«

Er lächelt zurück, und Julia atmet auf.

Eine Stunde später kehren Emily und Tamsin vom Strand zurück, mit Tristram im Schlepptau.

»Tristram hat etwas richtig Leckeres zu trinken gemacht«, erzählt Tamsin fröhlich. »Ich hatte einen Milchshake mit Kohlensäure und Streuseln. Kannst du auf Kommando rülpsen, Julia? Soll ich dir das mal zeigen?«

»Nein, jetzt nicht, Liebes. Es klingt aber ganz danach, als hättet ihr eine schöne Zeit gehabt.«

»Soll ich es dir denn zeigen, Tristram?«

»Lass uns dieses Vergnügen lieber für einen anderen Tag aufsparen, ja, Täubchen?«

»Mal ganz abgesehen vom Rülpsen: Ich hatte den besten Cappuccino, den ich je probiert habe«, sagt

Emily. »Das Shellfish Shack kommt definitiv auf die Liste meiner Lieblingsrestaurants. Und wir haben auch noch köstliche Mandelplätzchen bekommen. Tamsin hat fünf Stück gegessen.«

»Die waren aber sehr klein. Ich hätte auch zehn gegessen, aber du hast sie ja versteckt.«

»Sonst hast du keinen Platz mehr fürs Mittagessen«, sagt Julia und lacht über Tamsins finstere Miene. »Dabei wird es heute ganz was Feines vom Markt geben.«

»Ich wette, ich hab noch genug Platz.«

»Wasch mal schnell deine Hände, damit wir gleich gehen können, meine Kleine. So lange spreche ich mit Tristram«, erwidert Julia.

Sie setzen sich an den Küchentisch, und Emily berichtet Julia, dass sie Tristram schon von Mays plötzlicher Krankheit erzählt hat, aber dass er sie heute sowieso besuchen wollte.

»Sie hat mich angerufen, als sie wieder zu Hause war«, sagt er. »Sie meinte, ich solle so bald wie möglich kommen. Das ist die erste Gelegenheit, die ich habe. Die Hunde sind zu Hause, weil sie immer Mays Kater fressen wollen.«

»Was kann denn so dringend sein?«, überlegt Julia.

»Das kann ich dir auch nicht sagen.«

»Hat sie dir nicht mal einen Hinweis gegeben?«

»Nein. Aber ich werde es jetzt herausfinden – dann spart ihr euch gleich den Umweg und könnt später bei ihr vorbeischauen. Ach … äh … Julia, ich habe mich gefragt, ob du wohl mal abends mit mir essen gehen würdest? Ich möchte unbedingt die Konkurrenz ausloten, und George reagiert immer etwas gereizt, wenn ich allein ins Cockleshell Bay komme.«

Julias Gesicht ist gerötet, als sie zustimmend nickt. »Das wäre nett.« Sie meidet Emilys Blick.

Tristram geht über die Straße, und Emily schlüpft aus den alten Turnschuhen und sucht sich Sandalen für den Weg zum Markt. »Es ist schon komisch, dass May Tristram anruft, oder?«, fragt sie Julia. »Man würde meinen, dass sie dich oder mich fragen würde, wenn sie etwas braucht.«

Julia antwortet nicht. Sie hat das Gefühl, dass es vieles gibt, was sie nicht über May weiß. Vielleicht ist das auch gut so.

Als sie ein wenig später die Memory Lane hinaufspazieren, läuft Tamsin, die den ganzen Weg über plaudert, zwischen Julia und Emily und hält beide an der Hand.

»Können wir bitte einen Kuchen mit Schokoguss nehmen, Tante Jules?«, fragt sie. »May liebt Schokolade. Dann kann ich ihr später ein Stück bringen. Ich mag es gar nicht, wenn es May schlecht geht. Sie muss ständig schlafen! Schlafen ist langweilig. Gehst du gern ins Bett, Em? Ich nicht.«

Inzwischen sind sie schon fast mitten zwischen den Besuchern auf The Level. Der Parkplatz des Pubs ist voll, und auf den Bürgersteigen reihen sich weitere Autos aneinander, während Menschen jeden Alters sich den Weg auf die Dorfwiese bahnen.

»So viele waren hier noch nie«, sagt Julia. Ihr ist leicht schwindlig, als sie auf die Hüpfburg zugehen.

Gerade als sie bei der Wiese ankommen, hört Julia, wie Emilys Name gerufen wird, und zwar sehr laut. Ihre Enkelin bleibt wie angewurzelt stehen.

»Emilyyyyy! Warte mal, ich bin hier drüben.«

Sie dreht sich langsam um, und Julia sieht den Ausdruck des Entsetzens in ihrem Gesicht.

»Hi, Baby!«, ruft Max, der sich den Weg durch die Menge zu ihnen bahnt. Er trägt ein sehr knalliges Hawaiihemd und eine weite kurze Hose. Sie steht ihm nicht. Julias Laune wird immer schlechter. Sie beobachtet, dass ein großer, rotgesichtiger Mann Max folgt. Eine sehr schick zurechtgemachte, ausgesprochen dürre Frau in spitzen hohen Schuhen sowie zwei mürrisch dreinschauende junge Mädchen bilden die Nachhut.

»Ich habe Ned von eurem kleinen Markt hier erzählt. Er war ganz scharf darauf, etwas vom traditionellen Dorfleben mitzukriegen, stimmt's, Kumpel?«

Ned nickt Emily zu, ignoriert Julia und Tamsin und macht sich dann mit leuchtenden Augen auf den Weg zum großen Käsestand. Seine Familie trottet hinter ihm her.

»Also, wie läuft's bei euch zwei Mädchen?«, fragt Max und schenkt ihnen sein charmantestes Lächeln. »Ich habe dich vermisst, Schatz.« Er umarmt Emily und küsst sie auf beide Wangen. »Gefällt dir mein Urlaubsoutfit? Ich hab es mir von Ned geliehen.«

»Kann ich jetzt auf die Hüpfburg?« Tamsin zupft an Emilys Bluse.

Emily blickt in das ungeduldige kleine Gesicht und nickt, sehr zu Julias Erleichterung. »Na klar. Dafür sind wir ja hier. Hab noch einen schönen Tag, Max. Genieß den Markt und versuch, die Einwohner nicht zu herablassend zu behandeln.«

»Aber willst du mich nicht herumführen? Deine Oma kann doch auf das Kind aufpassen, oder?«, bittet er Julia.

Julia wendet sich Emily zu. »Gib mir meine Strickjacke«, sagt sie.

Max ist jetzt völlig verdattert, und Emily lacht.

»Du Dummerchen, du trägst deine Jacke doch!« Tamsin stimmt in Emilys Gelächter ein.

»Sie meinte ihre Kampf-Strickjacke«, presst Emily kichernd hervor. »Jetzt hast du sie wirklich schlimm verärgert, Max.«

»Hä?«

Julia lächelt ihn gleichmütig an. »Es ist so etwas wie unsere alte englische Familienfolklore, über die Generationen weitergegeben«, erklärt sie. »Offenbar, zumindest wird mir das so gesagt – obwohl ich glaube, dass sie übertreiben –, wurde Felix während eines Campingurlaubs vor vielen Jahren mal von einigen recht arroganten Campern zurechtgewiesen, die sich einen Platz in der Nähe des Spielplatzes ausgesucht hatten. Er kam tränenüberströmt zurück, und ich bin losgezogen, um für seine Rechte zu kämpfen, wobei ich vorher die unvergessenen Worte gemurmelt habe …«

»GIB MIR MEINE STRICKJACKE!«, rufen Julia und Emily im Chor.

Max wirkt immer noch verwirrt.

»Wenn ich nach diesem Vorfall also mal richtig ärgerlich wurde, hat Don immer diese Worte gesagt. Es tut gut, sie mal wieder auszusprechen. Denn du hast mich wirklich verärgert, Max. Ich schlage vor, dass du uns aus dem Weg gehst, meine Enkelin in Ruhe lässt und jemand anderen findest, den du ausnutzen kannst. Deine arme Frau und deine Familie tun mir leid.«

Tamsin hat mit großen Augen zugehört. »Können wir dann jetzt bitte zur Hüpfburg gehen?«, fragt sie laut. »Ich mag diesen Mann nicht, du, Em?«

Emily hat sich wieder im Griff und sieht Max direkt in die Augen.

»Nein, ich auch nicht – kein bisschen. Lasst uns gehen. Da warten Burgen zum Hüpfen auf uns, jede Menge Kuchen, die wir kaufen können, und Höhlen, die gebaut werden wollen. Bis dann, Max. Noch ein schönes Leben.«

Max klappt die Kinnlade herunter, und Emily führt die anderen zu einem bemalten Gebilde mit Flaggen obendrauf, auf dem Kinder herumspringen. Julia winkt Max kurz zu, als sie geht. Meine Arbeit hier ist getan, denkt sie, schon fast etwas selbstgefällig. Er hat es verdient.

Der Rest des Vormittags verläuft friedlich. Max und Ned gehen ihnen aus dem Weg. Die drei kaufen sich ein großes, knuspriges Brot und einen ganzen Korb voll leckerer Kuchen, Pasteten, Oliven und Käsesorten. Julia hat sogar Zeit, ein paar Minuten an Idas Infostand zu verbringen, ihr die Neuigkeiten von May zu erzählen und einigen der neuen Rekruten für das Leihoma-Projekt Ratschläge zu erteilen. Sie treffen auch auf Cassie mit einem Paar ihrer sehr lebendigen Zwillinge – das andere ist noch in der Schule –, und Emily begrüßt George und Cliff, die für *Cockleshell Bay* nach Oliven in ungewöhnlichen Geschmacksrichtungen suchen.

»Wer ist die Frau mit dem orangenen Pony?«, fragt Tamsin, als sie sich gegen Mittag auf den Nachhauseweg machen. Julia dreht sich um und sieht Angelina, die Malerin, wie wild aus dem Pubfenster winken. Sie hebt ein randvoll gefülltes Glas und mimt ein Zuprosten, aber Julia schüttelt den Kopf.

»Wenn wir etwas mit Angelina trinken, sind wir nicht rechtzeitig zum Tee wieder da, ganz zu schweigen vom Mittagessen und eurem Höhlenbau. Aber ich würde sie dir gern eines Tages vorstellen, Em. Tristram hat gesagt, er hätte sie mal fast geheiratet.«

»Na, ich hoffe, die Idee hat er mittlerweile verworfen. Sie sieht irgendwie nach einer Partylöwin aus. Er sollte jemanden finden, der ihm zu Hause Gesellschaft leistet, nicht jemanden, der ihn ständig in den Pub mitschleift und mit ihm trinkt, bis er blau ist. Würde dir eine passende Frau einfallen, Oma?« Sie hebt die Brauen, als sie zu Julia hinüberblickt.

»Blau? Ich will nicht, dass Tristram blaue Haut kriegt«,

wirft Tamsin ein. »Du, Em? Hey, Tante Jules, vielleicht braucht Tristram eher eine Freundin, die aufpasst, dass er *nicht* blau wird. Ich bin übrigens die Freundin von Robbie Partridge, wusstet ihr das schon? Er hat mich mal gefragt, ob wir Küssenfangen spielen, aber ich hab nein gesagt. Ich frage mich, ob Tristram wohl weiß, wie man das spielt.«

»Ich glaube, es wird Zeit, dass wir nach Hause gehen«, sagt Emily.

Der Höhlenbau ist ein voller Erfolg. Der Garten sieht wie ein Bohème-Festivalgelände aus, als sie fertig sind. Julia bereitet einen Krug mit eisgekühlter Limonade und einen Teller mit verschiedenen Leckereien vor.

»Ich nehme das mal mit in die Hobbithöhle«, sagt Emily. Sie umarmt Julia. »Ich habe ganz vergessen, wie viel Spaß es macht, Höhlen zu bauen und dann darin ein Picknick zu machen.«

Als Julia hinausgeht, um nach dem Rechten zu sehen, und in den Eingang der Höhle späht, entdeckt sie, wie die beiden auf den Rücken liegen, mit Kissen unter den Köpfen, und zufrieden dösen.

Emily setzt sich auf, als sie Julia entdeckt, die Augen entsetzt aufgerissen. »Oh nein, wir sind eingeschlafen, dabei sollte ich doch rübergehen und nach Stripey sehen.« Sie krabbelt aus der Höhle. »Andy hat uns den Schlüssel dagelassen, damit wir nachgucken können, ob sie ihre Kätzchen bekommen hat.«

»Warte auf mich!« Tamsin folgt ihr. »Ich möchte das auch sehen.«

Julia sieht ihnen erfreut nach, wie sie Hand in Hand über die Straße laufen. Das ist genau das, was Emily braucht, da ist sich Julia sicher, und Tamsin ist an diesem Nachmittag geradezu aufgeblüht. Eine Zeit lang hat sie sogar ihren immer etwas ängstlichen Blick abgelegt. Wären Emily und Andy doch nur nicht so kompliziert.

Wenn Julia will, dass Emily und Andy jemals die nächste Stufe erreichen und ihre Freundschaft zu mehr wird, wird sie ein paar ernsthafte Maßnahmen ergreifen müssen. Sie geht wieder ins Haus und denkt angestrengt nach.

21

Tamsin flitzt in ihr Haus und rennt die Treppe hinauf. »Komm schnell, Emily!«, ruft sie. »Stripey ist am liebsten in Daddys Schrank.«

»Schhhh, nicht, dass du sie erschreckst.« Emily folgt ihr etwas langsamer. Sie erinnert sich daran, wie sie das letzte Mal hier oben war, wie unwohl sie sich gefühlt hat und dass sie sich wie ein Eindringling in Andys und Tamsins gemeinsames Leben vorgekommen ist. An der Wand neben der Treppe hängen eingerahmte Fotos von Tamsin in jeder ihrer Entwicklungsstufen. Sie sind Emily schon beim letzten Mal aufgefallen, aber da ist sie nicht stehen geblieben, um sie sich richtig anzusehen. Ganz oben hängt ein Foto von einer sehr zerbrechlich wirkenden Frau mit Dreadlocks, die mit einem blauen Band zurückgebunden sind. Sie hält ein winziges Baby in den Armen. Das Gesicht des Babys ist nicht zu erkennen, weil es von einem dünnen Wollschal bedeckt ist, aber der Gesichtsausdruck der Frau raubt Emily den Atem.

Liebe, Sehnsucht, Freude und Verzweiflung, alles gleichzeitig. Allie kann ihre Tochter nur eine sehr kurze Zeit gekannt haben, aber es gibt keinen Zweifel, dass sie überglücklich darüber war, Mutter zu sein. Emily empfindet tiefes Mitgefühl mit Allie und auch ein wenig mit sich selbst.

»Ich kann Stripey nicht finden, Em!«, ruft Tamsin. »Was machen wir jetzt?«

Emily geht in Andys Schlafzimmer und kommt sich ein bisschen wie eine Voyeurin vor. Tamsin kniet vor dem geöffneten Schrank, aber von der Katze fehlt jede Spur.

»Keine Angst, manchmal ändern Katzenmamas spontan ihre Meinung darüber, wo sie ihre Babys zur Welt bringen wollen«, beruhigt Emily sie. »Wir werden überall nach ihr suchen. Vielleicht ist sie ja sogar zu May gegangen. Du suchst hier oben alles ab – guck auch unter die Betten und in alle Ecken und Verstecke –, und ich suche unten.«

Emily läuft den Weg zurück, den sie gekommen ist, und vermeidet den Blick auf das Bild von Allie mit ihrem Baby. Sie kann Stripey in keinem der Zimmer finden. Es ist ein gemütliches kleines Haus, und Emily könnte sich gut vorstellen, hier zu wohnen. Hör auf, sagt sie sich, deine Wohnung reicht völlig aus, und du würdest doch nicht von den Gegenständen einer toten Frau umgeben sein wollen, selbst wenn es mit Andy etwas werden sollte.

Tamsin kommt rumpelnd in die Küche, gerade als Emily versucht, den Blick von der Collage von Familienfotos über der Spüle zu lösen. »Ich finde Stripey einfach nicht.« Ihre Stimme ist brüchig. »Was ist, wenn sie weggelaufen ist?«

»Lass uns mal bei May nachschauen, bevor wir panisch werden. Na komm, du gehst vor, und ich schließ hinter uns ab.«

»Möchtest du erst noch Daddys Lieblingsfoto sehen? Ich habe vergessen, es dir zu zeigen. Ich hol es eben.«

»Aber …«

Emily hört Tamsin wieder die Treppe hinauflaufen. Sie ist in weniger als einer Minute zurück und hält einen verschnörkelten, mit Edelsteinen besetzten Bilderrahmen in der Hand. Der Anblick des Fotos darin schmerzt Emily sogar noch mehr als das von Allie mit ihrem Baby. Auf diesem hier ist Andys Frau an dem Tag zu sehen, der ihr Hochzeitstag gewesen sein muss. Ihre Haare sind lang und offen, von der Sonne beschienen, und ihr Lächeln ist beängstigend glücklich, ganz ohne den Schatten ihrer unheilvollen Zukunft. Sie ist bereits schwanger, eine Hand ruht schützend auf ihrem gerundeten Bauch.

»Ich und Daddy küssen meine Mum jeden Abend, bevor er mich ins Bett bringt«, erzählt Tamsin, und Emily verspürt erneut einen Stich im Herzen. »Er hat es gern, wenn sie auf ihn aufpasst, während er einschläft, deswegen steht sie neben seinem Bett. Ich stelle sie besser wieder zurück.«

Emily schlingt die Arme um sich, während Tamsin das wertvolle Foto zurück an seinen Platz bringt. Plötzlich ist ihr kalt. May hat gesagt, dass Emily vielleicht noch nicht bereit für Andy sei, aber das hier beweist, dass Andy noch nicht ansatzweise bereit für eine andere Frau ist, die Allies Platz einnehmen könnte. Der Gedanke ist zutiefst deprimierend. Sie sieht sich ein letztes Mal in der hellen, lichtdurchfluteten Küche um und stellt sich Allie hier drin vor, wie sie sich auf die Geburt ihres Babys vorbereitet, voller Zukunftspläne. Bis Emily sich zusammengerissen und Mays Hintertür erreicht hat, ist Tamsin schon ins Haus hineingelaufen.

May sitzt mit Fossil auf dem Schoß in ihrem Lieblingssessel. Sie döst, das Kinn auf der Brust, und schreckt auf, als Tamsin sich gegen ihre Knie lehnt und ihre Arme um May schlingt. Entsetzt stellt Emily fest, dass die alte Dame sogar noch gebrechlicher aussieht als am Morgen. Ihre Wangen sind leicht eingesunken, und die blauen Venen an ihren Händen, die auf der Decke liegen, treten noch stärker hervor als sonst.

»Wie geht's dir?«, fragt sie. »Bist du bereit für eine Tasse Tee? Wir suchen nach der werdenden Mutter. Ist Stripey zufällig bei dir?«

»Ja und ja.« May lächelt. »Eine Tasse Tee ist genau das, was ich jetzt brauche. Und deine Katze hat sich aus ein paar alten Zeitungen ein Nest unter dem Tisch gebaut. Ich muss eingenickt sein. Ich habe es gehört, als sie durch die Katzenklappe gekommen ist, aber ich habe jetzt länger nicht nach ihr gesehen.«

Tamsin krabbelt sofort unter den Tisch. »Emily«, haucht sie, »Stripey hat ihre Babys. Sie müssen aus ihrem Popo gefallen sein, während wir unsere Höhle gebaut haben. Sie sind da!«

Emily gesellt sich zu Tamsin auf den Boden. Tatsächlich, da ist die glückliche kleine Katze, die stolz schnurrt, und neben ihr liegen drei winzige Kätzchen, zwei von ihnen sind getigert, und eins ist schwarz. Das größte kriecht blind in Richtung seiner Mutter und fängt begeistert an zu saugen. Das schwarze Kätzchen rührt sich ebenfalls und tut es ihr gleich.

»Was machen sie da?«, flüstert Tamsin. »Sie beißen in Stripeys Bauch. Mach, dass sie aufhören, Em.«

»Ist schon okay, Süße, sie essen nur zu Abend. Kleine Kätzchen bekommen die Milch von ihren Mamas, bis sie ein bisschen größer sind.«

»Milch von ihren Müttern? Stripey ist doch keine Kuh!« Tamsin fängt an zu kichern, und bald schon rollt sie sich auf dem Boden und hält sich den Bauch vor Lachen. May gluckst ebenfalls, und Emily kann nicht anders, als auch zu lachen. Die Katze betrachtet sie missmutig, und die zwei Kätzchen saugen weiter. Das dritte Kätzchen bewegt sich nicht. Emily hört auf zu lachen und berührt es sanft mit einem Finger.

»Ich glaube, diesem hier müssen wir helfen, damit es das Essen findet«, sagt sie. »Es ist sehr müde.«

Sanft schiebt sie das Kätzchen zur Mutter und verschafft ihm Platz zwischen den anderen beiden. Zuerst reagiert es nicht, aber nach einem kurzen Moment sieht Emily, dass es zu suchen anfängt. Sie schiebt es noch näher an eine der Zitzen, und es beginnt zu saugen.

»Also bist du Tierärztin, Geburtshelferin, Babysitterin, Verlagsmitarbeiterin und Haushälterin in einem?« Beim Klang von Andys Stimme schreckt Emily auf. Sie sieht irritiert hoch, aber er lächelt sie an, und der Ausdruck in seinen Augen ist warm. Skeptisch erwidert sie sein Lächeln und entscheidet, dass er es wahrscheinlich nicht böse gemeint hat, falls er sie mit seinen Worten herausfordern wollte. Glaubt er, sie wolle sich als eine Art Superwoman darstellen, oder was?

»Stripey hat das ganz allein geschafft«, wirft Tamsin ein. »Sie ist superschlau. Emily hat gar nichts gemacht.«

»Na, danke, Tam«, sagt Emily. »Aber sie hat recht. Eure Katze hat einen eigenen Kopf.«

May runzelt die Stirn. »Du solltest sie noch nicht umsiedeln, Andy. Sie bringt die Kätzchen sonst nur wieder zurück. Katzen haben gern das Sagen darüber, wo ihre Babys leben. Ich hab das schon mal erlebt. Könnte sogar sein, dass sie sie irgendwo versteckt, wenn du sie störst.«

»Ich kann sie aber auch nicht die ganze Nacht allein lassen. Vielleicht brauchen die Kleinen Hilfe, um sich an die Fütterung zu gewöhnen. Wir sollten sie wieder in den Schrank bringen – Stripey ist gern darin. Ich hole sie in einer Stunde oder so ab. Wir gehen jetzt besser nach Hause für deinen Tee, Tam.«

»Aber ich wollte noch meine Hobbithöhle malen. Ich will mit Emily zurückgehen«, quengelt Tamsin.

»Nein, Emily hat heute schwer genug geschuftet. Wir gehen jetzt nach Hause.«

»Mir macht es nichts, ehrlich«, sagt Emily. »Wir haben gerade …«

»Es ist Teezeit. Komm, Tamsin. Bis später, May. Ach, und sag Julia danke von mir, Emily, ja?«

Tamsin schiebt die Unterlippe vor, scheint aber zu akzeptieren, dass sie keine Wahl hat, und nimmt die Hand ihres Vaters.

»Bye, Em«, sagt sie. »Bis bald. Kannst du unsere Höhle für mich malen?«

»Ich bin echt schlecht im Malen, aber ich mache ein paar Fotos«, antwortet Emily, als die beiden den Raum verlassen. Sie versucht, Andy einen finsteren Blick zuzuwerfen, aber er hat ihr den Rücken zugewandt.

Als sie weg sind, ist Stripeys Schnurren das einzige Geräusch, das sie hört.

May sieht Emily von der Seite an. »Er wollte nicht unhöflich sein, weißt du. Es ist nur so, dass Andy sich gern an seine Regeln hält. Er glaubt, Tamsin braucht Grenzen. Wahrscheinlich hat er damit auch recht. Sie würde ihn um den kleinen Finger wickeln, wenn er sich nicht hin und wieder durchsetzen würde.«

Emily zuckt mit den Schultern. »Ist schon okay. Eigentlich ist es mir egal, ob sie nach Hause geht oder mit mir mitkommt. Das ist seine Entscheidung. Er ist immerhin ihr Dad. Ich bin nur die kurzzeitige Aufpasserin.«

»Oh nein, es ist dir überhaupt nicht egal. Und ich kann es gut verstehen, das ist ganz natürlich. Du hast es genossen, Zeit mit Tamsin zu verbringen, nicht wahr?«

Emily fühlt, wie ihr Gesicht heiß wird. Wirkt sie so bedürftig? »Ich mach uns mal den Tee.«

»Kommt Julia nicht rüber?«, fragt May etwas später, als sie die Tassen, die Emily so gern benutzt, leer getrunken haben.

»Sie hat gesagt, es wird dir bestimmt zu viel, wenn wir beide kommen und dich in ein langes Gespräch verwickeln. Warum? Wolltest du, dass sie kommt?«

»Nun, wenn sie zu beschäftigt ist …« May schnaubt und schürzt die Lippen.

»Nein, gar nicht. Ich schreibe ihr.« Emily schickt Julia eine schnelle Nachricht, und ein paar Minuten später hört sie ihre Oma »Ju-hu« an der Hintertür rufen. Sie lässt die beiden allein, steckt eine Ladung Wäsche in die Maschine und sieht nach, ob abgelaufene Lebensmittel im Kühlschrank sind. May ist dafür bekannt, dass sie die Sachen noch behält, wenn sie das Haltbarkeitsdatum schon längst überschritten haben.

Während sie zwei verdächtige Joghurts und ein ziemlich pelziges Stück Käse entsorgt, nimmt sie das Gemurmel der zwei alten Damen wahr, die ins Gespräch vertieft sind. Hin und wieder bekommt sie Gelächter mit, und sie hört das Ende einer vertrauten Geschichte. Die Freundinnen sprechen über eine besonders grässliche Theateraufführung im Gemeindesaal, bei der der Vorhang vollständig aus der Befestigung gerissen ist, den Pfarrer von den Füßen gefegt und die Hälfte der Kulissen zerstört hat.

»Und sie hatten die Frechheit, mir die Schuld in die Schuhe zu schieben, weil ich angeblich zu fest daran gezogen hätte«, hört Emily May sagen, »aber eigentlich war es Charles' Schuld. Er hätte sie vor der Aufführung prüfen sollen, aber er … war anderweitig beschäftigt …«

Emily denkt, dass die zwei sich wahrscheinlich gern noch länger unterhalten würden, deswegen nimmt sie ein Tuch und fängt an, die Küchenoberflächen zu putzen. Dabei fällt ihr ein hohes Regal mit einer Reihe uralter Behälter ins Auge. Da ist eine quadratische Bovril-Blechbüchse, eine Bisto-Dose und ein großer Kanister, in dem mal die für Cornwall typischen Fairing-Biscuits waren. Fasziniert nimmt sie die Blechbüchse in die Hand und schüttelt sie. Es klappert. Emily wirft einen Blick in Richtung Wohnzimmer, aber die beiden glucksen immer noch fröhlich vor sich hin. Ihr ist bewusst, dass sie furchtbar neugierig ist, aber sie kann nicht widerstehen und klappt den Deckel auf.

In der Blechbüchse befindet sich ein wildes Sammelsurium von Dingen: eine leere grüne Parfümflasche, eine kleine Winkekatze ohne Schwanz, eine Christbaumkugel mit falschen Rubinen, eine Kindersocke und drei Messingknöpfe, die inzwischen angelaufen sind, aber eindeutig mal dazu gedacht waren, ein prachtvolles Kleidungsstück zu zieren. Verwirrt greift Emily nach der nächsten Dose, aber da ruft May nach ihr. Sofort überkommt sie das schlechte Gewissen, und sie legt schnell alles wieder in die Büchse und stellt diese zurück, bevor sie ins Wohnzimmer geht.

Erleichtert stellt sie fest, dass May schon viel besser aussieht. Ihre Wangen haben Farbe bekommen, und ihre Augen leuchten, aber Emily denkt trotzdem, dass ihre beiden Schützlinge eine Pause gebrauchen können. Mit einigen Schwierigkeiten kann sie Julia zum Gehen überreden und geleitet sie wieder über die Straße.

Später grübelt Emily immer noch über die Bedeutung der Sammlung in der Büchse nach, während sie ihre Oma ins Bett bringt, die Küche aufräumt und ihre müden Schultern kreisen lässt. Es ist schwere Arbeit, einen Elternteil zu vertreten. Soll sie noch mal bei May vorbeischauen, bevor sie sich schlafen legt? Vielleicht könnte sie May wegen der Büchse fragen … oder einen Blick in die anderen beiden werfen? Andy hat die Kätzchen und Stripey mittlerweile bestimmt schon abgeholt – gut möglich, dass noch sauber gemacht werden muss. Sie geht zur Haustür, sieht dann jedoch Tristram in Mays Küche verschwinden. Wie merkwürdig. Er verbringt diese Woche erstaunlich viel Zeit dort. Tristram entdeckt sie und winkt. Emily winkt zurück und schiebt die Idee an weitere Nachforschungen entschlossen beiseite. Tristram ist ein anständiger Mann. Bei ihm ist May heute Abend in guten Händen.

30

May sieht zu Tristram, der auf einem Stuhl vor ihrem Bett sitzt, ein Bein elegant über das andere geschlagen, ganz so, als säße er in einer Cocktailbar und nicht im Schlafzimmer einer alten Dame.

»Bist du fertig mit dem Kakao?«, fragt Tristram. Er beugt sich vor, um ihr die Tasse abzunehmen.

»Ja, danke, war sehr lecker. Wie kriegst du ihn so cremig hin?«

»Betriebsgeheimnis. Wenn ich es dir verrate, muss ich dich umbringen, wie mein Schwiegersohn immer sagt.«

May macht es sich in ihrem Kissenhaufen bequem und seufzt erleichtert. »Danke, dass du für mich alles mit Trevor geregelt hast.«

Er lächelt. »Keine Ursache, aber ich wünschte, wir müssten nicht über das Sterben sprechen, erst recht nicht mit einem Anwalt. Das ist richtig deprimierend, sogar in meinem jungen Alter. Ich hoffe, du hast noch nicht vor, irgendwohin zu gehen? Du hast noch viele Jahre vor dir.«

»Jeder sollte dafür sorgen, dass alles Finanzielle geregelt ist. Ich hoffe, du hast das auch schon erledigt?«

Er nickt. »Alles sauber dokumentiert. Es ist sehr einfach.«

Sie lächelt ihn an. Er ist ein attraktiver Mann, denkt sie, mit den funkelnden blauen Augen und der wettergegerbten Haut. Der kurz geschnittene Bart steht ihm. Sie kann verstehen, warum er immer ein Frauenmagnet war. Als Jugendlicher musste er die Frauen geradezu abwehren. Er bekam sie spielend leicht ins Bett, aber schon damals war er nie ein Kandidat für Langzeitbeziehungen. Sie fragt sich, wie er jetzt zu seinem Alleinsein steht, auch wenn er nicht wirklich einsam sein kann, wo er doch Gina und Vince zu Hause hat.

»Denkst du je darüber nach, wieder zu heiraten, Tris?«

Er beäugt sie misstrauisch. »Wie kommst du darauf?«

»Ach, ich mein nur so.«

»Du hast aber nicht zufällig vor, mich zu verkuppeln, oder? In diesem Dorf gibt es nur eine einzige Frau, für die ich versucht wäre, es noch mal mit der Ehe zu probieren.«

»Julia? Ja, das habe ich mir schon gedacht. Du könntest es wesentlich schlechter treffen.«

»Ich habe beinahe Angst, es zu versuchen, May. Ich glaube fast, diese wundervolle Frau könnte sich als die Liebe meines Lebens entpuppen.«

May spürt einen merkwürdigen Schmerz in der Herzgegend. Warum hat sie selbst nie diese Art der Liebe erlebt? Sie sitzen einige Minuten schweigend da, aber es ist eine angenehme Stille, die Art von Stille, die zwischen alten Freunden herrschen kann, ohne dass man sich Gedanken machen muss. Schließlich verraten

Mays zufallende Augenlider Tristram, dass es an der Zeit ist, zu gehen.

»Du hast da ein Glas Wasser stehen, einige Pfefferminzbonbons, ein sauberes Taschentuch und dein Handy«, sagt er. »Brauchst du noch irgendetwas, bevor ich gehe?«

»Ja. Ich möchte dich etwas fragen.«

»Schieß los.«

»Tris, könntest du mich morgen mit an den Strand nehmen?«

»Aber du bist noch nicht fit genug, meine Liebe. Dir geht es gerade wirklich nicht gut.«

»Das weiß ich. Wir könnten uns ja Zeit lassen. Nur für eine Weile? Du könntest ja einen Rollstuhl leihen, oder? Ich wette, im Dorf gibt es irgendjemanden, der einen rumstehen hat.«

Tristram streicht sich über den Bart, seine Stirn ist gerunzelt. »Ich weiß nicht … es erscheint mir etwas verrückt. Du solltest dich ausruhen.«

»Dafür ist noch genug Zeit, wenn wir beide die Radieschen von unten betrachten.«

Er lacht. »Ich schau mal, was sich machen lässt. Sofern es dir morgen schon besser geht. Wenn nicht, nehme ich dich auf keinen Fall irgendwohin mit.«

Mays Gesicht hellt sich auf. »Und noch eine Sache.« Sie greift unter ihr Kissen und zieht ein längliches Etui hervor, das sie Tristram reicht. Er öffnet es und hebt die Augenbrauen.

»Aber … das ist Charles' Goldfüller. Warum, um

Himmels willen, solltest du ihn ausgerechnet *mir* geben?«

May seufzt. »Ich habe es einfach nicht über mich gebracht, ihn wegzuwerfen. Ich habe ihn ihm gekauft, als wir uns verlobt haben. Bitte nimm ihn mir ab, Tris, auch wenn du ihn nie benutzt.«

Sie sehen sich einen langen Moment an, und dann schließt er das Etui, ohne noch etwas zu sagen, steckt es sich in die Tasche, schließt May noch einmal fest in die Arme und verlässt den Raum. Sie hört ihn ein irisches Volkslied pfeifen – das tut er oft zu ihrer Unterhaltung, und normalerweise folgt darauf eine kleine Stepptanz-Einlage, um sie zum Lachen zu bringen. Sie hört ihn in der Küche. Er tanzt tatsächlich, obwohl er weiß, dass sie ihn von ihrem Bett aus nicht sehen kann.

Wie viele achtzigjährige Männer sind noch beweglich genug für so etwas?, fragt sie sich. Noch gehört er nicht zum alten Eisen, wie man so schön sagt. Es wäre eine Schande, wenn er seine letzten Jahre ohne eine Frau verbringt, die er in den Arm nehmen kann, obwohl May immer der Meinung war, das Bedürfnis nach ständigem Körperkontakt zwischen Mann und Frau – oder Mann und Mann, in Charles' Fall – sei ein wenig überbewertet. Hin und wieder kann es viel Freude machen, aber doch nicht die ganze Zeit, du meine Güte. Ihr ist allerdings bewusst, dass nicht jeder das so sieht, und wenn sie ehrlich ist, hat sie, was das angeht, auch schon ein paar schöne Überraschungen erlebt.

May lehnt sich wieder in die Kissen zurück und

lässt die letzten paar Tage Revue passieren. Für jemanden, der normalerweise recht pragmatisch ist, spielen ihre Gefühle eine ganz schön große Rolle. Nach ihrer Begegnung mit dem Tod und dem kurzen Krankenhausaufenthalt hat May sich einige Gedanken über ihre nächsten Schritte gemacht.

Ihr ist bewusst, dass ihre körperliche Gesundheit ohne die Briefe oder irgendwelche anderen köstlichen Objekte, die ihr Leben mit ihrer Magie füllen könnten, ziemlich schnell nachlassen wird. Sie muss jetzt nur noch entscheiden, ob sie die Vorgänge ein bisschen beschleunigen soll. Vielleicht wäre dies eine gute Zeit für einen würdevollen Abgang.

May denkt, dass sie zu guter Letzt doch noch gelernt haben könnte, wie man liebt. Sie war oft genug Zeugin der Macht der Liebe und hat etliche Männer und Frauen jeden Alters erlebt, wie sie wegen dieser Liebe den Kopf verloren und dumme Fehler begangen haben. Ihre Empfänglichkeit für die Erinnerungen anderer Leute hat ihr einen Einblick in alle möglichen Arten der Liebe ermöglicht, aber in all den Jahren gab es nur einen einzigen Mann, der sie wirklich im Herzen berührt hat, und das währte nicht lange. Durch ihre Besitztümer hat May einige der tiefsten Gefühle der Einwohner Pengellys und einiger anderer Menschen absorbiert. Nach all den Jahren, in denen sie nicht mehr als freundliche Verbindungen zu den Menschen um sich herum gepflegt hat, wurde Mays Herz endlich tief berührt in diesen letzten Wochen, in denen sie von Julia, Andy, Tristram,

Emily und Tamsin umgeben war. Sie sind ihr wichtiger als ihre Familie geworden, aber May glaubt nicht, dass sie sie wirklich brauchen. Sie werden auf ihre eigene Art um sie trauern, aber ihre Leben werden auch ohne May glücklich weitergehen.

Kann sie es tun?

May hat drei Möglichkeiten. Sie könnte weiterhin die friedlicheren von Dons Briefen lesen, was bedeuten würde, dass sie normal weitermachen und sich nur allmählich beherrschen müsste, sodass sie noch genug Erinnerungen ernten könnte, um zu funktionieren. Das wiederum würde sie allerdings erneut der ganzen Sache ausliefern; sie hat keine Richtwerte, weil sie niemanden kennt, der diese Fähigkeit bis zum Ende ausgeschöpft hat. Sie hätte nicht länger die Kontrolle.

Die zweite Option ist, den radikalen Erinnerungsentzug zu wagen, was gefährlich sein könnte, vor allem, nachdem der kürzliche heftige Zustrom von Dons sehr emotionaler Familiengeschichte seinen Tribut von ihrer Gesundheit gefordert hat. Sie hat endlich ihren Mut zusammengenommen, um in sehr kurzen Intervallen in die giftigen Briefe einzutauchen und Ausschnitte über den großen Streit zu lesen, der die Familie zerrissen hat. Die Auswirkung dieser Briefe war schwerwiegend. Mit flatternden Nerven hat sie von der Wut und Trauer gelesen, die Zerwürfnisse mit sich bringen können, aber es wurde noch schlimmer. Charles' Tod ließ viele Fragen unbeantwortet, und May verfügt über Wissen, das ihr schwer auf der Seele lastet.

Sie geht davon aus, dass ihr Körper schnell darunter leiden wird, wenn sie es riskiert, ihre Gedankenernte vollständig aufzugeben. Sie stellt sich vor, wie sie immer gebrechlicher und schwächer wird, und fragt sich, wie lange es dauern wird, bis auch ihr Verstand schwächelt. Keine verlockende Aussicht.

Andererseits sollte man sich nicht leichtfertig dafür entscheiden, sein Leben *absichtlich* zu beenden. Die meisten Leute haben keinen Einfluss darauf, wann sie sterben, es sei denn, sie treffen drastische Maßnahmen, um den Besuch des Sensenmanns vorzuverlegen. Aber May hat Macht. Sie kann gehen, wann immer sie will. Die Frage ist: Wie bald schon soll sie es tun?

Das Einzige, was sie zurückhält, ist Barbara. Nicht Tante Barbara, sondern eine viel kleinere Version, die nach der Frau benannt ist, die ihr die Kette in einem letzten Anflug von familiären Zugehörigkeitsgefühlen vermacht hat. May sagt den Namen in Gedanken. Sie hat sich seit Ewigkeiten nicht erlaubt, an die kleine Barbara zu denken.

Sie war siebenundfünfzig Jahre alt, als sie bemerkt hat, dass sie schwanger war. Die Wechseljahre waren noch lange nicht in Sicht, und da sie sich jung und gesund gefühlt hat, hat sie nicht viel über die Risiken ihrer gelegentlichen Tändeleien nachgedacht. Charles war mit seinen eigenen Affären beschäftigt, und May war nur ein einziges Mal im vergangenen Jahr unvorsichtig gewesen.

Als eine der Glücklichen, die in der Schwangerschaft nicht groß zunehmen, konnte May ihren Zustand einige Monate lang verbergen. Zu der Zeit war sie sowieso nicht oft unter Leuten und verbrachte einen Großteil des Jahres damit, an weit verstreute Orte zu reisen, deswegen fiel ihre längere Abwesenheit nicht weiter auf. Sie verkroch sich in einem schrecklichen Heim für unverheiratete Mütter und traf die notwendigen Vorkehrungen so effizient, wie sie immer alles tat. Als die Zeit kam, war Barbaras Geburt leicht. Es war kein Problem, als Vierzigjährige durchzugehen – May wollte keine öffentliche Aufmerksamkeit als eine der ältesten Erstgebärenden in Großbritannien. Allerdings sorgten ihre fehlenden medizinischen Daten für eine gewisse Beunruhigung.

Sie gab ihr Baby zur Adoption frei, ohne noch einmal zurückzuschauen, oder zumindest sagte sie sich das, beruhigt von dem Wissen, dass ein wunderbares Paar gefunden worden war, das Barbara aufnehmen und liebevoll aufziehen würde. May ließ die neuen Eltern wissen, dass sie in der nahen Zukunft nicht kontaktiert werden wollte, aber dass Barbara alle Informationen über sie bekommen sollte, falls sie sie als Volljährige einfordern sollte.

In den Jahren, die seit Barbaras Meilenstein-Geburtstag vergangen sind, hat May gemutmaßt, dass ihre Tochter kein Interesse daran hatte, ihre biologische Mutter kennenzulernen. In letzter Zeit, da ihr eigenes Ableben näher kommt, denkt May jedoch immer mehr über das Mädchen oder vielmehr die Frau nach, die sie jetzt ist. Bei der Genkombination ihrer Tochter muss doch sicherlich ein ziemlich ungewöhnlicher Mensch herausgekommen sein, oder? Barbaras Vater war talentiert und intuitiv, er war Mays eigenem Pa im Charakter recht ähnlich. Ihre kurze körperliche Beziehung war May eine Freude gewesen. Leidenschaft, Romantik und Spaß zu gleichen Teilen. Welche Eigenschaften wurden wohl an die nächste Generation weitergegeben? Fühlt sich Barbara da draußen verwirrt und beunruhigt wegen ihrer Gabe, wenn sie sie denn hat?

Was soll May tun?

Der Gedanke an die entsetzliche Unruhe, die sicherlich folgen wird, sollte sie versuchen, ihre Tochter zu finden, erschöpft sie. Sie kann sich damit einfach nicht befassen, und es könnte Barbara sehr ungelegen kommen. Aber irgendetwas muss sie tun.

May greift nach dem Schreibset in ihrem Nachttisch. Die Stunde vor dem Zubettgehen war schon immer eine gute Zeit, um sich um schwierige Korrespondenz zu kümmern. Sie hat bereits einen Brief an Julia geschrieben und ihn abgeheftet. Für diesen hier braucht sie nicht lange, und sie bezweifelt, dass Barbara ihn jemals lesen wird, denn sie hat keine Adresse, an die sie ihn schicken könnte. Aber zumindest ist alles schriftlich erfasst, denkt sie. Sie versiegelt den Umschlag und schreibt in großen Buchstaben darauf: *An Barbara – für den Fall, dass sie jemals nach mir sucht. Bitte sicher aufbewahren.* Dann fügt sie noch die einzige weitere Information, die sie hat, hinzu – den neuen Namen ihrer Tochter, Grace Clarke.

Sie küsst den Brief und steckt ihn mitten in das Bündel in dem braunen Umschlag. Sie hat das Gefühl, dass es so schnell nicht mehr angerührt wird. Nach dem zu urteilen, was Andy gesagt hat, wird Julia kein Verlangen haben, die Briefe zu lesen, aber sie wird sie nie wegwerfen. Wenn sie irgendwann ihr Buch schreibt und die Briefe als Grundlage nutzt, wird sie Barbaras Umschlag finden. May vertraut darauf, dass sie ihn in diesem Fall sicher aufbewahren wird.

Beruhigt legt sie sich hin, um zu schlafen. Ein paar Dinge muss sie noch erledigen. Sie hat ein großes Verlangen danach, noch ein Mal an den Strand zu gehen, und sie möchte Tristrams Geburtstag mitfeiern. Aber am dringendsten muss May mit Emily sprechen.

31

Andy sitzt bei einer Tasse Tee und einem Stück kalter Pizza auf seinem gewohnten Platz vor dem Fernseher, als es an der Tür klingelt. Durch das Milchglas erkennt er eine schmale Gestalt, und sein Herz macht einen Sprung. Ist es Em? Er reißt die Tür auf und strahlt beim Anblick von Emily, die auf der Stufe steht und eine Tragetasche umklammert.

»Komm rein«, sagt er. »Du hast ja keine Ahnung, wie dringend ich die Gesellschaft einer Erwachsenen brauche. Tamsin schläft, und zwar schon lange.«

Emily zögert, und Andy bemerkt, wie blass sie ist. Die Schatten unter ihren Augen sind fast so tief wie die von May.

»Bist du sicher, dass ich nicht störe?«

»Du störst kein bisschen. Tee oder Kaffee?«

»Oh … ähm … hast du vielleicht Pfefferminztee? Ich fühle mich nicht besonders gut. Mein Magen macht seltsame Dinge.«

Andy wühlt im Regal und kramt eine verbeulte Dose heraus. »Ich weiß nicht, ob der noch besonders gut ist. Der steht da schon ewig. Ich trinke nur Schwarztee. Möchtest du ihn probieren?«

»Ja, bitte. Ich nehme an, es war Allies?«

Er sieht sie an und stellt fest, dass ihre blauen Augen

sehr traurig wirken. »Emily, was ist los? Es macht mir nichts, wenn du einen von Allies muffigen Teebeuteln nimmst. Sie haben schon nach Socken geschmeckt, als sie neu waren, also werden sie jetzt auch nicht viel besser schmecken.«

Sie seufzt. »Du vermisst sie sicher sehr.«

»Na ja, die ersten Jahre waren hart, aber jetzt habe ich … habe ich mich irgendwie daran gewöhnt.« Als Andy die Worte sagt, die hauptsächlich dazu gedacht waren, Emily zu beruhigen, erkennt er, dass sie wahr sind.

Der stechende Schmerz bei dem Gedanken an ein Leben ohne Allie hat ihn eine Zeit lang fast umgehauen, aber ganz allmählich hat sein Herz angefangen zu heilen. Jetzt fühlt sich ihr Verlust an wie eine alte Narbe – es schmerzt manchmal, aber meistens geht's ihm recht gut. Er versucht, es zu erklären, weil er nicht will, dass Emily ihn für herzlos hält.

»Man sagt, Trauer wäre ein bisschen so, als wenn man auf eine Harke tritt«, fängt er an. Er pausiert beim Teekochen, weil er den Spruch erklären will.

»Eine Harke? Wie das Gartengerät? Ich komm nicht mit.«

»Es ist ganz leicht. Stell dir vor, du läufst durch eine hohe Wiese, genießt die Sonne und die Blumen und den Vogelgesang und alles, und dann trittst du auf eine Harke, die irgendjemand mit den Zacken nach oben liegen lassen hat, und sie schnellt hoch und donnert voll in dein Gesicht. Erst mal tut es scheiße weh, später schmerzt es noch eine Weile, und dann lässt der Schmerz langsam nach, während du weiterläufst.«

»Okay, ich verstehe, was du meinst. Aber er ist immer da, nicht wahr?«

»Er ist da, aber du lernst, damit zu leben und ihn zu vermeiden. Das musst du.«

Emily sieht auf die dampfende Tasse, die er ihr reicht. Der Teebeutel schwimmt traurig darin herum, und der ursprüngliche Pfefferminzgeruch scheint vollkommen verschwunden zu sein.

»Komm mit ins Wohnzimmer und setz dich. Du siehst total erledigt aus«, sagt Andy.

Sie folgt ihm ins Nebenzimmer und stellt ihre Tasse vorsichtig auf einen Untersetzer. Andy fällt auf, dass ihre Hände zittern.

»Sagst du mir jetzt, was dich bedrückt, oder soll ich raten?«, fragt er mit einem Lächeln.

Emily atmet tief durch. »Tamsin hat mir das Foto neben deinem Bett gezeigt«, platzt sie heraus, »und mir gesagt, dass du es jeden Abend küsst und all so was.«

Andy kratzt sich am Kopf. »Ähm … ich kann dir nicht folgen. Warum ist das jetzt wichtig?«

»Na ja, dadurch ist mir klar geworden, dass du immer noch so stark trauerst, dass es in deinem Leben keinen Platz gibt für … für mich, schätze ich. Aber wie auch immer, jetzt ist das eh egal. Es ist zu spät.«

»Egal? Natürlich ist es nicht egal! Sieh mal, Em, ich lasse das Bild dort wegen Tamsin stehen, das ist alles. Zugegebenermaßen habe ich es am Anfang genauso gebraucht wie sie, aber jetzt ist es einfach eines dieser Dinge, die man zur Schlafenszeit macht, um das Leben zu vereinfachen. So was wie ein Ritual.«

»Das musst du nicht sagen. Ich kann verstehen, wie du dich fühlst.«

»Nein, das kannst du wirklich nicht. In letzter Zeit kommt mir öfter der Gedanke, dass ich mich in Selbstmitleid gesuhlt habe. May hat mir das auch schon gesagt. Es ist Zeit, das alles hinter mir zu lassen. Ich werde Allie nie vergessen, aber ich bin mir auch sicher, sie würde nicht wollen, dass ich den Rest meines Lebens damit verbringe, Trübsal zu blasen und mich zu fragen, was hätte sein können.«

Emily sieht ungläubig zu ihm auf. »Zum Glück bist du nicht sauer, dass sie mir das Bild gezeigt hat. Ich habe mir echt Sorgen gemacht und kam mir vor wie eine Voyeurin.«

Sie ist immer noch aschfarben, und Andy legt ihr die Hand auf die Schultern, um sie zu beruhigen. Dabei wird ihm bewusst, wie nahe sie sich sind und wie warm sie ist. Sie wirkt heute sehr zerbrechlich, als hielte sie sich gerade so zusammen, und sie zittert am ganzen Körper. Das Foto kann doch nicht bewirkt haben, dass sie sich so elend fühlt, oder? »Es gibt keinen Grund, sich deswegen Stress zu machen«, sagt er, »und wenn du unbedingt etwas wiedergutmachen möchtest, hätte ich sogar eine Idee, wie.«

Sie sieht alarmiert zu ihm auf. »Ich muss nach Hause zu Oma, sie wird sich fragen, wo ich hingegangen bin.«

»Kannst du nicht noch ein paar Minuten bleiben, Em? Wir haben da noch etwas zu Ende zu bringen, erinnerst du dich?« Er beugt sich zu ihr vor und küsst sie ganz sanft auf die Wange.

Sekunden später hält Andy Emily so fest im Arm, dass es sich anfühlt, als würden sie zu einer Person verschmelzen. Zwischen ihnen entsteht intensive Hitze, und einige Augenblicke schmiegen sie sich vollkommen still aneinander. Dann, ohne Vorwarnung, löst sie sich plötzlich und schiebt ihn mit beiden Händen von sich. Ihre Wangen sind gerötet und ihre Augen geweitet.

»Hör auf. Wir können das nicht tun«, sagt sie heiser. Sie streicht ihr Haar hinters Ohr und steht auf.

»Aber, Em.« Andy hört die Panik und Verwirrung in seiner Stimme. »Bitte geh nicht. Es tut mir leid, wenn ich dich damit überfallen habe. Wir können uns auch einfach nur unterhalten.« Er atmet tief ein. Irgendetwas hat sie offenbar erschüttert, aber was könnte es sein? Sie hat auf ihn reagiert, das weiß er. Was ist falsch gelaufen?

»Ich glaube, ich bin schwanger.«

Die Worte kommen so unerwartet, dass Andy sie im ersten Moment gar nicht versteht. Als er begreift, was Emily gerade gesagt hat, fällt ihm vor Schreck die Kinnlade herunter wie bei einer Zeichentrickfigur. Sie wartet auf eine Antwort, aber er ist sprachlos.

»Sag doch was.« Sie beißt sich auf die Lippe. »Ich habe es sonst noch niemandem erzählt. Ich habe es ja selbst erst nach einer Bemerkung von May in Betracht gezogen, aber wenn das hier die Reaktion ist, die darauf folgt, werde ich die Neuigkeiten für mich behalten.«

Andy blinzelt und reibt sich dann die Augen. »Äh … nun … Sollte ich dir gratulieren?«

Er spürt einen Kloß in der Kehle. Das hier ist mehr als nur ein schlechter Scherz. Endlich den Heureka-Moment zu haben, in dem er erkannt hat, dass er loslassen und weitermachen kann, nur um dann von der Frau, mit der er so unbedingt zusammen sein will, zu erfahren, dass sie das Kind eines anderen Mannes bekommt?

»Nein. Wenn ich mich nicht irre – und ich habe noch keinen Test gemacht oder so, also könnte ich mich auch irren, schätze ich –, dann ist es ein riesiger Fehler.«

»Max?«

»Natürlich. Und es ist schon eine ganze Weile zwischen uns aus, wenn ich ehrlich bin.«

»Aber: ein Baby? Hast du nicht zugehört, als sie in der Schule über Familienplanung gesprochen haben?« Die Schärfe in seiner Stimme schockiert Andy, und Emily steigen erneut Tränen in die Augen. Er verflucht sich selbst für seine Reaktion und versucht, sich zu entschuldigen, aber sie dreht sich um und geht. Es ist zu spät, um die Worte zurückzunehmen. Er hat so viele Fragen, die er stellen will, aber Emily ist schon im Flur.

»Em, bleib hier, wir sollten reden. Lass nicht so eine Bombe platzen, um dann einfach zu verschwinden und mich damit allein zu lassen.«

»*Dich* allein lassen? Was glaubst du denn bitte, wie ich mich fühle?«

Sie ist fort, und er kann sie nicht aufhalten.

32

Emily sitzt auf den Felsen oben am Strand, die Arme fest um ihre angewinkelten Knie geschlungen. Sie trägt eine alte Jogginghose, zwei T-Shirts und einen riesigen Pullover, friert aber trotzdem. Ihre fettigen Haare sind zu einem strammen Zopf geflochten, und sie hat sich einen gestrickten lila Schal bis über die Ohren gezogen. Nicht besonders schön zurechtgemacht, aber wen interessiert's? Um halb fünf Uhr morgens ist hier niemand, der sie sehen könnte. Selbst Tristram ist noch nicht unterwegs.

Die Übelkeit plagt sie schon wieder, und sie kommt sich aufgebläht und schwerfällig vor. Wenn es sich wirklich so anfühlt, schwanger zu sein, ist es jetzt schon furchtbar.

Es muss am letzten Abend passiert sein, den sie zusammen verbracht haben. Max ist unerwartet bei einer Buchvorstellung aufgetaucht, die sie veranstaltet hat. Er hatte Blumen und Schokolade und eine Million Entschuldigungen dabei, warum er sich so lange nicht gemeldet hatte. Emily wusste, dass sie ihm hätte widerstehen sollen. Zu dem Zeitpunkt hatte sie sich bereits mehr oder weniger dazu entschieden, die Affäre zu beenden, aber die Arbeit war in den Tagen davor zermürbend gewesen, und der Gedanke, nach der Party mit Max auszugehen und mit Champagner und köstlichem Essen verwöhnt zu werden, das sie nicht selbst kochen musste, war verlockend.

Sie landeten letztlich im Bett in Max' exklusivem Hotelzimmer, und natürlich hatte er keine Kondome da. Er überließ es immer Emily, sie zu kaufen, weil er meinte, er könne nicht riskieren, dass Marcia beim Durchwühlen seiner Taschen die Beweise finde. Es war dumm, dieses Risiko einzugehen, aber Emily war erschöpft und sehr beschwipst. Sie schlief danach sofort ein und wachte am nächsten Morgen mit einem schlimmen Kater auf, sodass sie sich gerade noch aufraffen konnte, nach Hause zu gehen, sich krankzumelden und für den Rest des Tages hinzulegen.

Emily drückt ihr Gesicht an ihre Knie und versteckt ihre Augen wie ein Kind, das so tut, als wäre es irgendwo anders. Eine Stunde vergeht, und die Kühle des frühen Morgens dringt tief in ihre Knochen, doch sie bemerkt es kaum.

»Was soll ich nur machen?«, flüstert sie einer Möwe zu, die sich langsam annähert, um zu sehen, ob sie etwas zu fressen ergattern kann. »Ich bin noch nicht bereit, Mutter zu sein. Max will mich nicht, und ich will ihn schon gar nicht.«

Sie steht auf, als sie Busters morgendliche Begrüßung hört. Der Hund rennt auf sie zu, springt wie verrückt um sie herum und bellt vor Freude darüber, sie zu sehen. Tristram kommt langsamer auf sie zu, mit Bruno, der sein Herrchen bewundernd anstarrt.

»Ich habe gehofft, dass du hier bist«, sagt er beim Näherkommen. »Komm mit zu unserem Restaurant, ich mache uns Frühstück.«

Bei dem Gedanken an Essen dreht sich Emily der Magen um, aber sie weiß, dass sie essen muss. Vielleicht kriegt sie etwas Toast hinunter? Sie laufen über den Strand zum *Shellfish Shack*. Emily ist heute nicht in der Stimmung für höfliche Konversation, aber Tristram scheint dies nichts auszumachen. Er lässt gelegentlich einen Stein übers Wasser hüpfen und hebt die eine oder andere Muschel für Emily auf, doch abgesehen davon ist er in seine eigenen Gedanken versunken. Emily überlegt kurz, worüber er wohl mit ihr sprechen möchte, aber ihr Kopf ist so voller Babysorgen, dass sie nicht weiter darüber nachdenkt.

»Geh schon mal rein, Liebes«, sagt Tristram. Er schaltet ein paar gedimmte Lichter an. »Ich bringe nur eben die Hunde nach hinten. Buster ist in Ungnade gefallen.«

»Wirklich? Was hat er getan?« Sie sieht auf Buster hinab, der auf der Stufe sitzt und seinen engelhaftesten Blick aufgesetzt hat. Es sieht fast so aus, als würde er lächeln.

»Ich habe gestern Abend gerade Fernsehen geschaut – Nigella, falls es dich interessiert –, da hat das Telefon geklingelt. Es war Geoff aus dem Pub, der sagte, Buster sei vorbeigekommen.«

»Buster ist ganz allein zum Pub gelaufen? Für ein Pint, nehme ich an?«

»Wenn es nur das gewesen wäre. Nein, er ist uns wohl entwischt, als Gina nicht aufgepasst hat, bis nach

The Level hochgelaufen und hat sich vor den Pub gesetzt, bis jemand die Tür aufgemacht hat.«

»Cleveres Kerlchen, das gefällt mir.« Das ist genau die Ablenkung, die Emily braucht. Buster sieht zu ihr auf und wedelt fröhlich mit dem Schwanz.

»Lächele ihn nicht an, Emily. Er ist ein sehr frecher Hund. Er ist geradewegs in den Pub gestürzt, auf einen Stuhl und von da aus auf den Tisch gesprungen und hat das Abendessen von drei Leuten verschlungen.«

»Nein!«

»Oh doch. Und als ihm das nicht gereicht hat, ist er nach oben in die Küche gerannt und hat sich ein paar Filetsteaks vom Herd geklaut. Ich musste losgehen und ihn nach Hause holen. Das kostet mich ein feudales Essen für Geoff und seine Frau, wenn sie das nächste Mal hier sind.«

Tristram bringt die Hunde nach hinten, und Emily, die immer noch kichert, geht in den Gastraum. Das Restaurant fühlt sich wie eine warme Höhle an, und zum ersten Mal seit Längerem fängt sie endlich an, sich ein wenig zu entspannen. Tristram kommt zurück und macht sich daran, Frühstück vorzubereiten.

»Wo sind Gina und Vince?«, fragt sie.

»Sie besuchen heute Vince' Mutter – kommen rechtzeitig für das Abendessen zurück. Ich kann ein gutes Frühstück vorbereiten, aber heutzutage schaffe ich es nicht mehr, jeden Abend dreißig oder mehr Teller fertig zu machen. Toast? Braun oder weiß?«

»Hast du dick geschnittenes Weißbrot?« Plötzlich

weiß Emily, dass es das einzige Gericht auf der Welt wäre, das sie gerade essen möchte.

»Natürlich.« Er schiebt vier Scheiben in den Toaster und mahlt dann Bohnen für den Kaffee. Emily nimmt das starke Aroma der Bohnen wahr, springt auf und rennt zur Toilette. Als sie wiederkommt, mustert Tristram sie nachdenklich.

»Geht's dir nicht so gut, Kleines?«, fragt er. »Magenprobleme? Ich kann dir auch Kamillentee statt Kaffee anbieten. Er schmeckt gut mit Honig.«

Sie nickt dankbar, und er reicht ihr einen Teller mit Toast und Butter. Sie essen schweigend. Tristram schaltet das Radio ein, und Emily hört die leisen Klänge seines Lieblingssenders für klassische Musik.

Als nur noch Krümel übrig sind, nimmt Tristram Emilys Hand. »Nun, ich habe dich hergebeten, um mit dir zu sprechen, aber ich glaube, du hast mir zuerst etwas zu sagen. Also?«

»Du weißt schon, was los ist, nicht wahr? Ich glaube, ich bin schwanger.«

»Max, nehme ich an?«

»Natürlich. Leider, denn für uns beide gibt es keine gemeinsame Zukunft. Es war ein riesiger Fehler.«

»Hast du schon irgendwas geplant?«

»Ich hatte noch keine Zeit. Wahrscheinlich hältst du mich für ziemlich schwer von Begriff, aber ich habe gerade erst herausgefunden, was mit mir los ist. Ich muss schon ungefähr drei Wochen überfällig sein, es ist mir jedoch nicht wirklich aufgefallen, weil das Leben im

Moment so chaotisch ist. Man fängt doch bestimmt nicht so früh an, sich zu übergeben? Vielleicht ist es nur eine Magenverstimmung.«

Tristram verzieht das Gesicht. »Ginas Mum war es schon mehr oder weniger seit dem Moment der Zeugung übel – und auch noch die ganzen nächsten neun Monate.«

»Na, danke, jetzt fühle ich mich gleich viel besser. Aber was wolltest du mir denn sagen?«

»Ach, das. Nun, ich wollte dich fragen, ob du möglichst schnell May besuchen könntest. Ich habe den Eindruck, dass sie mit dir sprechen möchte, und zwar bald.«

Eine halbe Stunde später öffnet Emily die Hintertür zu Mays Cottage. Ihr geht es immer noch schlecht. Ihr Kopf schmerzt, und ihr Herz ist schwer. Sie möchte May nicht von ihrer Vermutung erzählen. Eine Schwangerschaft ist nichts für einen kurzen Schwatz, wenn man gerade richtig verzweifelt ist, aber Tristram hat auf ihren Besuch bei May beharrt, deswegen ist sie jetzt hier.

»Hallo, May!«, ruft sie und gibt sich Mühe, fröhlich zu klingen. »Bist du wach?«

May kommt aus dem Schlafzimmer. Sie stützt sich auf einen Gehstock mit silbernem Griff und ist angekleidet. Es ist das erste Mal, dass Emily May in einer schicken schwarzen Hose sieht. Dazu trägt sie einen grob gestrickten Aran-Pullover und einen hellen Schal.

Eine bauschige blaue Jacke hängt über einer Stuhllehne.

»Hallo, Emily.« May lächelt erfreut. »Genau dich wollte ich gern sehen.«

»Warum bist du so dick eingepackt?«, fragt Emily. Für einen Moment wird sie aus ihren düsteren Gedanken gerissen.

»Tristram nimmt mich später zu einem Spaziergang am Strand mit. Er hat einen Rollstuhl organisiert. Nahe am Wasser ist der Sand fest genug, da kann ich aufstehen und ein kleines Stück laufen.«

»Aber … warum? Bist du sicher, dass es dir gut genug geht?«

»Jetzt fang du nicht auch noch an. Mir geht's gut. Es ist einfach etwas, das ich tun muss, das ist alles. Setz dich, Liebes. Es ist Zeit, dass wir uns richtig unterhalten.«

Emily lässt sich erschöpft auf einen Stuhl plumpsen.

»Ich hatte recht, nicht wahr? Du bist schwanger.«

Bei Mays Worten richtet sich Emily kerzengerade auf, die Augen weit aufgerissen. »Was? Wie hast du das erraten?«

»Ha! In meinem Alter habe ich genug Mädchen in anderen Umständen gesehen, um die Anzeichen zu erkennen. Also, jetzt ist die Frage: Was wollen wir deswegen tun?«

Einen Moment lang ist Emily sprachlos, und May beugt sich vor, um ihr die Hand zu tätscheln. »Guck nicht so geplagt, es ist nicht das Ende der Welt. Ich denke, erst einmal wäre es das Beste, wenn du deinem Chef sagst, was los ist. Colin, nicht wahr? Und wie war noch mal sein Nachname?«

»Dennis. Colin Dennis. Warum?«

»Namen sind wichtig, findest du nicht? Ich wollte ihn mir richtig vorstellen können. Also, sag es Mr Dennis, und dann lass dich eine Zeit lang hier nieder. Wie wäre das?«

»Hmm. Ich weiß nicht, ob das funktionieren würde, May. Ich bin ja nicht mal sicher, ob ich wirklich schwanger bin.«

May schnaubt. Sie scheint keinen Zweifel daran zu haben. »Sprich erst mal mit Julia darüber, das wäre mein Rat, und dann ruf bei Colin an. Er wird es verstehen, oder?«

»Da bin ich mir nicht so sicher.«

»Versuch es zumindest. Emily, du läufst Gefahr, Fehler zu machen – große Fehler. Ich weiß, wovon ich rede, ich war selbst schon in dieser Situation. Als ich Charles geheiratet habe, habe ich mich auf … gewisse Dinge eingelassen, die ich nicht erwartet hatte. Ich hab mir die Suppe selbst eingebrockt, wie man so schön sagt, und ich war entschlossen, sie auch auszulöffeln. Aber derjenige war nicht der Mann, für den ich ihn gehalten habe. Ganz und gar nicht. Es ist schlecht ausgegangen.«

»Wirklich? Erzähl mir mehr.«

Ein Schatten huscht über Mays Gesicht. »Ich kann nicht. Es gibt Dinge, die dürfen einfach nicht ausgesprochen werden, egal, aus welchem Grund. Aber was ich sagen will, ist: Folge deinem Herzen und triff mutige Entscheidungen, bevor der Zug abgefahren ist. Und jetzt ab mit dir. Tristram ist wahrscheinlich bald hier, und ich muss noch etwas Lippenstift und Rouge auflegen. Es gibt keinen Grund, mich gehen zu lassen. Halt mich auf dem Laufenden.«

Damit küsst sie Emily zum Abschied und schlendert dann zurück in ihr Schlafzimmer. Emily verlässt das Cottage, ungläubig den Kopf schüttelnd. Sie fühlt sich, als wäre sie geradewegs in Alice' Wunderland oder hinter die Spiegel geraten. Hier sieht sie zwar nirgendwo weiße Kaninchen, aber alles andere ist wirklich verrückt.

33

Julia sitzt am Esstisch und sortiert Briefe, als Emily von May zurückkommt. Erleichtert stellt sie fest, dass Emily besser aussieht als zuvor. Julia hat sich schon Sorgen gemacht, weil ihre Enkelin in den letzten Tagen so blass war.

»Du wirkst fröhlicher, Liebling. Hast du Tristram besucht?«

Emily nickt und lässt sich auf den Stuhl gegenüber von Julia plumpsen. »Ja, wir haben im Shellfish Shack gefrühstückt. Danach war ich noch gegenüber in Shangri-La.«

»Oh.« Julia lächelt und bemüht sich, so zu tun, als störe es sie nicht, dass Emily so gut mit May befreundet ist.

»Oma, kann ich dir was sagen?«

Das Telefon klingelt. Julia verdreht die Augen und steht auf, um abzunehmen.

»Hallo, Ida.« Sie verzieht das Gesicht, sieht Emily an und formt mit den Lippen ein »Tut mir leid«.

Ihre Enkelin zuckt mit den Schultern und läuft zur Treppe. »Das kann noch warten. Ich geh ins Bad«, flüstert sie.

Kurze Zeit später kommt Emily wieder nach unten und setzt sich an den Tisch. Sie trägt eine schwarze Hose und eine weite, weiße Hemdbluse. Ihre Haare sind offen, und sie hat Lippenstift und Lidschatten aufgelegt.

»Du siehst schick aus, mein Schatz.«

»May hat mich auf den Gedanken gebracht, mich nicht so gehen zu lassen. Ich habe mich heute Morgen selbst so gefühlt, als wär ich hundertzehn.«

»Wirklich? Warum? Möchtest du einen Tee?«

»Lass uns damit warten. Ich habe Bauchschmerzen. Vielleicht lege ich mich noch mal kurz hin.«

»Ja? Ich hoffe, du hast dich nicht erkältet bei den Spaziergängen am Strand. Der Sommer ist noch nicht richtig angekommen, und frühmorgens ist es kalt.«

»Ich bin gesund, Oma – mach dir keine Sorgen.« Emily scheint etwas sagen zu wollen, wechselt dann aber das Thema. »Du bist also noch immer mit den Briefen zugange? Worum geht es gerade?«

Julia nimmt den nächsten Brief in die Hand. »Oh, im Moment geht es die meiste Zeit um Babys. Die hier sind von 1964. In diesem steht, dass Kathryn sich eine Grippe eingefangen hat, doch danach stellte sich heraus, dass es etwas ganz anderes war.«

Emily antwortet nicht, und Julia sieht von dem Stapel mit blauem Papier auf. Erschrocken stellt sie fest, dass ihre Enkelin ihre Hände auf den Bauch presst, ihr Gesicht weißer als zuvor.

»Liebes, was ist los? Du siehst schlimm aus. Ist dir schlecht?«

»Schmerzen«, murmelt Emily und beugt sich über den Tisch.

»Im Bauch? Komm, wir bringen dich ins Bett. Ich rufe bei Dr. Clamp an. Dir geht es schon seit Tagen nicht gut.«

»Es ist alles okay«, sagt Emily schwach, aber sie erlaubt Julia, ihr auf die Füße zu helfen, und die beiden gehen langsam die Treppe hinauf. In Emilys Zimmer entkleidet Julia sie wie ein Kind und zieht ihr dann ein riesiges T-Shirt über den Kopf, bevor sie die Bettdecke zurückschlägt.

»Und jetzt ab ins Bett mit dir. Ich mache uns was Heißes zu trinken«, sagt sie, aber Emily hat sich zusammengekrümmt, und Julia entdeckt voller Entsetzen, dass Blut an ihrem Bein hinabrinnt und eine Pfütze auf den polierten Dielen bildet.

34

Tagsüber im Bett zu liegen gehört nicht zu Emilys Gewohnheiten. Sie hört Julia in der Küche werkeln, und der köstliche Duft der ganz besonderen Hühner- und Gemüsesuppe ihrer Oma strömt die Treppe herauf, so beruhigend wie ein warmes Bad. Emily ist nicht mehr übel, was eine große Erleichterung ist, aber genauso wenig kann sie noch schwanger sein, und darüber wagt sie kaum nachzudenken.

Die letzten vierundzwanzig Stunden waren ein Albtraum. Erst der Schrecken bei dem bloßen Gedanken, möglicherweise ein Baby zu bekommen, dann Andys Reaktion, als sie ihm die Neuigkeiten verkündet hat, Mays und Tristrams ruhige Akzeptanz, und dann die Wellen fürchterlicher Krämpfe, die sie gequält haben, und das Wissen, dass ihr Körper die Führung übernommen hat und mit Gewalt das ausstößt, was auch immer sich in ihrer Gebärmutter eingenistet hatte.

Dr. Clamp, zu dem sie gestern noch am Nachmittag gegangen ist, war sehr sachlich. Er sagte, da es keinen Schwangerschaftstest gegeben habe, könne man nur annehmen, dass es sich um eine frühe Fehlgeburt handle, und wenn das der Fall sei, werde es wahrscheinlich nicht schlimmer als eine ungewöhnlich starke Periode. Ihre Oma wollte, dass Emily sicherheitshalber eine Nacht im Krankenhaus verbringt, aber der Arzt meinte, das sei nicht nötig. Die Natur werde sich darum kümmern, und in wenigen Tagen sei Emily wieder auf dem Damm, wenn auch vielleicht noch etwas empfindsam.

Jetzt gestattet Emily es sich endlich, über dieses Beinahe-Baby nachzudenken. Sie schließt die Augen und lässt die Tränen ungehindert über ihr Gesicht strömen. Warum fühlt sie sich so niedergeschlagen? Mutter zu werden war das Letzte, was sie zu diesem Zeitpunkt wollte.

Sie hört Julia die Treppe heraufkommen und versucht, mit dem Weinen aufzuhören, aber sie kann die lauten Schluchzer nicht kontrollieren, die aus ihr herausbrechen und ihren Körper durchschütteln.

»Oh, mein Schatz, ich wusste, dass du zu tapfer warst. Lass alles raus. Das Weinen wird dir guttun.« Julia setzt sich aufs Bett, reicht Emily ein paar Taschentücher und schließt sie fest in die Arme.

An der Schulter ihrer Großmutter lässt Emily weinend ihrer Traurigkeit und Verwirrung freien Lauf, und nach einer Weile zieht der Sturm vorüber, und sie kann sich aufsetzen und die Augen trocknen. Die sanfte Sommerbrise, die durch das geöffnete Fenster hereinweht, belebt sie, und der Geruch des Geißblatts ist tröstlich. Sie hört sogar das Meer: Die Flut steigt an, die Wellen haben bereits den Kiesstrand erreicht.

»Ich weiß nicht, warum ich so einen Aufstand mache«, sagt sie. »Es ist ja nicht so, als hätte ich eine Familie mit Max geplant. Er wäre entsetzt gewesen. Und wie hätte ich mit einem kleinen Baby zurechtkommen sollen, ohne Ehemann, der mir helfen könnte, da ich doch jeden Tag zur Arbeit muss?«

»Das ist völlig normal.« Julia tätschelt ihr den Arm. »Auch wenn du erst seit ein paar Tagen schwanger warst, wurde dein Körper schon von Hormonen überschwemmt. Dein Gehirn ist nicht mehr dein eigenes, wenn du schwanger bist. Ich habe damals bei jeder Kleinigkeit sofort geweint.«

»Wolltest du nie mehr als ein Kind haben, Oma?« Emily hat noch nie danach gefragt, aber plötzlich ist sie fasziniert von dem Thema.

»Nachdem ich Felix bekommen habe, war ich ganz zufrieden. Er war kein einfaches Baby. Oder Kleinkind. Oder Erwachsener, wenn man so will.« Sie lacht. »Tatsächlich war ich noch einmal schwanger, als er etwa zwei Jahre alt war, aber das ist genauso abgegangen wie bei dir. Und auch wenn ich mich dafür schäme, muss ich gestehen, dass ich nicht allzu traurig darüber war. Ich habe immer gesagt, dass der liebe Gott vergessen hat, mir den Mutterinstinkt mitzugeben.«

»Aber du liebst Dad doch, oder?«

»Natürlich, und ich war ganz vernarrt in dich, als du auf die Welt kamst, aber ich bin nicht die Art Frau, die sich über Kinderwagen mit fremden Babys beugt oder die kleinen Kinder anderer Leute anschmachtet.«

»Geht mir genauso. Aber ich bin irgendwie trotzdem traurig. Ich frage mich die ganze Zeit, wie mein Baby wohl ausgesehen hätte, wenn da wirklich eins war. Was, wenn ich nie die Chance kriege, eine Mutter zu sein?«

Emily fühlt, dass ihr wieder Tränen kommen. Sie richtet sich auf und schnäuzt sich geräuschvoll die Nase.

»Es ist ganz normal, dass du diese Gedanken hast. Ich hatte sie auch, obwohl ich nicht so begeistert von der Möglichkeit eines zweiten Kindes war. So, möchtest du für die Suppe und eine Tasse Kaffee aufstehen, oder soll ich sie dir hochbringen?«

Emilys Magen knurrt, und sie beugt sich vor, um Julia zu umarmen. »Eigentlich bin ich ja hier, damit ich mich um dich kümmern kann, nicht umgekehrt. Aber ein Teller von deiner fantastischen Suppe ist genau das, was ich jetzt brauche. Man sollte sie verschrieben bekommen. Habe ich noch Zeit, mich ein bisschen frisch zu machen? Ich muss aussehen, als wäre ich von einem Truck überfahren worden.«

»Nein, tust du nicht, aber du hast alle Zeit der Welt. Ich habe noch ein knuspriges Brot im Ofen und Apfelstreuselkuchen mit Extrazimt und braunem Zucker für später.«

»Ich beeile mich«, sagt Emily und geht ins Badezimmer, um zu duschen.

Als Emily nach unten kommt, hat sie immer noch ihren Bademantel an. Sie stellt den Kessel auf den Herd und holt ohne große Begeisterung die Kaffeebohnen und die elektrische Mühle aus dem Schrank. Ihr Großvater hatte Freude daran, die wohlriechenden Bohnen zu dosieren, wobei er immer erst an der Dose schnupperte, um das volle Aroma wertzuschätzen, sie dann in seine uralte Kaffeemühle gab und geräuschvoll mahlte, bis sie genau den Mahlgrad hatten, den er wollte. Er hatte eine Kanne aus Silber und Glas und ein Set kleiner Kaffeetassen, das er regelmäßig benutzte. Emily führt die einzelnen Handgriffe aus, aber mit dem Herzen ist sie heute nicht dabei.

»Du siehst so aus, wie ich mich fühle«, sagt Julia. »Deine Urgroßmutter hätte jetzt gesagt, man müsse uns in einen Sack stecken und kräftig durchschütteln.«

»Keine schlechte Idee. Oh, das Telefon klingelt ja schon wieder – soll ich drangehen?«

Julia ist zuerst am Apparat und hebt die Augenbrauen, während der Anrufer spricht. »Es ist *Diese Candice*«, flüstert sie, die Hand über der Sprechmuschel. »Sie sagt, sie möchte mit dir sprechen.«

Emily hebt nun ebenfalls die Augenbrauen und nimmt den Hörer entgegen. Die schrillen Töne sind im ganzen Raum zu hören. Emilys Stirnrunzeln vertieft sich, aber als sie antwortet, klingt ihre Stimme zuckersüß.

»Es ist wirklich freundlich von dir, extra anzurufen, um dich zu erkundigen, wie es mir geht, Candice, aber ich frage mich, woher du weißt, dass ich krank war? … Ja, eine Magenverstimmung. Ich muss mich bei Tamsin angesteckt haben, als ich vor ein paar Tagen abends drüben war.«

Sie hört noch eine oder zwei Minuten zu. »Ach, du hast den Arzt gesehen? Stell dir das vor. Deine Sehkraft muss wirklich gut sein … Warte, sag das noch mal, ich versteh nicht ganz …«

Emilys Gesicht ist jetzt leuchtend rot, und ihre Knöchel am Hörer weiß. »Na, danke vielmals, dass du mich auf den neuesten Stand gebracht hast, aber was auch immer möglicherweise in der Vergangenheit zwischen Andy und dir war, geht mich nichts an. Ich schlage vor, dass du dir eine andere Möglichkeit suchst, Ärger zu stiften.«

Sie wartet wieder und verdreht die Augen. »Ach, wirklich? Nun, in dem Fall hoffe ich, dass ihr beide sehr glücklich zusammen werdet. Tschüss dann. Ich muss jetzt meine Rüstung heraussuchen, damit ich sie zur Hand habe, wenn die nächste Person versucht, mir einen Dolchstoß zu versetzen.«

Sie legt wütend auf und verschränkt die Arme, ihre Augen lodern. »Was für ein Miststück.«

»Ich nehme an, sie wollte dich von Andy zurückpfeifen?«

»Aber so was von. Diese Hexe. Sie sagt, sie und *Andrew* hätten eine gemeinsame Vergangenheit, und es wäre besser für alle, wenn ich mich von jetzt an heraushielte, denn es würde nicht mehr lange dauern, bis sie verkünden, dass sie eine Beziehung haben. Anscheinend hielten sie es geheim, aus Rücksicht auf Allies Andenken. Was hast du gesagt, wie lange ist es her, dass sie gestorben ist? Sechs Jahre?«

»Ja, kurz nachdem Tamsin geboren ist. Das ist ein Haufen Unsinn, Liebling. Candice ist sehr gut darin, große Reden zu schwingen. Sie versucht schon, sich Andy zu krallen, seit er Allie verloren hat, und bisher hat sie rein gar nichts erreicht.«

»Aber was, wenn *doch* etwas dran ist? Und warum

entscheidet sie sich gerade heute, mich anzurufen? Du glaubst doch nicht, dass sie weiß, was mir passiert ist, oder?«

»Sei nicht albern, woher sollte sie das wissen?«

»Keine Ahnung. Aber sie war immer sehr gut darin, zwei und zwei zusammenzuzählen und fünf daraus zu machen. Sie ist eine dieser Personen, die gern für Wirbel sorgen. Oder vielleicht ist auch einfach *wirklich* eine Hexe.«

Sie grinsen sich an. Emily setzt sich an den Tisch, den Kaffee hat sie vergessen. Julia setzt sich zu ihr, greift nach ihren kalten Händen und reibt sie sanft, um sie aufzuwärmen. »Sieh mal, du musst entscheiden, was *du* möchtest, bevor wir mit dieser Unterhaltung weitermachen. Hat Andy irgendetwas zu dir gesagt, woraus du schlussfolgern könntest, dass er jetzt das Gefühl loslassen kann, er würde Allie betrügen, wenn er sich mit einer anderen Frau trifft?«

»Hmm, nicht in so vielen Worten. Ich hatte schon den Eindruck, dass er sehr interessiert an mir war. Na ja, eigentlich weiß ich, dass es so ist. Aber wenn er tatsächlich was mit Candice hat …«

»Hältst du das wirklich für wahrscheinlich?«

Emily antwortet nicht. Ihr Selbstvertrauen muss auf einem absoluten Tiefpunkt sein, denkt Julia.

»Also, wenn Andy dich bitten würde, bei ihm zu bleiben und eine richtige Beziehung mit ihm zu führen, was würdest du dann sagen, Em?«

Es klopft laut an der Tür, bevor sie sich öffnet und

genau der Mann, von dem sie gerade sprechen, mit seiner Tochter an der Hand hereinkommt. Beide scheinen aufgeregt zu sein, und Tamsin presst die Lippen fest zusammen, als wäre sie entschlossen, nicht zu weinen.

Julia springt auf. »Was, um Himmels willen, ist denn los, Liebes?«

»Es ist wegen Stripey«, sagt Andy. »Sie lässt ihre Kätzchen fast nie allein, aber heute am frühen Morgen ist sie auf die Straße gelaufen und …«

»Sie ist gestorben!«, ruft Tamsin, bevor sie schließlich doch anfängt, lautstark zu weinen. »Jetzt haben ihre Kätzchen keine Mama mehr … so wie ich …« Ihre Schluchzer werden noch lauter, und Julia geht auf sie zu, aber Emily ist schon bei ihr, nimmt das kleine Mädchen hoch und setzt sich mit ihr auf einen Stuhl am Tisch. Sie deutet auf die Küchenrolle auf der Anrichte, und Julia reicht ihr ein paar Tücher.

Nach einigen Minuten küsst sie Tamsin auf den Kopf. »Hey, jetzt hast du genug geweint, meine Süße«, sagt sie. »Ich kenne dich ja gar nicht so traurig. Wer weiß, was sonst noch passiert? Vielleicht explodiert mein Gehirn.«

Tamsin hört einen Moment auf zu weinen, um darüber nachzudenken. »Glaubst du?« Sie zögert.

»Jap. Da musst du sehr vorsichtig sein.« Emily macht ein paar Peng!- und Kapuh-Geräusche.

Tamsin kichert, und die Tränen versiegen. Sie schnappt noch ein paar Mal nach Luft, Emily trocknet ihr die Augen und drückt das kleine Mädchen an sich.

Der Ausdruck der Erleichterung auf Andys Gesicht

ist unbeschreiblich. Er wirft Julia einen Blick zu und bedeutet ihr mit Gesten und Lippenbewegungen, dass es wahrscheinlich ein Fuchs war.

»Okay …«, sagt Emily. »Als Erstes müssen wir jetzt dafür sorgen, dass Stripeys Kätzchen gut versorgt sind.«

»Aber sie haben keine Mama mehr«, wiederholt Tamsin und fängt an zu schniefen.

»Nein, aber du auch nicht, und dir geht's doch gut, oder?«

Julia zuckt zusammen. Das ist sicher viel zu direkt für ein kleines Kind. Aber Tamsin legt den Kopf schief und scheint zu überlegen.

»Ich … glaub schon.«

»Und warum geht's dir gut? Wer kümmert sich um dich?«

»Mein Daddy.«

»Ganz genau. Also: Du, ich, dein Dad und Tante Jules sind ab jetzt die Eltern der kleinen Kätzchen, okay? Wir müssen ihnen ganz oft am Tag warme Milch geben, aber bald sind sie auch groß genug, um aus einem Näpfchen zu trinken. Und dann können sie irgendwann ein paar Frühstückskekse haben. Und danach versuchen wir es mit ein bisschen Nassfutter für Katzen.«

»Klingt nach einem Plan«, sagt Andy heiser. Er lächelt Emily an.

»Können wir es May erzählen? Ich will sie anrufen.« Hoffnungsvoll sieht Tamsin zu Julia.

»Natürlich. Hier, ich zeig dir, welche Tasten du drücken musst.«

»Ich weiß schon, wie das geht. Daddy hat mir das beigebracht.«

Tamsin wartet, bis May ans Telefon geht, und lehnt sich vertrauensvoll an Emily.

»Hallo, May. Ich habe sehr traurige Nachrichten«, sagt Tamsin ernst. »Stripey ist gestorben … Ja, ich weiß, das ist kacke. Entschuldigung, das wollte ich nicht sagen. Na ja, kann ich für eine Umarmung rüberkommen?«

Sie lauscht einen Moment, und Emily hört das ferne Murmeln von Mays Stimme.

»Okay, ich sag's Dad.« Sie schaut Andy an. »Wir können jetzt gehen. May hat Zeit. Komm, Daddy. Bye, Em.«

Julia starrt ihre Enkelin an, als diese das kleine Mädchen loslässt und ihr noch einen Kuss gibt.

»Oh, du meine Güte«, sagt sie.

»Was ist los?« Emily sieht auf, und Andy keucht, als er entdeckt, was Julia meint.

»Em, ich glaube, du hast Windpocken«, erklärt er.

35

Schon wieder liegt Emily in ihrem Bett, zu fiebrig, um sich wohlfühlen zu können, selbst während der kühleren Nächte. Ihre Haut juckt so sehr, dass sie sich lediglich dadurch Erleichterung verschaffen kann, erst ein Bad in Salzwasser zu nehmen und sich danach von ihrer geduldigen Großmutter mit Galmei-Lotion einreiben zu lassen. Die Tage und Nächte vergehen nur schleichend, jeder neue Tag noch trister als der letzte.

Andy hat keine Zeit verloren und ist ins nächste Dorf gefahren, um einiges einzukaufen, was die Kranke gut gebrauchen könnte. Er bringt ihr Eiscreme, Limonade, eine Tüte mit Eiswürfeln und Lutschbonbons sowie einen riesigen Schokoriegel für die Zeit, wenn es ihr wieder bessergeht. Außerdem hat er ein dickes Hochglanzmagazin und Blumen aus seinem Garten mitgebracht.

»Sieh mich nicht an.« Emily stöhnt. Mit ihrem Kissen versucht sie, ihr Gesicht zu verdecken. »Ich sehe schrecklich aus.«

Er lacht. »Jap. Aber ich habe mich irgendwie schon fast an den Anblick der Pusteln gewöhnt.«

»Das ist nicht lustig. Ich werde fürs ganze Leben gezeichnet sein.«

»Nein, wirst du nicht. Ich hatte Windpocken, als ich zehn war, und habe nicht eine einzige Narbe davongetragen. Oh, abgesehen von der einen auf meinem Hintern. Vielleicht zeige ich sie dir irgendwann mal, wenn du es geschickt anstellst.«

»Verlockend.«

Sie schließt die Augen, und Andy geht, damit sie sich ausruhen kann. Es wird Zeit, die Kätzchen wieder zu füttern.

Emily dämmert immer wieder ein und hat Albträume. Ab und zu hört sie das Telefon klingeln und dann Julia plaudern, aber sie ist zu krank, um wissen zu wollen, wer angerufen hat. Andy kommt regelmäßig vorbei, und wenn er kann, bringt er Tamsin für ein paar Minuten mit. Sie hat jedes Mal etwas anderes für Emily dabei. Manchmal eine Zeichnung, einmal hat sie einige eher welke Blumen aus dem Garten gepflückt, und an einem Nachmittag darf sie Emily ein paar Fotos von den Kätzchen auf seinem Handy zeigen.

»Ich bin eine gute Mama«, sagt Tamsin stolz. »Die Kätzchen haben ihre Milch heute ganz aufgetrunken. Sie hatten sie überall im Gesicht, sogar an den Ohren.«

»May fragt ständig nach dir«, erzählt Andy. »Sie will eigentlich rüberkommen, aber wir finden, dass sie es nicht riskieren sollte, sich bei dir anzustecken. Sie weiß nicht mehr, ob sie schon Windpocken hatte.«

Es ist eine Erleichterung für Emily, May nicht sehen zu müssen, so gern sie die alte Frau auch hat. Emily möchte nicht über das reden, was geschehen ist, und May würde mit Sicherheit etwas dazu sagen.

Am vierten Tag wird Emily von den Sonnenstrahlen

geweckt, die durch ihr Fenster scheinen. Sie bleibt still liegen und beobachtet, wie der Staub tanzt, und überlegt, wie es ihr geht. Nach einem Moment setzt sie sich behutsam auf. Ihr Kopf pocht nicht mehr, und das Jucken auf ihrer Haut ist fast verschwunden.

Julia steckt den Kopf zur Tür herein. »Oh, du siehst heute viel besser aus, Liebling. Wie wäre es mit etwas Rührei und Toast?«

Emily horcht in sich hinein und stellt fest, dass sie sich ausgehungert fühlt. Sie nickt begeistert und hört dann vom Bett aus zu, wie ihre Großmutter in der Küche alles zubereitet. Es ist merkwürdig, wie viel besser es Julia jetzt zu gehen scheint. Sie ist fröhlicher, als sie seit dem Tod von Emilys Opa je war. Was hat diese veränderte Stimmung bewirkt?, fragt sich Emily. Und heißt das, dass sie bald gehen sollte, um ihrer Oma genügend Raum für sich zu geben, damit sie ein neues Leben ohne ihren Opa anfangen kann? Eigentlich möchte sie unbedingt in Pengelly bleiben. In den letzten Tagen und Nächten, in denen sie sich nur herumgewälzt hat, hatte Emily genug Zeit, nachzudenken.

Zuerst wirbelten ihre Gedanken in ihrem Kopf herum wie wütende Wespen, die versuchen, herauszukommen. Doch nach und nach schaffte sie Ordnung in ihrem Geist. Wenn Julia wirklich von Emilys Nähe profitieren und sich nicht eingeengt fühlen würde, wäre Emily ernsthaft versucht, eine Versetzung ins Londoner Büro zu beantragen, mit der Bedingung, dass sie nur noch in Teilzeit arbeitet. Aber könnten sie wirklich dauerhaft zusammenwohnen? Allein der Gedanke daran, nach Amerika zurückzukehren, erschöpft sie.

Nach einem Blick auf die Uhr steht Emily schnell auf, um es ihrer Oma zu ersparen, wieder ein Tablett nach oben tragen zu müssen. Sie zieht den Morgenmantel an und geht barfuß nach unten, bevor Julia sie aufhalten kann. Sie schämt sich dafür, zugelassen zu haben, dass diese alte Dame sie bedient hat. Vielleicht war sie so kraftlos nach dem Beinahe-Baby und der Trennung von Max, dass die Windpocken sie härter erwischt haben, als wenn sie so fit wie normalerweise gewesen wäre.

»Warum bist du nicht im Bett geblieben?« Julia schnalzt mit der Zunge, als Emily anfängt, Kaffee zu kochen. »Du musst dich noch mindestens einen Tag schonen, damit du wieder gesund wirst.«

Julias Wangen sind gerötet, und Emily glaubt, sie singen gehört zu haben, als sie nach unten gegangen ist. Sie hat sofort aufgehört, als Emily die Küche betreten hat, aber ihre Augen leuchten immer noch. Durch die offene Hintertür trägt eine zarte Brise den frischen Meeresgeruch herein. Auf dem Tisch stecken ein paar duftende Rosen in einem Krug, und auf der Arbeitsfläche steht alles bereit, was man braucht, um Marmelade zu kochen: der alte Einmachtopf, etwas zerbeult, aber funktionstüchtig wie eh und je, der riesige Holzlöffel, die Etiketten und ein Satz neuer Gläser. Julia trägt ein ausgeschnittenes Kleid, das sie wahrscheinlich als Tageskleid bezeichnen würde, aus Baumwollchintz und mit kurzen Ärmeln. Es ist flaschengrün und mit winzigen Sonnenblumen gemustert.

»Du siehst toll aus, Oma. Was hat dir denn heute das Lächeln ins Gesicht gezaubert?«

»Ach, ich freue mich einfach, dass die Sonne scheint und dass du auf dem Weg der Besserung bist.«

Emily ist nicht überzeugt. »Bist du sicher, dass das alles ist?« Während sie spricht, hört sie Schritte neben dem Haus, und dann ruft eine vertraute Stimme: »Hallo?«

Julia rührt energisch in der Pfanne mit Rührei und blickt nicht zur Tür. »Komm rein, Tristram. Hast du schon gefrühstückt?«

Er tritt ein und strahlt, als er Emily sieht. »Endlich! Die Patientin erholt sich. Das sind fabelhafte Neuigkeiten. Was das Frühstück angeht: Ja, habe ich, aber das war schon sehr früh, und das Rührei riecht so gut, dass ich geneigt bin, noch mal loszulegen. Aber nur, wenn ich nicht störe?«

»Natürlich nicht, und Oma hat wie immer genug für eine kleine Armee gemacht.« Emily beobachtet ihre Großmutter. Die ältere Dame vermeidet immer noch sorgsam den Blick zu ihrem Gast und beschäftigt sich damit, mehr Vollkornbrot für den Toast abzuschneiden und den Wasserkessel nachzufüllen. Es scheint, als wäre viel geschehen, während Emily außer Gefecht gesetzt war.

Zwischen Tristram und Julia herrscht eine fast schon greifbare Spannung. Emilys Herz schmerzt, als sie an ihren Opa denkt und daran, wie glücklich er mit ihrer

Oma war, aber es gibt keinen Grund, der neuen Beziehung einen Dämpfer zu versetzen, vor allem, da Tristram ein guter alter Freund ist. Doch die Leute werden reden, und das Gerede wird nicht nur positiv sein. Es ist möglich, dass die Dörfler die Nase rümpfen und sagen, es habe nicht lange gedauert, bis Julia Don ersetzt habe. Ist Julia stark genug, dem Getuschel standzuhalten?

»Ich bin für den Marmelade-Selbstmachkurs gekommen«, sagt Tristram fröhlich, als er sich an den Tisch setzt. »Julia war entsetzt, als sie erfahren hat, dass ich in meinem ganzen Leben noch nie irgendetwas eingekocht oder eingemacht habe.«

»Und du nennst dich einen Küchenchef?«, erwidert Julia. Sie tischt weiches, cremiges Rührei auf, und Tristram steht auf, um Tee zu kochen. Er sieht so aus, als ob er sich hier ganz wie zu Hause fühlt.

Sie essen zunächst schweigend. Emily muss sich zurückhalten, damit sie ihr Frühstück nicht zu schnell verschlingt – es fühlt sich sehr gut an, wieder hungrig zu sein.

Tristram ist als Erster fertig und seufzt wohlig. »Ich mache selbst ganz gutes Rührei, aber ich muss zugeben, dass dieses hier das beste war, das ich je gegessen habe. Die meisten Menschen braten es zu lange und vergessen, genug Salz und schwarzen Pfeffer dazuzugeben. Und du hast auch mit der Butter nicht gegeizt.«

Julia errötet. Emily versucht, sie nicht anzustarren, aber ihre Oma benimmt sich wirklich sehr merkwürdig. »Ich räum das Geschirr in die Spülmaschine, wenn alle fertig sind«, sagt sie. »Und dann nehme ich ein richtig heißes Schaumbad ohne Salz, wenn es dir nichts ausmacht, Oma? Meine Haare müssen dringend gewaschen werden.«

»Geh ruhig jetzt schon und genieß es«, sagt Tristram. »Ich räume auf, während Julia sich auf meine Unterrichtsstunde vorbereitet. Du musst dich heute noch schonen. Man übernimmt sich viel zu schnell, wenn man krank war, und das war wirklich ein harter Kampf gegen die Windpocken.«

Emily gähnt herzhaft und widerspricht nicht. Sie hat sowieso das Gefühl, eher im Weg zu sein, und überhaupt ist sie erschöpfter, als sie zugeben möchte. Der Anruf bei Colin, den sie schon so lange hinauszögert, kann jetzt auch noch bis morgen warten. Offiziell ist sie immer noch im Urlaub, also erwartet noch keiner im Büro, von ihr zu hören.

»Sind meine Pusteln schon zurückgegangen, was meint ihr?«, fragt sie hoffnungsvoll, als sie sich auf den Weg zur Treppe macht.

Tristram und Julia sehen erst sie und dann einander an.

»Ich nehme das mal als *Nein.* Ach, na ja, ich habe ja nicht vor, in der nächsten Zeit irgendjemand anderen als euch zu sehen.«

Als sie das sagt, klingelt es an der Tür. »Wer kann das denn sein?«, fragt Julia so wie sie immer.

Julia geht zur Tür und öffnet, und Emily bleibt wie angewurzelt auf der Treppe stehen, den Mund voller Kaffee, den sie gerade schlucken wollte, als sie die Stimme durch den Flur dröhnen hört, die sie am allerwenigsten erwartet hätte.

»Hallo! Sie müssen Emilys bezaubernde Großmutter sein? Ich bin Colin Dennis, ihr Boss. Als ich nach England geflogen bin, um meinen kranken Onkel zu besuchen, dachte ich mir, es wäre unhöflich, nicht vorbeizukommen und nachzufragen, wie es ihr geht. Ich habe die Nachricht über die Windpocken erhalten, daher wusste ich, dass wir noch darüber sprechen müssen, wie viel Zeit sie braucht, um gesund zu werden. Ich habe mich schon mit meinen Eltern in Devon in Verbindung gesetzt, aber die Besuchszeit im Krankenhaus fängt erst später an, deswegen … nun, deswegen bin ich jetzt hier.«

Julias Antwort geht in Emilys plötzlichem Hustenanfall unter. Colin ist in der Küche, bevor sie sich erholen kann, und sie sieht sein freundliches Gesicht, seine beachtliche Körperfülle und den glänzenden Glatzkopf, in Szene gesetzt von einem sehr schicken grauen Geschäftsanzug. Mit ihren tränenden Augen und dadurch, dass Tristram ihr hilfsbereit auf den Rücken klopft, erweckt Emily nicht den Eindruck einer ruhigen, kompetenten Angestellten, die sie eigentlich ist.

»Em, meine Güte, du siehst schlimmer aus, als ich erwartet hätte!«, ruft Colin. Er kommt zu ihr und packt sie an den Schultern. Ihre Nase läuft, und sie fühlt, wie die Pusteln wieder anfangen zu glühen und zu jucken. Colin lässt seine Hände sinken und tritt einen Schritt zurück.

»Aber … du hast gesagt, du hättest eine Nachricht

bekommen?«, fragt Emily keuchend. »Ich *wollte* dich anrufen, bin aber noch nicht dazu gekommen. Wer …?«

»Eine bezaubernde alte Dame hat mich angerufen und informiert. Sie sagte, ihr Name sei May Rosevere. Ich bin mir nicht sicher, wie sie an meine Nummer gekommen ist, aber sie schien sich große Sorgen um dich zu machen.«

Tristram gibt Emily ein Taschentuch und reicht Colin die Hand. »Das ist unsere May. Wenn sie etwas wirklich wissen will, findet sie es auch heraus. Sie hätte Detektivin werden sollen. Ich bin übrigens Tristram, schön, Sie kennenzulernen.«

»Ach, dann sind Sie bestimmt Emilys Großvater?«

Es folgt eine ominöse Stille. Emily wischt sich über Augen und Nase und holt tief Luft, um ihre Atmung unter Kontrolle zu kriegen. »Mein Opa ist doch gestorben, Colin, weißt du noch?«

Colin schlägt sich mit der Hand auf die Stirn. »Du hast recht. Das tut mir sehr leid. Klar wusste ich das, und das ist natürlich auch der Grund … oh, Mist, das war wirklich dämlich von mir. Es ist nur so, dass Sie so … ich meine, Sie beide wirken so … Ich habe nur kurz vergessen …«

»Hör lieber auf, solange du noch kannst, Colin«, sagt Emily durch zusammengebissene Zähne. Tristram und Julia meiden ihren Blick.

»Wie wär's, wenn wir einfach noch mal neu anfangen?«, schlägt Colin vor. Er geht in den Flur und kommt kurz darauf breit lächelnd wieder in die Küche. »Hallo zusammen. Ich bin Emilys Boss aus New York City, aber in Wirklichkeit bin ich quasi einheimisch, weil ich ursprünglich aus Plymouth komme, und ich habe ein großes Talent dafür, meine große Klappe aufzureißen und sofort in sämtliche Fettnäpfchen zu treten. Ich meine es aber nicht böse, eigentlich bin ich ganz harmlos. Selbst meine Mutter sagt das.«

Tristram bricht in schallendes Gelächter aus, und die anderen fallen ein. Colin mimt große Erleichterung und strafft die Schultern. »Gut, jetzt können wir weitermachen. Ich hatte eigentlich gehofft, mich mit Emily unterhalten zu können, aber selbst ein Schafskopf wie ich kann sehen, dass es gerade ungünstig ist.«

»Wenn du den Anblick der Pusteln erträgst und es dir nichts ausmacht, kurz zu warten, bis ich geduscht habe, ist es nicht ungünstig«, erwidert Emily. »Ist das okay für dich, Oma?«

»Natürlich. Colin, setz dich zu uns. Tristram kocht dir einen Tee, und ich mache schnell ein bisschen Frühstück. Und dann könnt ihr später bei eurem Gespräch Kaffee trinken, etwas von meiner Schokoladentorte essen und die Aussicht genießen.«

Colin reißt die Augen auf. »Emily Lovell, jetzt verstehe ich vollkommen, warum du so gern hierherkommst. Eine wunderbare Dame, die dir jeden Wunsch erfüllt, selbst gemachter Kuchen und noch dazu Sonnenschein und direkt vor der Tür der Blick aufs Meer. Lass dir Zeit mit der Dusche, ich bin im Himmel.«

Emily geht nach oben und gibt ihr Bestes, ihre Erscheinung in Ordnung zu bringen, dabei vermeidet sie es sorgfältig, in den Spiegel zu schauen, bis sie ihr sauberes, nasses Haar geflochten und sich ihre Lieblingsjeans und ein weiches Baumwollshirt angezogen hat, das nicht auf ihrer Haut kratzt.

Als sie wieder in die Küche kommt, sieht Emily sich mit einem bizarren Spektakel konfrontiert. Die drei anderen sind völlig vertieft in die Marmeladen-Produktion. Colin hat sein Jackett ausgezogen und die Hemdärmel hochgekrempelt. Er trägt Dons beste, blauweiß gestreifte Schürze, und Tristram hat ein älteres, ausgeblichenes Exemplar an. Julia wuselt herum und organisiert ihre Truppe, während sie Marmeladengläser sterilisieren und Stachelbeeren putzen. Noch überraschender ist, dass May jetzt ebenfalls am Tisch sitzt.

»Wie schön, dass du wieder auf den Beinen bist, Liebes«, sagt sie zu Emily. »Ich habe diesen Herrn an der Tür gesehen und mich gefragt, ob er wohl der nette Mr Dennis sein könnte, mit dem ich am Telefon gesprochen habe. Und er war es tatsächlich!« Sie strahlt in die Runde. »Dann habe ich angerufen, um zu fragen, ob Tristram vielleicht Zeit hätte, mich in dem Rollstuhl abzuholen, den wir geliehen haben. Er erweist sich wirklich als sehr nützlich.«

»Ich weiß nicht, warum ich nicht vorher auf die Idee gekommen bin, auf diese Weise Marmelade zu kochen«, sagt Julia. »Mit Küchenhilfen ist es wesentlich einfacher. Sie hatten die Beeren in Nullkommanichts geputzt, und jetzt sieh sie dir an. Das Versprechen auf Kuchen ist alles, was sie brauchen, um glücklich zu sein.«

»Kann ich helfen?«, fragt Emily eher kraftlos. Plötzlich fühlt sie sich von dem ganzen Trubel wie erschlagen.

»Warum setzt du dich nicht zu May an den Tisch und gestaltest die Etiketten? Wenn das erledigt ist, kann Colin seine Kaffeepause antreten.«

Colin zwinkert Emily zu und bereitet weiter die Stachelbeeren vor, während sie sich mit ein paar Filzstiften und einem Streifen Aufklebern an den Tisch setzt, um sie zu dekorieren. May summt fröhlich vor sich hin, ganz offensichtlich glücklich, mittendrin im Geschehen zu sein. Emily gibt sich Mühe und malt in aller Ruhe in ihrer schönsten geschwungenen Schrift eine kleine Stachelbeere mitsamt Härchen in die Ecke jedes Etiketts. Es ist eine sehr zufriedenstellende Aufgabe. Der intensive Geruch der köchelnden Stachelbeeren versetzt sie in die Vergangenheit zurück. Ihr Opa hat sie immer die Etiketten beschriften lassen.

»Hast du früher oft Marmelade gekocht, May?«, fragt sie.

»Nein, aber ich war im Dorf bekannt für meinen ausgezeichneten Brombeeressig. Den habe ich für die Wohltätigkeitsveranstaltungen der Kirche gemacht.«

»Ach, ja? Wofür benutzt man den denn? Wäre etwas merkwürdig auf Pommes frites.«

May kichert. »Sei nicht albern. Brombeeressig ist lecker zu Pfannkuchen oder Hefeklößen. Und bei Husten oder Asthma hilft es, wenn man ihn mit heißem Wasser vermischt und langsam trinkt.«

»Dein Charles hatte doch so schlimm Asthma, nicht wahr?«, fragt Tristram.

»Ja. Er war süchtig nach meinem speziellen Brombeeressig. Ich selbst rühre den nie an. Ich krieg davon Sodbrennen.« May starrt in die Luft, als blicke sie direkt in ihre Vergangenheit. Ihr Gesichtsausdruck ist undurchdringlich.

»Alles okay?«, fragt Emily. May zupft am Tischtuch, und zwischen ihren Augen hat sich eine tiefe Furche gebildet.

»Tja, meine Liebe. Erinnerungen an alte Zeiten können manchmal schmerzhaft sein, weißt du.«

»Es muss aber doch schön gewesen sein, etwas zu machen, das dein Mann so gern mochte, oder?«

»Ich … nun, ja, natürlich. Sehr schön.« Sie beißt sich auf die Lippe.

Emilys Neugier ist geweckt. Was hat das alles zu bedeuten? Sie will gerade nachhaken, als sich Julia einschaltet, der dieser merkwürdige Unterton entgangen ist.

»So, na geh schon, Colin, und nimm Em und May mit. Den Kaffee bringe ich in fünf Minuten. Ich habe den Zucker bereits zugefügt, jetzt muss die Marmelade noch eine Weile köcheln, bevor ich prüfe, ob sie schon fest werden kann. Im Moment können wir nichts weiter tun.«

Etwas steif steht Emily auf und geht voran in den Garten, während Colin den Rollstuhl schiebt. Die leichte Brise hat sich gelegt, und es ist angenehm warm, aber sie erschaudert auf dem Weg zur Sitzschaukel, von der aus man den besten Blick auf die Bucht hat.

»Ich habe das Gefühl, dass du lieber wieder ins Bett gehen würdest«, sagt Colin. »Es tut mir wirklich leid, dass ich hier so hereingeplatzt bin, obwohl du die Windpocken hast.«

»Bitte erinnere mich nicht daran.« Emily kratzt stöhnend eine Stelle an ihrem Rücken, die schlecht zu erreichen ist.

Sie genießen die Sonnenstrahlen und lauschen den Schreien der Möwen.

»Ich kann wirklich gut verstehen, warum du so gern hier bist, Em«, sagt Colin, als Tristram ihnen wie versprochen dampfenden Milchkaffee und große Stücke Schokoladentorte gebracht hat.

May beugt sich vor, um ihren Kaffeebecher zu nehmen. »Ihr zwei wollt bestimmt unter vier Augen sprechen. Ich trinke den hier so schnell wie möglich und lass mich dann von Tristram nach Hause bringen. Oder … Wie wär's, wenn einer von euch mich zu dem kleinen Tischchen dort drüben schiebt, von wo ich aufs Meer gucken kann? Dann könnt ihr euch ungestört unterhalten.«

Colin ist zu sehr Gentleman, um ohne Widerspruch zuzustimmen, aber Emily sieht, dass May fest entschlossen ist, ihnen nicht in die Quere zu kommen. Also organisieren sie sich um, und May setzt sich zufrieden an den anderen Tisch und beobachtet ein paar Urlauber, die mit Windschutz, Liegestühlen und zahlreichen Taschen und Körben am Strand ihr Lager aufbauen.

Emily setzt sich wieder und trinkt einen Schluck Kaffee, auf dem sich eine unschöne Haut gebildet hat. Sie verzieht das Gesicht. »Warum hast du mir nicht gesagt, dass du kommst, Colin?«, fragt sie in dem Versuch, Zeit zu gewinnen.

»Ich mag Überraschungen, du etwa nicht? Also, lass uns über deine Oma reden. Auf mich macht sie einen sehr guten Eindruck.«

»Sie ist nicht gut zurechtgekommen, oder zumindest dachten wir das.«

»Wir?« Er spricht mit vollem Mund, aber Emily versteht, was er sagen will.

»Ähm … na ja, die andere Person, die sich Sorgen gemacht hat, war ihr Nachbar auf der anderen Straßenseite. Sein Name ist Andy. Er hat mich netterweise immer auf dem Laufenden gehalten.«

Colin hebt die Augenbrauen, isst aber weiter.

»Und May hat sich auch gesorgt. Oma war verwirrt und sehr traurig, und sie ist schon fast zur Einsiedlerin geworden.«

Colin trinkt einen großen Schluck Kaffee und stößt dann zufrieden auf. »Ups, entschuldige – das war so lecker, dass ich gerade darüber nachdenke, selbst hier einzuziehen.« Er wendet sich Emily zu, um sie eindringlich anzusehen. »Also, bist du mit diesem Andy zusammen?«

»Wie kommst du darauf?«

»Komm schon, meine Liebe, ich habe gelernt, deinen Gesichtsausdruck zu lesen.«

Emily zieht die Mundwinkel nach unten. »Nein, er

ist alleinerziehender Vater und muss sich im Moment auf seine Tochter konzentrieren. Außerdem ist da noch eine herrische Ex in der Nähe, und ich glaube, dahinter steckt mehr, als er zugibt. Aber ich würde ihn gern besser kennenlernen, selbst wenn wir nur Freunde bleiben. Er bringt mich zum Lachen … und all so was …«

»Hmm. Und was ist mit deinem alten Freund Max passiert?«

»Du mochtest Max nie, oder?«

»Es ging nicht so sehr ums Mögen. Ich wusste einfach, dass er nicht gut genug für dich ist. Jeder Mann, der seine Frau betrügt, und dann sogar doppelt …«

Es folgt eine ominöse Stille, und Colin schlägt sich erneut auf die Stirn.

»Doppelt?«, wiederholt sie.

»Ach, ähm …«

»Du meinst, er war nicht nur seiner Frau untreu, sondern hat auch mich betrogen? Colin, guck nicht so jämmerlich, sag's mir einfach.«

»Ich habe keine Beweise.«

»Sag's mir einfach, ja?«

Colin beugt sich vor, stützt die Ellbogen auf die Knie, verschränkt die Finger ineinander und legt das Kinn auf die Hände, damit er Emily nicht anschauen muss. Das Zwitschern der Vögel im Garten klingt ungewöhnlich laut, während Emily auf seine Antwort wartet. Ihr wird leicht schwindelig, denn der Duft nach Geißblatt ist fast zu intensiv.

»Ich bin mir ziemlich sicher, dass er sich mit Renata

aus der Buchhaltung getroffen hat«, sagt Colin schließlich. »Ich habe ein paarmal gesehen, wie sie zusammen weggegangen sind, wenn du geschäftlich unterwegs warst, und auch jetzt treibt er sich immer noch oft bei ihr herum.«

Emily wartet darauf, dass sie der Schmerz über diesen Verrat trifft, aber nichts geschieht. Kann es sein, dass es ihr mittlerweile wirklich egal ist? Sie will Max ja nicht. Soll die zornige kleine Renata ihn haben. Es spielt keine Rolle. Erleichterung durchflutet sie. Sie hat gehofft, dass sie über die Beziehung mit Max hinweg wäre, und ihre Reaktion jetzt ist der Beweis. Die Vorstellung von Andy mit Candice erfüllt sie mit Eifersucht, aber Max kann gern tun, was immer er will.

Sie lächelt Colin beruhigend an, als er sich zwingt, ihren Blick zu suchen und zu überprüfen, wie viel Schaden er angerichtet hat. »Ist schon gut«, sagt sie. »Max ist Geschichte. Aber ich muss irgendwann mit dir über die Zukunft sprechen. Noch nicht jetzt, aber bald.«

»Das habe ich befürchtet. Ich bringe das Tablett mal wieder rein und komm dann zurück, um May zu holen, ja? Wir wollen ja nicht, dass einer von euch beiden anfängt zu frieren.«

Emily steht auf und geht zu May hinüber, die anscheinend im Sonnenschein döst.

Unvermittelt richtet May sich auf. »Fertig?«, fragt sie unschuldig.

»Hast du gelauscht, May? Ja oder nein?«

»Mein Gehör ist in bester Ordnung, Liebes. Ich hatte

nicht vor, euch zu belauschen, aber Colin hat so eine klare Stimme. Dieser Amerikaner scheint mir eine ganz schön falsche Schlange zu sein, nicht wahr? Ich möchte nicht, dass du dich mit so einem Zeitverschwender herumplagst. Dafür ist das Leben zu kurz. Das kann ich dir aus Erfahrung sagen.«

»Ach, May.« Emily lacht. »Dir entgeht nicht viel, oder?«

»Ich habe meinen Finger gern am Puls der Zeit, wie man so schön sagt. Dann fügt sich ja alles wunderbar. Jetzt musst du dich nur noch um *Diese Candice* kümmern.«

36

Neuigkeiten verbreiten sich in Pengelly schnell. Bisher hat es Andy nie etwas ausgemacht, dass es zum Leben im Dorf dazugehört, dass jeder alles über jeden weiß. Aber in letzter Zeit war der Buschfunk wirklich besonders aktiv. Andy hört den Tratsch über Emilys eventuelle Fehlgeburt am nächsten Tag im Dorfladen von Vera. Wie, um alles in der Welt, konnte diese Nachricht die Runde machen? Nur der Arzt, Julia, Tristram und Andy wissen davon, zumindest dachte er das, und keiner von ihnen wird sich darüber das Maul zerrissen haben.

»Natürlich ist es nur ein Gerücht«, wispert die ziemlich boshafte Ladenbesitzerin, die noch nie, solange Andy zurückdenken kann, etwas Gutes über irgendjemanden zu sagen hatte. »Ich habe gleich gedacht, dass sie keine Heilige ist, als sie hier majestätisch herumstolziert ist in ihrer hochfeinen Art. Als Jugendliche war sie ganz schön launisch, und jetzt hat sie Rosinen im Kopf und immer etwas Besseres zu tun.«

Ida steht in der Schlange hinter Andy an, und als er gerade den Mund öffnet und etwas sagen will, startet sie ihren Angriff. »Darf ich fragen, wie du darauf kommst, Vera?« Ihre Augen blitzen, und Andy beobachtet sie erstaunt, während er darauf wartet, dass er an die Reihe kommt.

Vera hat den Anstand zu erröten. »Na ja, das ist doch offensichtlich. Dieser Amerikaner … der war doch nicht nur ein Freund, stimmt's? Und ein berühmter Autor? Ich habe ihn letztes Jahr in dieser Morgensendung im Fernsehen gesehen. Der ist doch sicher ganz gut betucht, nicht wahr?«

»Was genau willst du damit andeuten?«

»Ach, ich will gar nichts andeuten.«

Andy macht einen Schritt nach vorn und verschränkt die Arme vor der Brust. »Das sehe ich anders.«

»Wie bitte?«

»Ich glaube, du willst Emily unterstellen, dass sie eine Goldgräberin ist.«

»Es liegt mir fern, irgendjemandes Ruf zu schädigen.« Veras Gesicht ist jetzt gerötet, aber eher aus Ärger denn aus Scham über ihre üble Nachrede.

Scheußliche Frau, denkt Andy. Sie steckt ihre Nase schon in meine Angelegenheiten, seit Allie krank geworden ist, und sie wird nicht dasselbe bei Emily tun. Wenn hier der Ruf von irgendjemandem geschädigt werden soll, dann der von ihr.

Er stellt seinen vollen Einkaufskorb auf die Ladentheke neben die Kasse und sieht zu Ida hinüber. Sie zwinkert ihm zu und tut es ihm gleich. »Es wird lästig sein, für meine Einkäufe nach Mengillan fahren zu müssen, aber das ist nur ein geringer Preis dafür, dich nicht mehr sehen und nicht mehr mit dir sprechen zu müssen«, sagt Andy.

»Das sehe ich ganz genauso!«, ruft Ida.

Sie verlassen den Laden zusammen und versuchen, nicht zu kichern, als sie die fassungslosen Gesichter der anderen drei Leute sehen, die an der Kasse anstehen. »Na, denen haben wir's gezeigt.« Ida umarmt Andy, bevor sie zusammen die Straße hinauflaufen. »Nur schade, dass ich jetzt jemand anderen finden muss, der Marigold und ihren bissigen kleinen Pekinesen adoptiert, aber das war es wert. Also, stimmt es, dass Emily ein Baby verloren hat?«

»Sie hat die Windpocken, das weißt du doch, Ida. Und ich wäre dankbar, wenn du allen sagen könntest, dass es sonst nichts war.«

»Überlass das nur mir, mein Lieber. Ich werde jede fiese kleine Geschichte, die Vera ausgesät hat, im Keim ersticken. Aber wo wir gerade bei dem Thema sind, May hat ein paar Andeutungen gemacht, als ich sie das letzte Mal gesehen habe. Nicht mit Absicht, ich glaube, sie hat nur laut gedacht. Sehr alte Menschen neigen manchmal dazu.«

»Das mag sein, aber irgendwie kommt mir May nicht wie eine alte Frau vor.«

»Nicht? Meine Mutter hat früher alle möglichen unangebrachten Dinge gesagt. Einmal hat sie den Milchmann gefragt, was er meinte, wie oft Ehepaare in der Woche miteinander schlafen sollten.«

Andy schnaubt. »Und was hat er geantwortet? Ich frage für einen Freund, versteht sich.«

Ida hakt sich bei Andy unter. »May ist eine weise alte Eule, weißt du. Ich verstehe jetzt, worauf sie hinauswollte.«

»Ja, und ich schätze, wenn man ein Alter von hundertzehn Jahren erreicht hat, denkt man, alles sagen zu dürfen, was man will.«

»Es wäre doch eine Schande, diese Lebenserfahrung nicht zu teilen. Sie hat so viel gesehen und getan. Schade, dass sie so allein auf der Welt ist.«

»May ist nicht allein. Sie hat Tamsin und mich und Julia, Tristram und Emily.«

Ida seufzt. »Das ist nicht dasselbe wie eine glückliche Ehe und eine Familie, sag ich immer.«

»Da wäre nicht jeder deiner Meinung, Ida.«

»Hmm. Andy, sag mir ruhig, wenn es mich alte Wichtigtuerin nichts angeht, aber besteht die Chance, dass du und Emily …? Ich meine, könnte es sein …? Du bist jetzt schon so lange allein.«

Andy versucht, sich nicht davon irritieren zu lassen, dass sich wahrscheinlich viele der Dörfler diese Frage stellen. In vielerlei Hinsicht ist es schön, in einer Gemeinschaft zu leben, die sich für einen interessiert, aber das hier ist einfach aufdringlich. Er überlegt, wie er antworten soll. Die Wahrheit wäre, dass er Emily nicht aus dem Kopf kriegt. Ihr wunderschönes Haar, die herausfordernden blauen Augen, die Art, wie sie in seine Arme passt, als würde sie dort hingehören, das Vergnügen, das es ihm bereitet, einfach nur mit ihr zusammen zu sein. Sie sucht ihn in seinen Träumen und in seinen wachen Stunden heim.

»Ich fürchte, Emily könnte gerade noch zu sehr mit jemand anderem beschäftigt sein«, sagt er schließlich.

»Meinst du diesen schmierigen Amerikaner? Unwahrscheinlich. Also, soll ich dich mit zum Supermarkt nehmen? Ich fahre sowieso dorthin.«

»Bin mir nicht sicher, ob ich die Zeit habe. Freitags ist bei mir am meisten los.«

»Komm, wir machen schnell. Mein Mann sagt, ich könnte Rennfahrerin sein, wenn ich die richtigen Reifen hätte. Und du kannst mir unterwegs mehr von Emily erzählen.«

Andy lacht nervös und lässt sich von Ida zu ihrem sportlichen kleinen Mini führen. Er hat große Angst, dass dies eine dieser Fahrten werden wird, die man niemals vergisst.

Sie fahren über die kurvige Straße nach Mengillan, und Ida singt die Sechzigerjahre-Hits aus dem Radio mit.

»Hast du schon deine Einladung zu Tristrams Überraschungsparty bekommen?«, schreit sie über die Musik hinweg.

Andy versucht, nicht zusammenzuzucken, als Ida einen Traktor überholt und gerade rechtzeitig wieder einschert, bevor ein anderer Wagen auf der Gegenseite an ihnen vorbeifährt. »Ja, Gina hat mich heute Morgen angerufen.«

»Mich auch. Sie weiht immer ein paar Leute ein und verpflichtet sie zur Verschwiegenheit. Das einzige Problem ist, dass sie wegen des Wetters bis zur letzten Minute kein endgültiges Datum festlegen können. Sie wollen sichergehen, dass sie am Strand feiern können, weil es zu viele Gäste sind, als dass alle ins Shellfish Shack passen würden. Sie hat mir drei mögliche Daten genannt.«

»Ja. Eine Strandparty klingt wahrscheinlich richtig glamourös, wenn man nicht hier wohnt, aber bei dem Regen, der hier manchmal runterkommt, muss Gina sich zum Grillen auf einen guten Tag verlassen können.«

»Das wird eine unvergessliche Feier! Zum Glück sind die meisten von Tristrams Freunden genauso spontan wie er. Viele Leute würden stöhnen, wenn man ihnen nicht den genauen Zeitpunkt und Ort für eine Party nennen könnte.«

»Stimmt. Ich nehme an, ein paar werden es wohl nicht schaffen, wenn es sich mit anderen Terminen überschneidet, aber ich wette, die allermeisten werden kommen.«

Ida nickt eifrig, und das Auto schlingert leicht in Richtung Hecke. »Sie haben mich gebeten, den Geburtstagskuchen zu backen. Gina kann Kuchen viel schöner dekorieren als ich, aber sie wird ihn nicht verstecken können, wenn Tris ständig da ist. Sobald ich nach Hause komme, werde ich einen riesigen Schokoladenbiskuit backen und einfrieren. Das ist sein Lieblingskuchen.«

»Ich frage mich nur, ob er sich auch wirklich freut.«

»Warum sollte er sich nicht freuen? Er ist einer der geselligsten Männer, die ich kenne.«

»Ja, und deswegen könnte ich mir vorstellen, dass er

seine Geburtstagsparty vielleicht lieber selbst organisieren würde. Er ist sehr speziell, wenn es darum geht, wie alles sein soll, wenn er Gäste hat.«

»Ah, ich verstehe, was du meinst. Aber ich glaube nicht, dass er an seinem achtzigsten Geburtstag kleinlich sein wird, wenn Gina und Vince sich solche Mühe geben, seine Freunde zusammenzutrommeln.«

»Ich hoffe, du hast recht. Nun, ich sollte mir schnell ein Geschenk einfallen lassen. Hast du eine Idee?«

»Eine neue Frau?« Ida gackert besorgniserregend und schert zur Seite aus, um einem Schaf auszuweichen, das auf die Straße gelaufen ist.

»Wirklich? Würde er denn wieder heiraten, in seinem Alter?«

»Darauf kannst du wetten. Er ist noch nicht alt – lass ihn das besser nicht hören. Tris sagt immer, er würde es niemals ein fünftes Mal riskieren, aber er ist immer noch quietschfidel. Wart's nur ab.«

»Aber wer wäre die richtige Frau? Du willst dich doch nicht selbst für den Posten anbieten, oder, Ida?«

Sie nimmt die linke Hand vom Lenkrad und gibt Andy einen Klaps aufs Ohr. Er schließt die Augen, als der Mini nach rechts zieht und dann wieder geradeaus fährt. Sind die Einkäufe das hier wirklich wert? Beinahe bereut er seinen impulsiven Protest im Dorfladen.

»Ich doch nicht. Ich bin sehr glücklich mit meinem Harry, das weißt du. Für mich wird es nie jemand anderen geben. Er ist einmalig.«

»Das sagt Julia auch immer über Don.«

»Ja, das tut sie.«

Ida dreht die Musik auf, als ein altes Lied von den Beatles gespielt wird: *The Long and Winding Road.* Das könnt ihr laut sagen, denkt Andy.

31

Auch als May, Colin und Tristram gegangen sind und Emily sich oben für ein Nickerchen hingelegt hat, ist Julia noch rastlos. Ihre Enkelin wirkte völlig erschöpft nach dem Überraschungsbesuch ihres Chefs, aber als sie nachgegeben hat und nach oben gegangen ist, war ihre Miene entspannt.

Auf der Arbeitsplatte sind die Marmeladengläser aufgereiht. Die Sonnenstrahlen werden von den glänzenden Oberflächen reflektiert, und das blasse Grün der frischen Stachelbeeren ist zu einem goldenen Schimmer gereift. Überall ist es ordentlich und sauber – dank Colin und Tristram, die miteinander gewetteifert haben, wessen Seite der Küche nach dem Putzen und Polieren mehr glänzt. Die beiden waren sich gleich sympathisch, und jetzt führt Tristram Colin durchs Dorf. Colin hat die spontane Einladung angenommen, nach seinem Besuch im Krankenhaus ein paar Nächte im *Shellfish Shack* zu übernachten, weil seine Eltern in einem winzigen Bungalow leben, und er sagt, ihr Schlafsofa sei fürchterlich unbequem. Er hat keine Zeit verloren und einen kleinen Koffer aus seinem Auto geholt, damit er eine alte Jeans, Slipper und einen Fischerpullover anziehen kann – seine Vorstellung davon, was ein Mann in Cornwall in der Freizeit trägt.

Julia setzt sich an den Küchentisch und fragt sich, was sie mit ihrer Zeit anfangen soll, bis sie wieder zurückkommen. Die Männer haben beschlossen, an diesem Abend zu kochen, und sich vorgenommen, so viele verschiedene Arten von Meeresfrüchten zu finden wie möglich. Mit Julias Erlaubnis hat Tristram auch Andy, Tamsin und Vi eingeladen, und sie muss allmählich ihr bestes Geschirr und Besteck sowie ihre größte bestickte Tischdecke herausholen, aber erst einmal braucht sie etwas Ablenkung.

Sie holt aus einem Korb einen Stapel Briefe, die noch sortiert werden müssen. Vielleicht wird es ihre aufgewühlten Nerven beruhigen, ein paar dieser Briefe zu lesen, obwohl sie nur beängstigende Leere in ihrem Gedächtnis vorfindet, wenn sie versucht, sich an diejenigen zu erinnern, die sie bereits durchgesehen hat. Panik ergreift Julia, als sie darum kämpft, sich an etwas zu erinnern … irgendetwas. Der Ring … und Will. Diese beiden sind irgendwie miteinander verbunden. Da gibt es irgendwo ein Geheimnis, aber es ist, als würde sie im Nebel herumirren. Wohin sind diese Erinnerungen verschwunden? Sie atmet tief durch und breitet die Briefe vor sich aus. Als sie anfängt, sie durchzulesen, hört sie die Türklingel.

May steht draußen, auf ihren Stock gestützt, und hat die Schultern gestrafft. Sie wirkt trotzig, aber sehr selbstzufrieden.

»Du lieber Himmel.« Julia legt die Hand auf ihr Herz. »Was machst du so schnell wieder hier, und dann noch ganz allein? Ich dachte, nachdem Colin dich zurückgebracht hat, hättest du dich hingelegt. Und solltest du nicht eigentlich einen Rollstuhl benutzen?«

May schwankt leicht. »Lässt du mich nun rein, oder muss ich hier vor deiner Haustür umkippen?«

Beschämt bittet Julia sie herein und setzt den Wasserkessel auf.

»Wo ist Emily?«, ruft May kurz darauf.

»Schsch. Sie schläft.« Julia geht, die Teekanne auf einem Tablett, zurück zu May. »Und ich möchte sie nicht aufwecken. Du hast ja mitbekommen, wie sie vorhin aussah. Die Windpocken haben ihr viel abverlangt.«

»Und das Baby natürlich auch.« May sieht Julia direkt in die Augen.

»Woher …? Ich meine …«

»Ach, ich weiß so was immer. Ich bin schließlich schon fast einhundertelf, Liebes. Diesen Blick kann man gar nicht verwechseln, stimmt's? Oder hast du es nicht bemerkt?«

Julia schäumt inzwischen vor Wut, jeder Rest Belustigung ist verschwunden. Wirklich, langsam hört der Spaß aber auf. Dieses Mal hat May eine Grenze überschritten. Wie kann sie es wagen, sich einzumischen? Es ist, als wolle sie sagen, dass sie Emily besser kennt als ihre eigene Großmutter. Was für eine Frechheit!

May grinst. »Sei nicht böse, das steht dir nicht. Gibt nur Falten.«

Julia atmet tief durch und versucht, ihre verkrampften Schultern zu entspannen. Es ist so gut mit May gelaufen. Sie darf es jetzt nicht verderben – immerhin war die arme Frau gerade erst krank.

»Schon besser«, sagt May. »Ich bin nur wieder zurückgekommen, um dir zu sagen, dass du dir keine Sorgen um Emily machen musst.«

»Wie bitte?«

May trinkt schweigend ihren Tee. Ihre Speiseröhre muss aus Asbest sein, denkt Julia. May stellt ihre Tasse vorsichtig auf den Unterteller. Julia beißt sich immer noch auf die Zunge und wartet auf eine Erklärung dafür, dass sie sich anscheinend nicht um ihre eigene Enkelin sorgen muss.

May gähnt. »Ich werde alt, Liebes«, sagt sie schließlich.

Julia schweigt.

»Alles wendet sich gerade zum Besten, und abgesehen davon werde ich auch zusätzlich sicherstellen, dass alles gut wird. Das wollte ich dir sagen.«

May steht auf, um zu gehen, und Julia bringt sie verblüfft zur Tür und sieht ihr nach, bis die alte Dame sicher in ihrem eigenen Zuhause ist. Hoffentlich bleibt sie dieses Mal dort. Julia geht wieder hinein und räumt den Rest der Briefe weg – es hat keinen Zweck, sich jetzt auf das Sortieren konzentrieren zu wollen –, aber während sie die Vorbereitungen für den Abend trifft, denkt sie angestrengt darüber nach, was May gesagt hat.

Als Emily herunterkommt, findet sie den Esstisch bereits gedeckt vor. Das Auffälligste ist das wunderschöne, mit Blumen bestickte Leinentischtuch, alles andere hat Julia schlicht gehalten, um nicht zu sehr von der Tischdecke abzulenken. Sie hat ihre besten Kristallgläser herausgeholt und extra gespült. Ein frisches Blumengesteck aus dem Garten steht in der Mitte des Tisches.

»Warum hast du nicht auf mich gewartet, damit ich dir helfen konnte, Oma? Das hätte ich doch alles tun können«, sagt Emily, die Arme verschränkt und die Stirn gerunzelt. So sieht sie ihrem Vater erschreckend ähnlich, denkt Julia.

»Es hat mir Freude gemacht. Ich brauchte etwas zu tun.«

»Du hättest dich genau wie ich entspannen sollen, wenn wir später ein großes Abendessen geben.«

»Ich fand keine Ruhe. Außerdem bist du diejenige, die sich nicht wohl gefühlt hat. Mir geht's gut.«

Emily scheint nicht vollständig überzeugt zu sein. »Wirklich? Und wenn es dir plötzlich gut geht: Was hat sich geändert? Denn als ich hier angekommen bin, ging es dir nicht besonders gut, oder? Ganz und gar nicht. Und heute Abend bist du sehr blass.«

Julia denkt rasch nach. »Ich … ich glaube, ich fühle mich besser, weil du hier bist. Dein Besuch gibt mir das Gefühl, dass das Leben immer noch lebenswert ist«, sagt sie und unterdrückt dabei die Schuldgefühle, weil sie Emily von ihrem Job abhält. »Als dein Opa gestorben ist, war ich völlig verloren. Ich wusste einfach nicht weiter. Ich vermisse ihn immer noch die ganze Zeit und denke jeden Tag an ihn, aber ich fange langsam an, damit klarzukommen und mit dem Gefühl zu leben, statt mich davon beherrschen zu lassen. Die Zeit, die wir zusammen hatten, war wertvoll, aber sie ist nicht verloren. Egal, wohin ich gehe oder was ich tue, er ist immer dabei.«

»Oh, Oma. Es muss sehr schwer sein, weiterzumachen, wenn man so ein schönes Leben zusammen hatte.«

»Ja, mein Schatz, das ist es auch. Aber auch wir hatten gute und schlechte Tage, genau wie jedes andere Paar. Wir haben nicht nur herumgesessen und uns den ganzen Tag lang tief in die Augen geschaut, weißt du – wir haben uns auch gestritten, manchmal ziemlich heftig. Außerdem denke ich immer wieder, dass es ein paar bedauernswerte Menschen gibt, die so eine Partnerschaft nie erlebt haben.«

»Wie meinst du das?«

»Na, so wie die arme May, zum Beispiel. Ihre Ehe war nicht besonders schön, und es scheint, als hätte sie Charles kaum vermisst, nachdem er gestorben ist.«

»Ich glaube nicht, dass du May ansatzweise mit dem Wort ›arm‹ beschreiben kannst. Sie war mehr als zufrieden mit ihrem Schicksal, soweit ich das beurteilen kann.«

»Und was willst du damit sagen?«

Emily denkt einen Moment nach. Julia fällt auf, dass sie nach ihrem Nickerchen viel besser aussieht, auch wenn sie immer noch viele Pusteln im Gesicht hat. Ihre Augen wirken weniger müde, und sie hat ihr frisch gewaschenes Haar offen gelassen, sodass es in hellen Wellen über ihre Schultern fließt. Offenbar hat sie noch ein altes Lieblingsstück in ihrem Kleiderschrank gefunden, ein bodenlanges Baumwollkleid in gedeckten Blautönen. Sie hat immer gern Kleidung hiergelassen, »für's nächste Mal«, als ob sie damit sicherstellen wollte, dass sie bald wiederkommen würde. Es hat lange, ausgestellte Ärmel, die die meisten ihrer allmählich verheilenden Pusteln verdecken.

»Ich schätze, ich will bloß sagen, dass jeder anders ist. Nicht alle Frauen brauchen einen Mann, um glücklich zu sein.«

»Und wie ist es bei dir? Könnte Andy derjenige sein, auf den du gewartet hast?«

Die Worte schweben zwischen ihnen. Als Julia noch darauf wartet, dass diese bedeutsame Frage beantwortet wird, fliegt die Küchentür auf, und die zwei Männer kommen wieder herein. So ein Mist! Was für ein schlechter Zeitpunkt, denkt Julia. Sie wirft Tristram einen finsteren Blick zu, und dieser wirkt gekränkt über den kühlen Empfang.

»Stören wir?«, fragt er.

»Überhaupt nicht«, antwortet Emily. »Wir haben gerade nur … ähm …«

»… darüber gesprochen, welche Art Marmelade wir als Nächstes machen«, springt Julia hastig ein. »Hast du deinen Onkel schon besucht, Colin?«

»Nein, meine Mum hat angerufen, um zu sagen, dass sie heute Nachmittag im Krankenhaus waren und er so müde war, dass er kaum etwas von ihrem Besuch mitbekommen hat. Sie hat die Stationsschwester überredet, mich morgen früh für eine halbe Stunde zu ihm zu lassen, denn dann ist ihm meistens nach einem Gespräch. Also, was soll ich zuerst tun, um dieses spektakuläre Festmahl vorzubereiten?«

Als Andy, Vi und Tamsin kommen, herrscht ein reges Treiben in der Küche.

»Gibt es Chicken Nuggets und rote Sauce?«, fragt Tamsin hoffnungsvoll.

»Nur für besondere Gäste. Wir hatten nicht genug für alle«, sagt Emily.

»Oh.«

»Aber du bist natürlich ein ganz besonderer Gast, deswegen musst du dir keine Sorgen machen.«

Tamsin umarmt Emily und rennt davon, um draußen zu spielen, sodass Julia und Emily die Gelegenheit nutzen, ins gemütliche Wohnzimmer zu fliehen. Julia fühlt sich nervös und überdreht, als würde gleich etwas passieren, aber sie ist sich noch nicht sicher, ob das gut oder schlecht ist.

Vi kommt mit Andy herein und setzt sich neben Emily aufs Sofa. Sie ist diese Art von Frau, die jedes Alter zwischen fünfzig und fünfundsechzig haben könnte. Sie ist kräftig gebaut, hat breite Schultern und eine Haut, die gut altert und von der vielen frischen Luft einen gesunden Farbton hat. Ihr graues Haar ist kurz geschoren, und ihre Kleidung sieht aus, als würde sie sie schon immer so tragen – Jeans wie die einer Handwerkerin, ein kariertes Hemd und Turnschuhe. Ihre einzigen Zugeständnisse für diesen Abend sind kleine, diamantbesetzte Ohrringe und ein Hauch Vaseline auf den Lippen.

»Wer ist der neue Mann?«, fragt sie Julia. »Ist er dein junger Liebhaber oder Emilys älterer Freund? Und wenn er keines von beidem ist, kann ich ihn dann bitte haben? Er legt sich gerade in der Küche richtig ins Zeug.«

»Ich wusste gar nicht, dass du auf der Suche nach einem Mann bist, Vi.« Andy streicht Vi über die Haare. »Du hast mir mal gesagt, Männer seien ein teurer Luxus.«

»Ich weiß, aber wenn ich einen finden würde, der im Handumdrehen fantastisches Essen zaubern kann und dem ein Haus voller Kinder nichts ausmacht, könnte ich mir das eventuell noch mal überlegen. Wie steht es mit dir, Emily? Hat dein sexy Amerikaner aufgegeben und ist nach Hause gegangen?«

»Ja.«

Die kurze Antwort schreckt Vi nicht ab. »Gut. Ich habe ihn zwar nicht kennengelernt, aber ich hab ihn vom Fenster aus gesehen. Also, du kannst einen besseren finden, Mädchen. Auf mich wirkte er ein bisschen arrogant.«

Julia beobachtet, wie Andy und Emily sorgfältig vermeiden, einander anzusehen, und lächelt innerlich, aber Vi ist noch nicht fertig. »Und was ist mit dir, Julia?«

»Was soll mit *mir* sein?«

»Da drinnen sind zwei Kerle. Für mich ist Tristram zu alt, aber …«

Julia wirft Vi ihren besten bösen Blick zu, und die andere Frau verstummt endlich. Zum Glück ruft Tamsin gerade draußen, sie sollten ihr zusehen, wie sie auf den Komposthaufen klettere, und Vi und Andy springen auf, um sie davon abzuhalten, ihr bestes Kleid mit gammeligem Kohl und Schlimmerem zu verschmutzen.

Emily reißt die Augen auf und legt den Kopf schief. »Hat Vi einen Nerv bei dir getroffen, Oma?«

»Sei nicht albern«, blafft Julia. »Wie sollte irgendjemand deinen Opa ersetzen können?«

Während sie spricht, kommt Tristram zu ihnen, um sie zum Essen zu rufen. Julia sieht zu ihm auf, und er erwidert ihren Blick, ohne zu lächeln. Hat er sie gehört? Und falls er ihre Aussage mitbekommen hat, ist sie froh, dass sie ihren Standpunkt deutlich gemacht hat … oder nicht?

38

Die letzten Details der Planung für Tristrams Geburtstagsfeier setzen sich schnell zusammen, sobald Gina und Vince sicher sind, dass sich das Wetter zum Guten gewendet hat und es fürs Grillen lange genug trocken bleiben könnte. Andy, Vi und Emily erhalten alle Textnachrichten, während Tristram noch bei ihnen zum Abendessen ist. Als alle drei Handys fast gleichzeitig piepen, schnalzt Tristram laut mit der Zunge.

»Ich hätte diese verfluchten Geräte vor dem Essen einsammeln sollen. Colin und ich haben uns nicht stundenlang in der Küche abgerackert, damit ihr euch alle von Lappalien ablenken lasst.«

Zum Glück hält seine Missbilligung sie davon ab, ihre Nachrichten zu lesen, während er in der Nähe ist, und als Julia einen Anruf auf dem Festnetz entgegennimmt, nachdem Tristram Colin auf dem Weg nach Hause zu einem Schlummertrunk in den Pub mitgenommen hat, kann sie bestätigen, dass sie alle drei kommen werden. Emily hat allerdings Angst, immer noch ansteckend zu sein.

»Gina sagt, das wär kein Problem. Sie hat die Windpocken gegoogelt. Es ist alles gut, wenn fünf Tage vergangen sind, seit sie zum ersten Mal aufgetaucht sind und du keine neuen Pusteln bekommen hast. Die Feier ist Sonntagabend, also hast du noch fast zwei Tage, um gesund zu werden.«

»Aber ich sehe grässlich aus. Ich kann so doch nicht zu einer Party gehen.«

»Du wirst gut aussehen. Trag wieder dieses Kleid, es bedeckt die meisten Pusteln. Ich kann es heute Abend waschen, wenn du möchtest, dann ist es Sonntag fertig. Wie gut, dass du immer Kleider hiergelassen hast. Und du kannst ein bisschen Make-up auftragen.«

»Hmm. Ja, vielleicht.«

»Du solltest das Fest nicht versäumen, wenn es dir gut genug geht. Es passiert nicht oft, dass ein Mann achtzig Jahre alt wird und noch genug Freunde hat, um eine verrückte Grillparty am Strand zu feiern. Tristrams Tochter ist ein Phänomen. Wenn ich so eine Riesenfete veranstalten würde, müsste ich die Zeit, das Datum, das Menü und die Gästeliste schon Wochen vorher wissen.«

»Alles Essen, das vorab gekauft und vorbereitet werden konnte, ist bereits in den Kühlschränken von Ginas Freunden, und sie hat die ganze Woche in den Häusern verschiedener Personen gebacken«, erzählt Vi. »Ich habe sie gestern getroffen, und sie sagt, das Schwierigste werde es sein, Tristram lange genug aus dem Weg zu schaffen, um die letzten Vorbereitungen treffen zu können.«

Emily grinst. »Nun, ich nehme an, Colin wird ein paar Tage hierbleiben. Habt ihr ihn gehört, als er davon geschwärmt hat, wie schön er es hier findet? Wir sollten ihn beauftragen, Tristram zu fragen, ob er ihm in der entscheidenden Zeit die Küste weiter oben zeigen kann.«

»Dafür hat Gina doch sicher schon etwas geplant? Sie würde es nicht riskieren, dass er die Überraschung vorzeitig entdeckt, nachdem sie alles so gut geheim gehalten haben.«

»Für morgen verlässt sie sich darauf, dass sie mehr Zeit hat, wenn er seinen üblichen Ausflug in die Stadt macht. Sie hat vor, ihm eine lange Einkaufsliste zu schreiben mit Dingen, die schwierig zu kriegen sind. Aber wenn Colin am Tag der Party einspringt, könnten sie eine Besichtigungstour machen. Ich rufe ihn an, sobald sie wieder im Shellfish Shack sind.«

»Findest du es eigenartig, deinen Boss hierzuhaben, Em?«, fragt Andy. »Du hast ihn nicht erwartet, oder?«

»Nein und nein«, antwortet sie. »Es ist schön, ihn außerhalb des Büros zu erleben. Normalerweise ist er fast so was wie ein Workaholic, deswegen war ich überrascht, ihn zu sehen, aber ich könnte mir vorstellen, dass mehr hinter diesem Urlaub steckt als nur der Wunsch, mit mir zu sprechen und seine Familie zu besuchen. Er macht schon länger einen gestressten Eindruck. Vielleicht ist das seine Art, sich selbst zu erlauben, eine Pause einzulegen.«

»Er hat auch ganz schön was auf den Rippen.« Vi seufzt schwer. »Und seine Wangen sind genauso gerötet wie bei meinem Malcom, kurz bevor er den Schlaganfall erlitt. Zwei Wochen später war er tot.«

Andy sieht den Schrecken in Emilys Gesicht und

verflucht Vi innerlich. Sie denkt nie nach, bevor sie spricht. »Ich bin mir sicher, dass Colin einfach nur Erholung nötig hat«, sagt er. »Ein Urlaub hier bei uns mit viel frischer Luft und Bewegung könnte genau das sein, was er braucht, um wieder aufzutanken. Vi, könntest du vielleicht Tamsin für mich zurückbringen und sie schon mal baden? Ich komme gleich nach, aber ich habe Julia versprochen, dass ich noch den Filz auf dem Dach der Hütte befestige, bevor ich nach Hause gehe, weil es undicht ist.«

»Okay, die Kleine wird heute ordentlich geschrubbt werden müssen. Sie hat die ganze letzte halbe Stunde Schlammkuchen gebacken und nur noch ihre Unterwäsche an, weil ich ihr gesagt habe, sie solle ihr Kleid nicht versauen. Zum Glück ist es draußen noch warm genug.«

Vi geht hinaus, und Andy sieht Emily an und verdreht die Augen, als Tamsin erbittert protestiert, sobald Vi sie von ihrer matschigen Backstube wegholen will. »Aber ich habe die Kuchen noch gar nicht gebacken«, ruft sie. Vi ist jedoch unerbittlich und zerrt sie über die Straße.

Andy ist schnell fertig mit dem Hüttendach und kommt wieder in die Küche, um Julia eine gute Nacht zu wünschen. Sie liest gerade einen der Briefe und sagt nachdenklich: »Hier drin geht es um Kathryns zweites Baby. Das arme kleine Ding litt jeden Winter ganz schlimm an Krupp. Übrigens habe ich Emily ins Bett geschickt. Sie kam mir furchtbar müde vor.«

»Versuch, dir nicht so viele Sorgen um sie zu machen«, sagt Andy. »Ihr geht es schon viel besser. Ja, ich weiß, was du jetzt denkt: Gerade ich muss sagen, dass du dich nicht sorgen sollst.«

»Du wirst aber langsam entspannter – ein bisschen zumindest.«

Andy denkt darüber nach, ist sich jedoch nicht sicher, ob es stimmt. Wenn Tamsin sich nicht gut fühlt, wird er immer noch schnell panisch.

Julia scheint seine Gedanken zu erraten, denn sie fügt hinzu: »Jeder sorgt sich um seine Kinder, mein Lieber. Das Gefühl hört nie auf, selbst wenn sie erwachsen und längst aus dem Nest ausgeflogen sind.«

»Ich frage mich, ob ich jemals noch weitere Kinder kriegen werde«, platzt er heraus.

Julia sieht ihn lächelnd an. »Nicht, wenn du keine drastischen Maßnahmen ergreifst. Oder zumindest nicht mit Emily. Sie glaubt, dass du immer noch mit Candice zusammen bist, und möchte sich auch nicht zwischen Tam und dich drängen.«

»Was? Ich war noch *nie* mit Candice zusammen!«

»Nicht?«

Er spürt, dass sein Gesicht heiß wird. »Na ja, nicht *so* zusammen.«

»Da hat sie Emily aber ein ganz anderes Bild vermittelt, als sie sie angerufen hat.«

»*Candice* hat Emily angerufen? Aber warum sollte sie das tun?«

Julia schweigt. Andy dreht sich zur Tür. »Ich rufe Candice sofort an.«

»Gute Idee«, sagt Julia liebenswürdig und hebt zum Abschied die Hand.

Als Andy fort ist, sucht sie nach dem Brief, den sie gerade gelesen hat. Irgendetwas nagt an ihr. Krupp. Warum regt sich bei ihr etwas, wenn sie an diese schreckliche Kinderkrankheit denkt? Sie geht zum Bücherregal und zieht das alte medizinische Lexikon ihrer Mutter heraus. Es ist abgegriffen und zerschlissen. Julias Mutter hat es wie eine Bibel zurate gezogen, wenn irgendjemand auch nur gekränkelt hat.

Sie schlägt »Krupp« nach und liest, dass die Symptome oft denen von Asthma ähneln. Das ist es! Sie erinnert sich, dass Will sich in einem Brief auf Charles' chronische Atemschwierigkeiten bezieht. May hat immer Brombeeressig für Charles gemacht, weil er süchtig danach war. Nun, das ist wirklich lieb von ihr gewesen und vielleicht ein Hinweis darauf, dass sie ihren Mann doch mehr mochte, als alle dachten.

Es stand noch etwas anderes, viel Wichtigeres, in einem von Wills Briefen, aber Julia hat vergessen, was es war. Irgendetwas, das mit dieser letzten Reise zu tun hat, die er mit Charles geplant hatte. Sie nimmt den Stapel Briefe, den sie mit Mays Einverständnis wieder zurückgeholt hat, um sie noch mal und zwar genauer zu lesen. Irgendwo muss sie ja anfangen.

31

Das Erste, was Emily am Sonntagmorgen nach dem Aufwachen wahrnimmt, ist der Sonnenschein, der durch die Lücke zwischen ihren Vorhängen fällt. Er malt Muster auf den Holzboden und wärmt ihr Kissen. Die Vögel rufen einander etwas zu, und das Meer kriecht den Strand herauf. Gina hat die Gezeiten sorgsam in ihrer Planung berücksichtigt, sodass genug Sand am Strand sein wird, auf dem die Gäste sich ausbreiten können, und wenn die Sonne schon so früh am Morgen so stark ist, stehen die Chancen gut, dass es eine unvergessliche Nacht mit Tanz im Mondlicht und jeder Menge eiskaltem Prosecco wird.

Emily seufzt. Warum musste sie sich ausgerechnet jetzt die Windpocken einfangen, wenn sie gut aussehen und sich gut fühlen möchte? Candice wird garantiert auch auf der Party sein und so wenig tragen, wie es nur geht, da besteht kein Zweifel. In dem blauem Kleid wird es Emily heiß werden, aber bei all den Pocken kann sie nicht mehr Haut zeigen, ohne den Leuten ihren Appetit auf Kanapees zu verderben.

Sie rollt sich aus dem Bett, läuft zum Schrank und geht die Kleiderbügel durch, um nachzuschauen, ob sich vielleicht noch ein wunderbares, zartes und doch schicklich langärmeliges und hochgeschlossenes Kleid versteckt. Doch dort hängt keines, und sie heult frustriert auf.

»Was ist los?«, ruft Julia aus dem Flur.

»Ich fühle mich wie Aschenputtel. Ich kann nicht zum Ball gehen, weil ich nichts Passendes zum Anziehen habe.«

Julia kommt herein, die Stirn gerunzelt. »Meinst du passend wegen der Form … oder für den Anlass?«

»Irgendwie beides. Ich muss mich heute ernsthaft mit Andy unterhalten. Und vorher muss ich Colin davon überzeugen, mich in Teilzeit vom Büro in London aus arbeiten zu lassen. Ich habe mich entschieden, in Pengelly zu bleiben, zumindest für die nächsten Monate, und dann schaue ich, wie es läuft. Aber ich fühle mich schrecklich, und ich sehe auch furchtbar aus. So kann ich das ja nicht gut hinkriegen.«

»Das sind wunderbare Neuigkeiten, mein Schatz! Aber es ist doch egal, wie du aussiehst, oder? Sicher zählt viel mehr das, was du zu ihnen sagst?«

»Na ja, in einer perfekten Welt schon, aber wie selbstbewusst würdest *du* dich fühlen, wenn du von verkrusteten Pusteln übersät wärst?«

»Ich versteh schon. In Ordnung, folge mir. Diese Situation verlangt nach etwas ganz Besonderem.«

Julia geht in ihr eigenes Zimmer, und als Emily dazukommt, holt sie gerade einen riesigen Koffer von ihrem Schrank herunter. Emily hilft ihr, ihn auf dem Boden abzusetzen. Er ist staubig, aber nicht sehr schwer. Julia pustet den Staub weg und öffnet ihn vorsichtig. Im Inneren liegen mehrere, in Seidenpapier eingeschlagene Päckchen.

»Ich konnte mich nicht von denen hier trennen.« Julia nimmt das oberste Päckchen in die Hand. »Dein Opa und ich sind auf einige Feiern gegangen, als wir noch jünger waren.«

Sie faltet das Papier auseinander und hebt ein Trägerkleid in die Höhe, lang, hauchdünn und gemustert, mit schemenhaften, sich überlappenden Kreisen in Schattierungen von Silber und einem blassen Violett. Das nächste Kleid ist kürzer und pinkfarben, aber genauso elegant. Insgesamt befinden sich drei atemberaubende Kleider im Koffer. Eines ist eindeutig für winterliche Feste gedacht, es ist dunkelrot und glitzert. Das silberne Kleid ist perfekt.

»Wenn es dir passt, könntest du deinen blasslila Paschminaschal dazu tragen«, schlägt Julia vor. »Er ist so dünn und leicht, dass dir nicht zu heiß werden dürfte, und er passt perfekt zu diesem Kleid.«

»Oh, ja! Ich probiere es sofort an.«

Emily eilt zurück in ihr Zimmer und schlüpft so schnell wie möglich in das Kleid. Es passt ihr gut und reicht fast bis zum Boden. Sie wühlt in einer Schublade nach dem Paschmina und legt ihn sich um die Schultern, dann löst sie ihren Zopf und schüttelt die Haare aus. Mit offenem Haar bleibt nicht mehr viel gefleckte Haut, die man sehen könnte. Ein bisschen Make-up und etwas Lippenstift, Mays raffinierte Kette und ein Paar silberne Ohrringe – das könnte funktionieren …

Julia klopft an die Tür und steckt den Kopf herein. »Oh«, sagt sie nur, aber ihre Augen leuchten.

»Danke, meine liebe, liebe, Oma.« Emily küsst sie. »Du bist jetzt auch meine gute Fee.«

»Du *musst* zum Ball gehen, Aschenputtel.«

Sie umarmen sich, und Emily wirft noch einen Blick in den Spiegel am Schrank. Das ist gut.

»Ich wünschte nur, wir hätten den Ring. Der wäre das i-Tüpfelchen«, sagt Julia traurig. »Aber irgendwann werden wir ihn schon finden.«

»Ja? Wie denn?«

»Es muss einfach einen Hinweis in einem der Briefe geben. Und ich werde ihn finden, wenn ich mich richtig damit auseinandersetze, um mein Buch zu schreiben.«

Emily antwortet nicht, aber als Julia ihre leuchtenden Augen sieht, geht ihr das Herz auf.

»Ich lese gerade ein paar durch, die ich noch nicht angesehen habe«, sagt sie. »Würdest du dich zu mir aufs Bett setzen und mir fünf Minuten helfen? Ich suche nach einem bestimmten Datum.«

»Warum?« Emily setzt sich und nimmt ein paar der Umschläge in die Hand.

»Nein, warte. Die habe ich mir schon angesehen. Ich suche nach Briefen aus der Zeit, als Will fortgegangen ist.«

Sie nennt das Datum, und beide machen sich auf die Suche. Eine Weile arbeiten sie schweigend, bis Emily ihr einen Brief entgegenstreckt. »Probier es mit diesem.«

Julia öffnet ihn und liest vor:

Lieber Don,
nun, jetzt ist er weg. Ich hätte nie gedacht, dass unser Will uns tatsächlich verlassen würde, aber es ist alles so schnell passiert, und jetzt ist er in Irland und beginnt sein neues Leben. Ich vermisse ihn schrecklich. Es war immer so spaßig mit ihm. Mutter ist verzweifelt.
Warum, glaubst du, ist das passiert? Alles scheint während unseres letzten Besuchs bei euch angefangen zu haben. Ist irgendwas geschehen, von dem ich nichts weiß? Ich würde gern Julia danach fragen, aber mir ist klar, dass gerade kein guter Zeitpunkt dafür ist. Ich habe ihr schon geschrieben, wie leid mir das mit ihrer Mutter tut.
Don, sollte einer von uns nach Irland reisen und versuchen, Will zur Rückkehr zu überreden? Er hat sich nicht einmal richtig verabschiedet, sondern hat seine letzten Tage in der katholischen Kirche verbracht und gebetet.
Bitte schreib mir bald zurück.
Deine dich liebende Schwester
Kathryn

»Hast du hiernach gesucht?«, fragt Emily.

Julia runzelt die Stirn. »Irgendwie schon. Aber eigentlich brauche ich etwas von Elsie, denn sie war mit Will hier. Ich habe die Briefe aus der Zeit nie in die Finger bekommen, weil ich so mit meiner Mutter beschäftigt war.«

Sie suchen weiter. Emily kann es kaum erwarten, in

ihr Zimmer zu gehen und sich für die Party fertig zu machen, aber Julia ist völlig in die Suche nach dem richtigen Datum vertieft. Nach ein paar Minuten hält Emily den nächsten Brief hoch. »Bingo«, sagt sie. »Soll ich vorlesen?«

Julia nickt, sie ist jetzt sehr blass.

Ich weiß, dass du das nicht hören möchtest, Don, weil du in deinem letzten Brief wieder geschrieben hast, wir sollten alle weitermachen und aufhören, über den Ring zu sprechen, aber ich bin überzeugt, dass Will wesentlich mehr weiß, als es den Anschein hat, und irgendwie hängt das alles mit May Roseveres grässlichem Ehemann zusammen. Und ja, man soll nicht schlecht von den Toten sprechen, aber der Mann war pures Gift.
In Gedanken bin ich immer wieder durchgegangen, was während unseres letzten Besuchs geschehen ist, als Charles ertrunken ist, und ich bin zu dem Schluss gekommen, dass er unseren Will vermutlich erpresst und ihm den Ring abgenommen hat. Will ist kein schlechter Junge, aber er ist schwach. Er stand in Charles' Bann, und dieser Mann war immer auf der Suche nach Möglichkeiten, Geld zu machen. Ich nehme an, May hat ihn kurzgehalten, sie war diejenige, die sich um die Finanzen gekümmert hat, und Charles hatte einen teuren Geschmack. Wenn du mich fragst, hatte er Mutters Ring an sich genommen und ihn verkauft. Wir werden ihn nie wiedersehen.
Will reagiert nicht auf meine Briefe und Anrufe. Ich

bin unentschlossen, ob ich nach Irland reisen und ihn wegen dieser Sache zur Rede stellen soll, damit wir die Angelegenheit ein für alle Mal klären können.

Julia sieht benommen auf. »Vielleicht lese ich zu viel zwischen den Zeilen«, sagt sie, »aber ich habe das schreckliche Gefühl, dass Will etwas mit dem Tod von Mays Mann zu tun hatte.«

»Ist das dein Ernst? Aber Will lebt doch noch, oder? Denkst du an … Mord?«

»Ich weiß es nicht. Vielleicht. Oder es könnte ein tragischer Unfall gewesen sein. Sollte ich jetzt etwas unternehmen, Em? Alle sind davon ausgegangen, dass Charles sich in dieser stürmischen Nacht selbst umgebracht hat, weil er davon überzeugt war, an Krebs zu sterben, genau wie sein Vater.«

Emily denkt angestrengt nach. Bei ihrer Oma geht es endlich wieder bergauf, Onkel Will lebt in irgendeinem weit entfernten Dorf in Südirland, angeblich von Gicht und Arthritis geplagt, zumindest gab er das als Grund dafür an, dass er nicht zur Beerdigung ihres Großvaters hatte kommen können. Würde es irgendeinen Zweck haben, weiter nachzuforschen? Sie trifft impulsiv eine Entscheidung.

»Lass es gut sein, Oma. Opa muss auch zu diesem Schluss gekommen sein, denn er hat nichts unternommen. Das sollten wir genauso wenig tun. Es ist vorbei. Vielleicht wusste er ja auch etwas über den Ring, da er schließlich die leere Schachtel aufbewahrt hatte?«

»Darüber habe ich auch schon nachgedacht. Aber er hätte ihn mir gegeben, wenn er ihn gehabt hätte.«

»Was, wenn er ihn nicht hatte, aber wusste, wo er war, und nichts tun konnte?«

Julia runzelt die Stirn. »Das ist alles nur Spekulation. Vielleicht erfahren wir nie, was passiert ist.«

»Es ist doch auch nicht so wichtig. Lass uns im Jetzt leben und nicht zurückschauen.«

Julia lächelt etwas zittrig und umarmt Emily. »Em, Liebling, da könntest du wirklich etwas Richtiges sagen«, erwidert sie. »Aber ich hätte diesen Ring so schrecklich gern.«

»Ich weiß, dir hat der Ring immer sehr gut gefallen, aber vielleicht ist es an der Zeit, dass du die Idee verwirfst, ihn zurückzukriegen. Das macht dich doch bloß nervös. Ist er die Sorge wert?«

»Ja, das ist er. Der Ring würde mir Seelenfrieden bringen, da bin ich mir ganz sicher. Ich kann es nicht genau erklären, aber mein Gedächtnis braucht ihn. Die Steine bringen Glück.«

»Das ist doch bestimmt nur ein Ammenmärchen.«

Emily sieht, wie Julia ihre Lippen zu einem schmalen Strich zusammenpresst, und fragt sich, ob sie zu viel gesagt hat.

»Ich bin noch nicht senil und auch nicht verrückt«, sagt Julia. »Ich habe mich über Opale informiert. Sie sind Heilsteine. Gedächtnisverlust ist eines der Probleme, bei denen sie helfen können.«

»Aber du …«

»Ich möchte nicht mehr darüber sprechen. Wir gehen heute aus und amüsieren uns. Wenn ich den Ring bekommen soll, werde ich ihn irgendwie finden.«

Tristrams Party ist in vollem Gang, als Emily, May und Julia eintreffen. Emily hat ihren Wagen vom Hügel geholt, May über die Straße geführt und sie alle hergefahren.

Julia hat für sich ein Cocktailkleid mit Ärmeln aus Spitze ausgewählt. Es ist mitternachtsblau, tailliert und hat einen Herzausschnitt. Sie trägt niedrige Absätze und ihren besten filigranen Schmuck. May hat sich für glitzernde Schuhe und ein knöchellanges, karmesinrotes Seidenkleid entschieden, das ihre Beine umschwebt, wenn sie läuft.

»Ist das Vintage?«, fragt Emily bewundernd, als sie May ins *Shellfish Shack* führt.

»Alles an mir ist Vintage, Liebes«, erwidert May. »Das solltest du doch inzwischen wissen.«

»Wow. Ihr drei seht fabelhaft aus«, sagt Andy, als er ihnen entgegenkommt. Er trägt das marineblaue Jackett und die Hose, die er bei seinem Date mit Emily anhatte, mit einem weißen Baumwollhemd, das seine gesunde Bräune gut zur Geltung bringt. Emily schluckt. Sie möchte sein stoppeliges Kinn berühren, die Arme um seine Hüfte schlingen und mit ihm am Strand tanzen.

Immer mit der Ruhe, sagt sie sich. Alles zu seiner Zeit.

Vince macht sich nützlich, indem er Drinks für alle mischt, die keinen Fizz-Cocktail wollen. Er lächelt zu ihr herüber, pfeift bewundernd und hebt die Daumen.

»Sie sehen gut aus, Mademoiselle Lovell, sogar mit Windpocken!«, ruft er.

Emily verzieht das Gesicht. Jetzt drehen sich alle im Raum nach ihr um. Sie strafft die Schultern, hält den Kopf hoch erhoben und geht auf seine improvisierte Theke zu.

»Wann kommt denn das Geburtstagskind hierher?« Sie nimmt sich ein perlenbesetztes Glas mit pinkfarbenem Grapefruitsaft und Tonic Water von dem Tablett mit alkoholfreien Cocktails.

»Er hat jetzt bald seinen großen Auftritt. Laut Gina hat Colin ihm erzählt, dass wir ihn zum Abendessen zu George mitnehmen. Sie waren den ganzen Tag unterwegs. Dein Boss war großartig.«

Kurz nachdem er das gesagt hat, wird es unruhig an der Tür, und Emily hört eine vertraute Stimme, die vor Überraschung lauter wird. »Was, um Himmels willen, ist in meinem Haus los?«, bellt Tristram, als er in den Raum kommt und sich umsieht.

Alle Gäste umkreisen ihn, und Vince stimmt eine Version von *Happy Birthday* an, die durchaus die Fensterscheiben zum Klirren bringen könnte. Tristram hat vor Überraschung den Mund geöffnet. Seine Augen leuchten hell, als er nacheinander in die Gesichter schaut, die alle große Zuneigung ausstrahlen.

»Guter Gott« ist alles, was er sagt.

Colin ist eindeutig sehr zufrieden mit seiner Leistung. Er klopft seinem neuen Freund begeistert auf den Rücken und stimmt lauthals in das Lied ein. Als sich die erste Aufregung gelegt hat und Tristram ein Glas Champagner in den Händen hält, stellt sich Emily zu Colin und wispert: »Ich muss mit dir reden.«

»Wie bitte?«

Sie hebt die Stimme und wiederholt den Satz.

»Oh. Wie, jetzt?«

»Ja. Es dauert nicht lange.«

Colin schnappt sich ein randvolles Glas und folgt Emily nach draußen auf die Terrasse. Im Moment sind dort noch keine Gäste, aber das wird nicht lange so bleiben, weil Vince bald den Grill anwerfen wird. Daher legt sie los, sobald sie am Tisch sitzen.

»Ich werde nicht groß drum herumreden, Colin. Kannst du dir bitte überlegen, ob du mich demnächst für die erste Hälfte jeder Woche in London arbeiten lassen könntest, sodass ich den Rest der Zeit in Pengelly sein kann? Ich könnte ins Londoner Büro fahren, von Montag auf Dienstag dort übernachten, mittwochabends nach Hause kommen und den Rest der Woche von zu Hause aus arbeiten. Ich habe mir das gut überlegt. Es wäre günstiger für dich, selbst wenn ich zwei Nächte im Hotel …«

Er hebt die Hände, um den Wortschwall zu unterbrechen, und Emily wird schwer ums Herz. Sie hat es vermasselt. Aber als sie ihren Chef anschaut, um es erneut zu versuchen, sieht sie, dass er lächelt.

»Du kannst gleich aufhören, meine Liebe«, sagt er.

»Ich habe schon mit Tristram darüber gesprochen. Er hat mir klargemacht, wie nützlich du uns hier drüben sein könntest und wie dringend deine Oma dich braucht. Ich bin bereits überzeugt worden.«

»Wirklich? Ach, er ist so ein lieber Mann, genau wie du natürlich. Colin, ich bin dir wirklich dankbar und weiß gar nicht, was ich sagen soll. Ich werde mich gleich auch bei Tristram bedanken, sobald ich zu ihm durchkomme.«

Sie beugen sich zur Seite, um durch die Tür des Restaurants zu spähen. Tristram steht immer noch inmitten seiner Freunde und scheint sie mit irgendeiner lustigen Geschichte zu unterhalten.

»Und das Verrückte ist, ich wusste nicht mal, dass ich gegen Pilze allergisch bin!«, hören sie ihn rufen. Alle brechen in schallendes Gelächter aus.

Colin grinst Emily an. »Nun, sieht aus, als wäre diese Überraschungsparty ein Erfolg, oder? Wie auch immer, es freut mich für dich, wenn du weniger Stunden arbeiten kannst. Damit darfst du ab sofort anfangen. Heute hat mir sogar der Geburtstagsjunge höchstpersönlich einen Vortrag darüber gehalten, dass ich darüber nachdenken soll, selbst das Gleiche zu tun, bevor ich wegen Überarbeitung verfrüht ins Grab falle. Ich habe mich entschieden, einen Manager oder eine Managerin fürs Büro einzustellen, der oder die unsere Lücken füllt und einige der Aufgaben übernimmt, die wir bisher selbst erledigt haben. Selbstverständlich nicht so gut wie wir, aber damit können wir doch leben.«

Emily atmet seufzend aus und lehnt sich im Stuhl zurück. Sie hat sich so viele Gedanken darüber gemacht, was sie sagen soll, um ihn zu überzeugen, und dabei hat Colin sich schon längst entschieden. Ihr ist ganz schwindlig vor Erleichterung. Wird ihr Gespräch mit Andy genauso einfach? Sie sieht, wie Candice auf ihn zugeht, ein Glas Champagner in jeder Hand, und denkt: wahrscheinlich nicht.

Julia tippt Emily auf die Schulter, als diese gerade in Gedanken probt, was sie später zu Candice sagen möchte. »Glaubst du, May geht es gut?«, fragt Julia mit einem Blick auf May, die gerade vom Gäste-WC kommt, wo sie offenbar die Lippen nachgezogen und ihr Gesicht gepudert hat.

»Wieso?«

»Ich weiß nicht. Sie wirkt irgendwie distanziert. Sie hat mich gerade gefragt, ob ich mir vorstellen kann, jemals mein Haus zu verkaufen. Was denkt sie denn bitte, wohin ich gehen würde?«

Emily unterbricht ihre Überlegungen zu den giftigen Bemerkungen, mit denen sie Candice zu einem schluchzenden Häufchen Elend reduzieren kann, und versucht, sich auf ihre Großmutter zu konzentrieren. »Du willst doch nicht umziehen, oder?«

»Natürlich nicht. Es sei denn …«

»Es sei denn – was?«, fragt Emily, als Julia nicht weiterspricht.

»Ach, nichts. Ich mag mein Leben, wie es ist, und wenn das anders wäre, würde es May nichts angehen. Es scheint so, als wolle sie immer mehr auf uns achten, je älter sie wird. Also, mit wem sprichst du heute zuerst?«

Emily starrt auf Candice' Rücken und stellt sich vor, wie sie die andere Frau von ihren High Heels und in eines der Desserts auf dem Klapptisch schubst.

»Halt mir den Platz frei«, sagt sie.

40

Emily wird von ihrer Mission abgelenkt, Candice in die Schranken zu verweisen, als Ida zu ihr kommt, um sie zu umarmen und auf nicht gerade subtile Weise herauszufinden, wie ihre Zukunftspläne aussehen. Bis Emily Andy in der Menge entdeckt, wurden die Kanapees schon herumgereicht, und es wurde bereits gegrillt. May hält am Ende eines langen Tischs Hof und wirkt lebhafter, als sie seit ihrem Herzinfarkt je aussah. Ihre Augen strahlen vom vielen Lachen, und in ihrem Kleid könnte sie heute Abend locker als Siebzigjährige durchgehen, denkt Emily bewundernd. Andy bedeutet ihr, auf die Bank am Klapptisch zu kommen, auf dem er sein Weinglas abgestellt hat.

»Ich habe dir einen Platz freigehalten«, sagt er, gerade als Candice herüberflattert und sich neben ihn setzt.

Emily erstarrt. Soll sie davonstolzieren oder bleiben und kämpfen? Nein, es ist kein Wettbewerb. Sie bleibt und nimmt den Stuhl zu Andys Linken.

»Und, bist du deine Pocken los, Süße?«, fragt Candice Emily. Sie beugt sich über Andy hinweg, um Emily besser sehen zu können, und verengt die katzenhaften Augen. »Oh, nein, anscheinend nicht. Ich hoffe, das gibt keine Narben. Da musst du aufpassen.«

»Danke für die Warnung. Ich nehme an, dass du alles

über fiese Krankheiten weißt. Von Kindern, meine ich.« Emily lächelt Candice an.

»Die zweite Runde Essen ist laut Gina fast so weit, also müssen wir gleich schon wieder futtern.« Andy rückt ein wenig auf der Bank nach vorn, sodass die beiden sich nicht mehr ansehen können. Er schenkt Emily ein Glas Merlot ein und füllt sich selbst nach, Candice ignoriert er. Emily versucht, ihm zu sagen, dass sie noch fahren muss, aber es ist zu spät. Sie wird den Wein einfach stehen lassen müssen.

Sie hört, wie er »sei freundlich« in Candice' Richtung murmelt. Candice schäumt vor Wut. Glaubt Andy denn, er müsse Emily verteidigen?

»Vergiss nicht, dass du mir den ersten Tanz versprochen hast.« Candice trinkt einen großen Schluck ihres Getränks. »Die Band fängt gleich zu spielen an.«

»Ich kann mich nicht daran erinnern, irgendetwas übers Tanzen gesagt zu haben.«

Candice präsentiert ihre Grübchen. »Das muss nach dem Wein gewesen sein. Du vergisst so was immer, wenn du beschwipst bist.«

»Aber ich habe nicht …«

Emily wendet sich ihrer Nachbarin auf der anderen Seite zu, die zufällig Vi ist, und beginnt eine Unterhaltung mit ihr. Dabei dreht sie Andy den Rücken zu. Das ist doch ein schlechter Scherz. Candice ist eine Schlange. Emily hat das Gefühl, dass diese Frau Andy nicht ohne Kampf freigeben wird.

»Ignorier sie«, zischt Vi.

»Was hast du gesagt?« Der Lautstärkepegel ist inzwischen sehr hoch, und Emily ist sich nicht sicher, ob sie das richtig verstanden hat.

»Die Frau ist eine bösartige, neidische Hexe. Sie ist nicht mal wirklich eine Blondine. Summer kommt nach ihrem Vater, und Candice färbt sich bloß dazu passend die Haare. Sie hat ihre Krallen tief in Andy versenkt. Du bist aber diejenige, auf die er heiß ist.«

Das Ganze wird ihr zugeraunt, aber dieses Mal versteht Emily jedes Wort, genau wie Vi es beabsichtigt hat.

»Wirklich? Ich bin mir da nicht mehr so sicher.«

»Ja, wirklich. Na los, schnapp ihn dir, Mädchen.«

»Ach, Vi … aber …«

Gerade als Emily noch etwas fragen will, fängt die Band an zu spielen, ein Medley aus den Fünfzigern, und es wird schwierig, sich zu unterhalten. Emily schaut hoch, als Gina mit Garnelen-Dönern und kleinen Fischfrikadellen herumgeht, aber sie hat den Appetit verloren. Sie legt die Hände in den Schoß und beobachtet den Sänger, der schmachtend ins Mikrofon singt, dass Champagner ihm keinen Kick verschafft. Das Gefühl kenne ich, denkt sie traurig. Am Tischende bricht May aus irgendeinem Grund in Gelächter aus.

Andy isst ebenfalls nichts. Er scheint genauso wenig begeistert von dem Gedanken an Essen zu sein wie Emily, obwohl es alles köstlich schmeckt und direkt vom Rost kommt. Sie senkt den Blick, als Andy unter der Tischdecke ihre Hand nimmt. Ihre Finger verschränken sich, und er beugt sich leicht zu ihr herüber.

»Die einzige Person, mit der ich heute Abend tanze, bist du«, murmelt er.

Emily dreht sich ihm zu. Seine Augen sind dunkel und voller Verlangen. Candice erdolcht sie von der anderen Seite mit Blicken.

»Ich hab nichts dagegen«, antwortet sie laut und deutlich, »solange es kein schneller Tanz ist. Ich liebe langsame Tänze, vor allem im Mondlicht.«

Candice öffnet den Mund, um etwas zu sagen, scheint es sich dann aber anders zu überlegen. Sie steht auf, nimmt ihre Handtasche und wirft sie sich über die Schulter. Im Nachhinein kann Emily sich nicht entscheiden, ob Candice es absichtlich getan hat, aber als sie sich wegdreht, um zu gehen, schwingt sie ihre Handtasche in einem weiten Bogen über den Tisch und stößt sowohl Andys als auch Emilys Weinglas um, sodass sich Rotwein über den ganzen Tisch ergießt. Sie springen beide auf, es ist jedoch zu spät, um zu verhindern, dass die rubinrote Flüssigkeit auf ihre Beine spritzt.

»Oh. Mein. Gott. Das tut mir aber leid!«, kreischt Candice.

»Komm.« Andy nimmt Emily an der Hand. »Wir müssen aus diesen Klamotten raus.«

»Du charmanter Teufel. Ich hab dir doch gesagt, er ist scharf auf dich«, sagt Vi. »Aber ihr solltet euch beeilen. Das Kleid sieht aus, als wäre es empfindlich.«

Sie eilen zur Gästetoilette. Gina sieht sie kommen und erfasst die Situation sofort. »Folgt mir.« Sie führt die beiden in ihr privates Badezimmer. »Zieh das Kleid aus, Em. Und du« – sie zeigt auf Andy – »sofort aus der Hose raus.«

Sie kommen der Aufforderung nach und kichern, obwohl Emily der Gedanke entsetzt, das wunderschöne Kleid könne ruiniert sein.

»Gib mal her.« Gina nimmt ihr das Kleid ab, füllt das Waschbecken mit kaltem Wasser und taucht es hinein, wobei sie es sehr vorsichtig auswäscht. Als der Wein das Wasser rosa färbt, lässt sie die verfärbte Flüssigkeit ablaufen und füllt frisches Wasser nach. Das wiederholt sie noch viermal, und am Ende sieht Emily, die nichts als ihr bestes pfirsichfarbenes Unterwäscheset und den Paschminaschal trägt, in den sie sich sorgsam einwickelt, dass das Kleid sauber ist.

»Mach dasselbe mit deiner Hose, Andy«, sagt Gina. »Und mit dem Hemd – du hast überall Flecken. Ich muss jetzt allerdings wieder los. Ich möchte, dass Dad gleich den Kuchen anschneidet. Nehmt euch einfach Kleidung von Vince und mir, genau wie alles andere, was ihr braucht, obwohl unsere Klamotten euch wahrscheinlich beide verschlucken.«

»Danke!«, ruft Emily, aber Gina ist schon fort.

Während Andy seine Hose im Waschbecken wäscht, vor dem er nur in seiner schwarzen Boxershorts steht, versucht Emily, ihn nicht anzustarren. Seine Beine sind länger, als sie sich vorgestellt hat, und sein Rücken ist stark und muskulös. Ihr ist schmerzlich bewusst, dass ihre gefleckten Beine jetzt zu sehen sind, aber Andy ist zu beschäftigt, um es zu bemerken. Schließlich freut er sich, dass er den Wein herauswaschen konnte.

»Wie gut, dass ich mein Jackett ausgezogen hab, bevor wir uns hingesetzt haben«, sagt er. »Ist bei dir alles okay?«

Er nimmt Emilys Kleid und seine eigenen Klamotten und hängt sie auf, wobei er die Stange für den Duschvorhang als Wäscheleine benutzt. Emily lächelt zu ihm auf.

»Na ja, das ist die erste Party, auf der ich schon ausgezogen mit einem Mann im Badezimmer bin, bevor ich überhaupt was getrunken habe.«

»Wartest du normalerweise, bis du deine ersten sechs Bierchen getrunken hast?«

»Das ist doch eine hinlänglich bekannte Partyregel. Es ist ein bisschen geschmacklos, sich bis auf die Unterwäsche auszuziehen, wenn man stocknüchtern und voller Windpocken ist, findest du nicht? Das wirkt irgendwie leicht verzweifelt.«

»Sollen wir uns geliehene Klamotten anziehen, oder sollen wir einfach so bleiben? Mir machen die Pocken nichts, wenn du über meine krummen Beine hinwegsehen kannst.«

»Sie sind nicht krumm.« Emily kann nicht verhindern, dass sie seinen Körper anstarrt.

Andy fasst Emily sanft an den Schultern. »Lass uns so tun, als wäre da draußen niemand, und da weitermachen, wo wir beim letzten Mal aufgehört haben.«

Er greift hinter sich und schließt die Badezimmertür

ab. Emily schlingt die Arme um seinen Nacken, wobei ihr versehentlich der Paschmina auf den Boden fällt. Sie fühlt sich sehr entblößt.

»Lass ihn liegen«, sagt Andy leise. Während er sie dieses Mal küsst, ertönt als einzige Ablenkung im Hintergrund von der anderen Seite des Gebäudes die zweite laute Version von *Happy Birthday*, aber Emily nimmt es nicht wahr. Als sie Luft holen, streichelt Andy ihr so zärtlich über die Wange, dass sie weinen möchte. Sie gibt ihr Bestes, es nicht zu tun. Eine Schniefnase wäre jetzt wirklich die Krönung.

»Du bist wunderschön, Em«, flüstert Andy. Er küsst sie auf die Nasenspitze, die aus irgendeinem Grund von den Pocken verschont worden ist.

»Wirklich?«

»Ja. Mit Warzen und allem. Oder Pusteln, wie auch immer.«

Sie pikst ihn mit einem Finger. »Es ist nicht lustig, so hässlich auszusehen. Aber wie auch immer, ich bin froh, dass du mich auch gefleckt magst, denn ich bleibe hier. Ich muss noch die Details mit Colin klären, aber ich glaube, es steht jetzt schon fest, dass ich die halbe Woche von hier aus arbeiten kann.«

Andy verschlägt es die Sprache. Er umarmt sie so heftig, dass sie glaubt, ersticken zu müssen, bevor sie die Möglichkeit hat, ihren Satz zu beenden. Emily befreit sich und beugt sich zurück, um ihn ansehen zu können.

»Das geht mir alles etwas zu schnell«, sagt sie. »Ich

möchte keine Spielverderberin sein, aber wir haben noch viel Redebedarf.«

»Reden wird überbewertet.« Andy beugt sich wieder näher zu ihr, um sie erneut zu küssen.

In dem Moment klopft es laut an der Tür. »Komm lieber wieder raus, Andy. Du verpasst die Party!«, ruft Candice.

Emily schiebt Andy von sich weg, und er seufzt.

»Lass uns was zum Anziehen finden und zu den anderen gehen«, sagt sie. »Ich möchte May noch sehen, bevor sie plötzlich entscheidet, dass sie müde ist und nach Hause muss. Sie hat mir gesagt, sie würde nicht lange bleiben. Und Tristram möchte auch noch mit mir sprechen, zumindest meinte Colin das.«

»Du bist heute wohl sehr gefragt.« Schicksalsergeben wühlt Andy durch Vince' Kleidung. Er probiert eine Jeans an, aber sie rutscht an ihm herunter, deswegen sucht er sich stattdessen eine Jogginghose und ein T-Shirt heraus.

Emily hat ein ähnliches Problem mit Ginas Kleidung, aber eine lange Bluse mit einem Gürtel um die Taille kann als Kleid herhalten, sodass sie bereit sind, der Welt entgegenzutreten.

»Bevor ich wieder rausgehe und von all den Frauen gemobbt werde, wenn sie mein sexy Outfit sehen, möchte ich nur noch sagen: Ich kann kaum glauben, dass ich so viel Glück hatte, dich zu treffen, Em. Ich verspreche, dass ich dich nie im Stich lasse, wenn du mir je die Chance gibst, dich richtig kennenzulernen.«

Emily schlüpft wieder in ihre Sandalen und schüttelt ihr Haar auf. Sie lächelt. »Solange du mir noch eine andere Sache versprichst.«

»Alles, was du willst.«

»Trag nie wieder solche Trainingshosen wie diese, okay? Gut, dann lass uns gehen.«

41

May leert ihr Glas Champagner und sieht sich im überfüllten Raum um. Sie hat sowohl Emily als auch Andy eine ganze Zeit lang nicht mehr zu Gesicht bekommen. Das könnte ein gutes Zeichen sein, doch gerade als Hoffnung in ihr aufkeimt, dass Romantik in der Luft liegt, kommen die beiden durch eine hintere Tür in den Raum. Sie sind nicht mehr so schick gekleidet wie vorher. *Diese Candice* drückt sich vor der Tür herum. Gibt die Frau nie auf?

»Emily!«, ruft May und steht auf. »Hast du einen Moment Zeit?«

Zum Glück wechselt gerade das Lied, als May die Stimme hebt, und Emily hört sie und reagiert sofort.

»Sollen wir da rübergehen und uns in eine der Nischen setzen?« Sie stützt May am Arm.

May protestiert nicht, als Emily sie in die ruhigste Ecke des Zimmers führt. Mittlerweile ist sie sehr müde. Sie hatte schon Gelegenheit, mit all ihren liebsten Menschen zu sprechen, und sie hat es sogar geschafft, *Dieser Candice* gegenüber eine Stichelei unterzubringen, auch wenn die Frau so dickhäutig ist, dass sie wahrscheinlich gar nicht begriffen hat, dass sie beleidigt wurde.

»Gibt es ein Problem, May? Brauchst du mich für

etwas Bestimmtes?«, fragt Emily, als sie sich nebeneinandersetzen und beide erleichtert aufseufzen.

»Ich wollte dir nur gute Nacht wünschen, Liebes.« May lehnt sich an Emily und nimmt ihre Hand. »Colin sagt, dass du im Dorf bleibst, stimmt das?«

»Ja, das ist alles richtig aufregend. In Pengelly zu leben wird großartig.«

»In der Nähe deiner Oma … und Andy und Tamsin?«

»Hmm, das ist der einzige Part, der mir etwas Sorge bereitet. Was ist, wenn Oma und ich uns gegenseitig in den Wahnsinn treiben, weil wir die ganze Zeit in demselben Haus wohnen?«

»An deiner Stelle würde ich mir darüber nicht allzu lange den Kopf zerbrechen.« May drückt Emilys Hand. »Die Dinge können sich ändern.«

»Wie meinst du das? Hey, du willst mich nicht auch noch verkuppeln, oder? Das hat Vi heute schon versucht. Ich werde nicht so schnell bei Andy einziehen. Ich kenne ihn kaum.«

May antwortet nicht. Die Musik scheint lauter zu werden, und ihr wird ein wenig schwindelig. Es könnte der Champagner sein oder die Wucht ihrer Gedanken.

»Hast du genug vom Feiern?«, fragt Emily nach einer Weile. »Wenn du magst, kann ich dich nach Hause bringen. Ich bin auch ziemlich am Ende. Durch die Windpocken … und alles … bin ich erbärmlich geschwächt.«

»Nein, danke, Liebes. Du musst hierbleiben und sichergehen, dass diese Frau es nicht noch mal bei Andy probiert. Männer sind manchmal furchtbar schwach, selbst die Besten unter ihnen.«

»Bist du dir sicher? Ich muss auch dafür sorgen, dass Oma gut nach Hause kommt.«

»Du kannst mir einfach ein Taxi rufen, wenn du so lieb wärst. Hier ist die Nummer.« May kramt in ihrer Tasche. »Das ist ein Freund von mir in Mengillan. Ich habe ihn schon vorgewarnt, dass ich vielleicht seine Hilfe brauchen könnte. Er wird in zehn Minuten hier sein und mich ins Haus bringen.«

»Wenn du dir wirklich sicher bist?«

May nickt, und Emily holt ihr Handy heraus und bestellt das Taxi.

»Nur noch eine Sache. Ich bin zu erschöpft, um die Runde zu machen und mich von allen zu verabschieden, und ich hatte schon ein nettes Schwätzchen mit Tristram, aber könntest du deine Oma noch kurz zu mir schicken?«

Emily steht auf, um Julia zu holen, und beugt sich dann einem Impuls folgend vor, umarmt May und gibt ihr einen Kuss. Keiner von ihnen sagt etwas, aber die Herzlichkeit und Zuneigung zwischen ihnen gibt May genug Kraft für diese letzte Unterhaltung des Abends.

Julia ist Sekunden später an Mays Seite. Sie setzt sich hin und zieht die Schuhe aus.

»Bei mir sind morgen den ganzen Tag Schlappen angesagt«, sagt sie. »Die Schuhe hier bringen mich um. Wie hast du es geschafft, diese Glitzerteile den ganzen Abend zu tragen, May?«

May lacht. »Ich habe hübsche Schuhe schon immer geliebt. Hör zu, Julia, ich habe nicht mehr viel Zeit.«

»Wie bitte?« In Julias Stimme schwingt Beunruhigung mit, und May verflucht ihre gedankenlosen Worte.

»Ich meine, mein Taxi kommt wahrscheinlich jeden Moment. Es ist schon reichlich spät für mich. Ich wollte bloß sagen, was für eine Riesenfreude es mir bereitet hat, diese Briefe mit dir zusammen durchzulesen … und, na ja … einfach deine Freundin zu sein.«

Julia hebt die Augenbrauen. »Du klingst ganz schön ernst. Warum sagst du mir das gerade jetzt?«

»Nun, ich glaube, manchmal verpassen wir unsere Gelegenheiten, zu sagen, was wir fühlen. Auf einer Feier, auf der der Champagner den ganzen Abend fließt, haben wir zumindest einen Vorwand.«

»Das ist wahr. Und, falls du es wissen möchtest: Mir geht es genauso, May. Ich wünschte, wir hätten schon früher die Köpfe zusammengesteckt. Sieh mal einer an – ich hätte nie gedacht, dass ich das mal sagen würde, aber es stimmt. Die Missverständnisse zwischen uns sind jetzt alle Schnee von gestern. Ich hätte mich um meine eigenen Angelegenheiten kümmern sollen. Es war nicht deine Aufgabe, Charles davon abzuhalten, sich den armen Will zu schnappen. Und wenn du in der Vergangenheit ein Problem damit hattest, dass du … dir Dinge angeeignet hast …«

»Gestohlen, meinst du?« Mays Stimme klingt scharf.

»Das ist nichts, wofür man sich schämen muss, May. Kleptomanie ist eine Krankheit.«

May atmet tief durch und entscheidet, dass dieses Thema es nicht wert ist, weiter verfolgt zu werden. Soll Julia glauben, was sie will. Es ist viel zu spät, um mit sich zu hadern. Die Nähe zwischen ihnen ist echt, und der Rest ist ein für alle Mal vorüber. Die zwei Frauen sehen sich an, Freundinnen, Nachbarinnen, alte Feindinnen … so vieles. May steht auf, und sie küssen einander auf die Wange.

»Ich bring dich zu deinem Taxi«, schlägt Julia vor, und May nimmt ihr Angebot dankbar an.

»Die Nebentür, bitte«, sagt sie. »Ich mache mich lieber leise davon. Kein Grund für viel Wirbel – immerhin ist es Tristrams großer Abend.«

Als sie zu Hause und, nach einiger Anstrengung, endlich im Bett ist, lehnt sich May an die Kissen. Sie fühlt sich wohl und ist vollkommen zufrieden. Es war eine großartige Feier, und jetzt ist der perfekte Zeitpunkt für ihren endgültigen Abgang. Alles, was sie benötigt, um ihr Leben zu beenden, befindet sich in ihrer Reichweite.

May nimmt den klobigen Umschlag in die Hand und spürt ein ominöses Kribbeln, das durch ihre Finger den Arm hinaufläuft. Aus Angst vor einer schlimmen Reaktion hat sie keinen der Briefe gelesen, aber sie denkt zurück an die Zeit, als sie geschrieben wurden, von verschiedenen Mitgliedern einer eng verbundenen Familie in den Geburtswehen ihres ersten großen Streits überhaupt. Sie haben es garantiert in sich.

Das ferne Geräusch der Katzenklappe kündigt Fossils Ankunft im Schlafzimmer an. Er springt aufs Bett, legt sich auf Mays Füße und massiert ihre Zehen. Der sanfte Druck verleiht ihr den Mut, mit der bevorstehenden Aufgabe fortzufahren. Sie greift tief in den Umschlag und holt die kleine lederne Ringschachtel heraus.

May legt sie auf die Decke und betrachtet sie. Der Ring, der sich darin befinden sollte, hat ganz schön viel Ärger verursacht für einen so kleinen Gegenstand. Ein Glücksbringer? Nun, vielleicht, aber nicht für Elsie, Kathryn und Will. Wenn May dieses finale Rätsel lösen könnte, würde das zumindest ansatzweise ihr Gewissen beruhigen, selbst wenn Julias Erinnerungen nie mehr vollständig zurückkommen.

May nimmt die Schachtel und hält sie in beiden Händen. Sie denkt scharf nach und spürt die inzwischen schwächer werdenden Schwingungen der Vergangenheit. Sie lenkt ihre Gedanken auf die Zeit, als Will und die Mädchen häufige Besucher in Pengelly waren, am Strand gepicknickt haben, über den Klippenweg spaziert, im Meer geschwommen … und gesegelt sind.

Charles hat ihnen allen kurze Reisen auf seinem Boot ermöglicht, das weiß May noch, aber Will war derjenige, der wegen etwas anderem zurückgekommen ist, immer wieder. Er hat Charles in seinem Vorhaben ermutigt, ein größeres Boot zu kaufen, und – damals zu Mays großer Entrüstung – angeboten, ihm dafür seine Ersparnisse zu leihen. May hat ihre eigenen Finanzen immer streng überwacht. Sie kannte Charles zu gut, um einem gemeinsamen Bankkonto zuzustimmen – etwas, was er jahrelang gewollt hatte.

Dachte er, ich wär so dämlich?, fragt sich May, als sie sich an sein armseliges Flehen erinnert.

»Aber warum denn nicht, Liebling?«, beschwerte er sich immer und immer wieder. »Wir sind verheiratet. Wir sollten alles miteinander teilen. Vertraust du mir nicht?«

Die kurze Antwort wäre ein »Nein« gewesen. Charles war übertrieben großzügig; wenn er Geld hatte, gab er immer die Runden im Pub aus und spendete der Kirche und der Seenotrettung größere Summen. Es rann ihm so schnell durch die Finger, dass May sein Konto aufpolstern musste, um ihn vor zu hohen Schulden zu bewahren. Was wäre es für ein Vergnügen für ihn gewesen, wenn er Zugang zu Mays Notgroschen gehabt hätte. Sie war nicht wohlhabend, bevor sie das große Haus verkauft hat, aber ihre Eltern hatten ihr so viel Geld hinterlassen, dass sie in angemessenem Rahmen reisen konnte, und einen kleinen Wertpapierbestand und Aktien, die sie stets mit einem bescheidenen, aber festen Einkommen versorgt haben.

May umklammert die Schachtel fester und fokussiert ihre Gedanken auf den Ring. Sie ist sich aus irgendeinem Grund sicher, dass Will mehr mit seinem Verschwinden zu tun hatte als seine Schwestern. Und Will war Charles' Freund. In ihrem Kopf nimmt eine Idee Gestalt an. Was, wenn Charles von den Opalen gehört und eine Möglichkeit gesehen hat, sich Wills Ergebenheit zunutze zu machen? Oder, noch schlimmer: Könnte er den Jungen auf eine andere Art unter Druck gesetzt haben, bis er ihm den Ring gegeben hat, um ihn dann für seine eigenen Zwecke zu verkaufen?

Sie erschaudert, als sie sich daran erinnert, dass Charles sich nicht zu schade für Erpressung war, um das zu bekommen, von dem er meinte, dass es ihm zustand. Wahrscheinlich hat er damit gedroht, Wills Familie von ihrer Liaison zu erzählen. Früh in ihrer Ehe, als May noch Illusionen hatte, was ihren Ehemann anging, gab es mal einen sehr hässlichen Vorfall mit einem jungen Mann aus Truro, der fast mit einer Gefängnisstrafe für Charles geendet hätte. May musste ihm damals mit einem Alibi und einem ausgezeichneten Leumundszeugnis zur Seite springen. Es war schwer für sie, diesen Vorfall zu vergeben und zu vergessen. Das war der Zeitpunkt, an dem sie zum ersten Mal den schändlichen Gedanken hatte, dass es kein Verlust für die Welt wäre, wenn Charles sterben würde.

Sie denkt an das Mysterium um den Ring und ist sich sicher, sollte Charles ihn von Will erhalten haben, kann er ihn nicht verkauft haben, denn sonst wäre die Schachtel ebenfalls verkauft worden, und außerdem hatte er nicht plötzlich mehr Geld, und er hat sich auch kein neues Boot geleistet. Was also hat er mit dem Ring gemacht, wenn er es tatsächlich geschafft haben sollte, ihn an sich zu bringen? Falls er irgendwo in ihrem alten Haus versteckt gewesen wäre, hätte May ihn sicherlich gefunden, als sie es ausgeräumt hat. Sie hat alles sehr gründlich aussortiert, es hat Wochen gedauert. Und noch verwirrender: Wie ist die leere Schachtel in Dons

Hände gelangt? Wenn der Ring darin gewesen wäre, hätte Julia ihn schon vor Langem getragen.

May fühlt sich von dem Problem besiegt und erlaubt sich schließlich, noch ein letztes Mal an Barbara zu denken, während sie sich auf ihre finale Aufgabe vorbereitet. Das Baby war so winzig und hübsch mit dem blonden Flaum und den rosigen Lippen. Obwohl May im Laufe der Jahre angestrengt versucht hat, sich selbst vorzulügen, sie sei über diesen ganzen Mutterschaftsunsinn hinweg, gesteht sie sich endlich ein, dass die wertvollen Erinnerungen an ihre Tochter immer in ihrem Herzen verborgen waren.

Wo ist sie jetzt? Wäre sie nach all den Jahren daran interessiert, zu erfahren, dass sie May doch wichtig war und dass May sie nur abgegeben hat, um ihr ein besseres Leben mit zwei Elternteilen zu ermöglichen, die Barbara die Liebe geben konnten, die sie brauchte? In Gedanken sieht May plötzlich den Vater ihres Babys vor sich, so, wie er damals war. Er hat nie erfahren, dass sie schwanger war, und jetzt wird er es auch nicht mehr erfahren.

Ihre Affäre war flüchtig, aber voller Leidenschaft und Gelächter. Es war nie nötig, Tristram von Barbara zu erzählen. Aber jetzt, da sie dem Ende ihres langen Lebens entgegengeht, denkt sie wieder an die unbeschwerten Stunden, die sie miteinander verbracht haben. Tristram, dreißig Jahre jünger als sie, schien sich für Tändeleien außerhalb ihrer Reichweite zu befinden, aber er machte deutlich, dass das Alter für ihn kein Hindernis war. Sie sah sehr jung aus und Tristram schon immer alterslos.

Mays Erinnerungen an ihre gemeinsame Zeit sind noch ganz frisch. Die Leidenschaft hielt kurz an, aber ihre Freundschaft ist mit den Jahren tiefer geworden. Dennoch ist sie froh, dass sie ihm nichts von Barbara erzählt hat.

Mit einem tiefen Atemzug sucht May angestrengt die Briefe und die Ringschachtel zusammen und steckt sie in den Umschlag. Sie lehnt sich zurück an die Kissen und wandert gedanklich durch ihre glücklichsten Erinnerungen. Picknicke am Strand, bei denen die warme Brise ihr Haar zerzaust und Sand in den Sandwiches verteilt hat. Das Paddeln in den seichten Wellen, das Herumalbern mit ihren Freunden. Auf der Hafenmauer zu sitzen und die Möwen zu beobachten, wie sie sich um Krebsscheren zanken, die Arme um die Knie geschlungen, in Gedanken vertieft. Tristram …

Das Schlafzimmerfenster ist geöffnet, und May kann jetzt die Wellen auf dem Kies hören. Die Gezeiten wechseln. Sie lächelt leicht, als sie nach dem großen Umschlag mit den Briefen greift und ihn fest an die Brust gedrückt, genau wie sie es kurz vor ihrem Herzinfarkt getan hat. Was für eine Ironie, dass genau die Dinge, die sie am Leben gehalten haben, jetzt ihren Tod verursachen werden. Die Geschichte des schlimmen Familienstreits und das andere, dunklere Geheimnis, das in dem Umschlag versteckt ist, werden leicht ausreichen, um ihr den Gnadenstoß zu verpassen.

Der unerwartet heftige Schmerz trifft sie wie ein Vorschlaghammer, er drückt ihr die Luft aus dem Körper und formt Schweißperlen auf ihrer Stirn. Übelkeitswellen erschüttern Mays starren Körper, bringen ihren Magen zum Schlingern und ihr Herz zum Rasen. Sie denkt flüchtig darüber nach, den Umschlag fallen zu lassen, vielleicht das Stück zu finden, das den schlimmsten Schaden verursacht, und es loszuwerden, damit niemand je herausfindet, was sie getan hat, aber sie kann ihre Finger nicht mehr lösen, sie umklammern die Briefe wie ein Schraubstock. Ihre letzten Herzschläge. Der Raum verdunkelt sich, alles wird schwarz. Das letzte Geräusch, das May hört, ist das rhythmische Atmen ihres Katers, der tief und fest auf ihren Füßen schläft. Dann ist es vorbei.

42

Die Möwen sind am nächsten Morgen schon wach und drehen kreischend ihre Runden, lange bevor Emily bereit zum Aufstehen ist. Es ist spät geworden am Vorabend, und sie ist immer noch müde, gibt das Schlafen aber um sechs Uhr auf, als sie daran denkt, dass May wahrscheinlich mittlerweile nach ihrer ersten Tasse Tee des Tages lechzen wird. Sie schlüpft in die inzwischen vertraute Uniform aus kurzer Hose und T-Shirt und späht aus dem Fenster. Der Himmel ist bedeckt, es ist schwül und drückend, auch wenn es heute nicht neblig ist. Das Wetter passt zu Emilys Stimmung. Selbst das Meer hat einen deprimierenden schiefergrauen Ton. Sie schnappt sich einen warmen Pulli und macht sich auf den Weg.

Auf der anderen Straßenseite sind die Vorhänge noch zugezogen, und Fossil wartet an der Hintertür und tut so, als hätte er vergessen, wie man die Katzenklappe benutzt, so wie er es manchmal gern macht. Er streicht um Emilys Knöchel, als sie in die Küche geht. Zuerst fällt ihr die Stille nicht auf, weil May nie das Radio in ihrem Zimmer laufen lässt und auch noch fest schlafen könnte, aber als sie das Schlafzimmer betritt, weiß sie sofort, dass etwas nicht stimmt.

»Oh, May«, wispert sie und beugt sich über das Bett. »Ich hätte früher kommen sollen.«

Sie nimmt die leblose Hand in ihre und hofft verzweifelt, dass die alte Dame nur sehr tief schläft, aber die papierdünne Haut ist kalt. Mays Augen sind geschlossen, ihr Mund ist leicht geöffnet. Sie liegt friedlich in den Kissen und wirkt sehr verletzlich. Es ist das erste Mal, dass Emily so unmittelbar mit dem Tod konfrontiert wird. Sie fängt an zu zittern, unsicher, was sie als Nächstes tun soll. Ihr Herz setzt einen Schlag aus, als sie die Hintertür klappern hört und Tristram ruft: »Hallo, May, ich komme rein!«

Emily dreht sich um und sieht Mays alten Freund an. Er atmet schwer, als er die Szene erfasst.

»Ich bin zu spät, nicht wahr?«, sagt er. »Ganz plötzlich hatte ich Angst, dass es so sein würde. Obwohl ich aus irgendeinem bescheuerten Grund das letzte Stück gerannt bin.«

»Ich glaube, sie ist schon vor einer ganzen Weile gestorben. Ihr Zustand muss schlechter gewesen sein, als uns bewusst war. Der Herzinfarkt hat ihr doch ziemlich zugesetzt, schätze ich.«

Tristram antwortet nicht. Seine Augen sind tränenfeucht. Er geht zum Bett, beugt sich über May und berührt sanft ihre Wange.

»Unsere kostbare May«, sagt er nur.

Sie bleiben einen Moment stehen, jeder in seine Gedanken vertieft, bis Emily fragt: »Wir sollten jemanden verständigen, oder? Es hat keinen Zweck, einen Krankenwagen zu rufen. Was machen wir jetzt am besten, Tristram?«

»Den Arzt rufen? Kannst du Mays Adressbuch holen? Das liegt neben ihrem Lieblingssessel. Sie hat alle wichtigen Nummern darin eingetragen.«

Als Emily das Schlafzimmer verlässt, sieht sie noch, wie Tristram sich vorbeugt, um May auf die Stirn zu küssen. Dann streicht er die Laken um sie herum glatt. Er hebt einen großen braunen Umschlag auf, der auf den Boden gefallen ist, und legt ihn ins Nachtschränkchen. Was für ein lieber Mann, denkt sie. Er möchte, dass May im Tod genauso ordentlich ist, wie sie es zu ihren Lebzeiten war.

Emily sucht mit zitternden Fingern nach der Nummer des ärztlichen Bereitschaftsdiensts und ruft dort an. Dann geht sie in die Küche und setzt den Wasserkessel auf, weil sie nicht weiß, was sie sonst tun soll. Sie holt Tassen, Milch und Teebeutel aus dem Schrank und stellt dann einen Zuckertopf dazu, für den Fall, dass Tristram nicht so ruhig ist, wie er aussieht, und unter Schock steht. Und als es nichts weiter zu organisieren gibt, setzt sich Emily an den Tisch und weint.

Viel später, als der Arzt seine Pflicht getan und der Bestatter May abgeholt hat, um sie in die Leichenhalle zu bringen, gehen Julia und Emily mit Mays Adressbuch hinüber zu Andy.

Er umarmt sie, und Emily wünscht sich, so stehen bleiben zu können, den Kopf an seiner Schulter, seine Stärke und Wärme zu spüren, und dass einfach jemand anderes das Kommando übernehmen würde. In dieser Umarmung wird ihr zum ersten Mal an dem Tag warm.

»Du hast ganz schön viele Schichten an, dafür, dass es quasi ein Sommertag ist«, sagt Andy. »Du wirst nicht schon wieder krank werden, oder, Emily?«

Es ist schön, umsorgt zu werden, auch wenn sie nur Freunde sind, aber Emily will Andy nicht beunruhigen und erwidert: »Nein, es ist bloß so, dass mir schrecklich kalt ist, seit ich May heute Morgen gefunden habe. Mir geht's bestimmt wieder besser, wenn ich etwas Heißes getrunken habe.«

»Du hast heute schon Unmengen an Tee getrunken«, sagt Julia. Ihre Augen sind gerötet, und heute sieht man ihrer Oma ihr Alter an. Emily sorgt sich um sie, und Andy scheint zu spüren, dass Julia etwas Stärkeres braucht als Koffein.

»Wie wäre es denn mit einem Glas Wein? Es ist nach sechs Uhr, und ich gehe nirgendwo mehr hin.«

»Ist Tamsin unterwegs?« Emily sieht sich um, als erwarte sie, dass das kleine Mädchen unter dem Tisch hervorkommt.

»Ja, äh … sie hat eine Verabredung mit Summer. Sie bringen sie gegen sieben zurück, hoffe ich. Wenn es ein bisschen später wird, ist sie immer so übermüdet, dass mit ihr nicht mehr zu spaßen ist.«

»Oh, ja, Summer ist Candice' Tochter, nicht wahr?«, fragt Julia und wirft Emily einen Blick zu.

»Verstehe. Na ja, wir sollten nicht hierbleiben und

Wein trinken, wenn du noch Besuch erwartest«, sagt Emily.

»Du machst Witze, oder? Noch ein Grund mehr für euch, hierzubleiben und mich zu beschützen.« Andy holt eine Flasche Rotwein und schenkt ihnen großzügig ein, bevor er Emily und Julia ihre Gläser reicht.

»Möchtet ihr euch an den Tisch setzen oder ins Wohnzimmer gehen, während wir einige dieser Anrufe erledigen?«, fragt er.

»Lasst uns hierbleiben.« Emily möchte nicht an den Dire-Straits-und-Kotz-Abend erinnert werden. Sie setzt sich an den Tisch, und Julia lässt sich ebenfalls auf einen Stuhl fallen.

Im Radio spielt leise Musik, irgendeine Art sanfter Kuschelrock, und Emily fängt endlich an, sich zu entspannen. »Es war ein aufwühlender Tag«, sagt sie, als Julia mit einem Blick auf ihr bereits halb leeres Weinglas die Augenbrauen hebt.

»Das will ich wetten. Ich kann gar nicht glauben, dass sie fort ist. Es ist, als hätten wir unseren Anker verloren.« Andy schenkt Emily Wein nach.

Die drei sitzen ein paar Minuten schweigend beisammen, lauschen der Musik und lassen den kräftigen Rotwein seinen Zauber wirken. Nach einer Weile beginnt Emily, durch das Adressbuch zu blättern.

»Wo fangen wir an? Der Bestatter hat gefragt, ob es Familienmitglieder gibt, die kontaktiert werden müssen, aber ich hatte keinen Schimmer, und Oma wusste es auch nicht, stimmt's?« Emily wendet sich Julia zu.

»Ich habe später noch mal nachgedacht – ich könnte mich täuschen, aber ich glaube, May hat mal gesagt, sie wäre die Letzte ihrer Linie. Steht in dem Buch irgendjemand, der infrage kommen könnte?«

Als sie sich an die Arbeit machen und die Leute in Mays Adressbuch durchtelefonieren, öffnet sich irgendwann die Hintertür, und Tamsin kommt hereingehüpft, gefolgt von Candice und einem kleinen Mädchen mit Haaren in demselben Weißblond wie die ihrer Mutter.

»Hi, Schätzchen«, sagt Candice zu Andy und küsst ihn auf beide Wangen. Die beiden Frauen ignoriert sie.

»Oh, hallo. War Tam brav?«

»Das bin ich immer, stimmt's? Brav wie ein Engel, sagt Candice. Woher wissen wir eigentlich, dass Engel brav sind, Daddy?« Tamsin krabbelt unter den Tisch, bevor er antworten kann. Summer folgt ihr, und das Gekicher geht los.

Candice sieht Andy an und verdreht lächelnd die Augen. »Sie haben sehr viel herumgealbert, aber alles war bestens wie immer«, sagt sie.

Emily unternimmt einen Versuch, ihre instinktive Abscheu gegen diese perfekt zurechtgemachte Frau zu verbergen, aber ihr Mund fühlt sich so verkniffen an, als hätte sie an einer Zitrone gesaugt. Wie kann Candice so schick und ordentlich aussehen, nachdem sie mit diesen zwei hyperaktiven Sechsjährigen zusammen gewesen war? Sie sind jetzt wieder unter dem Tisch hervorgekrochen und versuchen, in den Garten zu entkommen.

»Hey, nicht so schnell.« Andy fängt Tamsin ab, als sie vorbeihuschen will. »Zeit für dein Bad.«

»Oh, neeeeeein.«

»Können wir nicht noch fünf Minuten draußen spielen?«, fragt Summer und sieht ihn aus großen Augen an.

Genau wie ihre verfluchte Mutter, denkt Emily. Jetzt haben wir sie ewig am Hals, und Candice wird es bestimmt schaffen, ihm ein Glas Wein abzuluchsen, bevor sie geht.

Aber Andy ist aus härterem Holz geschnitzt. Er schickt Tamsin nach oben, um einen sauberen Schlafanzug rauszusuchen, schiebt die beiden Blondinen sanft aus der Tür und wünscht ihnen eine gute Nacht. Candice wirft die Arme um seinen Nacken und umarmt ihn, und Summer macht es ihr auf Hüfthöhe nach.

»Bis morgen an den Schultoren«, sagt Candice. »Wir müssen das unbedingt bald wiederholen. Tamsin ist ein kleiner Schatz, sie ist jederzeit willkommen.«

Als die Tür hinter ihnen ins Schloss gefallen ist, seufzt Andy erleichtert auf.

»Ich beeile mich heute ganz besonders mit dem Baden und bin so schnell wieder unten, wie ich kann«, ruft er über die Schulter, während er schon die Treppe hinaufläuft. »Bedient euch am Wein.«

Emily nimmt das Telefonbuch in die Hand. Erschöpfung macht sich in ihr breit, als sie noch einen weiteren Anruf bei jemandem beendet, dem es leidtut, dass May gestorben ist, der aber deswegen nicht tieftraurig ist.

»Wie fühlst du dich, Oma?«

»Ich schätze, es wird dadurch schwerer, dass es der erste Todesfall ist, seit wir deinen Opa verloren haben. Meinst du, wie ich mich wegen Mays Tod fühle oder wie es mir damit geht, mich um das Organisatorische zu kümmern?«

»Eigentlich beides. Ihr wart Freundinnen, oder?«

»Am Ende schon, aber in den Jahren davor standen wir uns nicht nahe. Ich habe gerade erst angefangen zu verstehen, wie sie getickt hat. Jetzt, da sie fort ist, tut es mir leid, dass wir uns nicht vorher bemüht haben, unsere Differenzen beizulegen. Sie war eine komplizierte Frau, aber sehr interessant. Ich wollte noch so viele meiner Erinnerungen mit ihr teilen, aber ich habe zu lange damit gewartet. Es war ungerecht von mir, May für Charles' manipulative Art verantwortlich zu machen. Er war einer dieser Menschen, die viel Schaden anrichten und dann auch noch damit davonkommen.«

»Gab es etwas Bestimmtes, das dich besonders aufgeregt hat?«

Emily hört, dass Andy Tamsin eine Geschichte vorliest. Sie will näher herangehen und zuhören, doch Julia spricht weiter: »Ja, da gab es tatsächlich etwas, ich hätte mir die Zeit nehmen sollen, mehr mit May zu reden. Sie war so isoliert, als sie hierher in die Memory Lane gezogen ist.«

Julias Augen sind feucht, und Emily nimmt ihre Hand und denkt über die lange Funkstille zwischen den beiden charismatischen alten Damen nach.

»Du musst dich nicht schlecht deswegen fühlen,

Oma. Vielleicht hattet ihr euch zu der Zeit auch einfach nichts zu sagen.«

»Ja, da könntest du recht haben. Aber es gibt Dinge, von denen ich mir wünsche, dass ich sie mit ihr besprochen hätte. Sie … hatte einen guten Instinkt und hat viel mehr verstanden, als man vermutet hätte. Und ich habe zugelassen, dass die Sache mit Charles meine Meinung über May beeinflusst hat.«

Emily wartet. Wird ihre Oma ihr endlich erzählen, warum sie May so lange die kalte Schulter gezeigt hat?

»Es ging um Will, weißt du. Er war so zerbrechlich, sowohl körperlich als auch geistig. Und als ich Charles erwischt habe …«

»Na los, jetzt kannst du es mir genauso gut sagen. Ich glaube, das würde dir sogar guttun, oder?«

Julia fährt fort: »Charles drückte Will gegen die Friedhofsmauer. Wenn Will nicht aufgeschrien hätte, hätte ich nie nachgeschaut, aber ich habe sie gesehen und sie mich auch. Charles hatte die Hände auf Wills Brust und fing gerade an, sein Hemd aufzuknöpfen.«

»Aber … wie hat Will darauf reagiert? Hat er ihn fortgestoßen?«

»Nein, aber er hat mich angesehen und wirkte ganz durcheinander. Seine Augen leuchteten vor Aufregung, aber gleichzeitig wirkte er beschämt. Ich glaube, Will hatte es zuvor noch nie gewagt, so etwas zu tun. Er wollte es, aber zugleich ekelten seine Gefühle ihn selbst an, wenn du verstehst, was ich meine. Ich war unglaublich wütend auf Charles, weil er ihm keine Wahl gelassen hat.«

»Was hast du getan?«

»Nun, weißt du – das ist es gerade, Emily. Ich habe nichts getan. Ich war so schockiert, dass ich einfach davongerannt bin. Als ich zu Hause war, habe ich mir vorgenommen, mit Will zu sprechen, wenn er zum Tee käme. Aber er ist nie wieder gekommen.«

»Was?«

»Oh, jetzt guck nicht so erstaunt. Ihm ist nichts Schlimmes passiert, er ist einfach fortgegangen, ohne noch ein Wort zu sagen. Später hat er Elsie eine Nachricht mitgegeben, dass er zu einer Feier eingeladen worden sei und es spät werden würde. Er kam, als wir schon im Bett waren, packte seine Tasche, und später fanden wir heraus, dass er den ganzen Weg zurück nach Hause per Anhalter gefahren war. Don war entsetzt.«

»Aber hast du nicht bei seinem nächsten Besuch etwas dazu gesagt?«

»Das hatte ich vor, aber ich war gerade bei meiner Mutter, als Will uns wieder besucht hat. Sie war sehr krank … tatsächlich lag sie im Sterben. Er blieb nicht lang, und kurz darauf ist er Priester geworden und nach Irland gezogen. Das war etwa zu der Zeit, als Charles ertrunken ist, aber das habe ich alles nicht mitbekommen. Ich bin über einen Monat bei meiner Mutter geblieben, bis zu ihrem Tod. Danach wollte ich die Sache mit Charles klären, aber natürlich war es da bereits zu spät.«

Emily ist ziemlich schockiert. Wenn ihre Oma doch nur mit May darüber gesprochen hätte. Und jetzt ist nicht mal mehr das möglich.

»Du wirst May sehr vermissen«, sagt sie schließlich.

»Allerdings, und Tristram wird es genauso gehen.« Julia sieht wieder besser aus, und Emily denkt, es muss eine große Erleichterung gewesen sein, sich diese Erinnerungen endlich von der Seele reden zu können.

»Ich finde es schrecklich, dass alle Dorfbewohner May anscheinend zwar gemocht haben, sie aber niemandem so wichtig war, dass sie jetzt um sie weinen und sie betrauern würden«, sagt sie. »So was sollte doch auf einen Tod eines Menschen folgen, findest du nicht? Heulen und Totenklage? Na ja, in diesem Fall vielleicht nicht ganz so extrem, aber zumindest ein paar Tränen. Oder sind wir Engländer einfach zu wenig emotional?«

Julia denkt mit einem leichten Stirnrunzeln darüber nach. »Ich verstehe, was du meinst«, erwidert sie schließlich. »Aber May war eine eigenwillige Frau. Manchmal wirkte sie etwas gelangweilt von ihrem Leben, aber ich glaube nicht, dass sie unglücklich war, selbst wenn sie sich vielleicht hin und wieder einsam gefühlt hat. Vielleicht kannte niemand sie gut genug, um diese tiefe Trauer zu spüren, die mit Todesfällen von Menschen einhergeht, die einem sehr nahestehen.«

»So wie du getrauert hast, als Opa gestorben ist?« Normalerweise spricht Emily diese ersten grauenhaften Tage nur ungern an, als ihre Oma ununterbrochen geweint hat und nicht in der Lage war, zu essen oder zu schlafen.

»Ja. Don und ich waren Partner. Wir haben beinahe alles zusammen gemacht. Wir haben einander zum

Lachen gebracht, uns über vieles gestritten, aber nicht ernsthaft, und wir haben immer miteinander geredet; es war ein Riesenspaß, mit ihm verheiratet zu sein. Wir haben Tee im Bett getrunken, während er mir Zeitungsartikel vorgelesen hat oder ich ihn über den Dorftratsch auf den neuesten Stand gebracht habe.«

»Das klingt wundervoll.«

»Ja, aber die Stille danach war scheußlich, vor allem morgens. Ich habe es vermisst, jemanden dazuhaben, mit dem man den Tag beginnt – alle Pläne durchgeht und so weiter. Und die Wochenenden kamen mir endlos vor. So war es bei May und Charles nie.«

Andy kommt während der langen Redepause zu ihnen, die Julias Worten folgt. Beide Frauen wirken trübselig und klammern sich an ihre inzwischen leeren Gläser, als wären sie Rettungsanker.

»Ich glaube, ich mache noch eine Flasche auf«, sagt er. »Sieht aus, als würde es ein langer Abend werden.«

43

Später am Abend, als Julia und Emily sich eher lustlos Käsemakkaroni zubereiten, hören sie draußen Schritte und dann Tristrams Stimme: »Seid ihr zwei zu Hause?«

Er kommt in die Küche und schnuppert verzückt. »Das riecht köstlich. Wir haben den ganzen Tag Reste gegessen, um gegen unseren Kater anzukommen, aber ich könnte auch etwas Warmes gut vertragen.«

»Es ist genug da. Ich schiebe es nur noch eben in den Backofen. Schön, dich zu sehen«, sagt Julia. »Es war ein schwieriger Tag.«

Sie setzen sich an den Tisch, und Stille breitet sich aus. Emily fallen in dieser friedlichen Stimmung beinahe die Augenlider zu.

»Hey, schlaf mir hier nicht ein. Ich bin nicht nur wegen des Essens gekommen, ich bin hier, um dir etwas Wichtiges zu sagen, Emily.« Tristram beugt sich vor.

»Soll ich woanders hingehen? Ist das privat?« Julia steht schon halb auf, aber Emily hebt eine Hand.

»Tristram kann mir eigentlich nichts sagen wollen, was du nicht hören darfst, oder, Oma? Wir haben doch keine Geheimnisse mehr voreinander, stimmt's?«

Tristram lächelt. »Gut. Also, ich weiß nicht, ob ich dir schon erzählt habe, dass May mich vor nicht allzu langer Zeit um einen Besuch gebeten hat.«

»Ja, daran erinnere ich mich.«

»Nun, unter anderem hat sie mir im Vertrauen gesagt, dass sie sich entschlossen hat, ein neues Testament zu schreiben. Sie hatte vor, es selbst zu verfassen, weil es sehr unkompliziert war, und sie wollte, dass ich es ihrem Anwalt bringe, Trevor Marshall. Sein Büro ist in Mengillan. Sie hatte das Testament bereits verfasst.«

»Wow. Das klingt ja wie in einem Krimi. Erzähl weiter, ich kann es kaum erwarten, zu erfahren, was sie geschrieben hat.«

»Also, in letzter Sekunde hat sie sich umentschieden, Trevor angerufen und ihn gebeten, zu ihr zu kommen, um ihr Testament aufzusetzen. Sie hatte Angst, dass es sonst nicht legal wäre, und er hatte die Kopie ihres alten Testaments im Büro, daher wollte sie ihn unbedingt wissen lassen, dass das neue das alte ersetzen soll. Sie wollte, dass ich der Testamentsvollstrecker bin, und wir haben Vi gebeten, ebenfalls Zeugin zu sein.«

»Aber warum das Ganze? Warum brauchte sie so plötzlich ein neues Testament?«

»May war manchmal impulsiv, aber über diese Idee hat sie wirklich gut nachgedacht, und ich glaube, sie hat schon geahnt, dass ihr nicht mehr viel Zeit mit uns bleibt. Wie dem auch sei, Trevor wird dich bald anrufen, um einen Termin auszumachen, aber May hat gesagt, wenn ihr irgendwas zustoßen sollte, solle ich derjenige sein, der zuerst mit dir spricht, um dich vorzubereiten.«

»Mit *mir* sprechen? Aber warum?«

Tristram lächelt und sieht Emily aus seinen freundlichen Augen an. »Weil May *dir* ihr Cottage und einen beträchtlichen Geldbetrag vermacht hat, meine Liebe.«

Die Stille, die auf diesen Paukenschlag folgt, scheint endlos zu sein. Emily und Julia starren Tristram an. »Darauf hast du also angespielt, als du mich auf der Party beiseitegenommen hast, um mir von deinen Zukunftsplänen zu erzählen?«, platzt Emily schließlich heraus.

»Ja. Ich konnte dir keine Details verraten oder dir sagen, warum du vielleicht auch Teil davon sein würdest, weil ich keine Ahnung hatte, wie lange May noch unter uns weilen würde. Ich habe allerdings gehofft, es wäre noch eine lange Zeit«, sagt er traurig.

»Wovon redet ihr?«, fragt Julia, aber Tristram geht nicht darauf ein.

»Lasst uns jetzt aber erst einmal das Organisatorische hinter uns bringen, und danach müssen wir drei uns zusammensetzen und reden. So, ich bin am Verhungern. Hat jemand was von Käsemakkaroni gesagt? Wir müssen etwas essen, bevor Trevor sich meldet.«

Tatsächlich ruft Trevor nur Minuten, nachdem Tristram einen Teller Nudeln gegessen und sie dann allein gelassen hat, bei ihnen an.

»Es tut ihm leid, so spät noch anzurufen, aber er möchte sich morgen früh mit dir treffen, wenn möglich«, flüstert Julia, die Hand über der Sprechmuschel. »Was soll ich sagen?«

»Sag ihm, je früher, desto besser. Das ist so bizarr. Ich möchte alle Details wissen, damit ich es vielleicht auch irgendwann glauben kann. Ist es wirklich möglich, dass May mir alles vererbt hat? Warum sollte sie das nur tun?«

Am nächsten Tag trifft Trevor bereits bei ihnen ein, als das Frühstück noch nicht ganz weggeräumt ist. Er hat eine abgenutzte Lederbrieftasche und einen Strauß gelber Rosen dabei.

»Die habe ich für Sie beide mitgebracht, sie sind aus meinem Garten«, sagt er schüchtern, als er sie überreicht. »Ich habe auch immer welche für Mrs Rosevere mitgebracht. Sie gefielen ihr, weil sie noch richtig nach Rosen riechen. Die Gelben hier mochte sie am liebsten.«

»May hat duftende Blumen wirklich geliebt«, sagt Julia. »Genau wie ich. Ich muss noch einen besonderen Strauß für ihren Sarg organisieren. Ich binde ihn selbst, und jeder kann was von seinem Zuhause beisteuern. Die Farne und das Blattwerk aus Mays Garten eignen sich gut, um den Strauß zu füllen, und drüben wächst auch wunderschöner Lavendel.«

»Steht schon fest, wann die Beerdigung stattfindet?«, fragt Trevor.

»Nächste Woche Montag. Das wurde alles recht schnell geklärt. Der methodistische Pfarrer hat Zeit, und im Krematorium war noch ein Termin frei. Laut Tristram war es May egal, ob wir in die Kirche oder die Kapelle gehen. Es gibt niemanden, auf den wir warten müssten, keine Familie, deswegen hilft Tristram uns, die Beerdigung zu planen. Er kennt die Anweisungen, die May hinterlassen hat.«

Emily wartet den Small Talk mit wachsender Ungeduld ab. Wann kommt er zum Grund für seinen Besuch? Dann bemerkt sie, dass er immer wieder Seitenblicke auf Julia wirft.

»Ich lasse euch mal den Papierkram erledigen«, sagt Julia, der diese Blicke auch aufgefallen sind. »Gebt mir Bescheid, wenn ihr bereit für eine Tasse Tee seid.«

Trevor lächelt sie dankbar an und setzt sich an den Tisch, dann schiebt er einen Stapel Briefe zur Seite. »Ich sehe, dass Sie diese Briefe hier alle wieder zurückgeholt haben. Mrs Rosevere hat mir erzählt, wie interessant sie sind.«

»Oh, ja, das sind sie wirklich«, sagt Julia auf dem Weg nach draußen. »Andy hat sie herübergebracht. Ich hoffe, dass wir noch auf eine kreative Art und Weise Gebrauch von ihnen machen können. Es wäre eine Schande, sie einfach wieder wegzulegen.« Dann schließt sie die Küchentür hinter sich.

Emily grinst den Anwalt an. »Ich glaube, damit wollte sie sagen, dass sie jetzt möchte, dass *ich* ein Buch schreibe und die Briefe als Ausgangspunkt dafür benutze. Subtil sein ist nicht gerade Omas Stärke.«

»Und, tun Sie es?«

»Ich werde auf jeden Fall darüber nachdenken. In den Briefen ist auch ein Geheimnis verborgen. Es geht um ein verlorenes Schmuckstück. Oma hätte es sehr gern wieder.«

»Hmm. Faszinierend.«

Es herrscht Stille, während Trevor in seine Akte späht. Dann zieht er zwei lange Umschläge heraus.

»Diese beiden hier sind für Sie, Miss Lovell, aber ich denke, ich werde Ihnen den ersten hier einfach geben, damit Sie ihn selbst lesen können.«

»Könnten Sie mich vielleicht Emily nennen? Miss Lovell klingt immer, als wäre ich eine uralte Jungfer im Tweedkleid.« Sie nimmt den Umschlag und betrachtet die saubere, gestochene Handschrift. Auf dem Umschlag steht ihr Name, sonst nichts. Sie öffnet ihn und zieht den Brief heraus.

Meine liebe Emily,
wenn du das hier liest, werde ich schon herausgefunden haben, ob dieser ganze religiöse Firlefanz wahr ist oder nicht. Wenn ja, sitze ich gerade entweder mit einem schönen Paar Flügel auf einer Wolke oder bin irgendwo weiter unten an einem wesentlich heißeren Ort. Und wenn es nicht wahr ist, wer weiß, was dann mit mir passiert ist? Aber wie dem auch sei, das ist jetzt gar nicht wichtig.
Worüber ich mit dir sprechen möchte, Emily, ist, was als Nächstes mit DIR passiert. Im Laufe der Jahre, wenn du in Pengelly zu Besuch warst, konnte ich beobachten, wie du zu einer bezaubernden jungen Dame mit einem guten Herzen herangewachsen bist, und es war mir eine große Freude, dich zu kennen.
Heutzutage ist es nahezu unmöglich, auf dem Immobilienmarkt an ein Eigenheim zu kommen, bei den steigenden Kosten, dem mangelnden Angebot geeigneter Häuser und diesem ganzen Kram, und ich habe

keine Familie, an die ich mein Haus vererben könnte. Deswegen hatte ich die Idee, dir gewissermaßen den Einstieg zu erleichtern, indem ich dir ein paar mehr Wahlmöglichkeiten im Leben eröffne.
Ich fände es großartig, wenn du dich dazu entschließen würdest, in meinem kleinen Cottage zu wohnen, zumindest für eine gewisse Zeit, aber ich stelle keine albernen Bedingungen. Du kannst damit tun, was du möchtest. Das Gebäude und alles andere kann behalten, verkauft oder verschenkt werden, ganz, wie du möchtest.
Überleg dir gut, mit wem du das Haus teilen willst, wenn überhaupt. Du kannst jetzt frei sein, hoffentlich wesentlich weniger eingeschränkt durch irgendwelche Hypotheken oder Geldsorgen (es sei denn, du warst dumm genug, dich zu verschulden).
Ich wünsche dir ein sehr glückliches Leben, Herzchen, und viel Liebe, welchen Weg auch immer du wählst, um sie zu finden. Kümmere dich um meine Freundin Julia – sie ist mir in kurzer Zeit sehr wichtig geworden, auch wenn wir uns schon seit Jahren kennen. Hab auch ein Auge auf meine beiden liebenswürdigen Nachbarn Andy und Tamsin, wenn du so lieb wärst. Du könntest es schlechter treffen … aber ich sollte mich nicht einmischen.
Die Briefe deiner Oma werden eine bedeutende Rolle in deinem Leben spielen, glaube ich. Irgendwo wartet ein Buch darauf, geschrieben zu werden. Ich weiß, sie hat darüber nachgedacht, das selbst anzugehen, aber

ich finde, es wäre sinnvoller, wenn du das machst, oder nicht? Ein Familienstreit, Schwesternliebe, ein Hauch Geschichte … ein Rätsel … tu es, Emily.
Lebewohl und viel Glück. Ach, und könntest du dich für mich um den armen, alten Fossil kümmern? Er wird nicht mehr lange auf dieser Welt sein, und er riecht etwas streng, aber auf seine Art ist er eine treue Seele.
Alles Liebe,
May Rosevere

Emily liest Mays Brief zu Ende und sieht dann zu Trevor, der aufgestanden ist, am Fenster steht und auf die Bucht blickt. Seine Hände stecken in den Hosentaschen.

Emily räuspert sich. »Was für eine unerwartete, großzügige Geste von ihr, oder?« Sie blinzelt. Sie möchte nicht vor dem Anwalt in Tränen ausbrechen – wahrscheinlich wüsste er vor Verlegenheit gar nicht mehr, wohin mit sich.

»Großzügig, ja, aber alles andere als unerwartet – Mrs Rosevere wusste ganz genau, was sie tat. Und, nur um das einmal festzuhalten, ich finde, dass sie es genau richtig gemacht hat.«

Er errötet und ist plötzlich sehr interessiert an einer Elster, die auf Julias Vogeltränke sitzt. Emily folgt seinem Blick. Eine Elster fürs Leid, wie in dem alten Kinderreim, denkt sie. Nun, Leid haben wir im Moment genug. Sie atmet tief durch und sammelt sich. »Und das Testament?«, fragt sie.

Trevor dreht sich um und kommt wieder an den Tisch. »Es ist ganz simpel. Das Cottage und Mays finanzielles Vermögen gehen an Sie. Sie hat Geld für die Beerdigung zur Seite gelegt – das ist bereits an den Bestatter auf dem Hügel übergeben worden. Außerdem hat sie noch ein separates Blatt mit Anweisungen für den Gottesdienst und die Einäscherung beigefügt. Sie hat auch über ein Begräbnis nachgedacht, aber auf dem Friedhof war kein Grab verfügbar. Ich weiß, dass Tristram auch eine Kopie von den Unterlagen hat.«

»Sie hat an alles gedacht. Das ist unglaublich. Und ihr gesamter Besitz geht an mich?«

Trevor sucht geschäftig verstreute Papiere zusammen und antwortet nicht.

»Und ich kann mich nicht einmal bedanken«, fährt Emily fort.

»Eigentlich steht es mir gar nicht zu, dazu etwas zu sagen, aber ich würde trotzdem gern anmerken, dass der beste Weg, Mrs Rosevere zu danken, wäre, ihr Geschenk einfach zu genießen.«

»Oh, das werde ich. Das werde ich wirklich.«

»Denken Sie, Sie wollen auf dem Grundstück leben? Es ist ein hübsches kleines Cottage mit der besten Aussicht im ganzen Dorf.«

Emily lehnt sich im Stuhl zurück, entspannter, als sie sich seit sehr langer Zeit gefühlt hat. In Mays Cottage leben und irgendwann ein Buch schreiben? Kann sie das? Sie wird ein eigenes Zuhause haben, in dem sie nach Herzenslust schreiben kann, wann immer sie möchte.

Wenn sie entscheidet, dass dies der richtige Plan ist, muss sie sicherstellen, dass sie so lebt wie May: Im Herzen unabhängig, selbst wenn sie einen Partner findet, mit dem sie ihr Leben teilen kann, tapfer und humorvoll, wenn mal etwas nicht nach Plan läuft. Emily wird plötzlich von einer Dankbarkeit durchflutet, die ihr den Atem raubt, als sie an May und ihr wundervolles Vermächtnis denkt.

»Es ist auf jeden Fall eine Option, zumindest fürs Erste«, sagt sie. »Und später … wer weiß?«

44

Die nächsten Tage scheinen sich endlos hinzuziehen. Am Tag vor Mays Beerdigung fragt Emily ihre Großmutter, ob sie mit ihr ins Cottage gehen könne, um ihr dabei zu helfen, ein Gespür dafür zu bekommen, dass es jetzt ihr gehört. Die beiden Frauen stehen in der Küche und sehen sich um, mit dem Gefühl, Eindringlinge zu sein.

»Hier drin sind so viele Schätze«, sagt Julia. »Es wird eine Herausforderung, einen Anfangspunkt zu finden, wenn du damit beginnst, alles auszusortieren. Sieh dir zum Beispiel mal diese alten Dosen auf dem Regal an. Sie müssten doch inzwischen Sammlerstücke sein.«

Emily erinnert sich an die Bovril-Blechbüchse und ihren merkwürdigen Inhalt. Sie greift nach der Dose, in der sich mal die Fairing-Biscuits befanden. Dann hebt sie den Deckel und kippt den Inhalt auf dem Tisch aus. Julia keucht auf.

»Was ist das alles für ein Krempel?«, fragt sie und durchwühlt den kleinen Haufen, der aus einer Haarspange mit einer ausgefransten Blume, ein paar silbernen Manschettenknöpfen, einem uralten Lippenstift, einem winzigen Foto von der Queen in einem Goldrahmen und einigen silbernen Zuckerzangen besteht.

»Ich wusste es doch, dass sie diese Zuckerzangen hat

mitgehen lassen«, ruft Julia. Sie nimmt sie in die Hand und hält sie ins Licht. »Aber warum hat sie diese ganzen anderen Dinge gesammelt?«

»Ich habe keine Ahnung, und im Grunde möchte ich es auch gar nicht wissen«, erwidert Emily. »Lass uns nach Hause gehen.«

Die Sonne bricht durch die Wolken, als die beiden wieder über die Straße gehen, für Emily ein gutes Omen für das, was ihnen am nächsten Tag bevorsteht. Tatsächlich findet Mays Beerdigung jedoch an dem bisher nassesten Tag des Sommers statt. Schon bei Sonnenaufgang hat es in Strömen gegossen. Kleine Bächlein rinnen die Memory Lane hinunter, vereinen sich und gewinnen so an Stärke. Die Wolken hängen schwer und tief, und Julia und Emily werden auf keinen Fall zur Kapelle laufen können, ohne bei der Ankunft auszusehen wie begossene Pudel.

Der Regen trommelt gegen die Küchenfenster. Es ist Ebbe, das dunkle Grau der See und der bedeckte Himmel beherrschen den Raum. Julia musste sogar das Licht anschalten. Das Feuer brennt, aber Emily fröstelt trotzdem. Tristram kommt herein und bringt einen kalten Luftzug mit sich. Er ist von Kopf bis Fuß wasserfest gekleidet, und sein Klemmbrett für die Organisation der Beerdigung steckt in einer Plastiktüte. Er schält sich aus seinem tropfenden Regenmantel und erschaudert, da ein verirrter Tropfen seinen Nacken hinabläuft.

Emily geht zu ihm, um ihn zu umarmen, und zuckt zusammen, als seine kalte Wange ihre berührt. Tristram hatte sich um sämtliche Beerdigungsvorbereitungen gekümmert, er hatte Mays Liste und noch viele eigene Ideen dazu beigetragen, wie sie sich alle gebührend von seiner alten Freundin verabschieden konnten. Ohne ihn hätten sie das in der kurzen Zeit gar nicht meistern können.

»Alles läuft nach Plan. Im Shellfish Shack ist alles für das große Fest vorbereitet. Stellt euch mal vor – zwei große Partys so kurz hintereinander.«

»Das heute kann man wohl kaum eine Party nennen«, sagt Julia vorwurfsvoll.

»Oh, und ob. May wollte eine schöne Abschiedsfeier, und ich sorge dafür, dass sie sie bekommt. Die Hunde sind für den Abend in ihren Boxen – zu ihrem großen Missfallen. Buster darf man nicht mehr in die Nähe der Küche lassen, und selbst Bruno hat Interesse an all den guten Sachen gezeigt. Gina und Vince haben alle Pasteten und das Kartoffelpüree für die Totenwache vorbereitet«, berichtet er. »Das war Mays Lieblingsessen, und Vince hat fünf verschiedene Sorten gekocht, einschließlich zwei vegetarischer Varianten.«

»Das klingt großartig.«

»Jeder kann mit Portwein, Brandy, Gin Tonic, Pfirsichsekt oder alkoholfreien Bloody Marys anstoßen. Und natürlich gibt es auch Champagner sowie Tee und Kaffee für diejenigen, die möchten, obwohl diese Art von Anlass in mir persönlich immer eher das Bedürfnis weckt, mich später ernsthaft zu betrinken.«

»Da bin ich ganz bei dir.« Emily graut es jetzt schon vor diesem Fest.

Das Telefon klingelt, und Julia greift schnell nach dem Hörer, denn sie hat schon darauf gewartet, dass Andy anruft, um sich mit ihnen abzusprechen, wie sie zur Kapelle kommen. »Andy? Hallo! … Das ist schön. Komm um halb elf her, dann haben wir noch kurz Zeit für einen Kaffee, bevor wir uns auf den Weg machen. Der Gottesdienst beginnt um halb eins. Bis später … Nein, du musst nicht Schwarz tragen. May hat sich sogar gewünscht, dass alle ihre leuchtend bunte Lieblingskleidung tragen. Tschüss.«

»Das war Andy«, sagt sie unnötigerweise. Tristram und Emily grinsen sich an. »Ach, und er sagt, er fährt uns zur Kapelle, falls es nicht aufhört zu regnen, ansonsten aber auch. Ich bin froh, wenn wir gefahren werden. Es ist sinnlos, sich so mühevoll zurechtzumachen, wenn wir kurz darauf aussehen, als kämen wir geradewegs aus der Dusche.«

Emily geht nach oben, um sich etwas zum Anziehen herauszusuchen. Sie hat damit sehr lange gewartet, weil sie sich immer noch alles andere als schön fühlt. Ihr Haar glänzt nicht so wie sonst, und ihre Haut ist bleich und matt.

Hinten im Schrank findet sie ein lila Kleid, das sich für den Tag eignet. Sie hat es nicht mehr getragen, seit sie achtzehn Jahre alt war, aber es ist klassisch geschnitten, endet knapp über den Knien, hat lange Ärmel, einen chinesischen Kragen und kleine silberne Knöpfe auf der Vorderseite. Sie kann es mit einigen Accessoires und ihren höchsten High Heels aufpeppen. Vielleicht könnte sie sich sogar ihren blasslila Paschmina um die Schultern legen? Sie probiert das Ganze an, und es funktioniert.

Julia kommt gerade in Emilys Zimmer, als sie nach einer passenden Kette sucht.

»Du sieht wirklich wunderschön aus, mein Schatz.« Julia tritt einen Schritt zurück, um ihre Enkelin zu bewundern. »Hast du dir Mays Schmuck überhaupt schon mal angeguckt? Der gehört jetzt natürlich dir. Es wäre vielleicht eine nette Geste, etwas zu tragen, das ihr gehört hat.«

»Oh, das ist eine schöne Idee. Ich ziehe mir schnell bequeme Kleidung an und gehe rüber.«

»Ich kann mitkommen, wenn du möchtest.«

»Nein, ich denke, ich muss das allein tun. Ganz, wie du sagst: Es gehört jetzt mir. Irgendwie war es ja klar, dass es sich eigenartig anfühlt, das erste Mal nach Mays Tod dort zu sein, aber bestimmt ist es jetzt in Ordnung. Andy hat netterweise Fossil gefüttert, aber ich muss tun, was May getan hätte, und einfach weitermachen.«

Emily zieht sich schnell das Beerdigungsoutfit aus und geht über die Straße, eingewickelt in die alte Regenjacke ihres Großvaters über einer Leggings und einem warmen Pullover. Vor der Tür zögert sie kurz. Als sie im nicht ganz so geheimen Geheimversteck nach dem Schlüssel sucht, denkt sie, dass sie ihn ab jetzt vielleicht einfach bei sich behält. Die Kriminalitätsrate in Pengelly ist nicht besonders hoch, wenn überhaupt vorhanden, aber ein leeres Haus ist eine etwas zu leichte Beute.

Eine muffige Luft schlägt ihr entgegen, als sie die Küche betritt, daher lässt sie die Hintertür offen stehen. Ihr wird schwer ums Herz. Das Cottage fühlt sich schrecklich leer an ohne May. Als sie schwere Schritte auf dem Gartenweg hört, lässt sie vor Schreck den Schlüssel fallen, der klappernd auf dem Boden landet. Sie dreht sich um und überlegt, was sie tun soll, wenn jemand auf Mays Schätze aus ist. Der Anblick von Andy in der Tür erleichtert und besorgt sie gleichzeitig. Jetzt hat sie die Gelegenheit, ihm zu erzählen, was passiert ist, damit er nicht so eine schlechte Meinung von ihr hat.

»Ach, du bist es. Ich hab ein Geräusch gehört und dachte, ich sehe besser mal nach«, sagt Andy. Er grinst. »Vi ist gerade vorbeigekommen, um Anweisungen entgegenzunehmen, weil sie ja während der Beerdigung auf Tam aufpasst, in der Schule ist heute eine Lehrerfortbildung. Also konnte ich schnell nachgucken, ob bei May gerade eingebrochen wird.«

»Wie lieb von dir.« Emily betrachtet den Besen, den er umklammert. »Hattest du vor, den Einbrecher zu Tode zu fegen?«

Er lacht. »Es war das Erste, was ich in die Finger gekriegt habe. Du kannst dich glücklich schätzen; ich hätte auch mit dem Staubsauger in den Kampf ziehen können.«

»Na ja, so oder so war es ein netter Gedanke. Ich wollte sehen, ob ich etwas von May finde, das ich nachher tragen könnte – eine Kette oder so. Oma dachte, es könnte eine Art Tribut an May sein. Klingt das merkwürdig?«

»Nein, das klingt schön. Ich glaube, das hätte sie wirklich gerührt.« Er stützt sich auf dem Küchentisch ab, dabei sieht er Emily zum ersten Mal richtig an. »Und, wie geht's dir?«

Emily knetet die Hände. Es gibt keine einfache Art, es zu sagen, aber sie möchte so gern, dass er nicht zu schlecht von ihr denkt. »Nicht besonders gut, fürchte ich. Die Windpocken sind weg, aber ich bin einfach so … so traurig.«

Die Stille ist ohrenbetäubend. Er stellt seinen Besen weg und steckt die Hände in die Taschen, als wagte er es nicht, auch nur daran zu denken, sie zu berühren. Als sich der Augenblick schon viel zu lange hingezogen hat, sagt er: »Ich sollte das wahrscheinlich nicht fragen, aber findest du es sehr schlimm, Max' Baby nicht zu bekommen?«

»Nein, aber ich bin irgendwie aufgewühlt. Ich habe vorher noch nie darüber nachgedacht, Mutter zu werden, oder wenn, dann nur auf eine abstrakte Art, aber jetzt überlege ich ständig …«

Emily bricht in Tränen aus und verflucht sich für ihre Schwäche. Andy nimmt die Hände aus den Taschen und kommt zu ihr. Er sieht in ihr tränenüberströmtes Gesicht und nimmt sie sanft in den Arm. Sie zögert nur den Bruchteil einer Sekunde, bevor sie sich bei ihm anlehnt und den Luxus genießt, einen Mann vor sich zu haben, der überhaupt nichts zu verlangen scheint. Sie spürt, dass er sie nur trösten will. Er hält sie fest und küsst sie auf den Kopf, während sie schluchzt und sich in dieser Sicherheit, die er ihr bietet, entspannt.

»Sieh mal, Em, du hast einen Fehler gemacht, aber das ist uns allen schon passiert. Es ist okay. Ein Baby wäre jetzt gerade schwierig gewesen. Max ist aus dem Rennen, oder? Du wirst noch mal die Möglichkeit haben, wenn du es willst.«

»Ja, er ist Geschichte. Ich weiß nicht, warum ich überhaupt so lange bei ihm geblieben bin. Aber ich fühle mich miserabel, weil ich die Zukunft eines Kindes aufs Spiel gesetzt habe. Was, wenn wirklich ein Baby geboren worden wäre? Bei Eltern, die einander nicht mehr viel zu sagen haben und sich nicht mal besonders mögen?«

»Das kommt vor.«

»Aber das sollte es nicht. Ich weiß, dass ich vollkommen verantwortungslos gehandelt habe. Wenn ich jemals noch mal ernsthaft darüber nachdenken sollte, Mutter zu werden, werde ich mir jemanden als Vater auswählen, der mich und meine Kinder auch wirklich will.«

»Warte mal.« Andy tritt zurück, um sie anzusehen, hält sie dabei aber immer noch an den Schultern fest. »Das warst du nicht allein. Max hat auch eine Rolle dabei gespielt. Er war doch sicher genauso verantwortlich dafür, dass ihr leichtsinnig wurdet.«

»Max gibt nie zu, Verantwortung für irgendwas zu tragen.«

»Was für ein Bastard. Wenn er hier wäre, würde er meinen Besen zu spüren bekommen.«

Plötzlich brechen sie in Gelächter aus, und es tut gut,

sich eine Weile mal nicht schuldig zu fühlen. Emily wirft einen Blick auf die Uhr und löst sich von Andy, um ins Schlafzimmer zu gehen. »Uns läuft die Zeit davon. Wir dürfen nicht zu spät zu Mays Beerdigung kommen. Hilfst du mir, schönen Schmuck auszusuchen?«

Andy folgt ihr, und zusammen breiten sie den Inhalt von Mays karg bestückter Schmuckschatulle auf dem Bett aus.

»Die da.« Andy deutet auf eine glitzernde Anordnung von Amethysten.

»Das ist die Kette von Mays Tante Barbara, Andy. Die habe ich schon mal getragen – May war sehr stolz auf sie. Und nicht nur das, sie passt sogar zu dem Kleid, das ich anziehen will. Perfekt.«

Emily hebt die Kette auf, aber Andy nimmt sie ihr aus der Hand und legt sie ihr um. Er dreht Emily ein Stück, sodass sie Andy und sich selbst in Mays Schrankspiegel sehen kann. Dann schlingt er die Arme um ihre Taille, und Emily lehnt sich gegen ihn, während sie ihre Spiegelbilder betrachten. Die Kette beißt sich mit Emilys Pullover, aber ihre Augen leuchten.

»Sie ist perfekt«, sagt sie.

»Auf die Gefahr hin, dass es so klingt, als hätte ich das kitschige Manuskript für diese Unterhaltung vorher geschrieben: du auch.«

Emily dreht sich zu ihm um, und er beugt sich vor, um sie zu küssen.

Nach einer Weile löst sich Emily von ihm. »Wir müssen los, sonst kommen wir zu spät. Ich muss mich noch umziehen, und Oma wird sich schon fragen, wo ich bleibe.«

Andy nimmt ihre Hand und geht mit ihr zur Hintertür. »Wir reden nach der Beerdigung über alles«, sagt er. »Aber fürs Erste muss ich dir einfach sagen, dass das hier das Beste ist, was mir seit Jahren passiert ist.«

»Geht mir auch so.«

»Und ich möchte sagen, selbst wenn du mit Drillingen schwanger gewesen wärst, hätte mich das nicht davon abgehalten, dich zu küssen. Ist das schlimm?«

Emily schließt die Tür hinter ihnen ab, als sie Mays Haus … nein, nicht Mays Haus, ihr eigenes Haus verlassen haben. Sie lächelt ihn an. »Nicht schlimm, nur vielleicht ein bisschen … leichtsinnig?«

»Wer im Glashaus sitzt …«

»Da ist was dran. Okay, ich gehe jetzt und sehe zu, dass ich schnell präsentabel bin. Bis gleich.«

Andy küsst Emily erneut, dieses Mal aber nur kurz. Seine Lippen sind warm, und sie fühlt die Stoppeln auf seinem Kinn. Sie hebt die Hand und berührt sie. »Rasierst du dich heute, oder gehst du im Poldark-Look?«

»Was wäre dir lieber?«

Sie lacht. »Ich mag beides. Ich bin da nicht anspruchsvoll. Solange du einen zusätzlichen Schirm mitbringst und aufpasst, dass ich mich nicht blamiere und zu viel trinke.«

»Abgemacht. Bis gleich. Ich muss mir jetzt den Anzug anziehen und überprüfen, dass an den Ärmel keine Kekskrümel oder Schokoladenflecken sind.«

Sie trennen sich auf der Straße, und Emily geht zurück, um sich auf Mays Beerdigung vorzubereiten. Als sie die Straße überquert, wird ihr bewusst, dass es endlich aufgehört hat zu regnen. Einige wässrige Sonnenstrahlen bemühen sich, die Stimmung aufzuhellen, und es riecht wunderbar nach feuchter Erde und salziger Luft. Der Tag wird definitiv immer besser.

45

Der Anzug war teuer, als Andy ihn neu gekauft hat, und er ist froh, ihn zu haben, auch wenn es etwas deprimierend ist, seinen Hochzeitsanzug zur Beerdigung einer guten Freundin zu tragen. Er starrt sich im Spiegel an und richtet seine Krawatte, damit es nicht ganz so sehr danach aussieht, als würde sie ihn erwürgen.

Vi nickt anerkennend, als er nach unten kommt. »Du hast dir eine sehr passende Krawatte rausgesucht«, sagt sie. »May mochte leuchtende Farben. Und mit Scharlachrot kann man nichts falsch machen, stimmt's?«

»Ich wünschte, ich könnte mitgehen«, sagt Tamsin traurig. »Bist du lange weg, Daddy?«

»Ich bring dir eine Pastete und ein Stück Kuchen vom Büfett mit.«

»Und eines für Vi. Sie mag Kuchen.«

»Für euch beide. Und jetzt muss ich los. Es hat aufgehört zu regnen, aber ich nehme trotzdem das Auto, damit ich Julia und Emily fahren kann.«

Er küsst Tamsin auf den Kopf, dann winkt er Vi zu und formt im Gehen mit dem Mund das Wort »Danke«.

Julia und Emily kommen gerade über die Straße, als er den Motor anlässt. Sie steigen in den Land Rover, wobei sie darauf achten, dass ihre Strumpfhosen nicht an den Gartenwerkzeugen hängen bleiben.

»Eigentlich hatte ich vor, hier aufzuräumen, aber Tamsin war heute ein bisschen anstrengend.« Andy schiebt eine Motorsense auf den Boden und wischt abgeschnittene Gräser vom Beifahrersitz. »Setz dich auf die Mülltüte hier, Julia. Dann wirst du nicht schmutzig.«

Julia befolgt seine Anweisungen, ohne etwas zu sagen. Sie reißt sich zusammen, aber Andy weiß, wie schwer es für sie ist. Es ist seit Dons Tod die erste Beerdigung, auf die sie geht, und sie findet zudem in derselben Kapelle und demselben Krematorium statt.

»Der Bestatter war heute Morgen da und hat die Blumen abgeholt«, sagt sie. »Meinst du, sie hätten May gefallen, Liebling?«

»Sie sind wunderschön, Oma. Du bist wirklich talentiert. Woher weißt du, wie man so schöne Gestecke macht? Ich hätte keine Ahnung, wo ich anfangen müsste.«

»Ich habe mal an einem Kurs im Gemeindezentrum teilgenommen. Ida hat ihn organisiert, diese gute Seele. Bald gibt es noch einen anderen Kurs für alle, die bei ihrem Leihoma-Projekt mitmachen. Da geht's ums Gärtnern.«

Julia plappert noch ein paar Minuten über Laub und andere Gartenthemen, verstummt aber, als sie auf den Parkplatz der Kapelle fahren. Das abweisende Granitgebäude ist nicht so schön wie die freundlichere Steinkirche weiter oben an der Straße, aber Andy mag die Kapelle trotzdem lieber. Sie ist massiv und zweckmäßig gebaut, hat eine wunderschöne, polierte Holzkanzel und lange Bankreihen, auf denen verblichene, geblümte Kissen liegen, die nach jahrelanger Benutzung schon platt gesessen sind.

»Ach, gut, irgendjemand war schon hier und hat sich um die restlichen Blumen gekümmert. Ida hat gesagt, es sei für alles gesorgt«, wispert Julia. Sie greift nach Emilys Arm, als sie den Gang entlanglaufen.

Andy sieht sich staunend um. Gestecke aus gelben Rosen und diesem fluffigen weißen Zeug schmücken das Ende jeder Sitzbank. In einem Ständer vor der Kanzel steckt ein großes Gesteck aus noch mehr gelben und weißen Blumen. Andy erkennt Chrysanthemen und Tulpen, zarte Wildblumen und Gräser dazwischen. May wäre sicherlich zufrieden – es ist ein Farbenmeer.

Der Organist spielt Broadway-Lieder, die sich mit beliebten klassischen Stücken mischen, nicht sehr methodistisch, aber entspannend. Sie stammen bestimmt von Mays Liedauswahl, die auf Tristrams Liste steht. Andy tastet in seiner Hosentasche nach dem Zettel mit dem Gedicht, das er zur Zeremonie beitragen wird. Er hofft, dass er es vortragen kann, ohne sich zu blamieren.

Bei Allies Beerdigung wollte er etwas sagen – es wäre gut gewesen, wenn er aufgestanden wäre und allen davon erzählt hätte, wie kinderlieb sie gewesen war, dass sie sich nach einem Baby gesehnt und wie sehr sie sich gefreut hatte, als sie feststellte, dass sie schwanger war –, aber er musste sich damit begnügen, diese Sätze aufzuschreiben und dem Pfarrer zu geben. Ein paar der Kinder aus der Schule, an der sie Lehrerin gewesen war, waren auch da und sangen ein Lied, das sie besonders gern gemocht hatte. Es war *I Can See Clearly Now*, und Andy weiß noch, dass er dachte, wie niedlich, aber unangebracht es war, da er wegen des lähmenden Schmerzes und den Tränen nichts mehr klar wahrnehmen konnte.

»Sie sind da«, zischt jemand in der Reihe hinter ihnen, und alle erheben sich. Der Pfarrer stimmt die bekannten Worte an und führt die traurige Prozession durch den Mittelgang nach vorn.

Während Andy sich noch bemüht, gefasst zu bleiben, bemerkt er, wie Emily ihre Hand in seine schiebt und ihre Finger miteinander verschränkt. Ihre Wärme ist tröstlich und beruhigend. Er sieht nach, wie Julia zurechtkommt, und entdeckt, dass Emily den anderen Arm um ihre Großmutter gelegt hat. Sie steht ganz aufrecht und unterstützt ihre Großmutter und ihn, stark und unerschütterlich. Er kann wieder atmen. Mit Emily an seiner Seite wird er das hier schaffen.

»Bitte setzen Sie sich.« Der Pfarrer lächelt ihnen allen von der Kanzel aus zu. »Wir sind heute hier versammelt, um das Leben von May Frances Rosevere zu feiern, unser aller Freundin, die wir schmerzlich vermissen werden. Wir werden gleich eines von Mays Lieblingslobliedern singen, bei dem sie, wie ihr Nachbar Andy mir erzählt hat, immer in voller Lautstärke mitgesungen hat, wenn es bei *Songs of Praise* im Radio lief. Aber zuerst hören wir einige Worte von Tristram darüber, wie May ihre Feier gestaltet haben will und was uns erwartet.«

Tristram geht nach vorn, und Andy nimmt beeindruckt sein Outfit zur Kenntnis. Er trägt einen altmodischen Gehrock in blassem Grau, eine dunkelgraue Hose mit messerscharfer Bügelfalte, das weißeste Hemd, das man sich nur vorstellen kann, eine zitronenfarbene Weste und eine gelbweiße Krawatte. An seinem Revers steckt eine perfekte gelbe Rose.

»Ich werde nicht lange reden – das ist Mays erste Anweisung, und ich zitiere: ›Du kannst eine ganz schöne Quasselstrippe sein, Tristram, also fass dich kurz, verstanden?‹«

Die Zuhörer brechen in Gelächter aus, und Andy entspannt sich ein wenig. Das hier ist nicht das Gleiche, wie Allie zu verlieren. May hatte ein gutes, langes Leben und war am Ende wahrscheinlich bereit, weiterzuziehen. Er lehnt sich zurück und lockert den Griff um Emilys Hand, aber sie hält ihn fest und rückt noch näher zu ihm, so nahe, dass er von Tristrams Worten abgelenkt wird. Mit einiger Mühe konzentriert er sich wieder.

»... also möchte ich bloß sagen, dass ich stolz bin, May viele Jahre lang als Freundin gehabt zu haben. Einige von euch Kindern hier, und damit meine ich alle unter sechzig« – es folgt erneut Gelächter – »haben May und mich bestimmt einfach als zwei arme, einsame alte Menschen gesehen, die einander an ihrem Lebensabend Gesellschaft leisten. May war allerdings dreißig Jahre älter als ich – alt genug, um sich wie eine Mutter zu benehmen. Doch May war nicht der Typ zum Bemuttern. Sie war eine unabhängige Frau, die unverblümt ihre Meinung gesagt hat. Einige von euch haben ihre direkte Art sicher schon mal zu spüren bekommen, vor allem dann, wenn ihr Mays Anforderungen nicht entsprochen habt.« Mittlerweile hat Tristram die Trauergäste in seinen Bann gezogen. Er ist ein großartiger Unterhalter, denkt Andy und lächelt stolz zu seinem Freund auf. »Aber ihr werdet mir alle zustimmen, dass May uns in Pengelly fehlen wird. Sie war wirklich einzigartig. Deswegen geht es heute darum, unsere Zeit mit ihr zu feiern. Nach der Zeremonie seid ihr alle ins Shellfish Shack eingeladen – das wird eine sehr entspannte Angelegenheit, also wenn ihr schon mal vorgehen und den Champagner öffnen möchtet, um in Feierstimmung zu kommen, macht das gern. Wir sehen uns später, um – auch wenn ich das in einer methodistischen Kirche vermutlich nicht sagen sollte – auf unsere wundervolle, lebhafte Freundin und Nachbarin May Rosevere anzustoßen.«

Applaus bricht aus, und der Priester senkt einen Moment lang den Blick, steht aber dann auf und leitet schnell das Lied ein, bevor noch jemand eine Rede halten kann. Alle erheben sich erneut, um lauthals *How Great Thou Art* zu singen, und ihre vereinten Stimmen bringen die Dachbalken zum Beben.

Andys Gedicht soll nach dem Rückblick auf Mays Leben, den der Priester vorträgt, folgen. Er umklammert seine Notiz, während er Mays Geschichte lauscht. Der Priester schließt mit den Worten: »May war einhundertzehn Jahre alt, als sie gestorben ist, und sie hat ihr Alter erst ganz am Ende gespürt, aber sie hat niemals ihren

Humor oder ihr gutes Herz verloren. Bis zum Ende war sie ein großzügiger Mensch.«

Ein paar der Anwesenden drehen sich zu Emily um, aber sie starrt weiter geradeaus, und nur ein leichtes Anspannen ihrer Finger verrät, wie sehr es sie stört, dass die Einwohner von Pengelly über ihre Angelegenheiten Bescheid wissen. Die Neuigkeiten haben sich wieder einmal schnell verbreitet, und alle scheinen zu wissen, dass sie die neue Besitzerin von Shangri-La ist.

Andy drückt Emilys Hand und steht auf, um seinen Beitrag zu leisten. Seine Beine zittern, und auf dem Weg zur Kanzel atmet er tief durch. Zum Glück hat May nicht das Gedicht ausgewählt, das seine Mutter für Allie ausgesucht hatte – das Gedicht, in dem es heißt, der Tod sei gar nichts. Zu der Zeit fühlte der Tod sich wie etwas verdammt Großes an. Mays Tod ist jedoch viel weniger Furcht einflößend. Andy liest Joyce Grenfells berühmte letzte Zeilen vor.

Weine, wenn's sein muss.
Der Abschied ist hart.
Aber das Leben geht weiter.
Also singe auch zart.

Jetzt fließen die ersten Tränen, und er sieht die Taschentücher, als alle aufstehen, um noch eines von Mays Lieblingsliedern zu singen, in dem es darum geht, auf See in Not zu sein. In einem Küstenort ist dies ein vertrautes Lied, alle kennen den Text.

Nach einer kurzen Lesung, die der Priester selbst aussuchen durfte, wie May gnädigerweise entschieden hat, stehen die Trauernden für das nächste Lied auf. May hat gut gewählt. In *Who Would True Valour See* werden Gefahren und Riesen und Kobolde erwähnt. Es ist auch Tamsins Lieblingslied, weil sie Kobolde immer mit Hobbits verwechselt. Dann folgen einige Gebete und eine Erinnerung daran, dass alle zum *Shellfish Shack* kommen sollen. Schließlich ist es Zeit für das letzte Lied, das May immer als besonders mitreißend bezeichnet hat. Alle stimmen *Guide Me, O Thou Great Jehovah* an, und wenn die Balken schon beim ersten Lied gebebt haben, hebt dieses Mal beinahe die Decke ab. Danach gehen sie hinter dem Sarg her nach draußen, und Andy lässt Emily, Tristram und Julia in sein Auto einsteigen, um dem Bestattungswagen zum Krematorium zu folgen.

Bis sie von der schlichten Feuerbestattung zurückkommen, bei der nur sie vier und der Priester anwesend waren, ist die Party im *Shellfish Shack* in vollem Gange. Jubel brandet auf, als sie das Restaurant betreten, und sofort werden ihnen Champagnergläser in die Hände gedrückt. Andy grinst Emily an. »Vielleicht muss ich den Wagen hier stehen lassen. Wie fändest du es, mit mir über den Strand zurückzulaufen?«

»In diesen Schuhen?« Sie zeigt auf ihre dünnen Absätze und kichert. »Vielleicht ziehe ich mir die Strumpfhose aus und gehe barfuß. Oma kann von einer ihrer Bekannten mitgenommen werden. Kein Problem, heute ist ein Tag für Champagner und Gin.«

Sie stehen noch eine Weile beieinander, dann mischt Julia sich unter die Leute, um ein paar alte Freunde zu begrüßen.

»Es ist so schön, zu sehen, dass Oma wieder mehr Lust auf soziale Kontakte hat«, sagt Emily. »Ich habe schon befürchtet, sie hätte den besten Teil ihres Lebens hinter sich und überhaupt keinen Spaß mehr am normalen Alltag.«

Die Pasteten und das Kartoffelpüree werden kurz darauf serviert, und jeder sucht sich einen Platz an den Tischen. Einige müssen stehen bleiben und bemühen sich, trotzdem mit Gläsern, Tellern und Besteck zurechtzukommen. Tristram hat offenbar nicht erwartet, dass so viele Leute an der Feier teilnehmen würden, aber wegen des großzügig fließenden Alkohols, des sehr guten Essens und des aufrichtigen Wunsches, Pengellys ältester Einwohnerin Respekt zu zollen, ist das *Shellfish Shack* bis zum Bersten gefüllt.

Die Party gewinnt immer mehr an Fahrt. Andy verbringt viel Zeit damit, Candice aus dem Weg zu gehen. Sie trägt ein Kleid, das der Fantasie nicht viel Spielraum lässt, wie May gesagt hätte. Ihr Blick scheint ihn zu verfolgen, wohin er auch geht, und mehrere Male hätte sie es beinahe geschafft, sich an einem der Tische neben ihn zu quetschen, aber er bleibt in Bewegung. Nach ein paar Stunden entscheidet er, sich davonzustehlen, damit Vi nach Hause kann, und erinnert sich gerade noch rechtzeitig an sein Versprechen, etwas zu essen für Tamsin und ihre treue Babysitterin mitzubringen. Er hat Emily aus den Augen verloren, aber als er sich auf die Suche nach den Pasteten macht, entdeckt er sie in der Küche auf einer der Arbeitsplatten sitzend, wo sie sich lebhaft mit Gina unterhält.

»Ist es okay, wenn ich etwas für Tamsin und Vi mitnehme?«, fragt Andy Gina.

»Na klar. Hier, lass mich das machen. Was essen sie gern?«

»So ziemlich alles. Wollen wir dann los, Emily? Es macht mir aber nichts aus, wenn du noch bleiben möchtest. Vi wird mittlerweile jedoch eine Pause gebrauchen können.«

»Oh, bleib doch noch ein bisschen hier, Em«, sagt Gina. »Wir haben doch noch viel zu bequatschen. Vince kann dir und deiner Oma später einfach ein Taxi rufen. Sie hat gerade so viel Spaß, da sollte sie noch nicht gehen müssen.«

Sie sehen in den anderen Raum hinüber und entdecken Julia, die dicht vor Tristram steht und munter mit ihm über irgendetwas diskutiert.

»Ich bleib noch ein wenig, wenn es dich nicht stört, Andy. Ich möchte sichergehen, dass sie gut nach Hause kommt. Wir sehen uns morgen?«

Gerade als Emily das sagt, eilt Candice in die Küche. »Willst du gehen, Schätzchen? Kannst du mich mitnehmen? Ich muss Summer abholen.«

Andy spürt die eisige Kälte in Emilys Blick, als sie Candice aus der luftigen Höhe der Arbeitsplatte abschätzig mustert. »Ach, wie schade – er fährt nicht mehr«, sagt sie. »Und du siehst nicht so aus, als wärst du für eine Wanderung über den Strand gekleidet.«

Candice blickt auf ihre goldenen Riemchen-Stilettos hinab, die sogar noch höher sind als Emilys. »Das ist kein Problem«, sagt sie leicht schwankend. »Ich laufe sowieso am allerliebsten barfuß. Komm, Andy, es wird so sein wie früher.« Sie sieht zu Emily. »Wir haben als Kinder immer am Strand gespielt, stimmt's? Und als Jugendliche auch, wenn ich es mir recht überlege.« Sie schnaubt. Andy zuckt zusammen.

Candice schlüpft aus den Schuhen, nimmt sie in die Hand und hakt sich bei Andy unter. »Okay, ich bin so weit. Wir armen, alleinerziehenden Eltern müssen zusammenhalten, stimmt's?«

Andy brummelt unverbindlich. Er ist sich bewusst, dass Emilys eisiger Blick jetzt auf ihm ruht. Wie soll er sich hier nur wieder herauswinden?

»Die Tage, an denen wir den ganzen Nachmittag und bis in die Nacht getrunken haben, sind lange vorbei, nicht wahr, Schätzchen? Aber keine Sorge, in meinem Kühlschrank wartet eine schöne, gekühlte Flasche Prosecco – du könntest Tam abholen und sie mit zu mir bringen«, sagt Candice und schlägt damit einen weiteren Nagel in Andys noch zerbrechliche neue Beziehung mit Emily. »Die Nacht ist noch jung, wie es immer heißt. Tam kann bei Summer übernachten – wie beim letzten Mal.«

Sie kichert und schlägt sich die Hand vor den Mund, als hätte sie plötzlich bemerkt, dass sie zu viel gesagt hat.

Emily springt vom Küchenschrank herunter. »Na,

lasst euch von mir nicht aufhalten. Es klingt, als hättet ihr zwei viel aufzuholen. Aber an deiner Stelle würde ich nicht auf ein Happy End hoffen, Candice. Frauen wie du sind dafür gemacht, Scheidungsanwälte mit Arbeit zu versorgen.«

Sie stolziert aus der Küche. Gina folgt ihr und wirft Andy noch einen Blick zu, der eindeutig besagt: Das ist noch nicht ausgestanden, mein Freund.

»Oje. Habe ich etwas Falsches gesagt?« Candice macht große Augen und sieht ihn scheinbar besorgt an.

»Du weißt doch ganz genau, was du da gerade getan hast, oder? Pass auf. Wenn du nach Hause kommen musst: Hier ist ein Zehner für ein Taxi.« Andy greift in sein Portemonnaie und wirft ihr einen Schein zu. »Ich bin weg.«

Er nimmt die Stofftasche, in die Gina das Essen gepackt hat, hängt sie sich über die Schulter und verlässt die Feier, so schnell er kann, ohne sich von Tristram zu verabschieden. Emily steht mit dem Rücken zu ihm und unterhält sich angeregt mit einem von Vince' Freunden aus dem Norden. Niedergeschlagen stapft er an der Wasserlinie entlang zurück. Da hat er endlich die perfekte Frau für sich gefunden, nur damit sie ihm sofort wieder entgleitet, und das alles nur wegen einer dämlichen Nacht? Das kann er nicht zulassen. Aber nach allem, was ihr in letzter Zeit passiert ist, ist Emily sehr reizbar. Wie soll er sie jetzt zurückgewinnen?

Die Flut steigt, und es fängt wieder an zu regnen. Andy steckt die Hände in die Taschen und legt einen

Zahn zu. Er wird Tamsin so früh wie möglich ins Bett bringen, danach kann er sich einen Plan überlegen. Und es sollte ein sehr guter sein, so viel ist sicher, sonst ist es zwischen Emily und ihm wieder vorbei, bevor es überhaupt richtig angefangen hat.

Er stapft so energisch weiter, dass er zuerst nicht mitbekommt, dass Emily seinen Namen ruft, aber sobald ihm das bewusst wird, dreht Andy sich verblüfft um. Da ist sie, ihr Haar weht hinter ihr her, sie trägt ihre Schuhe in der Hand und ist völlig außer Atem, da sie sich so beeilt hat, um ihn einzuholen.

Instinktiv breitet Andy die Arme aus, und sie rennt hinein, drückt sich an ihn und umarmt ihn fest. Eine Weile stehen sie ganz still, während Emilys Herzschlag sich wieder beruhigt und Andys sich beschleunigt.

»Tut mir leid, dass ich so unwirsch war«, sagt Emily schließlich. »Ich hatte da drin so eine Art Erleuchtung. Es war, als würde ich May hören, die mir nahelegt, ich solle aufhören, so kindisch zu sein, und handeln. Also hab ich das getan.«

»Du hast was getan?« Andy kann immer noch nicht ganz glauben, dass sie hier ist.

»Ich habe mir ein neues Glas Rotwein besorgt – das größte, das ich finden konnte –, und dann habe ich es über Candice ausgeschüttet.«

»Nicht im *Ernst*?«

»Doch. Und jetzt geht es mir viel besser.«

Sie lachen beide so heftig, dass es Andy fast unmöglich ist, sie zu küssen, aber schließlich schafft er es doch.

Eine Weile später, als sie wieder zu Atem gekommen sind, halten sie sich an den Händen und machen sich auf den Weg nach Hause. Welches Zuhause es sein wird, ist noch nicht klar, aber Andy weiß, dass es ihm eigentlich ziemlich egal ist, solange Emily nur weiterhin seine Hand hält und ihn mit diesem Lächeln ansieht.

46

Tristram und Julia sitzen auf der Hollywoodschaukel und sehen zu, wie die Flut aufläuft. Die meisten der Beerdigungsgäste sind nach Hause gegangen, und die letzten helfen Gina und Vince in der Küche beim Aufräumen. Julias Energie hat nach einer Weile nachgelassen, aber eine Tasse Kaffee und ein Brandy haben ihr neues Leben eingehaucht. Im Großen und Ganzen ist Altwerden keine schöne Sache, denkt Julia. Sie möchte das Verlangen spüren, paddeln zu gehen oder bis zum Morgengrauen zu tanzen oder vielleicht sogar das Nacktbaden auszuprobieren. Stattdessen lehnt sie sich in die weichen Kissen zurück und lässt sich vom Brandy wärmen.

»Du siehst so hübsch aus, und ich habe mich heute kaum um dich kümmern können.« Tristram nimmt ihre andere Hand, die nicht das Glas mit dem Brandy hält. »Was für eine Verschwendung.«

»Nun, du warst ziemlich beschäftigt. Das war ein wunderbarer Abschied für May, den du da organisiert hast.«

»Er war fast so gut wie die Party zu meinem achtzigsten Geburtstag. Apropos, als ich an dem Abend zu meiner Party gekommen bin – war mein überraschter Gesichtsausdruck da überzeugend genug?«

Sie lacht leise und drückt seine Hand. »Mich hat er

nicht getäuscht, aber ich glaube, du bist damit durchgekommen. Wie hast du es erraten?«

»Ich habe einen Anruf von einem unserer Lieferanten abgefangen, der eine Champagner-Lieferung ankündigte. Gina meinte, es müsse wohl ein Fehler gewesen sein, aber danach habe ich nach Hinweisen gesucht und begriffen, was sie vorhatten. Sehr liebenswürdig von euch allen.«

»Und nett von dir, so zu tun, als wüsstest du nichts davon.«

»Aber du bist nicht auf mein Schauspiel hereingefallen. Du kennst mich zu gut, nicht wahr?«

Julia lehnt sich an seine Schulter und fragt sich, wohin das hier führen wird. Ist sie bereit für den nächsten logischen Schritt mit Tristram? Andererseits ist an ihren Gefühlen an diesem Abend rein gar nichts logisch oder vernünftig. Die sanfte Brise bringt einen Hauch Wärme mit sich. Es war in vielerlei Hinsicht ein trauriger Tag, so wie Abschiede immer traurig sind, aber Tristram hat aus Mays Beerdigung eine Feier ihres Lebens gemacht. Er ist ein ganz besonderer Mann, so viel ist sicher. Julias Herz schlägt schneller. Was würde Don zu alldem sagen? Sie wechselt das Thema, um Zeit zu gewinnen.

»Verrätst du mir jetzt, worüber du auf deiner Party mit Emily gesprochen hast? Ich habe so geduldig darauf gewartet, es herauszufinden. Komm schon, spuck es aus.«

»Ah. Ich wollte ihr eine Idee unterbreiten.«

»Ach ja?«

»Sie wird dir sicherlich morgen von meinen Plänen erzählen, aber kurz gesagt habe ich sie gebeten, über die Zukunft nachzudenken. Ich konnte sie zu dem Zeitpunkt nicht wissen lassen, dass sie Mays Cottage erbt, aber ich habe sie gefragt, ob sie darüber nachdenken könne, sich mir bei meinem neuen Projekt anzuschließen. Ich möchte einen Retreat eröffnen.«

»Du machst Witze. Nicht so ein Ort mit Bohnensprossen und Alfalfa wie der weiter oben an der Küste?«

»Nein, meine Idee hat eher damit zu tun, May zu Ehren etwas ins Leben zu rufen.«

»Ich kann dir nicht folgen.« Julia hat Probleme, ihn zu verstehen. Warum kann er es nicht einfach erklären? Sie ist zu müde für Ratespiele.

»Ich habe Emily gefragt, ob sie sich vorstellen könne, mit mir zusammen einen Ort aufzubauen, an dem Menschen Frieden finden können, die am Verlust ihres Kurzzeitgedächtnisses, einer frühen Form der Demenz oder etwas Ähnlichem leiden. Mit einer Begleitperson – jemandem, der lernen muss, wie er oder sie helfen und mit allem zurechtkommen kann. Ich habe es noch nicht zu Ende gedacht; ich stehe noch ganz am Anfang meiner Überlegungen. Ein bisschen habe ich gehofft, dass du mich beim Feinschliff unterstützen würdest.«

Julia lässt sich die Idee durch den Kopf gehen. Sie denkt zurück an all die Male im Laufe der Jahre, als sie bei denselben Veranstaltungen war wie May, wo sie sich manchmal umkreist haben wie argwöhnische, kampfbereite Tiere, sich aber noch öfter ignorierten. Was für eine unnötige Vergeudung von Zeit und Freundschaft. Sie erinnert sich an eine Gelegenheit, als ein älterer Herr aus den betreuten Wohnheimen im Nachbardorf nach Pengelly gekommen ist und von seiner Tochter zu einem Gemeindefest begleitet wurde. Sie setzte ihn neben May ab, die mit ihrer üblichen Effizienz eine Tombola veranstaltete. Nach einigen Augenblicken bemerkte Julia, dass der Mann die Lose mit den entscheidenden Zahlen für die Gewinnziehung, die May gerade faltete, einfach wieder herausnahm und auseinanderfaltete, bevor er sie entzückt auf den Boden fallen ließ.

Julia wollte gerade einschreiten, weil sie einen Wutausbruch von May befürchtete, als May entdeckte, was passiert war, und zu kichern anfing. Sie nahm den Mann sanft am Ellbogen und führte ihn woanders hin, um etwas zu suchen, womit er auf sinnvollere Art beschäftigt werden konnte. Schließlich entdeckte sie eine Schüssel mit Seifenwasser, in der er seine Hände waschen konnte, und setzte ihn dann mit einem stumpfen Messer in eine Ecke, damit er ein paar Maiskolben mit Butter bestreichen konnte.

May bemerkte, dass Julia sie beobachtete, als sie wieder an ihren Platz ging, um von vorn mit ihrer Aufgabe zu beginnen. »Was guckst du denn so?«, fragte sie fast schon ein wenig gereizt.

Julia fühlte sich auf dem falschen Fuß erwischt, und um Mitgefühl für das Durcheinander auszudrücken, murmelte sie etwas davon, wie lästig der alte Mann war, was sie eigentlich gar nicht so meinte.

May hob die Augenbrauen. »Es tut dem Burschen gut, zur Abwechslung mal etwas Gesellschaft zu haben«, erklärte sie. »Seine Tochter hat erzählt, dass er kaum jemanden zu Gesicht bekommt, wenn sie nicht gerade zu Besuch ist. Mir macht ein bisschen Chaos nichts aus. Der alte Junge ist etwas verwirrt. So kann es uns allen irgendwann mal gehen, würde ich sagen.«

May wandte sich wieder ihrer Aufgabe zu, wobei sie Julia erfolgreich ignorierte, obwohl diese gerade ihre Hilfe anbieten wollte. Noch eine Gelegenheit, bei der sie es versäumt haben, sich einander anzunähern.

Sie denkt über Tristrams Plan nach. Es ist ein guter Plan, der Mays würdig ist. Aber Julia ist fünfundachtzig Jahre alt. Wie lange kann sie sich noch auf ihre eigenen grauen Zellen verlassen?

»Das ist ein Thema, das mir zurzeit sehr am Herzen liegt«, sagt sie langsam. Sie überlegt, wie viel sie preisgeben kann, ohne Tristram abzuschrecken. »Ich habe seit Dons Tod wirklich Schwierigkeiten; es hat mich manchmal ganz schön erschreckt, wie vergesslich ich geworden bin. Es … es könnte noch viel schlimmer werden, sodass ich am Ende vielleicht selbst Hilfe brauche.«

»Lass uns hoffen, dass es dazu nicht kommen wird, aber falls doch, gehen wir das zusammen an. Ich habe auch schon viel über die Auswirkungen von Demenz nachgedacht. Sowohl mein Vater als auch meine Großmutter sind daran erkrankt. Ich weiß, dass es nicht genetisch bedingt ist, aber ich habe Angst, dass es mich eines Tages auch erwischt.«

»Wie du schon sagtest, das muss nicht unbedingt passieren.«

»Aber ich glaube fest daran, dass manchmal noch etwas getan werden kann, auch wenn die ersten Anzeichen bereits festgestellt wurden. Nur dann nicht, wenn es schon zu spät ist. Emily sieht das genauso.«

»Wegen mir?«

»Wahrscheinlich. Aber der Grund spielt keine Rolle. Wie sich herausgestellt hat, brennt sie genauso für das Projekt wie ich. Wir können etwas bewirken. Nicht bei vielen Menschen, das ist klar, aber mit unseren begrenzten Möglichkeiten können wir etwas tun.«

»Das ist eine schöne Idee. Ich helfe, wo ich kann, Tris.«

Er lächelt sie an. »Ich habe gehofft, dass du das sagen würdest. Da das Cottage jetzt vielleicht zur Verfügung steht, kann ich natürlich schneller planen. Es ist der perfekte Ort für einen Retreat.«

Julia runzelt die Stirn. »Aber Emily will doch sicher darin leben. Oder nimmst du an, dass sie bei mir wohnen bleibt? Irgendwie glaube ich nicht, dass das ihr Plan ist.«

»Nun, so schnell werden wir noch nicht loslegen. Wenn sie zustimmt, können wir den Dachboden zu einer Wohnung für sie ausbauen. Und wenn mit Andy alles so verläuft, wie ich es erwarte, wird sie irgendwann mit ihm und Tamsin zusammenziehen.«

Julia lässt sich das durch den Kopf gehen. »Bist du nicht ein wenig voreilig?«

»Das ist ein langfristiges Vorhaben. Wenn sie wirklich bei Andy einzieht, wird das Cottage leer stehen. Wenn nicht, könnte sie immer noch oben wohnen.«

»Willst du damit sagen, dass du angeboten hast, die Memory Lane 59 irgendwann in der Zukunft zu kaufen?«

»Ja, schon, aber nicht nur kaufen – vielmehr möchte ich mich *ein*kaufen.«

»Nun, jedenfalls hast du mich jetzt sprachlos gemacht, und ich bin mir nicht sicher, ob Emily nach oben verbannt werden möchte, um sozusagen über dem Retreat zu leben, aber ich muss sagen, das klingt alles geradezu fabelhaft, Tris.«

»Du bist ein Schatz. Ich habe mit May auch über uns gesprochen, weißt du, nicht lange vor ihrem Tod.« Tristram nimmt Julias Hand.

Für sie fühlt es sich beruhigend und aufregend zur gleichen Zeit an. Entspann dich, Mädchen, sagt sie sich, wenn du dich nicht beruhigst, wirst du den nächsten Tag nicht mehr erleben, ganz zu schweigen davon, dass du dann bei seinen Plänen nicht mehr mitwirken kannst.

»Ach ja? Was ist denn mit uns?«

»Ich habe ihr gesagt, dass ich kein sehr guter Fang für Frauen bin, aber dass ich dir ganz schön verfallen bin und mein Leben mit dir zusammen beschließen möchte.«

»Nicht sofort, hoffe ich?« Julia ist noch nicht bereit, ernsthaft über den Tod zu sprechen.

»Nein. Wir müssen noch vieles erleben, nicht wahr?

Ich wünschte einfach, ich hätte dich schon früher kennengelernt.«

Julia stellt sich eine Zukunft allein vor. Mit Tristram zusammen zu sein wäre viel schöner, aber sie möchte nicht, dass er denkt, sie nutze ihn nur aus, um die Lücke zu füllen, die Don hinterlassen hat. Dafür ist dieser Mann viel zu gut. Die Träume, die Tristram für sie beide erschaffen hat, wirbeln in ihrem Kopf herum.

»Wenn wir nur mehr Zeit zusammen hätten, meine Liebe«, sagt Tristram.

Julia nimmt seine andere Hand und wendet sich ihm zu. »Was zählt, ist weniger, wie viel Zeit man hat, sondern was man damit tut. Das habe ich von May gelernt. Ich glaube, sie hat jeden Tag genutzt, oder? Und genau so machen wir es auch.«

Er lächelt sie an, und Julia hat das Gefühl, ihr Herz würde gleich platzen. Gleichzeitig verspürt sie einen schmerzhaften Stich bei dem Gedanken, May nie wiederzusehen und ihr nie von diesem Moment erzählen zu können.

»Ich würde ja gern vor dir knien, aber ich habe Angst, dass ich dann nie wieder hochkomme. Meine Beine knarzen immer noch ein bisschen nach dem vielen Tanzen auf meiner Party«, sagt Tristram. »Julia, willst du mich heiraten? Bitte sag ja. Wenn nicht, frage ich dich ab jetzt an jedem weiteren Tag meines Lebens, bis du nachgibst.«

Sie lacht, und der Schmerz über den Verlust lässt in dem Moment nach, in dem sie aufsteht und ihn mit sich hochzieht. »Dann sollten wir uns, um Zeit zu sparen, jetzt sofort verloben.«

Tristram gibt eine seiner berüchtigten Tanzeinlagen zum Besten, die knarzenden Beine sind vergessen. »Kann ich das schriftlich haben?«, ruft er. Er nimmt das nächstbeste Stück Papier, eine Serviette von der Party. »Hast du einen Stift?«

Julia schüttelt kichernd den Kopf. »Sei nicht albern, Tristram.«

»Nein, warte mal. Ich habe ja noch den, den May mir gegeben hat. Charles' dämlicher, protziger Füller. Hier, öffne mal die Schachtel. Er funktioniert noch, ich habe frische Tinte nachgefüllt.«

Er beugt sich über einen Tisch und schreibt, aber die Serviette saugt die Tinte sofort auf wie Löschpapier. Julia sieht sich das Etui an, während sie darauf wartet, dass Tristram sich beruhigt. An einer Stelle hat sich das Futter aus Satin gelöst, und sie drückt den Daumen auf die Stelle und spürt etwas Hartes. Mit wachsender Neugier schiebt sie den Finger hinein.

»Tristram, ich glaube, hier ist etwas drin.« Sie fummelt ein kleines, mit einem Papiertaschentuch umwickeltes Päckchen heraus.

Sie starren sich an.

»Öffne es für mich«, wispert Julia.

Tristram nimmt das kleine Päckchen, löst vorsichtig das Taschentuch und fördert einen wunderschönen Ring zutage, der im Schein der Lichterketten schimmert. Die Opale funkeln in allen Farben des Regenbogens, und die

Diamanten glitzern in der filigranen, kunstvollen Fassung.

Ohne ein Wort zu sagen, greift Tristram nach Julias linker Hand und schiebt ihr den Ring auf den Ringfinger. Er passt perfekt, wie sie es immer gewusst hatte. Sie zittert, und Tränen laufen ihr über die Wangen.

»Ich kann nicht mal ansatzweise eine Erklärung dafür finden, wie dieser wundervolle Schatz da hineingekommen ist. Darüber denken wir später nach. Aber jetzt: Ich heirate dich unter einer Bedingung, Tris.«

»Und die wäre?«

»Tanz mit mir. Ich wünsche mir einen langsamen Tanz, deinen Knien droht also keine Gefahr.«

Leise Musik tönt aus dem Restaurant, als Tristram Julia zum ersten Mal in die Arme nimmt. Sie bewegen sich im Mondlicht, während die Flut immer höher steigt, der Ring glitzert und die Welt sich weiterdreht.

Wenn sie Brombeeressig macht, ist ihr die Vorgehensweise so vertraut, dass es nicht nötig ist, das Rezeptbuch aufzuschlagen. Die Mengenangaben sind einfach zu merken. Ein Pfund reifer Früchte, genauso viel Zucker und ein Pint Essig. Der große Marmeladentopf ist vorbereitet, die Glasflaschen sind sterilisiert und stehen in einer Reihe auf dem Küchentisch und glänzen in der Septembersonne. Dieses Jahr gab es eine gute Ernte in dem geschützten Bereich unten im Garten.

Die Brombeeren sind sogar noch dicker und saftiger

als gewöhnlich. Sie sind bereits zerdrückt und ziehen seit fünf Tagen im Essig. Bei dem Geruch läuft einem das Wasser im Mund zusammen. Jetzt ist es an der Zeit, den gefilterten Saft zum Kochen zu bringen. Danach fehlt nur noch eine kleine Zugabe.

Das Zerkleinern der Schlaftabletten ist eine Aufgabe, die sehr sorgfältig ausgeführt werden muss. Nichts von dem wertvollen Pulver darf verschwendet werden, und es darf nur bei vier Flaschen hinzugefügt werden. Damit sollte Charles eine ganze Weile auskommen. Auf den Etiketten steht sein Name. Das gefällt ihm. Die einfachen Dinge.

Wenn sein Asthma sehr schlimm ist, braucht Charles das, was er sein Elixier nennt, schneller auf, und dann kann es ihn schon mal ein wenig benebeln, aber mit etwas Vorsicht wird der Plan funktionieren. Die Folge ist, dass May nachts öfter gut schlafen kann, ohne sich sorgen zu müssen, wo ihr umtriebiger und zügelloser Ehemann die Nachtstunden verbringt. Und die jungen Männer in der Gegend sind dann auch für eine Weile vor ihm in Sicherheit.

Schließlich ist der Essig fertig, und die Flaschen können verschlossen werden. Nun muss May Charles nur noch daran erinnern, das Zeug nicht zu trinken, wenn er mit dem Auto fährt, und, natürlich, es niemals mit aufs Boot zu nehmen. Die Menge an Rum, die er trinkt, wenn er an Bord ist, würde sich nicht gut mit den ansonsten harmlosen Schlaftabletten vertragen. Damit wäre die Katastrophe vorprogrammiert.

Danksagung

Norman und Sheila Poynton, meine Tante und mein Onkel aus Cornwall, haben mich zu diesem Buch inspiriert (und sie waren der echte Don und die echte Julia). Sie haben jeden Brief aufbewahrt, den sie nach dem Krieg erhalten haben, und als sie gestorben sind, fand ein Teil dieses Schatzes seinen Weg zu mir. Meine Mum und ihre Geschwister in Mittelengland haben unwahrscheinlich gern Briefe geschrieben. Ihr lebendiger Briefverkehr entfachte eine Idee in mir, die einfach nicht mehr verschwinden wollte, und so wurde May Rosevere geboren. Das wäre nicht ohne meine geliebten Cousins und Cousinen möglich gewesen: Jill, die unglaublich großzügig die wertvollen Erinnerungen ihrer Eltern mit mir geteilt hat, und Rosemary und David, die mir unseren Familientratsch und die Geheimnisse erzählt haben. Die Ausschnitte, die Sie gelesen haben, waren hauptsächlich erfunden … aber nicht alle …

Beschleunigt wurde das Ganze auch durch Ruth Hogans grandiosen Roman *Mr. Peardews Sammlung der verlorenen Dinge*, der dazu geführt hat, dass ich meine wunderbare Agentin Laura Macdougall kennengelernt habe. Dieser Satz kann nicht ansatzweise das Bild von den knallenden Korken und dem Freudentanz vermitteln, die folgten, als Laura angeboten hatte, mich zu vertreten.

Mit Charlotte Ledger zusammenzuarbeiten war mir ebenfalls eine Freude. Ein großer Dank an Charlotte und ihr Team bei Harper Fiction für all ihre Unterstützung, das Lektorat und ihren Rat, als der Roman »Die kleinen Geheimnisse des Herzens« Form angenommen hat und darauf vorbereitet wurde, das Nest zu verlassen.

Schreibende Freunde sind unbezahlbar, und meine sind allesamt fantasievolle Persönlichkeiten – die Romaniac Sisters; Catherine, Debbie, Jan, Laura, Lucy, Sue und Vanessa, ebenso die reizende Amanda James und Christine McPherson. Sie haben Spaß in den manchmal seelenfressenden und oft berauschenden Prozess gebracht, ein Buchprojekt zu realisieren. Außerdem bin ich meiner temperamentvollen Freundin Liz dankbar dafür, dass sie mir die beeindruckende Kampf-Strickjacke geliehen hat.

Und zuletzt ein großes Dankeschön an meine ganze Familie und alle Freunde, die jetzt schon viel zu viele Beschreibungen der Welt von Pengelly erdulden mussten, aber vor allem an Laura, Hannah und Ray, die mich mit Gin, Kuchen und, das Beste von allem, der Liebe versorgen.

Rezept: Würzige Fischpastete

Die zwei Fischrestaurants in Pengelly, *Cockleshell Bay* und Tristrams *The Shellfish Shack*, haben beide ihre eigenen Rezepte für Fischpastete, aber traurigerweise möchte keines von beiden sein Geheimnis verraten. Das hier ist Julias eigene Version, die sie über die Jahre perfektioniert hat.

Zutaten: (grob geschätzt für vier Portionen, kann je nach Vorlieben und Appetit angepasst werden)

- 4 dicke Lachssteaks
- eine Packung großer, gekochter Riesengarnelen (250 g oder mehr, wenn Sie nicht genug davon bekommen können)
- 4–6 Pastinaken, je nach Größe
- 4–6 Kartoffeln, je nach Größe
- 1 EL Speisestärke
- 1 große Speisezwiebel, fein gehackt
- 400 ml Kokosmilch (die fettarme Version funktioniert genauso gut)
- frischer, gehackter Koriander
- Currypulver Ihrer Wahl, je nach Geschmack (etwa zwei gehäufte Teelöffel)
- 1 TL Bouillon (optional)

- jede Menge Butter, wenn Sie nicht zu vernünftig sind, ansonsten ist weniger auch okay, wenn nötig
- Milch
- Salz und schwarzer Pfeffer zum Abschmecken

Zubereitung:

1. Kartoffeln und Pastinaken schälen und zum Kochen aufsetzen.
2. Die Lachssteaks auf beiden Seiten in Butter braten, bis sie noch nicht ganz durch sind (oder Kochspray benutzen, falls das Gericht ein bisschen gesünder werden soll). Die Haut ablösen und der Katze/dem Hund/einer vorbeifliegenden Möwe geben, dann den Fisch in große Stücke teilen und in eine tiefe Auflaufform wie für eine Lasagne geben. Die Riesengarnelen hinzufügen.

   Eine Bemerkung am Rande: Wenn Sie sehr viele Garnelen gekauft haben, werden Sie zu diesem Zeitpunkt wahrscheinlich schon ein paar zu dem kräftigen Schluck gekühltem Weißwein essen, den eine Köchin immer bereitstehen haben sollte.
3. Kartoffeln und Pastinaken mit einem Schuss Milch und so viel Butter wie gewünscht stampfen. Abschmecken.
4. Die gehackte Zwiebel in Butter braten, bis sie weich wird (oder in etwas weniger Deftigem, wenn es sein muss). Kokosmilch, Bouillon, falls gewünscht, und

Currypulver hinzugeben. Für ca. zehn Minuten köcheln lassen. Dann mit Stärke in ein wenig Milch andicken. Diese Soße über den Lachs und die Garnelen geben und auch den Großteil des gehackten Korianders darüberstreuen. Einen kleinen Teil zum Garnieren zur Seite legen, wenn Sie daran denken.

5. Das gestampfte Gemüse über die Fischmischung geben und mit einer Gabel glattstreichen.
6. Für 20–30 Minuten im vorgeheizten Ofen garen, bis es braun wird, bei Umluft ca. 180°, aber Sie kennen Ihren Backofen besser.
7. Mit Koriander garnieren und mit Zitronenspalten zum Auspressen und einer Auswahl an Gemüse servieren. Und natürlich mit noch mehr von dem gekühlten Weißwein.

Auf einem traumhaft schönen Anwesen in Schottland wartet das Glück

Katie Fforde
ROSENBLÜTENSOMMER
Roman
Aus dem Englischen
von Angela Koonen
352 Seiten
ISBN 978-3-404-18407-1

Caro braucht dringend eine Auszeit, und die Anzeige in *The Lady* schickt der Himmel: Gesellschafterin für älteren Gentleman auf dem schottischen Land gesucht. Der charmante Sir Munro lebt im Paradies und hat einen Sohn namens Alec – mit dem Caro vor Jahren eine heiße Affäre hatte! Erneut knistert es, und als sich herausstellt, dass das traumhafte Anwesen hoch verschuldet ist, verspricht die Suche nach der verschollenen Rezeptur eines Rosenblütenparfüms Rettung. Für Caro nimmt ein magischer Sommer seinen Lauf …

»Zauberhafte Wegträumlektüre – wie eine Sommerreise nach Schottland« DAILY MAIL

Lübbe